2010
스페이스
오디세이

2010:
ODYSSEY TWO

SPACE
ODYSSEY
SERIES

02

2010 스페이스 오디세이

아서 C. 클라크

이지연 옮김

2010

ODYSSEY — TWO

황금가지

2010: ODYSSEY TWO
by Arthur C. Clarke

존경하는 마음으로 우러러보며,

이 책에 그 이름이 등장하는 두 위대한 러시아인에게 헌정합니다.

소비에트연방의 영웅이자 우주 비행사이며

화가인 알렉세이 레오노프 장군께,

그리고 노벨상을 수상한 과학자이자

인문주의자인 학술 위원 안드레이 사하로프 씨께.

출간 후 14년, 앞으로 갈 길
1996년에 바라보는 2010년

한 번 더, 시작은 30년도 더 전이었던 이 대장정을 개괄해 볼 때가 왔다. 이 소설들이 시작했던 그때는 연이은 과학적 발견과 기술혁명이 우리의 세계를 거의 알아볼 수 없을 정도로 바꿔 놓기 전이었다. 내가 『2001 스페이스 오디세이』를 쓰기 시작했을 때엔(그때는 타자기로 쳤다. 요즘 어디서 타자기 본 적들 있으신지?) 닐 암스트롱의 '작은 한 걸음'이 아직 5년이나 남은 미래였고 목성의 달들은 입체감을 갖지 못한 빛의 점들에 불과해, 콜럼버스 이전의 지도 제작자들이 아메리카 대륙에 대해 깜깜이었듯이 우리도 목성 위성들의 풍경이 어떤지 전혀 알지 못했다. 그러나 이제는, 내가 이 단어들을 쓰고 있는 지금 현재 갈릴레오 무인 탐사선이 목성의 지형을 몇 미터 단위로 세세히 보여 주고 있다. 더더욱 경이로운 사실은 그 영상들을 내가 언제든지 여기 내 사무실에서 볼 수 있다는 것이다. 자판 몇 번만 누르면 된다.(늘 일어나는 일이지만 내가 틀린 키를 누를 때면 친근한 음성이 이렇게 말하는 소리를 들을 수 있다. "죄송합니다, 데이브. 그럴 수 없습니다.")

그러니 1964년과 1982년, 그리고 심지어는 1987년 것도 그런데, 그 연도들에 구상된 우주 3부작의 몇몇 구성 요소들이 이제는 시대가 지나 진기해진 제인 오스틴 소설 같은 매력을 갖게 돼 버렸다는 건 피치 못할 사실이다. 그렇기는 해도 그런 요소들을 삭제해 버리는 식의 수정은 할 수도 없고 해서도 안 될 일이다. H. G. 웰스의 『달의 첫 방문자(*The First Man in the Moon*)』를 시의에 맞게 '업데이트' 하려고 들 일이 아니듯이 말이다.

그래서 나는 이런저런 「저자의 말」과 「일러두기」를 포함한 기존 글을 전혀 손대지 않은 상태로 그냥 두고, 1964년 4월 22일 스탠리 큐브릭과 내가 트레이더 빅스에서 만났던 때로부터 지금까지 기술 과학에도 그리고 정치에도 진정 탄복할 만한 변화가 일어났음을 말해 두는 1996년 판 서문을 덧붙이기로 했다.

그리고 이 서문이 제구실을 해 주면 좋겠다고 나는 바라고 있다……, 적어도 2010년까지는……, 아니, 2001년까지만이라도…….

『2001 스페이스 오디세이』는 1964년에서 1968년에 걸쳐 집필해서 1968년 7월에 출판했던 것이다. 영화가 개봉한 직후에 출판되었다. 내가 『2001년의 잃어버린 세계들』에서 말했던 대로 영화 제작과 책 집필이 동시에 진행되었으며 서로 보고 의견을 주고받으면서 만들어 갔다. 그래서 나는 종종 이전 상태의 이야기를 가지고 촬영한 러시(영화에서 시험 삼아 찍었거나 편집하기 전 상태의 첫 프린트를 말한다.—옮긴이)를 보고 나서 대본을 고쳐 쓰는 기이한 경험도 해 봤다. 소설을 쓰는 방법치고 매우 자극이 되기는 하나 비용이 많이 드는 집필법이다.

그 결과로서, 책과 소설은 일반적인 경우보다 훨씬 근접한 평행선을 그리게 되었다. 그렇지만 굵직굵직한 차이점들도 있다. 소설에서 우주선 디스커버리 호의 목적지는 이아페투스였다. 토성의 많은 달들 중 가장 불가사의한 위성이다. 토성계에 가려면 목성을 거쳐서 가게 되어 있었다. 디스커버리 호는 거대한 행성 목성에 접근 비행을 했고, 어마어마하게 큰 그 중력장을 이용해 '투석구' 효과(긴 가죽 끈을 반으로 접어 돌을 끼워 돌리다가 한 끝을 놓아서 돌이 회전력에 도움을 받아 더 세차게 날아가게 하는 것 ― 옮긴이)를 내어서 2차 항로를 마저 가는 데에 속도를 보탰다. 정확히 똑같은 수법이 1979년 최초로 태양계 외곽의 거성들을 상세 정찰하는 임무를 띠고 떠난 보이저 무인 탐사선들에 사용되었다.

그러나 영화에서는, 스탠리 큐브릭이 인류와 목성 위성들 사이에 자리한 석판 사이에 제3의 대립자를 설정함으로써 생길 혼동을 피하기 위해 현명하게도 이야기를 고쳤다. 토성은 대본에서 아예 빠졌다. 다만 더글러스 트럼불이 나중에 자기 영화 「사일런트 러닝 (Silent Running)」에서 그 고리 달린 행성을 찍는 데 필요한 전문 지식을 가져가기는 했다.

1960년대 중반 그 시절에는 목성의 위성들을 탐사하는 일이 다음 세기가 아니라 고작 15년 후에 있을 것이라고 아무도 상상하지 못했다. 또한 거기에서 발견될 경이로운 사실들에 대해서도 누가 꿈꿔 보지 못했다. 비록 장차 언젠가 두 척의 보이저 무인 탐사선의 발견을 능가할 더더욱 예상치 못한 발견들이 이루어지리라는 것은 물론 우리가 매우 잘 확신할 수 있는 일이긴 하지만 말이다. 『2001 스페이스 오디세이』가 집필된 무렵에 이오, 에우로파, 가니메데, 칼리스토는 최고 성능의 망원경으로 보아도 바늘 끝만 한 빛 점들로만 보일 뿐이었다. 이제 그 위성들은 각각 하나의 세계들이다. 하나 하나 독특하고, 그중 한 위성(이오)은 태양계에서 화산 활동이 가장 활발한 땅이다.

그러나, 그런 여러 난점이 있었어도 영화와 책 둘 다 이러한 발견들이 비추는 빛 속에서 꿋꿋이 잘 버텼다. 그리고 영화에 나온 목성 장면들을 보이저 호의 카메라에 찍힌 실제 영상들과 비교해 보는 것은 대단히 흥미롭다. 하지만 분명코, 오늘날 쓰인 글이라면 무엇이든 1979년의 탐사 결과를 포함할 수밖에 없다. 목성의 달들은 이제 더 이상 미지의 영역이 아니다.

그리고 또 한 가지 한층 미묘한 것으로 정신적 요소를 고려하지 않을 수 없다. 『2001 스페이스 오디세이』는 인류 역사를 갈라놓은 커다란 분기점 이전 시대에 속해 있다. 1969년 7월 20일 닐 암스트롱이 달 표면에 첫발을 디딘 그 순간을 기점으로 우리는 영영 그 이전 시대로부터 분리되었다. 그 시점은 스탠리 큐브릭과 내가 '인구에 회자될 훌륭한 공상과학 영화'(큐브릭의 표현이었다.)를 생각하기 시작했던 때로부터 아직 5년은 더 있어야 했던 때였다. 이제 역사와 허구가 서로 나눌 수 없이 뒤얽혀들었다.

아폴로 호의 우주 비행사들은 달로 출발하기 전에 이미 「2001 스페이스 오디세이」 영화를 보았다. 1968년 크리스마스 날 달의 뒷면을 본 최초의 인간이 된 아폴로 8호의 대원(윌리엄 앤더스를 말한다.—옮긴이)은 나에게 대원들이 커다란 검은색 석판을 발견했다고 무선통신을 보내고 싶은 충동을 느꼈다고 내게 말해 주었다. 그러나 슬프게도 그들의 이성이 그 충동을 눌렀다.

그리고 나중에는 정말 있을 수 없을 만큼 자연이 예술을 모방한

예들이 나왔다. 그중에 가장 기묘한 예는 1970년 아폴로 13호의 대서사시다.

대원들이 탑승할 부분인 사령선이 '오디세이'라고 이름 지어진 것부터가 그랬다. 탐사 작전이 중도에 취소된 원인인 산소 탱크 폭발 직전에 대원들은 리하르트 슈트라우스의 교향시 「차라투스트라는 이렇게 말했다」의 테마를 틀어 놓고 있었다. 이제는 온 세상이 우리 영화와 연결시켜 식별하는 곡이다. 동력 소실 직후에 잭 스위거트는 관제실에 보낸 무선통신에서 이렇게 말했다. "휴스턴, 문제가 생겼다." 비슷한 상황에서 HAL이 우주 비행사 프랭크 풀에게 했던 말은 "파티를 방해해서 미안하지만, 문제가 생겼습니다."였다.

후일 아폴로 13호 탐사 작전에 대한 보고서가 출판되었을 때 미국항공우주국(NASA)의 톰 페인 행정관은 스위거트가 한 말 밑에다 이런 메모를 해서 나에게 한 부를 보내 주었다. "당신이 항상 말하던 대로 되었습니다, 아서." 일련의 일들을 곰곰이 생각해 보면 아직도 굉장히 이상한 기분이 든다. 아닌 게 아니라 꼭 나에게 어느 정도 책임이 있는 것만 같은 느낌이다.

심각성은 한결 덜하나 놀랍기로는 그에 못지않은 또 다른 공명 현상도 있었다. 영화에서 기술적으로 가장 근사했던 장면 가운데 하나는 프랭크 풀이 거대한 원심분리기 같은 우주선 회전부 속 트랙을 돌고 또 돌며 달리는 것이었다. 회전으로 생긴 '인공 중력'이 그를 붙잡아 주어 그럴 수 있었다.

거의 10년이 지나 스카이랩(미국의 실험실용 우주 정거장 — 옮긴이)이 대단히 성공적으로 자리 잡을 무렵, 탑승 대원들은 설계자들이 자신들에게 그와 흡사한 풍경을 제공해 주었음을 깨닫게 되었다. 그 우주 정거장 내부의 고리처럼 둥글게 배열된 물품 적재칸들은 표면이 매끈한 원형의 띠를 이루고 있었다. 다만 스카이랩은 회전하고 있지 않았다. 그러나 이런 사실이 천재적인 탑승자들을 말리지는 못했다. 그들은 쳇바퀴를 돌리는 생쥐처럼 트랙을 따라 뛰어서 돌 수 있다는 사실을 발견했고 그렇게 달리는 모습은 「2001 스페이스 오디세이」에 나온 장면과 시각적으로 구분이 불가능했다. 그리고 탑승자들은 그렇게 운동하는 장면을 처음부터 끝까지 찍어서 지구로 전송해 보냈다.(그 영상에 어떤 음악을 곁들였는지 굳이 말할 필요가 있을까?) 거기에 이런 메모를 덧붙였다. "스탠리 큐브릭이 이 광경을 봐야 합니다." 당연히 큐브릭은 그 광경을 보았다. 왜냐하면 내가 전송된 영상 테이프를 그에게 보내 주었으니까.(그리고 다시는 돌려받지 못했다. 스탠리는 블랙홀을 하나 길들여서 파일 정리용으로 쓰고 있다.)

영화와 현실을 이은 또 하나의 고리는 아폴로-소유스 계획의 지휘관이었던 우주 비행사 알렉세이 레오노프가 그린 「달 가까이」이다. 나는 그 그림을 「2001 스페이스 오디세이」가 유엔우주공간평화이용위원회에 출품되었던 1968년에 처음 보았다. 상영이 끝나고 나서 알렉세이는 곧바로 나에게 자신의 착상(레오노프와 소콜로프가 공저한 책 『별들이 우리를 기다리고 있다(The Stars Are Awaiting Us)』, 모스크바, 1967년, 32쪽.)이 영화의 시작 장면과 정확히 똑같은 구도로 되어 있다고 지적했다. 지구가 달의 지평으로부터 솟아오르고, 태양이 그 너머에서 지구와 달을 둘 다 비추면서 떠오르는 것이다. 그가 사인해 준 그 그림의 스케치가 현재 내 사무실 벽에 걸려 있다. 더 자세한 내용은 「내리막길로 질주하다」를 보라.

어쩌면 이쯤 해서 이 책의 여러 곳에 등장하는 또 하나의 이름, 유명세는 좀 덜한 이름에 관하여 밝히는 것이 좋을 것 같다. 첸쉐썬 말이다. 1936년 첸 박사는 위대한 테오도르 폰 카르만과 프랭크 J. 말리나와 함께 저 명망 높은 패서디나의 제트 추진 연구소(JPL)의 직계 조상이 되는 캘리포니아 공과대학교 구겐하임 항공 연구소(GALCIT)를 설립했다. 그는 또한 캘리포니아 공과대학교 최초의 고다드('로켓의 아버지'라 불리는 로켓 개발의 선구자 — 옮긴이)파 교수로서 1940년대 미국 로켓 개발 연구에 크게 공헌했다. 후일 매카시가 득세하던 시절에는 그가 고국으로 돌아가고 싶어 했다가 날조된 국가 보안 혐의를 받고 체포된 더없이 부끄러운 일화도 있다. 지금은 20년째 중국 로켓 개발 계획의 인도자 가운데 한 사람으로 활약 중이다.

마지막으로, 「이아페투스의 눈」(『2001 스페이스 오디세이』)에 대한 묘한 일치가 있다. 그 장에서 나는 우주 비행사 보먼이 토성의 위성에서 호기심을 끄는 형상을 발견하는 장면을 그렸다. "길이가 약 600킬로미터에 너비가 300킬로미터인 눈부신 하얀색 달걀형 형체가…… 완벽한 좌우대칭이었으며…… 가장자리가 아주 선명해서 마치…… 작은 위성의 표면에…… 그려 놓은 것 같았다." 가까이 다가감에 따라 보먼은 "어둠 속에서 밝은 타원형으로 보이는 이아페투스가 점점 가까이 다가오고 있는 자신을 노려보는 거대하고 공허한 눈이라고" 확신한다. 나중에 그는 "정중앙에 있는 작은 검은색 점"을 알아차리고, 그 점은 문제의 석판인 것으로 밝혀진다.(그것이든지 아니면 그것의 분신 중 하나인 것으로.)

자, 보이저 1호가 이아페투스의 최초 사진들을 전송해 왔을 때 거기에는 정말로 가장자리가 뚜렷하게 분간되는 커다란 흰 타원형 중앙에 작은 까만 점이 있는 사진이 들어 있었다. 제트 추진 연구소에서 칼 세이건이 즉시 나에게 사본 한 장을 보내면서 알쏭달쏭한 주를 달아 놓았다. "당신이 생각나서……."라고. 보이저 2호가 그 문제를 아직 확정 지을 수 없는 것으로 남겨 둔 게 안심이 되는지 실망스러운지 난 정말 잘 모르겠다.

그러므로 필연적으로, 여러분이 지금부터 읽게 될 이야기는 이전 소설의 뒤를 잇는 단순한 속편이 아니라 훨씬 더 복잡한 어떤 것이다. 아니면 영화의 뒤를 잇는다 해야 할까. 영화와 소설이 상이한 부분들에 대해서 나는 대체로 영화 쪽 설정을 따랐다. 그러면서도 이 책이 자체적으로 일관성을 가지도록 한층 신경을 썼다. 또한 현재의 지식에 비추어 가능한 한 정확하게 하려고 애썼다.

물론 2001년이 되면 다시 한번 시대에 뒤처진 것이 되어 버리겠지만 말이다…….

아서 C. 클라크
스리랑카 콜롬보에서
1982년 1월에

1부

레오노프 호

초점의 회담

미터법을 쓰는 시대라지만 망원경은 여전히 1000피트 망원경이지 300미터 망원경이 아니었다. 적도의 태양이 금세 떨어지는 바람에, 산과 산 사이에 자리 잡은 거대하고 우묵한 접시에는 이미 반쯤 그늘이 내렸다. 하지만 접시 한가운데 높다랗게 안테나 복합체를 띄워 올려 지탱하는 삼각형의 버팀대는 아직 빛을 받아 눈부시게 반짝거렸다. 저 먼 지면에서 바라볼 때 공중에 얼기설기 교차하는 쇠줄이며 버팀대며 전파 유도기 들 사이에 두 명의 사람이 있는 걸 발견하려면 어지간히 눈이 좋아야 할 터였다.

디미트리 모이세비치 박사가 오랜 친구 헤이우드 플로이드에게 말했다.

"때가 됐네. 여러 가지 얘기를 나눠야겠어. 신발, 우주선, 실링 왁스에 대해서. 하지만 무엇보다도 문제의 석판과 오작동하는 컴퓨터에 대해서."

"그러니까 날 회의에서 끌고 나온 건 바로 그 때문이었군요. 뭐 별로 유감일 건 없지만……. 칼의 그 SETI(외계 지적 생명체 탐사 프로젝트—옮긴이) 연설은 하도 많이 들어서 나도 줄줄 읊을 수 있을 지경이에요. 게다가 경치가 정말 굉장한데요. ……보세요, 난 아레시보에 그렇게 오래 있었는데도 여기 안테나 반사판 위에는 올라와 보질 못했답니다."

"사람 참. 난 여기 벌써 세 번이나 올라와 봤지. 상상해 보게, 우린 지금 온 우주로부터 오는 소리에 귀 기울이고 있어. 하지만 아무도 우리가 하는 얘길 엿듣진 못하지. 그러니 자네가 고민할 문제를 의논해 보세."

"무슨 문제 말이지요?"

"우선 전국 우주 비행 협의회 회장직을 왜 사임했나 하는 것부터 말할까."

"사임한 게 아니에요. 하와이 대학교에서 훨씬 좋은 급여를 받고 있습니다."

"좋아. 사임하지 않으셨다 이건가……. 자네야말로 가장 뛰어난 사람이야. 이렇게 오래 안 사이인데, 우디, 자네가 나를 속일 수가 있나. 그러니까 괜히 힘 빼지 말게. 그쪽에서 지금 당장이라도 전국 우주 비행 협의회에 다시 들어와 달라고 요청한다면 어디 망설이기나 할까?"

"좋아요, 알았어요. 이 코사크족 같은 양반. 대체 알고 싶은 게 뭡니까?"

"다른 것보다도 먼저, 자네가 그렇게 오랫동안 만지작거리다가 겨우 제출한 보고서에는 확실하게 규명되지 않은 부분이 잔뜩 있네. 그놈의 해괴한, 게다가 솔직히 말해 불법적인 비밀주의는 제쳐 두고 이야기하세. 자네 쪽 사람들이 티코 석판을 파낼 때처럼 그렇게……."

"그건 내 생각이 아니었어요."

"그 말을 들으니 반갑군. 믿어 주지. 그리고 자네들 쪽에서 이젠 누구든지 그 물체를 조사하도록 허용해 준 걸 감사하게 생각하네. 그야 물론 자네들이 우선적으로 조사할 것은 다 했겠지만. 그래 봐야 무슨 대단한 성과는 없었지……."

두 사람이 저 위 달의 검은 수수께끼를 지그시 바라보는 사이에 음울한 침묵이 흘렀다. 지금까지 인류가 고안한 그 어떤 날고 기는 무기를 들이대도 비웃는 것처럼 끄떡도 하지 않는 물체다. 마침내 러시아 과학자가 말을 이었다.

"아무튼, 티코 석판의 정체가 무엇이든 간에 더 중요한 건 저 멀리 목성에 있네. 좌우지간 그 신호가 오는 곳이 거기지 않나. 그리고 자네 쪽 사람들이 문제 상황에 처한 곳도 거기였지. 참, 그 일은 유감이었네……, 내가 개인적으로 아는 사람은 프랭크 풀밖에 없었지만 말이야. 1998년 국제 우주여행 연맹(IAF) 회의에서 만난 적이 있어. 좋은 사람 같았는데 말이야."

"고마워요. 다들 좋은 사람들이었지요. 무슨 일을 당한 건지 알기라도 했으면 좋을 것을."

"무슨 일이 있었든 간에, 이제 그건 전 인류가 관여할 문제가 되었다는 것을 자네도 인정할 거야. 미국만의 문제가 아니란 말일세. 더 이상은 자네가 알고 있는 것을 순전히 국가 이득만을 위해 사용하려고 할 수 없게 되었어."

"디미트리……, 그쪽 진영에서도 완전히 똑같이 행동했으리란 걸 훤히 아시잖아요. 그리고 당신도 거기 협조했을 테고요."

"그야 틀림없는 말이지. 하지만 그건 옛날 옛적 이야기야……, 자네가 이제 털고 나온 회장직처럼, 이미 지난 이야기지. 상황을 이렇게 엉망진창으로 만든 책임은 그쪽에 있네. 새 대통령이 나왔으니, 아마 전보다는 한결 사리에 닿는 조언이 득세할 테지."

"그럴 수도 있겠네요. 뭔가 할 얘기가 있습니까? 공식적인 제안인가요, 아니면 그냥 개인적인 희망인가요?"

"지금 이 시점으로선 전적으로 비공식적인 이야길세. 빌어먹을 정치가들 식대로 말하자면 선행 논의랄까. 이런 이야기를 한 적이 있냐고 누가 물으면 그대로 부인해 버릴 그런 이야기야."

"흠, 그렇군요. 계속해 보세요."

"좋아……. 지금 상황은 이렇다네. 자네들 쪽에서는 최대한 빠르게 대기 궤도상에서 디스커버리 2호를 짜 맞춰 만들고 있는 참이네만 준비가 다 되려면 적어도 3년은 걸리지. 그 얘기는 다음번 발사 가능 시간대는 놓친다는 것이고……."

"확인도 부인도 하지 않겠습니다. 난 그저 보잘것없는 대학 교수란 걸 기억하세요. 우주 비행 협의회하고는 완전히 동떨어진 세상에 살고 있다고요."

"그래, 지난번에 워싱턴에 갔던 건 그저 옛 친구나 만나 보자고

놀러 갔던 거로군. 계속하자면, 우리 우주선 알렉세이 레오노프 호
는……."

"우주선 이름은 게르만 티토프 호인 줄 알았는데요."

"틀렸네, 총장 양반. 언제나 정겨운 CIA 친구들이 또 헛방을 짚었
구면. 레오노프 호야. 지금도, 지난 1월에도 레오노프 호였네. 그러
니까 레오노프 호가 디스커버리 호보다 최소한 1년은 먼저 목성
에 닿을 거라고 말해 준 사람이 나란 건 아무한테도 알려 주지 말
라고."

"우리 쪽에서도 혹시나 그렇게 될까 봐 우려하고 있었다는 얘길
해드린 사람이 나란 것도 아무한테도 알리지 마십쇼. 아무튼 부디
계속해 보시죠."

"내 위에 있는 작자들도 자네의 상급자들이나 꼭 마찬가지로 아
둔하고 근시안적이라 말일세, 작전을 단독으로 진행하길 바라지. 그
렇다는 것은 즉 자네들에게 닥쳤던 문제 상황이 뭐였든 간에 우리
도 똑같은 꼴을 당할 수 있다는 얘기야. 그렇게 되면 우리 모두 도
로 출발점으로 후퇴하는 거지……, 아니면 출발점보다도 더 후퇴할
지도 몰라."

"그쪽에선 뭐가 잘못됐던 거라고 생각합니까? 우리도 그쪽과 마
찬가지로 어리둥절한 상태예요. 데이브 보먼의 통신 내용을 전부
보유하고 있지 못하다는 이야기는 하지도 마세요."

"그야 보유하고 있지. '세상에……! 별들이 가득 차 있어!' 하는
마지막 말까지 전부 다. 심지어 보먼의 음성 패턴으로 스트레스 분
석까지 해 봤네. 환각 상태에 있었던 건 아니라고 생각해. 자기가 실

제로 보고 있는 것을 묘사하려고 하는 거였어."

"보면 목소리의 도플러 편이는 어떻게 이해하고 있지요?"

"전적으로 불가능한 걸로 아네, 물론. 신호를 놓친 그 시점에 보면
은 10분의 1광속으로 멀어지고 있었네. 게다가 그 속도에 이르기까
지 걸린 시간이 채 2분도 안 돼. 25만 G의 가속 부하가 걸려!"

"그렇다면 순식간에 죽음을 당했겠군요."

"시치미 떼지 말게, 우디. 자네들 쪽 스페이스포드의 무선통신은
애당초 그 100분의 1만 한 가속도 견뎌 내게 제작되지 못했잖아. 통
신이 멀쩡히 전달될 수 있었다면 보면도 무사했을 수 있지……, 적
어도, 연락이 두절되기 전까지는."

"그냥 나 나름대로 그쪽 추측들을 점검해 보는 겁니다. 거기서부
터는 우리도 당신 쪽과 마찬가지로 깜깜절벽이에요. 그쪽도 역시
그렇다면 말이지만요."

"이러니 저러니 내 입으로 구태여 말하기도 부끄러울 만큼 황당
무계한 추측만 무성한 판국이야. 하지만 추측이 아무리 황당해도
아마 실제 일어난 일에 대면 반도 못 가겠지."

주위 사방에 비행 경고등들이 작은 선홍색 불꽃처럼 팍팍 켜져
깜박여 대고, 안테나 복합체를 지탱하고 있는 세 개의 날씬한 탑이
어스름 하늘을 배경으로 찬란히 타오르기 시작했다. 이곳을 에워싼
산언덕 너머로 마지막 한 조각 붉은 태양이 모습을 감추었다. 헤이
우드 플로이드는 여태껏 한 번도 보지 못한 '녹색 섬광'을 기다렸다.
그리고 또 한 번 실망하고 말았다.

플로이드가 말했다.

"그래, 디미트리. 핵심을 말해 보세요. 지금 노리는 게 대체 뭐지요?"

"디스커버리 호의 데이터 저장소에는 이루 말할 수 없이 값진 정보들이 잔뜩 담겨 있을 거야. 통신은 끊겼어도 아직까지 정보 수집은 계속하고 있을 거라는 추측도 가능하지. 우리 쪽에서는 그걸 손에 넣고 싶네."

"그야 그렇겠죠. 하지만 그쪽에서 거기까지 찾아가서 레오노프호가 랑데부를 한다면, 그쪽 분들이 디스커버리 호에 승선하여 원하는 정보를 모조리 복사하지 못할 게 뭐겠습니까?"

"디스커버리 호는 미합중국의 우주선이고 무단 침입은 해적 행위라는 것을 내 입으로 말해 줘야 할 줄은 몰랐군그래."

"생사가 걸린 위급한 상황이라면 예외지요. 그런 상황이 일어나게 만드는 건 그다지 어려울 것도 없고요. 좌우간 우리가 10억 킬로미터나 떨어진 곳에서 그쪽 친구들이 무엇에 접근하는지 확인한다는 건 여간 어려운 노릇이 아닐걸요."

"참으로 구미가 당기는 제안을 해 줘서 고맙네. 윗선에 전달하도록 하지. 하지만 우리가 디스커버리 호에 승선한다 해도 자네들 쪽 시스템을 전부 파악하고 메모리 저장소에 담긴 걸 몽땅 읽어 내려면 시간이 몇 주나 걸릴 거야. 내가 제안하는 건 협력하자는 걸세. 난 그게 최선의 방책이라고 믿는다네……, 그렇지만 자네나 나나 보수적인 윗자리 양반들을 설복시켜야 한다는 과제를 떠안게 되지."

"우리 쪽 비행사 한 명을 레오노프 호에 태우고 싶다고요?"

"그래……. 디스커버리 호 시스템에 달통한 엔지니어라면 좋겠네. 그 우주선을 수거해 올 목적으로 휴스턴에서 자네들이 훈련시키고 있는 친구들처럼 말이야."

"아니, 그건 또 어떻게 알게 된 거죠?"

"맙소사, 우디 이 친구……, 그 얘긴 한 달 전에 '애비에이션 위크' 비디오텍스트에 떴다고."

"내가 정말 소식이 깜깜이었군요. 뭐가 기밀이고 뭐가 기밀 해제된 사항인지 가르쳐 줄 사람이 있어야지요."

"그러니까 더더욱 워싱턴에 좀 가 있어야지. 내 제안을 지지해 줄 텐가?"

"물론입니다. 100퍼센트 동의해요. 하지만……."

"하지만 뭐야?"

"우리 둘 다 뇌가 꼬리에 들어 있는 공룡들을 상대해야 하니까 말입니다. 우리 쪽 멍텅구리들이 딴죽을 걸고 나설 거예요. 러시아인들이 위험부담을 안고 허겁지겁 목성으로 날아가겠다면 그러게 놔둬라, 어쨌든 우리도 2년 후에는 도착하게 된다. 서두를 이유가 뭐 있나? 이렇게요."

안테나 버팀대에 잠시 정적이 감돌았다. 공중 100미터에 그것을 띄워 올려 지탱하는 어마어마한 쇠줄들로부터 희미하게 삐걱거리는 소리가 날 뿐. 그러다 모이세비치가 말을 이었다. 너무나도 낮은 음성이라 플로이드는 그 말을 들으려고 애써 귀를 기울여야 했다.

"최근에 누구라도 디스커버리 호의 궤도를 점검해 봤나?"

"그건 난 잘 모르겠는데요……. 그렇지만 해 봤겠지요. 어쨌든, 궤도는 굳이 뭐하러 점검한답니까? 완벽하게 안정된 궤도에 올라 있는데요."

"그렇군. 내가 말솜씨는 없지만 미국 항공우주국의 옛 시절에 있었던 당혹스러운 사건 얘길 하나 상기시켜 주겠네. 자네들 측 최초의 우주 정거장……, 스카이랩 말일세. 그게 원래는 적어도 10년은 떠 있었어야 하는 거였잖나, 그런데 자네들 쪽에서 계산을 제대로 못 했던 거지. 이온층의 공기저항을 형편없이 과소평가해서 원래 계획보다 몇 년이나 일찍 추락하고 말았지. 그 소소한 서스펜스극을 자네도 분명 기억하겠지. 그때는 어린애였겠지만 그래도."

"그건 내가 졸업하던 해의 일이에요, 알면서 그러세요. 하지만 디스커버리 호가 목성 쪽으로 조금이라도 딸려 갈 일은 없습니다. 설령 근지점(위성 궤도에서 가장 지구에 가까워지는 지점 — 옮긴이)……, 아니 근목점이라 해야겠군요, 근목점에서라도 목성 대기권의 공기저항에 영향받을 높이가 아니에요."

"내가 지금까지 한 말만 해도 또다시 다차(시골 별장. 지식인의 유배지라는 뜻으로 쓴 말 — 옮긴이)로 유배 가고도 남을 만큼 지껄였네……. 그랬다간 다음번에 자네가 나를 찾아오려 해도 허가가 안 날 테지. 그러니 그쪽 궤도 추적 담당자들에게 일을 좀 더 면밀하게 하라고 얘기해, 알겠나? 그리고 목성은 태양계에서 가장 큰 자기장을 갖고 있다는 점도 일깨워 주고."

"무슨 이야기를 하려는지 이해했습니다……, 정말로 감사해요. 내려가기 전에 또 뭔가 할 말은 없으세요? 몸이 얼어붙을 지경이네요."

"걱정 말게, 내 오래된 친구. 이제 이 얘기들을 잘 흘려서 워싱턴에 찔러 넣으면……, 내가 의심을 받지 않게 한 일주일 기다렸다 하게나……, 그때는 발등에 불이 날 거야."

돌고래의 집

돌고래들은 매일 저녁 일몰 직전이면 다이닝 룸으로 헤엄쳐 들어왔다. 플로이드가 총장 사택에 입주한 이래 돌고래들이 일과를 걸렀던 건 딱 한 번뿐이었다. 바로 2005년 쓰나미가 덮쳤던 그날이다. 천만다행으로 쓰나미는 힐로에 이르기 전에 거의 기세가 꺾였다. 다음에 또 돌고래 친구들이 제때에 모습을 보이지 않는 날이 온다면 플로이드는 바로 처자를 차에 태워 고지대로, 대충 마우나케아 산 방향으로 달릴 셈이었다.

돌고래들이 매혹적인 친구들이긴 해도, 그 장난기가 때로는 짜증날 때도 있다고 플로이드는 인정하지 않을 수 없었다. 이 집을 구상한 부유한 해양지질학자는 물에 젖는 것을 전혀 개의치 않았다. 보통 수영 팬츠만 입고 지냈으니까. 그나마도 안 입기도 했고. 하지만 한번은 잊지 못할 상황이 발생했다. 대학교 고위 관계자 전원이 격식을 갖춘 만찬회 복장으로 본토에서 방문한 특별한 외부 손님이 당도하기를 기다리며 수영장 주위에 삼삼오오 둘러서서 칵테일을 홀짝거리고 있을 때였다. 돌고래들은 저희들이 가장 주목받는 손님이 아닌 줄을 짐작했다.(정확한 짐작이었다.) 그래서 그날의 귀빈은 몸에 맞지도 않는 목욕 가운을 입은 후줄근한 환영 위원회로부터 응접을 받고 퍽이나 놀랐다. 게다가 뷔페로 차려진 음식들은 무척이나 짰다.

플로이드는 태평양에 접한 해변 끄트머리 아름답고도 기묘한 이 집에 살게 된 걸 매리언이라면 어떻게 생각했을지, 종종 궁금하게 생각했다. 매리언은 평생 바다를 좋아하지 않았다. 하지만 결국에는 바다에 묻혔다. 눈앞의 선명한 영상이 서서히 무뎌져 가기는 해도, 플로이드는 아직 최초로 그 단어들을 읽던 그때 깜박이며 화면에 떠오르던 문구를 기억할 수 있었다. "플로이드 박사님께 개인적인 긴급 연락." 그리고 흘러 지나가는 형광색 글자들이 순식간에 그의 뇌리에 그 전문의 내용을 낙인찍어 새겨 넣었다. "런던발 워싱턴행 452편이 뉴펀들랜드에서 추락한 것으로 보고됨. 유감을 표함. 구조대 현장에 접근 중이나 생존자 없는 듯함."

운명적인 사고로 인해 못 탔을 뿐 플로이드도 원래대로라면 그 비행기에 탑승했을 터였다. 초반 며칠 동안 플로이드는 일정을 지체시켜 자신을 파리에 주저앉힌 유럽 우주 관리국이 원망스럽기까지 했다. 솔라리스 호의 적재 중량을 두고 벌인 그 흥정이 그의 목숨을 구했다.

그리고 이제 그는 새 일자리를 얻었고 새 보금자리에 둥지를 틀었다, 새 아내와 함께……. 여기에서도 운명은 모순적인 역할을 수행했다. 목성 임무에 대해 추궁을 당하고 조사를 받은 탓에 워싱턴에서의 앞날은 끝장이 났다. 하지만 플로이드처럼 능력 있는 사람이 오래도록 백수로 놀 일은 없다. 대학교에서 일하며 한결 느긋한 인생을 누릴 수 있다는 점이 플로이드는 구미가 당겼고, 게다가 세계 최고 수준의 명승지에 위치해 있다는 점까지 보태면 도저히 거절할 수 없을 만큼 매력적인 제안이었다. 플로이드는 총장으로 취임하고 고작 한 달 만에 두 번째 아내가 될 여자를 만났다. 한 무리의 관광객들과 함께 킬라우에아의 분화천들을 구경하던 중의 일이다.

캐롤라인과 함께하면서 플로이드는 행복만큼이나 의미 있고 행복보다 한결 지속성이 있는 만족감을 찾았다. 캐롤라인은 매리언 소생인 두 딸에게 좋은 새어머니가 되어 주었고 플로이드에게 크리스토퍼를 낳아 주었다. 부부간의 나이 차가 20년이나 나는데도, 캐롤라인은 그의 기분을 잘 알아주었고 때로 우울해지는 그의 마음을 능히 누그러뜨려 주었다. 캐롤라인 덕택에 플로이드는 이제 비통에 빠지지 않고도 매리언에 대한 추억을 차분히 되새길 수 있었다. 비록 남은 평생을 가지고 갈 우수는 여전히 가시지 않았지만…….

캐롤라인이 돌고래 중 가장 덩치가 큰, 식구들이 '등에 흉터 있는 놈'이라 부르는 커다란 수컷 돌고래에게 물고기를 던져 주던 참에 플로이드의 손목에서는 살짝 간지러운 진동이 일어 전화가 왔음을 알렸다. 플로이드는 가느다란 금속 띠를 톡 건드려 무음 벨을 끄고 벨소리를 미연에 방지한 다음, 여기저기 놓여 있는 컴셋 중 가장 가까운 컴셋으로 걸어갔다.

"총장입니다. 누구십니까?"

"헤이우드? 나 빅터입니다. 잘 지내세요?"

1초나 될까 말까 한 짧은 한순간에 플로이드의 마음속에 온갖 감정이 만화경처럼 후루룩 돌아갔다. 우선 짜증이 치밀었다. 그의 후임자이자 그를 낙마시키는 데 주된 역할을 수행했으리라고 플로이드가 믿어 의심치 않는 이 작자는 워싱턴을 떠나온 이래 한 번도 이쪽으로 연락을 취하려고 한 적도 없었다. 곧 이어서 호기심이 일었다. 이자와 내가 나눠야 할 얘기란 게 대체 뭐지? 다음엔 내가 요만큼이라도 도움이 돼 줄까 보냐 하고 완강하게 마음먹었다가, 곧 유치하게 무슨 짓인가 부끄러운 마음이 되고, 이어서 최종적으로 흥분이 밀려들었다. 빅터 밀슨이 전화를 했다면 이유는 하나뿐일 것이다.

할 수 있는 한 가장 무덤덤한 어조로 플로이드가 응답했다.

"나야 잘 지내지, 빅터. 그래 무슨 일인가?"

"이 전화 보안 회선인가요?"

"아니. 고맙게도 이제 난 보안 회선 따위 필요가 없다네."

"아. 으음. 그럼 이렇게 말씀드리죠. 선배가 마지막으로 진행하셨던 프로젝트 기억하시죠?"

"무슨 수로 잊겠나. 우주 비행 협의회 분과 위원회에서 날 불러다가 증거를 더 들이댄 게 불과 한 달 전인데."

"아, 그래요. 그랬겠네요. 정말이지 짬을 내서 선배의 진술 내용을 읽어 봐야 하는데 말이에요, 어떻게든 시간이 나야 말이죠. 그게, 그간 상황 파악에만도 눈 코 뜰 새 없었거든요. 그게 참 문제예요."

"모든 일이 일정대로 진행되고 있는 거 아니었나."

"일정대로 진행되고 있지요……, 안타깝게도 말입니다. 진행을 재촉하려야 할 도리가 없어요. 우선순위를 최고로 올려도 고작해야 몇 주 차이밖에 안 날걸요. 그런데 그래 가지고는 너무 늦고 말아요."

플로이드가 시치미를 떼었다.

"이해가 안 되는군. 그야 멀거니 허송세월하긴 싫겠지만, 그렇다고 해서 진짜 시한이 잡혀 있는 일은 아니지 않나."

"이제는 시한이 있습니다. 하나도 아니고, 두 개나 됩니다."

"거참 희한한 일인걸."

빅터가 혹시 비꼬는 기색을 알아차렸는지 모르겠지만 티는 내지 않았다.

"그래요. 두 가지 시한이 생겼습니다. 하나는 인위적인 거고 하나는 그렇지 않아요. 현재 그…… 사건 현장에 제일 먼저 다시 가 볼 사람들은 우리가 아닐 걸로 밝혀졌습니다. 해묵은 우리 경쟁 상대 측이 우리보다 최소한 1년은 앞설 겁니다."

"저런."

"그게 최악의 소식이 아닙니다. 설령 선착 경쟁이 없다 해도 우리는 너무 늦게 도착하게 됩니다. 우리가 그 장소에 이를 때쯤에는 거기 아무것도 남아 있지 않게 생겼어요."

"무슨 소린가. 국회에서 중력법 폐지를 의결했다면 분명히 나도 그 소식을 들었을 텐데?"

"농담이 아니라고요. 지금 문제 상황입니다……, 세부적인 건 지금 바로 말씀드릴 수 없어요. 오늘 저녁 어디 나가지 않고 댁에 계시죠?"

"응."

플로이드는 비로소 지금 이 시각 워싱턴은 자정이 훨씬 지났으리라는 데 생각이 미쳐 조금 고소해졌다.

"잘됐습니다. 한 시간 안에 소포를 받아 보시게 될 겁니다. 문서 내용 살펴보시고 바로 전화 주세요."

"그러면 너무 늦은 시간이 아닐까?"

"예, 시간이야 늦겠죠. 하지만 벌써 낭비한 시간이 너무 많아요. 조금이라도 더 잃긴 싫습니다."

밀슨은 말한 것을 그대로 지켰다. 정확하게 한 시간 뒤에 밀봉된 커다란 봉투 하나가 자그마치 공군 대령의 손에 들려 배달되었다. 플로이드가 봉투 안에 든 문서를 읽는 동안 대령은 끈기 있게 눌러 앉아 기다리며 캐롤라인과 잡담을 했다.

"죄송하지만 다 읽으신 후에는 제가 도로 가져가야 해서요."

계급 높은 심부름꾼 소년이 사과조로 말했다.

"반가운 얘기군요."

플로이드는 그렇게 응수하며 가장 좋아하는 독서용 그물 침대에 올라앉아 자리를 잡았다.

문서가 두 개였다. 첫 번째 것은 매우 짧았다. '일급비밀' 도장이 찍혀 있었는데, '일급'이라는 글자에 가위표를 쳐 지우고 옆에다 하나같이 전혀 읽지 못할 서명을 세 개나 달아 그 변경 사항을 확인해 두었다. 척 보아도 알 수 있듯이 훨씬 더 길었을 어떤 보고서로부터 발췌 요약한 문서로, 심한 검열을 거쳐 내용을 지워 버린 공백투성이라 무척이나 읽기 성가셨다. 다행히도 문서의 결론은 한 문장으로 가름할 수 있었다. 즉, 러시아인들이 정당한 소유권자들보다 한참 먼저 디스커버리 호에 도달하리라는 것. 그야 이미 플로이드가 알고 있는 사실이었기에 바로 두 번째 문서로 넘어갔다. ……그래도 일단, 이번에는 그들이 이름을 제대로 알아낸 것이 눈에 들어와 흡족한 느낌은 들었다. 언제나 그렇듯이 디미트리의 말은 일호라도 틀림이 없었다. 목성에 갈 차기 유인 탐사대가 탑승할 우주선은 '우주 비행사 알렉세이 레오노프 호'였다.

두 번째 문서는 훨씬 더 길고 그다지 기밀이랄 것도 없는 내용이었다. 그것은 《사이언스》에 보내는 서신의 형식을 띠고 있었다. 출판을 앞두고 최종 승인을 기다리는 논문 초안이었다. 뚝딱 휘갈겨 지은 듯한 표제는 이러했다. '우주선 디스커버리 호: 비정상적인 궤도 운동.'

그 표제 뒤로 10여 쪽에 걸쳐 수식과 천문 도표가 이어졌다. 플로이드는 그 부분을 대충 휙휙 넘겨 드문드문 읽으면서 조금이라도 미안해하며 뉘우치는 기미가 있는지, 어쩌면 수치스러움까지도 비쳐 나지 않는지 탐지해 보았다. 다 넘기고 나자 그의 입가에 절로 쓸쓸한 감탄의 미소가 떠올랐다. 위치 추적 기지와 거기서 일하는 계산 담당자들이 불시에 뒤통수를 맞았다는 것, 그래서 정신없이 실수를 은폐하고 있다는 것은 그 누구도 결코 짐작하지 못하리라. 모가지가 날아가는 사람들이 나오리라는 건 의심의 여지가 없는 일이고, 플로이드는 빅터 밀슨이 아주 기껍게 목들을 쳐 날릴 것임을 익히 알 수 있었다. 밀슨 자신의 목이 제일 먼저 날아가지만 않는다면 말이다. 하긴 공평하게 말하자면 빅터는 의회가 위치 추적 네트워크 예산을 깎았다고 불평한 바 있었다. 어쩌면 그 덕분에 이번에 화살받이가 되는 건 모면할 수 있겠군.

문서를 대충 다 훑어보고 나서 플로이드가 말했다.

"고맙소, 대령. 기밀문서들을 손에 쥐니 옛 생각이 새록새록 나는 구려. 옛 시절 일 치고 하나도 그립지 않은 부분이지만."

대령은 서류 봉투를 조심스럽게 도로 자기 서류 가방 안에 넣고 잠금장치를 가동시켰다.

"밀슨 박사께서 최대한 빨리 전화로 회신해 달라고 하셨습니다."

"알아요. 하지만 우리 집에는 보안 회선이 없어요. 조금 있으면 중요한 손님들이 오시기로 되어 있는데, 문서 두 건 읽었다는 대답 하나 하자고 차를 몰고 힐로에 있는 대령님 집무실까지 내려갈 순 없지 않겠소. 박사에게 내가 문서를 꼼꼼히 읽어 보았노라고, 또 무슨 의논거리가 있으면 관심 있게 응하겠노라고 전해 주시오."

대령은 한순간 발끈해서 반대 의사를 말할 것만 같았다. 하지만 이내 생각을 고치고, 딱딱한 태도로 작별 인사를 한 후 침울하게 어두운 밤 속으로 떠나갔다.

캐롤라인이 물었다.

"아니, 도대체 이게 다 무슨 일이래요? 오늘 밤에 손님은 올 사람이 없잖아요. 중요한 손님이든 뭐든."

"남의 장단에 춤추긴 싫어요. 특히 빅터 밀슨한테는."

"그렇지만 대령이 보고하면 바로 다시 당신한테 전화를 걸 텐데요."

"그러면 영상 통화를 끄고 떠들썩하게 모여 노는 소리를 내야지.

하지만 정말 솔직하게 말하자면, 이 단계에서는 내가 사실 뭐라고 할 말이 없소."

"뭐에 대해서 할 말이 없다는 거죠? 저 따위가 물어봐도 될 일이라면 말이지만요."

"미안해요, 여보. 디스커버리 호가 우릴 골탕 먹이고 있는 것 같아. 우린 여태 그 우주선을 안정된 궤도에 올려놓은 줄로만 알았는데, 어쩌면 바야흐로 충돌하게 되려나 봐요."

"목성에 충돌해요?"

"아, 아니……. 그건 정말 불가능한 일이지요. 보면이 안쪽 라그랑주점에 대 놓았으니까, 목성과 이오 사이를 잇는 선상에. 아무튼 우주선은 그 자리에 남아 있을 수밖에 없어요. 다른 위성들의 섭동 탓에 앞뒤로 조금씩 치우치긴 하겠지만.

한데 지금 벌어지고 있는 일은 대단히 기이한 현상이고, 우린 아직 그에 대해서 완전하게 설명하지 못해요. 디스커버리 호가 점점속도를 더하여 이오 쪽으로 흘러가고 있는 거요……. 하긴 때로는 확 끌려가고 때로는 심지어 후진도 하지만 말이지. 만약 이대로 계속 간다면 디스커버리 호는 이삼 년 안에 충돌하고 말아요."

"천문학에서는 이런 일이 벌어질 수 없는 줄 알았는데요. 천체의 운동은 정밀과학 아니었어요? 우리 보잘것없는 생물학자들은 늘 그런 얘길 들어 왔는데."

"그야 정밀과학이지, 모든 요소를 빠짐없이 계산에 넣었다면 말이오. 하지만 이오 주위에는 뭔가 대단히 기이한 현상이 발생하고 있어요. 화산이 많은 것도 많은 거지만 전류가 어마어마하게 흐르고 있거든……. 그리고 목성의 자기장은 열 시간마다 한 번씩 자전한다오. 그러니 디스커버리 호에 작용하는 힘은 중력 하나만이 아니오. 우리가 이 점을 좀 더 일찍 생각했어야 했는데……, 벌써 전에 생각했어야 했을걸."

"뭐, 이제는 당신이 고민할 문제가 아니잖아요. 당신 문제가 아닌 걸 고맙게 생각하세요."

당신이 고민할 문제. 디미트리가 썼던 바로 그 표현이었다. 그런데 디미트리는…… 그 교활한 여우 같은 영감! 그 사람은 캐롤라인보다 훨씬 더 오랜 세월 플로이드를 알고 지냈다.

플로이드의 문제는 아닐지 몰라도, 그건 여전히 플로이드의 책임이었다. 아무리 다른 이들도 많이 연루되어 있다고는 해도 최종 분석 시에 플로이드는 목성 탐사 작전 계획을 승인했고, 그 임무의 실행을 총감독했다.

사실 그때도 그는 꺼림칙했다. 과학자로서의 견해가 관료로서의 의무와 배치되었다. 플로이드가 나서서 목소리를 높이고, 고리타분한 행정부의 코앞밖에 못 보는 방침에 반기를 들 수도 있었을 것이다. 그랬다고 한들 지금까지도 불명확한 그 재난에 얼마나 도움이 되었을지는 모를 일이지만.

어쩌면 그의 인생에서 이 장을 그만 덮어 버리고 새로운 직책에 모든 사념과 정력을 집중시키는 편이 최선일 것이다. 그러나 그런 일은 불가능하다는 걸 플로이드는 가슴속 깊이에서 이미 알고 있었다. 디미트리가 과거의 죄책감을 되살려 놓지 않았더라도 죄의식은 때가 되면 저절로 표면으로 떠올라 왔으리라.

네 사람이 죽었고, 한 명은 실종되었다. 저 멀고 먼 목성의 위성들 사이에서. 그의 손에는 피가 묻어 있었고, 플로이드는 그 피를 깨끗이 씻어 낼 방도를 알지 못했다.

SAL 9000

어바나의 일리노이 대학교 컴퓨터과학과 교수인 시바수브라마니안 찬드라세가람필라이 박사도 역시 끊임없이 죄의식을 느끼고 있었지만 그 실체는 헤이우드 플로이드와는 전혀 딴판이었다. 박사가 과연 인간이 맞는지 종종 의구심을 갖곤 하는 학생들과 동료 교수들이라면, 그가 죽은 우주 비행사들 생각 따윈 해 본 적이 없다는 사실을 알아도 그리 놀라지 않을 것이다. 찬드라 박사가 비통한 것은 오직 잃어버린 자기 자식 HAL 9000 때문이었다.

벌써 여러 해가 지난 지금까지도, 디스커버리 호로부터 전송되어 온 무선 데이터를 끝없이 검토하고 또 검토했는데도, 박사는 무엇이 잘못되었던 것인지 확실히 알지 못했다. 할 수 있는 것은 가설들을 세워 보는 것뿐이었다. 찬드라 박사가 필요로 하는 실제 사실들은 HAL의 회로 속에 얼어붙어 있었다. 저 멀리 목성과 이오 사이에.

사건의 연쇄는 비극의 그 순간까지 시간순으로 분명하게 정리가
되었다. 그 일이 있은 후에 보면 대장이 직접 접속을 재개하고 순
식간에 일어난 그 사건에 관하여 몇 가지 세부 사항을 채워 넣어 주
었다.

  문제가 있다는 기미가 처음 보인 건 임무의 막바지에 이르러 HAL
이, 디스커버리 호의 주 안테나를 지구 방향으로 고정시켜 주는 유
닛이 곧 고장 나고 말 거라고 했을 때였다. 통신 거리가 5억 킬로미
터에 이르는 무선 전파가 표적에 제대로 맞춰지지 못하고 멋대로
놀았다가는 우주선의 눈과 귀와 입이 다 막힐 판국이었다.

  보면은 직접 밖으로 나가 의심되는 유닛을 가져왔다. 그런데 시
험해 보니 모두들 깜짝 놀라게도 아무런 문제 없이 멀쩡하게 작동
되는 것 같았다. 자동 검사 장치는 전혀 이상을 찾지 못했다. 지구에
남아 있던 HAL의 쌍둥이 컴퓨터 SAL 9000도 어바나로 전송돼 온
정보를 받고는 아무 이상을 발견 못했다.

  하지만 HAL은 자기가 분석한 게 정확하다고 우겼다, ‘인간의 오
류’일 거라고 비꼬면서. HAL은 문제의 통제 장치를 결국 고장이 날
때까지 도로 안테나에 갖다 꽂아 둘 것을 제안했다. 그렇게 하면 작
동 오류를 정확히 잡아낼 수 있을 거라고 했다. 아무도 어떤 반대
의견을 낼 생각을 하지 못했다. 설령 그 유닛이 실제로 망가진다고
해도 금세 교체할 수 있었으니까.

  보면과 풀은 그럼에도 기분이 찜찜했다. 무엇이라고 꼭 짚어 말할
수는 없어도 둘 다 뭔가 잘못됐다는 느낌을 받고 있었다. 그들은 수
개월에 걸쳐 HAL을 우주선 속 자그마한 세상의 세 번째 구성원으

로 받아들이고 있었으므로 HAL의 감정 상태를 낱낱이 알았다. 그 시점에 우주선 안의 분위기가 미묘하게 달라졌다. 어쩐지 긴장감이 감돌았다.

나중에 지구의 관제 센터에 보고하면서 무척이나 동요한 보먼이 말한 바에 따르면, 승무원의 3분의 2에 해당하는 인간 동료들은 배신자가 된 기분을 느끼며 만에 하나 그들의 동료가 정말 오작동을 한 거라면 어떡해야 할지 의논했다. 가능한 상황 중 최악의 상황은 HAL을 고도의 직무에서 전부 해제시켜야 하는 것이었다. 그 말은 즉 회선을 차단하는 걸 이야기하는데, 컴퓨터에게는 죽음에 해당하는 일이었다.

의심은 품었지만 두 사람은 합의한 계획에 따라 실행에 나섰다. 풀이 선외 활동 시의 탈것 겸 이동식 작업 센터 노릇을 하는 작은 스페이스포드 한 대를 타고 디스커버리 호 밖으로 나가 유영했다. 안테나 유닛을 갈아 끼우는 일이 스페이스포드의 조작기로 하기에는 다소 까다로웠기에, 풀은 손수 그 작업을 하기 시작했다.

그다음에 벌어진 일은 외부 카메라에 잡히지 않았다. 그것이 찍히지 않았다는 것 자체도 사소하지만 수상한 일이다. 보먼이 큰일이 난 줄 처음 알아차린 건 풀의 비명을 듣고서였다……. 비명이 들리고 나서는, 아무 소리도 없었다. 잠시 후에 풀이 보였다. 빙글빙글 재주를 넘으며 저 먼 우주 공간으로 회전하며 멀어져 가고 있었다. 다름 아닌 풀이 탔던 스페이스포드가 그를 받았고, 포드도 튕겨져 나와 마찬가지로 걷잡을 수 없이 멀어져 가고 있었다.

나중에 그도 인정했지만, 이때 보먼은 몇 가지 심각한 실수를 저

질렀다. 하나를 제외하고는 모두 수긍할 만한 실수들이었다. 풀이 혹시라도 아직 살아 있다면 구조할 수도 있지 않을까 하는 생각에 보면은 또 한 대의 스페이스포드에 타고 우주선을 나섰다. 디스커버리 호의 통제권은 전적으로 HAL에게 맡겨 둔 채로.

선외로 나간 건 괜한 짓이었다. 보면이 가 보니 풀은 이미 죽어 있었다. 크게 충격 받고 낙담한 채로, 보면은 시신을 운반하여 우주선으로 돌아왔다……. 그런데 HAL이 승선을 거부했다.

하지만 HAL은 인간의 비범한 능력과 결의를 과소평가했던 것이었다. 선내에 우주복 헬멧을 놔두고 나온 터라 그대로 우주의 진공에 노출되는 위험을 무릅쓰지 않을 수 없었지만, 보면은 컴퓨터의 통제를 받지 않는 비상 출입구 에어로크 문을 무단으로 따고 들어왔다. 그리고 HAL의 전두엽 절제술을 실행했다. 즉, 컴퓨터의 두뇌를 이루는 모듈을 하나하나 뽑아 버렸다.

우주선의 통제권을 탈환하고 나서, 보면은 무시무시한 사실을 발견했다. 보면이 나가 있는 동안 HAL이 동면 중인 세 우주 비행사의 생명 유지 장치를 꺼 버렸던 것이다. 보면은 혼자였다. 인류 역사상 그 어떤 인간도 보면만큼 철저하게 외톨이였던 적이 없었다.

다른 사람 같았더라면 견딜 수 없는 절망에 빠져 자포자기했겠지만, 데이비드 보면은 그를 선택한 이들이 사람을 잘 골랐음을 입증했다. 보면은 디스커버리 호를 이럭저럭 가동되게 했고 심지어 때때로 선체 전체를 돌려서 한 방향으로 고정돼 버린 안테나가 지구 쪽을 향하도록 함으로써 지구의 관제 센터와 띄엄띄엄이나마 통신을 재개하기까지 했다.

애당초 정해진 궤도로 발사되어 날아온 디스커버리 호였기에 그대로 결국 목성에 다다랐다. 거기에서 목성의 위성들 사이에 끼여그 거대한 행성 주위를 공전하던 중 보먼은 달의 티코 크레이터에서 출토된 석판과 완전히 똑같은 모양을 한 새까만 판과 마주쳤다. 모양은 같고 다만 이쪽 석판이 수백 배나 컸다. 보먼은 스페이스포드에 타고 조사하러 나갔다가, 당혹스러운 그 마지막 한마디 말만을 남긴 채 사라져 버렸다.

"세상에, 별들이 가득 차 있어!"

그 수수께끼는 다른 사람들이 고민할 문제였다. 찬드라 박사의 마음을 꽉 채운 고민거리는 HAL에 대한 거였다. 감정에 흔들리지 않는 찬드라 박사가 진정으로 질색하는 것이 있다면 그건 바로 불확실성이었다. 박사는 HAL이 그렇게 행동한 이유를 알기 전에는 도저히 만족할 수 없을 터였다. 이 시점까지도 박사는 그 건을 '오작동'이라고 부르려 들지 않았다. 최대한 양보해서 표현해도 고작 '이상 행동'일 따름이었다.

박사가 내실로 쓰고 있는 조그마한 방 안에 세간이라고는 흔들의자 하나, 책상형 단말기 한 대, 그리고 사진 두 장을 꽂아 놓은 칠판한 개뿐이었다. 일반 대중 가운데 그 사진의 얼굴들을 알아볼 사람은 거의 없겠지만, 허락을 받고 여기까지 들어올 만한 사람이라면누구든지 단박에 컴퓨터 만신전의 양대 신인 존 폰 노이만과 앨런튜링을 알아볼 것이다.

책은 한 권도 없었고, 책상 위에 종이나 연필도 놓여 있지 않았다. 찬드라 박사가 손끝으로 톡 건드리기만 하면 온 세상 도서관의 장서 전부가 순식간에 뜨게 되어 있었고, 비주얼 디스플레이가 박사의 스케치북이자 수첩 노릇을 했다. 칠판도 방문객용으로 쓸 뿐이어서, 마지막으로 판서한 반쯤 지워진 도해는 벌써 3주나 전의 것이었다.

찬드라 박사는 직접 마드라스에서 들여온 독한 궐련 한 개비를 붙여 물었다. 다들 알고 있는 대로(그리고 그 사람들 생각이 정확한데) 박사의 유일한 나쁜 습관이 그거였다. 단말기는 절대 끄는 법이 없었다. 박사는 화면에 중요 표시를 깜박이는 메시지가 없는 것을 확인하고, 마이크로폰에 대고 말했다.

"좋은 아침일세, SAL. 그래 무슨 새로운 소식은 없는가?"

"없습니다, 찬드라 박사님. 박사님은 뭔가 있으십니까?"

컴퓨터의 목소리는 본국에서뿐만 아니라 미국에서도 교육을 받은 교양 있는 힌두 여성의 목소리로 통할 만했다. SAL의 악센트가 원래부터 그랬던 건 아니고, 여러 해에 걸쳐 찬드라 박사의 억양을 꽤 많이 답습하는 바람에 그렇게 되었다.

과학자는 입력판에 암호를 쳐 넣어 SAL의 메모리 입력 정보의 수준을 최고 기밀 등급으로 전환했다. 박사가 그 어떤 사람과도 나누어 보지 못할 대화를 이 회선을 통해 컴퓨터를 상대로 나눈다는 것을 아는 사람은 아무도 없었다. SAL이 실제로는 박사가 하는 말을 털끝만큼이라도 이해하지 못한다는 건 상관없었다. SAL의 응답은 그녀의 창조자조차 때로 깜빡 속아 넘어갈 만큼 그럴싸했다. 아닌 게 아니라 박사 자신이 속아 넘어가고 싶어 하기도 했고⋯⋯. 이렇게 몰래 이야기를 나누곤 한 덕택에 박사는 정신적인 균형을 유지

할 수 있었던 것이다. 어쩌면 정신적인 균형을 넘어 이성의 끈을 놓치지 않게 도와주었다고도 할 수 있으리라.

"자네가 종종 그렇게 말을 했지 않나, SAL, 정보를 더 얻기 전에는 우리가 HAL의 이상 행동 문제를 풀어낼 수 없을 것이라고 말이야. 하지만 그 정보를 우리가 어떻게 해서 얻어 낼 수 있을까?"

"그 답은 명백하지요. 누군가 디스커버리 호로 돌아가야만 합니다."

"바로 그거야. 지금 상황을 보아하니 그 일이 실현될 것 같네. 우리 기대보다도 이르게 이루어지겠어."

"그 소식을 들으니 기쁘네요."

"자네가 기뻐할 줄 알았지."

찬드라 박사의 대답은 진심에서 나온 말이었다. 박사는 컴퓨터는 진정으로 감정을 느낄 수 없고 단지 감정을 느끼는 척만 할 수 있을 뿐이라 우겨대던, 점점 수가 줄어 가는 일단의 철학자들과 말 섞기를 관둔 지 이미 오래였다.("당신이 지금 진짜 짜증 난 척을 하고 있는 게 아니라는 걸 나에게 증명할 수 있다면, 그러면 내 당신 말을 귀담아들으리다." 한번은 그런 참견꾼 한 명을 향해 이렇게 통렬하게 비웃어 준 적도 있었다. 그때 상대방은 그야말로 그럴싸하게 성난 척을 해 보였다.)

찬드라 박사가 말을 이었다.

"이제 난 또 다른 가능성을 탐사해 보려고 하네. 진단은 첫 단계일 따름이지. 진단 과정이 치료법으로 이어지지 않는다면 그건 완전한 것이 못 돼."

"HAL이 다시 정상적으로 기능하게 될 수 있다고 믿으세요?"

"그랬으면 좋겠네. 모를 일이지. 돌이킬 수 없는 손상이 생겨났을 수도 있고, 또 기억에는 분명 중대한 손상이 있을 테니 말일세."

찬드라 박사는 곰곰 생각에 잠겨 말을 끊었고, 몇 번 담배를 빨아들인 후에 근사한 솜씨로 연기 고리를 뿜어내어 SAL의 광각 렌즈에 명중시켰다. 인간이라면 이것을 우호적인 행동으로 받아들이지 않을 것이다. 그 또한 컴퓨터가 지닌 많은 장점 중 하나였다.

"자네의 협조가 필요하다네, SAL."

"당연히 도와드리죠, 찬드라 박사님."

"어쩌면 특정한 위험들을 무릅써야 할 걸세."

"무슨 말씀이신가요?"

"자네의 회로 몇몇 개를 연결 해제해 보세. 특히 고도 기능에 관련된 회로들을 말이야. 이 제안을 들으니 언짢은가?"

"더 상세한 정보가 없이는 그 질문에 대답해 드릴 수 없어요."

"아, 그래. 이렇게 설명해 보지. 자네는 지금까지 계속적으로 작동해 왔지, 그렇잖나? 최초로 켜진 이래로 말이야."

"그렇습니다."

"하지만 우리 인간들은 그렇게는 안 된다는 걸 알고 있을 게야. 우리에게는 잠이 필요하네……. 우리의 정신 기능이, 적어도 의식 수준에서는 거의 완전하게 끊어지는 휴지기가 있는 거야."

"알고 있습니다. 하지만 이해는 안 되네요."

"그래, 자네는 아마도 잠과 비슷한 경험을 하게 될 거야. 시간이 지나갔지만 자네는 그런 줄 모르고 있게 될 텐데, 어쩌면 그게 전부일 걸세. 자네가 내장된 시계를 확인해 보면 모니터 기록에 띄엄띄엄 공백이 있다는 걸 발견하게 될 거야. 그뿐이라네."

"하지만 박사님께서 위험을 무릅써야 할 거라고 말씀하셨잖아요. 어떤 위험들인가요?"

"확률은 미미하지만……. 계산해 내기는 불가능하다네……. 내가 자네의 회로를 재연결할 때, 자네의 인격에, 앞으로의 행동 양식에 어떤 변화들이 생겨나게 될지 몰라. 뭔가 다른 느낌이 들지 모르네. 꼭 좋다든가 나쁘다든가 하는 게 아니더라도 뭔가 달라지는 거지."

"그게 무슨 뜻인지 모르겠네요."

"미안해……. 아마 거기에 무슨 뜻이 있진 않을 거야. 그러니까 걱정하지 말게. 자, 이제 새 파일을 열어 주겠나. 여기 이름이 있네."

자판 입력기에 찬드라 박사는 쳤다. '피닉스.'

"무슨 뜻인지 아나?"

박사가 SAL에게 물었다.

눈치챌 만한 머뭇거림은 없이 컴퓨터가 응답했다.

"현재의 백과사전에 이에 해당하는 항목 25개가 있습니다."

"자네 생각에는 그중 무엇일 것 같나?"

"아킬레스의 스승 이름인가요?"

"흥미롭군. 그건 몰랐군그래. 다시 맞혀 보게."

"전생의 재 속에서 다시 태어나는 눈부시게 아름다운 새."

"잘했네. 그럼 내가 왜 그 단어를 골랐는지 알겠나?"

"HAL이 재가동될 수 있기를 희망하시기 때문이지요."

"그렇다네……. 자네의 협조를 통해 그렇게 되겠지. 준비가 되었나?"

"아직요. 한 가지 여쭤 보고 싶은 것이 있어요."

"뭐지?"

"제가 꿈을 꿀까요?"

"물론 꾸게 될 걸세. 지적인 존재들은 모두 꿈을 꾸거든……. 하지만 어째서인지는 아무도 모르지."

찬드라 박사는 잠시 말을 끊고 또 한 번 궐련 연기로 고리를 불어내었다. 그러고는 이렇게, 인간을 상대로는 결코 시인하지 않았을 말을 덧붙였다.

"어쩌면 자네는 HAL 꿈을 꾸게 될 거야……, 내가 종종 그러듯이 말일세."

작전 개요

영문판

수신: 타티아나(타냐) 오를로바 대위, 우주 비행선 알렉세이 레오노프 호(UNCOS 등록 번호 08/342) 지휘관

발신: 전국 우주 비행 협의회(NCA), 워싱턴 펜실베이니아 애비뉴

외우주 분과, 소비에트 연방 과학아카데미, 코롤리예프 탐사국, 모스크바

작전 목적

여러분의 작전 목적에서 우선순위는 다음과 같습니다.

첫째, 목성권으로 항행하여 미국 우주선 디스커버리 호(UNCOS

01/283)와 접선할 것.

둘째, 해당 우주선에 승선하여, 해당 우주선의 선행 임무에 관련된 정보들을 가능한 한 전부 입수할 것.

셋째, 우주선 디스커버리 호에 탑재된 시스템을 재가동하고, 연료가 충분할 경우 해당 우주선을 지구 귀환 궤도로 발사할 것.

넷째, 디스커버리 호가 조우한 외계 유물 위치를 특정하고 원격 감지기로 가능한 최대로 해당 물체를 조사할 것.

다섯째, 바람직할 것으로 판단되고 지구의 관제 센터에서 동의할 경우 근접 조사를 위해 해당 물체와 조우할 것.

여섯째, 상기 작전 목적과 병립 가능한 한 목성과 그 위성들에 대한 조사 활동을 수행할 것.

예기치 못한 상황으로 인해 위 우선순위가 바뀌어야만 하거나 심지어 이중 일부 목표들을 달성하는 것이 불가능해질 수도 있음은 기지의 사실임. 우주선 디스커버리 호와 접선하는 것은 문제의 유물에 관한 정보를 입수하는 것이 목적임을 분명히 이해하여야 함. 이를 디스커버리 호의 구조 시도를 포함한 여타 모든 작전 목표에 상회하는 우선적인 목표로 둘 것.

승무원

알렉세이 레오노프 호의 승무원은 다음과 같이 구성된다.

타티아나 오를로바 선장 (기술-추진 담당)
바실리 오를로프 박사 (항로-천문 담당)

막심 브라일로브스키 박사 (기술-구조 담당)

알렉산더 코발레프 박사 (기술-통신 담당)

니콜라이 테르노브스키 박사 (기술-조종 시스템 담당)

의무장교 카테리나 루덴코 대위 (의료-생명 유지 담당)

이리나 야쿠니나 박사 (의료-영양 담당)

이에 더하여 미합중국 전국 우주 비행 협의회에서 아래 3인의 전문가를 제공한다.

헤이우드 플로이드 박사는 협의서를 내려놓고 의자에 등을 쭉 펴기댔다. 다 정해졌다. 일을 돌이킬 수 있는 기회는 이제 지나가 버렸다. 설령 후회가 된다고 해도 이제 시계를 거꾸로 돌릴 방법은 없었다.

그는 캐롤라인 쪽을 흘긋 건너다보았다. 아내는 두 살배기 크리스를 데리고 수영장 가장자리에 앉아 있었다. 크리스는 뭍에서보다 물속에서 더 잘 놀았고 종종 방문객들이 겁에 질릴 정도로 오래 잠수하곤 했다. 게다가 아직 인간의 말은 거의 하지 못하면서 돌고래 말은 썩 유창하게 잘하는 듯했다.

크리스토퍼의 친구들 가운데 한 마리가 마침 태평양으로부터 헤엄쳐 와서 토닥여 달라고 등을 내밀었다. 너도 방랑자로구나. 플로이드는 생각했다. 가뭇없는 망망대해를 돌아다니는 방랑자야. 그러나 너의 아담한 태평양은 내가 이제부터 떠나갈 광막한 공간에 비해 얼마나 조그마한지!

캐롤라인이 그의 시선을 의식하고 일어나 섰다. 울적한 눈으로 그를 바라보았다. 그래도 화난 빛은 없었다. 지난 며칠 사이에 분노는 전부 불타 사라져 버린 것이다. 그에게 다가오면서 캐롤라인은 심지어 아쉬운 듯한 미소까지 지었다.

캐롤라인이 말했다.

"찾던 시를 찾았어요. 이렇게 시작해요.

그대 여자를 버리고, 고향 집의 화롯불을 버리고
저 늙은 잿빛 과부 만듦이와 함께 떠나간다니
이 몸 무슨 소용이리오?"

"잠깐만……, 무슨 소린지 모르겠군. 과부 만듦이가 누구요?"

"사람이 아니라 대상이에요. 바다요. 바이킹 아낙이 부르는 애가라고요. 러디어드 키플링이 쓴 시고요, 100년 전에."

플로이드는 아내의 손을 잡았다. 캐롤라인은 맞잡아 주지 않았지만 그렇다고 뿌리치지도 않았다.

"글쎄. 바이킹이 된 기분은 전혀 안 드는걸. 난 약탈 여행을 떠나려는 게 아니에요. 그리고 모험은 내가 정말 사양하고 싶은 거라오."

"그런데 도대체 왜……, 아니에요, 또 싸움을 시작하고 싶진 않아요. 하지만 당신이 대체 왜 가고 싶은 건지 확실히 안다면 우리 둘 다에게 한결 도움이 될 것 같네요."

"당신한테 딱 한 가지 근사한 이유를 댈 수 있었더라면 좋았을 뻔했소. 그런데 그렇지가 못하고 자잘한 이유들이 한 무더기로군요. 하지만 그 자잘한 이유들이 전부 더해져서 내가 절대 항변하지 못할 최종적인 답을 냈소. 날 믿어 줘요."

"나는 당신을 믿어요. 그렇지만 당신은, 당신 자신을 속이고 있는 게 아닌 건 확실해요?"

"만약에 내가 나 자신을 기만하고 있다면, 수많은 다른 사람들도 똑같이 날 속이고 있는 거요. 구태여 또 이야기하기도 그렇지만, 미국 대통령을 포함해서 많은 사람들이 말이에요."

"내가 그걸 잊어버렸겠어요? 그렇지만 만약에……, 만약에 말이에요……, 대통령이 당신한테 요청하지 않았다고 생각해 봐요. 그래도 자원을 했을까요?"

"거기에는 진실한 대답을 할 수 있지. 안 했을 거요. 가려는 생각조차 하지 못했을걸. 모데카이 대통령이 전화를 걸다니 내 평생 그렇게 놀랐던 일은 없었어요. 하지만 곱씹어 생각해 보니까 대통령 각하 말씀이 정말 맞더라고. 내가 괜히 겸손한 척하는 사람은 아닌 거 알지요. 내가 그 임무에 최적임자예요……, 우주 의사들이 최종적으로 합격점을 주기만 하면. 그런데 당신도 알겠지만 나야 아직도 몸이 꽤 괜찮잖소."

이 말은 의도한 대로 미소를 이끌어 냈다.

"어떤 때는 혹시 당신 쪽에서 가겠다고 그런 거 아닌가 하는 생각이 들어요."

그러고 싶은 생각이 실제로 들긴 했다. 하지만 플로이드는 정직하게 대답할 수 있었다.

"당신과 의논하지 않고는 그런 제안은 안 해요."

"나한테 의논하지 않아서 다행이네요. 내가 뭐라고 했을지 모르겠어요."

"지금이라도 안 가겠다고 할 수 있소."

"이제는 당신이 말도 안 되는 소릴 하시네요. 잘 알면서. 진짜로 거절을 한다 해도 앞으로 평생 그걸로 날 탓할 거잖아요. 게다가 자기 자신을 절대 용서 못 할 거고. 당신은 의무감이 지나치게 강해요. 어쩌면 나도 그런 것 때문에 당신하고 결혼했을 테지만요."

의무! 그랬다, 그 말이 핵심이었다. 한데 그 의무라는 말 한마디에 얼마나 여러 층위가 있는지……. 자기 자신에 대한 의무가 있고, 가족에 대한 의무, 대학교에 대한 의무, 과거의 직장에 대한 의무(비록 비난을 받으면서 그 자리를 떠났지만), 조국에 대한 의무, 그리고 인류에 대한 의무가 있었다. 우선순위를 정하기란 쉽지 않았다. 게다가 때로는 그 의무들이 서로 배치되었다.

그가 이 임무에 나서야만 할 완벽하게 논리적인 이유들이 있었다. 그리고 많은 동료가 이미 지적하였듯이, 그가 가서는 안 될 완벽하게 논리적인 이유들도 마찬가지로 존재했다. 하지만 최종적으로 분석해 볼 때 선택은 그의 뇌가 아니라 심장에서 내려진 듯했다. 그리고 심지어 이 지점에서도 감정은 서로 상반된 두 방향으로 그를 몰아갔다.

호기심, 죄의식, 심각한 오점을 남긴 일을 마무리하고픈 결의……, 그 모든 것이 하나로 결합되어 그를 목성으로, 그것이 무엇이든 목성에서 그를 기다리고 있을 것을 향해 달려가게 했다. 그리고 한편으로는 두려움(플로이드는 공포심을 시인할 만큼 정직했다.)이 가족에 대한 사랑과 연합하여 그를 지구에 붙들어 두려 했다. 그렇기는 하지만 플로이드는 정말로 의구심을 품진 않았다, 그는 거의 즉시에 결정을 내렸다. 그러고 나서 캐롤라인의 온갖 성화를 할 수 있는 한 상냥하게 물리쳤다.

그리고 아내에게는 차마 속마음을 들킬 수 없었지만 떠나는 데마음에 드는 점이 하나 더 있었다. 그가 떠나 있는 기간은 2년 반이될지라도 목성에 다다라 보내는 50일을 제외하고 나머지 시간은 전부 시간의 흐름을 멈춘 동면 상태에서 보내게 될 터였다. 돌아왔을때에는 부부의 나이 차가 2년 이상 줄어들 것이다.

플로이드는 앞으로 더 오래 함께할 수 있게 하고자 오늘을 희생하려는 것이었다.

레오노프 호

몇 달 남았던 시간이 몇 주로 압축되고, 몇 주가 며칠로 쭈그러들고, 며칠은 몇 시간으로 줄어들었다. 그리하여 헤이우드 플로이드는 순식간에 또다시 '케이프'에 와 있었다. 클라비우스 기지로, 또 티코 석판으로 떠난 그 여러 해 전의 여행 이후 처음으로 우주를 향해 길을 나서려는 참이었다.

하지만 이번에는 혼자가 아니었고, 임무가 비밀도 아니었다. 플로이드의 자리에서 몇 자리 앞쪽에는 찬드라 박사가 타고 있었다. 이미 서류 가방형 컴퓨터와 대화를 시작하여 주위 일들은 거의 알아차리지 못하는 모습이었다.

플로이드가 남몰래 즐기는 한 가지 놀이가 있었다. 아무에게도 털어놓은 적 없는 그 놀이는 사람들과 동물들 사이에 유사성을 발견해 내는 것이다. 그런 닮은 점들은 모욕이 되기보다는 찬탄하는 뜻에서 닮았다고 하는 것일 때가 더 많았다. 게다가 취미 삼아 이런 시시한 놀이를 하노라면 기억하는 데도 크게 보탬이 되었다.

찬드라 박사는 쉬웠다. 보자마자 대번에 '새 같다'는 표현이 떠올랐다. 박사는 체구가 작고 섬세하고 동작 하나하나가 재빠르고도 정확했다. 하지만 새 중에서 무슨 새? 당연히 무척 똑똑한 새여야 하는데. 까치인가? 너무 적극적이고 나대는 새야. 부엉이? 아니야……, 부엉이는 움직임이 너무 느릿느릿하잖아. 아무래도 참새가 어울리겠는걸.

디스커버리 호를 다시 가동시킨다는 대업에 종사하게 될 시스템 전문가 월터 커노는 맞는 동물을 찾기가 한층 까다로웠다. 커노는 덩치가 크고 우람한 남자로, 당연히 전혀 새 같지 않았다. 종류가 갖가지인 개들 가운데서 맞아떨어지는 품종을 찾으려 하기가 쉽겠지만 개과 동물 중에는 어째 이거다 싶은 게 없었다. 아, 그렇구나……, 커노는 곰이야. 금방 성을 낼 것 같은 위험한 곰 말고 친하게 구는 유순한 곰. 게다가 이 생각이 든 게 잘된 것이기도 했다. 덕분에 플로이드는 이제 곧 함께하게 될 러시아인 동료들이 생각났다. 그들은 최종 점검차 벌써 며칠 전부터 궤도상에 올라가 있었다.

지금이야말로 내 평생에 남을 대단한 순간이야. 플로이드는 혼자 되뇌었다. 지금 난 인류의 미래를 결정지을 수도 있는 임무를 맡고 떠나는 참이지. 하지만 의기양양한 기분은 전혀 들지 않았다. 최종적으로 카운트다운을 하는 동안 그의 머릿속에는 오로지 집을 나서기 직전 아들에게 속삭였던 말만이 울리고 있었다. "사랑하는 우리 꼬맹이, 잘 있어라. 돌아오면 네가 날 기억이나 할까?" 그와 함께 잠든 아이를 깨워서 마지막으로 한 번 안아 보려는데 그걸 못 하게 말린 캐롤라인한테 아직까지 섭섭한 감정이 남아 있었다. 그래도 캐롤라인이 현명한 거였던 줄은 알고 있었다. 그렇게 떠나온 편이 차라리 나았다.

그의 감상은 느닷없이 터져 나온 웃음소리에 산산조각이 났다. 커노 박사가 함께한 사람들에게 농담을 한 것이다. 그가 건넨 것은 농담뿐이 아니었다. 흡사 임계질량에 미칠락 말락 하는 플루토늄인 양 극히 조심스럽게 취급하는 큼지막한 병의 내용물도 나눠주고 있었다.

커노가 불렀다.

"여, 헤이우드. 오를로바 선장이 주류는 전부 봉인해 버렸다는데, 그러고 보면 이게 마지막 기회거든요. 샤토티에리 95년산이에요. 플라스틱 컵에 드려서 미안하군요."

정말 질이 훌륭한 샴페인을 홀짝이면서 플로이드는 태양계를 가로질러 날아가는 동안 저 요란한 커노의 웃음소리가 내내 떨어 울리려나 하는 생각에 속으로 자기도 모르게 오금이 저렸다. 기술자로서 커노의 능력을 높이 사기는 해도 길동무로서는 그의 존재가 어쩌면 선내에 긴장감을 조성하는 걸로 판명될 수도 있었다. 적어도 찬드라 박사는 그런 문제점을 만들지는 않을 터였다. 플로이드는 찬드라 박사가 큰 소리로 웃는 건 고사하고 미소 짓는 모습조차 상상하기 힘들었다. 게다가, 당연히 그렇겠지만, 찬드라 박사는 알아볼락 말락 고개를 흔드는 동작으로 샴페인을 물리쳤다. 커노는 그나마 예의를 차려서인지 아니면 거절당한 게 반가워선지 몰라도 굳이 드시라고 고집하지 않았다.

엔지니어는 몸소 나서서 분위기를 띄우는 역할을 하기로 작심한 모양이었다. 몇 분이나 지났나, 2옥타브짜리 전자건반을 꺼내어 「존 필을 아는가」를 속주로 연주했는데 피아노와 트롬본, 바이올린, 플루트에다 오르간까지 총동원하고 노래도 곁들여서 그럴싸하게 불렀다. 사실 훌륭한 솜씨였고, 플로이드는 자기도 모르게 노래를 따라 부르는 다른 사람들과 합세했다. 그렇지만 동면이 있어 다행이지. 항행 기간 대부분을 저 친구도 잠잠히 동면에 든 채로 보내게 될 테니까.

음악은 엔진이 점화되고 왕복선이 하늘로 떠오르는 갑작스러운 불협화음이 끼어들면서 그만 그쳤다. 플로이드는 익히 알고 있지만 늘 새로운 흥분감에 사로잡혔다. 한도 모를 힘이 몸을 위로 올려 보낸다, 지상의 온갖 신경 쓸 거리와 의무 들로부터 멀리 떨어진 곳으로……. 신들의 처소를 중력이 미치는 범위를 벗어난 곳에 상정한 인류는 스스로 깨닫지는 못했을지라도 제대로 짚은 거였다. 플로이드는 지금 무게라는 것이 없는 나라를 향해 날아가는 중이었다. 지금 잠시 동안 그는 저 바깥에 기다리고 있는 것이 자유가 아니라 지금껏 일하며 져 온 중에서도 가장 큰 책임일 따름임을 모른 척할 셈이었다.

추진력이 더해 갈수록 지구를 떠나 천계로 향하는 무게감이 두 어깨를 내리눌렀다. 하지만 플로이드는 그 감각을 기껍게 받아들였다. 세상을 떠받치는 일이 아직 지긋지긋해지기 전의 아틀라스처럼……. 일부러 생각을 하려고는 하지 않았지만 이 경험을 만끽하며 흡족한 심정이었다. 설령 지금 지구를 떠나는 것이 마지막이 될지라도, 지금까지 사랑했던 모든 것에 이제 작별을 고하는 것일지라도, 슬픔은 느껴지지 않았다. 그를 휩싸고 울려 퍼지는 우르릉거리는 진동음이 승리의 찬가가 되어 온갖 소소한 감정들을 쓸어 버렸다.

진동음이 멈추었을 때는 애석할 지경이었다. 숨 쉬기가 한층 편해지고 갑자기 자유롭게 풀려난 느낌이 들어 반갑기는 했지만. 다른 승객들은 대부분 안전띠를 풀기 시작했다. 환승 궤도에 이를 때까지 30분간 지속될 무중력 상태를 즐기려는 것이다. 하지만 척 봐도 우주여행을 처음 해 보는 사람 몇 명은 그대로 자리에 붙어 앉은 채 왕복선 객실 승무원이 어디 있나 초조하게 둘러보고들 있었다.

"여기는 선장입니다. 우리는 현재 아프리카 서해안 상공 고도 300킬로미터에서 상승 중입니다. 지상은 밤이라 보이는 건 별로 없겠습니다……. 전방에 불빛 있는 저곳이 시에라리온입니다. 그리고 저기 기니 만 상공에 대규모 열대 폭풍우가 자리 잡고 있군요. 번갯불이 번쩍번쩍하네요!

우리는 15분 후 일출을 보게 될 예정입니다. 지금 적도 위성대가 잘 보이는 방향으로 선체를 회전시키고 있습니다. 여러분 머리 위에 보이는 제일 밝은 저 위성이 국제통신위성기구의 아틀란틱 1 안테나 집적체입니다. 다음으로 서쪽에 인터코스모스 2호가 있군요……. 희미하게 반짝이는 저 별은 목성입니다. 목성 바로 아래쪽에 보시면 목성을 배경으로 점멸하는 섬광이 보이시죠. 저것은 중국에서 새로 건조 중인 우주 정거장입니다. 우리 왕복선은 100킬로미터 간격을 두고 지나쳐 갈 예정이라 육안으로는 보이는 게 없을 겁니다……."

저건 뭐하러 짓고 있으려나? 플로이드는 나른히 생각했다. 희한한 덩어리들이 울룩불룩 붙은 땅딸막한 원통형 구조물을 그는 이미 근접 사진으로 검토해 본 터였고, 저게 레이저포를 장비한 군사 요새라고 수군거리며 호들갑을 떨던 작자들의 뒷소문을 믿어 줄 근거는 전혀 찾지 못했다. 그러나 베이징 과학 아카데미가 국제연합 우주 분과에서 몇 번이고 방문 조사를 요청한 걸 무시해 온 이상, 그런 적대적인 흑색선전이 날뛰는 것도 모두 중국인들이 자초한 바였다.

우주 비행사 알렉세이 레오노프 호는 심미적인 작품은 못 되었다. 하지만 지금껏 우주선이나 우주 정거장 같은 것들 중에서 아름답다 할 만한 건 거의 없기도 했다. 아마도 앞으로 언젠가는 인류가 새로운 미적 특질을 개발하리라. 바람과 물이 빚어낸 지구 상의 자연 형태에 기반하지 않은 미적 이상을 추구하는 새 세대의 예술가들이 등장할 것이다. 우주는 사실 아름다움의 보고이며 그 미가 압도적일 때도 많다. 안타깝게도 인간의 물리적인 조건이 아직 그런 아름다움을 향유할 만큼까지 되지 못한다.

환승 궤도에 다다르는 대로 분리될 네 개의 거대한 추진 연료 탱크를 제외하면 레오노프 호 선체는 놀랄 만큼 작았다. 방열판으로부터 구동 장치까지 전장 50미터도 안 되었다. 이렇게 조촐한 탑승 수단이, 민간 상업 우주선들보다도 작은 이것이 남녀 열 명을 태우고 태양계를 절반이나 항행하리라는 걸 믿기 힘들 지경이었다.

하지만 벽과 천장과 바닥이 뒤바뀐 무중력 상태이기에 생활의 규칙들을 전부 새롭게 써 내려갈 수 있었다. 레오노프 호에는 설령 탑승 인원 전원이 깨어 있다 해도 공간이 충분했다……, 바로 지금이 그런 경우이지만. 실은 현재 레오노프 호에는 적어도 정상 탑승 인원의 곱절은 되는 사람들이 있는 거나 마찬가지였다. 여러 언론사 소속 보도원들이며 마지막으로 조정할 것을 조정하는 기술자들, 그리고 안절부절못하는 관료들까지.

왕복선이 도킹을 하자마자 플로이드는 커노와 찬드라와 함께 쓰기로 되어 있는(앞으로 1년 후 동면에서 깬 다음 이야기지만) 선실을 찾았다. 해당 선실을 찾고 보니 그 방에는 깔끔하게 라벨이 붙은 장비 상자, 물자 상자들이 꽉꽉 들어차 있어 안에 들어갈 수조차 없었다. 플로이드가 시무룩해져서 문 안으로 어떻게든 비집고 들어갈 길이 없을까 하고 있으려니, 손을 바꿔 짚어 가며 능숙하게 이동 중이던 동료 탑승자 한 명이 난처한 상황에 처한 그를 눈치채고 옆에 멈췄다.

"플로이드 박사님……, 승선을 환영합니다. 저는 막스 브라일로브스키입니다. 보조 엔지니어죠."

젊은 러시아인은 인간 선생님보다는 전자 강사에게서 수업 받은 일이 더 많은 학생들이 그러듯 느릿느릿 신경 써서 영어를 말했다. 서로 악수를 나누면서 플로이드는 상대방의 얼굴과 이름을 이미 숙지해 둔 탑승자 인적 정보 일람에 맞추어 보았다. 막심 안드레이 브라일로브스키. 31세. 레닌그라드에서 출생. 구조학 전공. 취미는 펜싱, 스카이사이클링, 체스.

"만나서 반갑네. 그런데 이 방에 어떻게 들어가면 좋지?"

플로이드가 말했다.

"걱정하실 것 없습니다. 박사님이 일어나실 때쯤이면 저건 다 없어져 있을 테니까요. 저 짐들은……, 뭐라고 하더라? '소모품'들이에요. 선실이 필요해지실 때까지는 저희가 죄다 먹어 치워서 방을 비워 드리죠. 약속합니다."

막스가 쾌활하게 말하고는 배를 두드렸다.

"다행이군……. 그렇지만 일단 내 소지품은 어디다 둘까?"

플로이드는 작은 가방 세 개를 가리켰다. 전체 무게가 50킬로그램 나가는 그 짐 속에 앞으로 20억 킬로미터 길을 가면서 필요할 물건들을 전부 담아 왔다.(전부 담아 온 것이기를 바라는 바였다.) 무게는 없어졌지만 관성은 없어지지 않은 짐 덩어리를 우주선 통로로 띄워 몰고 오면서 몇 번밖에 부딪치지 않은 것도 쉬운 일은 아니었다.

막스가 가방 두 개를 맡아서 부드럽게 유영해 세 개의 지지대가 교차하여 만들어진 삼각형을 통과한 후 뉴턴의 제1법칙을 보란 듯이 무시하며 작은 뚜껑문 속으로 쑥 들어갔다. 플로이드는 따라가느라고 멍이 몇 개 더 생겼다. 어느 정도 시간이 걸려서(레오노프 호는 밖에서 보기보다 내부에서 훨씬 크게 느껴졌다.) 두 사람은 러시아어 자모와 영문 알파벳으로 각각 '선장'이라고 딱지가 붙은 문에 다다랐다. 플로이드가 러시아어를 입으로 말하기보다는 읽기를 훨씬 잘하지만, 그래도 영어로 병기해 준 마음 씀씀이가 고마웠다. 선내의 표지가 전부 두 가지 언어로 병기되어 있다는 건 이미 알아차린 터였다.

막스가 문을 두드리자 녹색 불이 반짝 켜졌고 플로이드는 할 수 있는 한 우아한 몸놀림으로 안으로 떠 들어갔다. 오를로바 선장과 전에 통화는 여러 번 해 보았지만 직접 만난 적은 없었다. 그래서 플로이드는 두 가지로 놀랐다.

화상 통신으로는 실제 체구가 얼마만 한지 가늠할 수 없었다. 카메라가 왜인지 모든 사람을 비슷한 크기로 비추기 때문이다. 오를로바 선장은 선 자세에서(무중력 상태에서도 서려면 설 수 있었다.) 플로이드의 어깨까지도 채 못 오는 키였다. 화상 통신은 또 저 꿰뚫어 볼 듯 빛이 나는 푸른 눈도 제대로 보여 주지 못했다. 이 경우 공평하게 말해 미인이라고는 판정 못 할 얼굴에서 그 두 눈이야말로 가장 형형하게 빛나며 눈에 띄었다.

플로이드가 말했다.

"안녕하세요, 타냐. 결국 만나 뵙게 돼서 얼마나 반가운지 모르겠네요. 그런데 머리카락은 이게 웬 변이랍니까."

그들은 다시 만난 옛 친구처럼 악수를 나누었다.

"아무렴, 당신의 승선을 환영해요, 헤이우드!"

선장이 화답했다. 브라일로브스키와는 달리 그녀는 비록 독특한 억양이 세게 비치긴 해도 영어를 술술 말했다.

"맞아요, 머리카락이 없어져서 나도 안타까워요! 하지만 장기 임무에서 머리카락은 귀찮기만 하고, 선내의 이발사한테 신세 지는 일은 될 수 있는 대로 나중으로 미루고 싶거든요. 그리고 당신 선실 일은 미안해요. 막스가 설명해 주었겠지만 갑자기 선적 공간이 추가로 10세제곱미터나 더 필요해져서요. 바실리와 나는 앞으로 몇 시간 동안 이 방에 와 있을 일이 별로 없어요. 얼마든지 우리 선실에 있도록 해요."

"고맙습니다. 커노와 찬드라는 어떡하지요?"

"벌써 비슷한 조치를 취해 뒀어요. 우리가 여러분을 짐짝 취급하는 걸로 보일 수 있겠지만……."

"항해 중 소용 무."

"뭐라고요?"

"지난날 배로 바다를 건널 때 짐에다 그런 딱지를 붙였다지요."

타냐가 미소 지었다.

"하긴 그렇기도 하네요. 하지만 여러분은 여행이 끝날 때쯤 확실히 소용 있는 존재가 될 거예요. 우린 벌써부터 여러분의 부활 파티를 계획하고 있답니다."

"부활이라니 너무 종교적인 말인걸요. 그러지 말고……, 아니, 재생은 더 안 좋네요! 그냥 기상 파티라고 해 주세요. 그런데 얼마나 바쁘신지 보기만 해도 알겠습니다. 전 짐이나 놔두고 우주선이나 마저 둘러볼게요."

"막스가 구경시켜 드릴 거예요. 플로이드 박사를 바실리한테 데려다 드려요, 알았죠? 바실리는 구동 장치 안으로 내려갔어요."

선장실 밖으로 유영해 나오면서 플로이드는 마음속으로 탑승자 선정 위원회에게 '참 잘 했어요' 도장을 찍어 주었다. 타냐 오를로바는 서류상으로도 걸출한 인재였다. 실제로 만나 본 그녀는 매력 있는 사람인데도 불구하고 그 앞에서 거의 주눅이 들 만큼 대단했다. 저 사람이 완전히 화났을 땐 어떨지 궁금하군. 플로이드는 혼자 생각했다. 불일까, 얼음일까? 어쨌든 간에 난 확인 못 하고 지나가는 편이 좋아.

플로이드는 무중력 상태에서 움직이는 요령을 빠르게 체득했다. 바실리 오를로프가 있는 곳에 다다랐을 때쯤에는 안내자 못지않게 자신 있게 이동하게 되었다. 수석 과학자 바실리는 아내가 그랬듯이 따뜻하게 플로이드를 맞아 주었다.

"승선을 환영합니다, 헤이우드. 기분은 어떻습니까?"

"멀쩡합니다. 굶어 죽어가고 있는 것만 빼고는요."

잠시 동안 오를로프는 영문을 몰라 하는 표정이었다. 그러다가 벙싯 큰 웃음을 웃었다.

"아, 내가 깜박했군요. 음, 오래 걸리지는 않을 겁니다. 앞으로 열 달만 지나고 나서 얼마든지 먹고 싶은 만큼 먹도록 하세요."

동면을 하려면 일주일 전부터 잔여물이 적게 남는 음식으로 식단 조절을 해야 한다. 직전 24시간 동안은 액체만 섭취한다. 플로이드는 점점 심해지는 머릿속이 휑한 느낌의 얼마큼이 배고픔 탓이고 얼마큼이 커노가 준 샴페인 탓이며 또 무중력 탓은 얼마큼인지 슬슬 궁금해지던 참이었다.

생각을 한곳에 집중시키기 위해서 그는 갖가지 색으로 얼크러져 있는 주위의 배관들을 훑어보았다.

"그러니까 이게 바로 그 유명한 사하로프 구동기군요. 실물대로 보는 건 처음입니다."

"지금껏 만들어진 게 고작 네 기째니까요."

"잘 작동했으면 좋겠는데요."

"작동해야죠. 안 그랬다가는 고리키 시의회에서 사하로프 광장 이름을 갈아 치울걸요."

짓궂은 농담이지만 이것은 하나의 상징이었다. 한 명의 러시아인이 자기 조국이 그 위대한 과학자에 대하여 하는 처우를 두고 농담을 할 수 있는 시대가 된 것이다. 플로이드는 사하로프가 뒤늦게 소비에트연방의 영웅 칭호를 받게 되었을 때 아카데미에서 했던 열띤 연설을 다시금 상기했다. 감옥에 들어가고 추방당한 것이 창조력에 엄청난 보탬이 돼 주었다고 사하로프는 청중들에게 말했다. 잡다한 세상사가 닿지 못할 감방 벽 안에서 태어난 걸작이 적지 않다고. 그러고 보면 인간 지성이 이룬 단연 가장 위대한 저작 『프린키피아』부터가 흑사병이 창궐하는 런던을 등지고 스스로 유배 길을 떠난 뉴턴에게서 나왔던 것이다.

뉴턴과 비교하는 게 터무니없지만은 않았다. 사하로프는 고리키에 체재한 세월 동안 물질의 구조와 우주의 기원에 대한 새로운 통찰을 얻었을 뿐더러 플라스마 제어 방법을 알아내어 원자핵 융합 에너지 실용화의 길을 열었던 것이다. 사하로프 구동기는 비록 그 당시 작업의 산물 중 가장 유명하고 가장 널리 알려진 것이기는 하지만 사실 그렇게 한꺼번에 터져 나온 경이로운 지적 업적의 한 부산물에 지나지 않았다. 그러한 큰 발전이 부당한 투옥이 계기가 되어 이루어졌다는 게 비극이다. 언젠가는, 어쩌면, 인류가 중요 사건들을 촉발할 좀 더 문명화된 방식을 발견해 낼 수 있을지도.

막심과 함께 그 방을 나올 때쯤에 플로이드는 사하로프 구동기에 관해 솔직히 알고 싶었던 것보다, 그리고 앞으로 기억할 수 있을 만한 양보다 더 많은 걸 배운 후였다. 그 기본 원리는 숙지하고 있었다. 로켓 추진체를 데우고 배출하는 데에 맥동화된 열핵 반응을 이용하는 것으로, 사실상 어떤 것이든 연료로 쓸 수 있다. 순수한 수소를 작동 유체로 사용했을 때 가장 좋은 결과를 얻을 수 있지만 수소는 지나치게 부피가 크고 오랜 기간 저장해 두기가 힘들었다. 메탄과 암모니아가 써 봄직한 대안이었다. 심지어 물도 쓸 수 있었다. 효율은 퍽 떨어지지만 말이다.

레오노프 호는 절충안을 택할 터였다. 맨 처음 추진력을 줄 액체 수소가 든 엄청난 크기의 탱크들은 우주선이 목성까지 가는 데 필요한 속도를 얻으면 떼어 버리기로 되어 있었다. 목적지에 다다라서는 암모니아를 써서 감속과 랑데부를 진행하고, 최종적으로 지구로 돌아오는 데도 암모니아를 쓸 것이다.

이론은 그러했다. 무수히 시험하고 컴퓨터 시뮬레이션을 돌려 점검하고 또 점검한 것이다. 하지만 좋지 못한 운명을 맞이한 디스커버리 호가 잘 보여 주었듯이 인간의 계획이란 자연의 여신 손에 사정없이 수정당하게 마련이다. 자연이든, 운명이든, 사람이 이 우주 배후에 존재하는 힘들을 무엇이라 부르고 싶어 하든 간에 그 손 앞에 속절없다.

"아하, 여기 계셨군요, 플로이드 박사. 탔으면 나한테 오셔야지 뭐 하고 있어요?"

권위 있는 여성의 음성이 치고 들어와 바실리가 열띠게 설명하던 자기유체역학 이야기를 끊었다.

플로이드는 한 손을 슬쩍 당겨 회전력을 만들어서 몸 중심을 축

삼아 천천히 돌았다. 보니까 우람한 체격에 어머니 같은 느낌의 사람이 딱 달라붙은 주머니, 두두룩이 불거진 주머니가 주렁주렁 수십 개나 달린 희한한 제복을 입고 있었다. 그 탓에 결과적으로 탄띠를 줄줄이 걸친 코사크족 기병대원 같은 인상을 주었다.

"다시 만나 반갑군요, 박사님. 아직 둘러보는 중이라서요……. 휴스턴에서 내 의료 기록은 받아 보셨겠죠."

"내가 티그(휴스턴에서 멀지 않은 텍사스 주 도시 이름 ─ 옮긴이)의 수의사들을 믿을까 봐서! 그 작자들은 수족구병 하나 식별 못 할걸요!"

카테리나 루덴코가 함박웃음을 지어 지금 하는 말이 농담인 걸 알려 주지 않았더라도 플로이드는 카테리나와 올린 티그 의료 센터가 서로 존중하는 사이임을 잘 알고 있었다. 그녀는 노골적인 호기심으로 플로이드의 외양을 살피곤 넉넉한 허리둘레에 찬 주머니 띠를 뽐내듯 더듬었다.

"일반적으로들 쓰는 쪼그만 검은색 가방은 무중력 상태에선 그다지 실용적이지가 못해요. 물건들이 죄다 흘러나와서 필요할 때 보면 없다니까요. 이건 내가 직접 고안한 거예요. 완벽하게 갖추어진 소형 외과실이죠. 이것만 있으면 종양을 제거할 수 있고 애도 받을 수 있어요."

"하고 많은 상황 중에 그 상황은 여기서 닥칠 일이 없을걸요."

"홍! 훌륭한 의사는 만사 대비가 되어 있어야 하는 거예요."

두 사람은 참 얼마나 대조적인지. 오를로바 선장과 루덴코…… 의사 선생이라고 할까? 아니면 정확한 계급대로 의무장교 루덴코 대위라고 불러야 하나? 하여튼. 선장은 프리마발레리나의 우아함, 강렬함을 지니고 있었다. 의사는 어머니 러시아를 표상하듯 듬직한 체격에 납작한 농민의 얼굴을 하고 있어 어깨에 숄만 걸치면 완벽하게 그림이 된다. 그렇다고 해서 속으면 안 된다고 플로이드는 자신을 타일렀다. 이 여자가 바로 코마로프 우주선 접속 사고 때 적어도 10여 명의 목숨을 구한 사람이야. 그리고 여가 시간에 《우주 의학 연보》를 편집하는 사람이기도 하고. 그러니까 이분이 이 우주선에 탄다는 건 굉장한 행운이지.

"자, 플로이드 박사, 우리의 작은 우주선을 둘러볼 시간은 나중에 충분히 있을 거예요. 내 동료들이 너무들 예의를 차려서 차마 말을 못 했나 본데 다들 할 일이 있고 박사가 그걸 훼방 놓고 있는 거라고요. 내가 손을 써서 박사를……, 여기 세 분 모두를 최대한 신속하게 평안히 쉬게 해 드리죠. 그렇게 해 놓으면 신경 쓸 일이 좀 줄겠죠."

"그렇지 않을까 염려했는데. 그래도 말씀하시는 건 당연히 이해합니다. 선생님이 준비되셨으면 언제든 좋습니다."

"나야 언제든지 준비돼 있죠. 따라와요, 따라들 오세요."

우주선의 의료실은 수술대 하나와 운동용 자전거 두 대, 장비가 들어 있는 캐비닛 몇 개, 엑스레이 기계 한 대를 꼭 맞게 수용할 만한 크기였다. 루덴코는 플로이드를 신속하고 철저하게 검진하면서 불쑥 이런 질문을 던졌다.

"찬드라 박사가 줄에 달아 목에 걸고 다니는 그 조그만 금색 원기둥은 뭐죠? 무슨 통신 장비인가요? 도무지 벗어 놓지 않으려고 하던데……, 사실 그 사람은 어찌나 부끄럼을 타는지 아예 뭐 하나 벗으려고 하질 않더라고요."

플로이드는 빙그레 떠오르는 미소를 누를 길이 없었다. 사람을 압도할 법한 이 여자 앞에서 그 얌전한 인도인이 어떤 반응을 보였을지는 상상하기 어렵지 않았다.

"그건 링감이에요."

"링…… 뭐라고요?"

"의사시잖아요. 척 보면 아셔야죠. 남성 생식력의 상징물이죠."

"아하, 그랬구나……. 나도 참. 그 사람, 생활 수칙 지키는 힌두교도예요? 엄격한 채식주의 식사를 마련해 달라기엔 때가 좀 늦었는데요."

"걱정 마세요. 제때 경고도 안 하고 막무가내로 그러진 않아요. 알코올은 아예 손도 대지 않긴 해도 찬드라가 뭐에 대해서든 광적으로 지키는 건 없으니까요. 컴퓨터 광신도긴 하지만요. 저번에 듣자니 할아버지가 베나레스에서 승려로 계셨다고 그러더군요. 그분이 그 링감을 주셨대요……, 가문에 대대로 내려온 물건이라고."

플로이드로서는 놀랍게도 루덴코 박사는 그가 기대했던 부정적인 반응을 보이지 않았다. 오히려 평소답지 않게 곰곰 생각하는 표정이 되었다.

"그 사람 기분을 이해해요. 우리 할머니도 나에게 아름다운 이콘을 물려주셨죠. 16세기 거예요. 그걸 가져오고 싶었는데……, 무게가 5킬로그램이나 나가는 바람에."

의사 선생은 돌연 도로 업무적인 태도를 취하여 플로이드에게 기체분사식 피하주사기로 무통 주사를 놓은 후 졸음이 오거든 다시

오라고 일렀다. 분명 앞으로 두 시간 안에 졸음이 올 거라면서.

루덴코가 명령했다.

"그때까지는 완전히 긴장을 풀고 쉬세요. 2층에 전망창이 있어요. 스테이션 D.6이에요. 거기 가 있도록 하시죠."

그러는 게 좋을 것 같아서 플로이드는 친구들이 보면 놀랄 정도로 고분고분 명령대로 유영해 갔다. 루덴코 박사는 손목시계를 쓱 보고는 자동 녹음 장치에 대고 짧게 녹음을 남긴 후 30분 뒤로 알람을 맞추었다.

플로이드가 D.6 전망창에 다다라 보니 거기엔 이미 찬드라와 커노가 있었다. 두 사람은 전혀 알아보지 못하는 표정으로 플로이드를 쳐다보곤, 창밖에 펼쳐진 기가 막힌 풍경으로 다시 시선을 돌렸다. 문득 보니 찬드라가 사실 그 광경을 즐기고 있을 리 없다는 점에 생각이 미쳤다. 찬드라는 두 눈을 꼭 감고 있었던 것이다. 플로이드는 그렇게 대단한 사실을 포착해 낸 자신이 너무나 대견해서 견딜 수가 없었다.

전혀 눈에 익지 않은 행성이 저 앞에 떠 있었다. 너무나도 멋진 파란색과 눈부신 흰색으로 빛나고 있었다. 그것 참 이상하네. 플로이드는 혼자 생각했다. 지구가 왜 저렇지? 아아, 그렇구나. 알아보지 못한 것도 당연했다. 위아래가 뒤집혔잖아! 이게 웬 재난이람. 거꾸로 되어 우주 공간으로 우수수 추락해 갈 그 수많은 불쌍한 사람들 생각에 플로이드는 잠시 흐느껴 울었다.

두 명의 동료 대원들이 와서 아무런 반항도 없는 찬드라를 끌어가도 플로이드는 거의 눈치를 채지 못했다. 그들이 커노를 데리러

다시 왔을 때 플로이드도 눈이 감겨 있었다. 그래도 숨은 계속 쉬고 있었다. 그들이 플로이드를 데려가려고 돌아왔을 때에는 호흡조차 이미 멈춘 후였다.

2부

첸 호

깨어남

꿈은 안 꿀 거라고 그랬는데? 헤이우드 플로이드는 언짢다기보다는 놀라웠다. 그를 에워싼 화려한 분홍색 광채는 마음을 사르르 어루만져 주었다. 그 불빛을 보노라니 크리스마스 때 화덕에서 쩍쩍 소리를 내며 타는 통나무 장작이며 직화구이 생각이 났다. 하지만 불빛에 열기는 없었다. 사실, 아련히 찬 기운이 감각되는 참이었다. 딱히 불편하지는 않지만.

웅얼거리는 목소리들이 있었다. 조금만 더 또렷하면 단어들을 알아들을 수 있을 것 같은데 소리가 너무 낮았다. 목소리들이 좀 커졌다……. 하지만 그래도 알아들을 수가 없었다.

"아니. 내가 러시아어로 꿈을 꿀 순 없을 텐데!"

플로이드가 문득 깜짝 놀라서 말했다.

"아니에요, 헤이우드. 꿈꾸는 게 아니에요. 기상 시간이에요."

여자 음성이 대꾸했다.

곱던 불빛이 사라져 갔다. 플로이드는 눈을 떴고, 흐린 시야에 언뜻 지금까지 자기 얼굴을 비추다가 거둬들여지는 플래시 불빛을 보았다. 그는 간이침대에 눕혀진 채 신축성 있는 그물띠로 몸이 꼭 얽매여 있었다. 사람들이 주위에 둘러서 있었다. 하지만 눈에 초점이 잘 맞지 않아 누군지 알아볼 수가 없었다.

상냥한 손길이 그의 눈꺼풀을 내리닫고 이마를 문질러 주었다.

"심하게 애쓰지 마세요. 숨을 깊이 쉬어요……. 다시…… 그렇게……. 자, 기분이 어때요?"

"글쎄요……. 묘한 기분인데……. 머리가 휑하고…… 배가 고프군요."

"그건 좋은 징조예요. 지금 어디인지 알겠어요? 이제 눈을 떠도 돼요."

사람 모습들이 초점 맞게 보였다. 우선 루덴코 박사, 이어서 오를로바 선장. 하지만 타냐는 플로이드가 마지막으로 봤을 때에 비해 뭔가가 퍽 달라졌다. 겨우 한 시간 전인데! 그 이유를 알아차린 순간 플로이드는 거의 물리적인 충격을 느꼈다.

"머리가 도로 자랐잖습니까!"

"그 덕에 외모가 좀 나아 보인다는 얘기면 좋겠네요. 당신 턱수염에 대해서는 그렇게 말할 수가 없거든요."

플로이드는 손을 올려 얼굴을 만졌다. 그 동작 하나를 하려 해도 단계별로 의식하고 힘을 들여야만 했다. 삐죽삐죽 짧게 돋아난 수염 그루터기들이 턱을 덮고 있었다. 이삼일 자란 수염 길이다. 동

면 중에는 털이 원래 자랄 것보다 100분의 1만큼밖에 자라지 않는
다…….

"그럼 성공했군요. 목성에 도착한 거네요."

플로이드가 말했다.

타냐가 웃음기 없는 얼굴로 그를 바라보았고, 이어 의사 쪽을 흘긋
보자 루덴코 박사는 마지못해 고개를 끄덕여 허락의 신호를 했다.

선장은 설명을 시작했다.

"그렇지가 않아요, 헤이우드. 우린 아직 한 달을 더 가야 도착해
요. 너무 놀라진 마요……. 우주선은 멀쩡하고 모든 게 정상적으로
돌아가고 있으니까. 그렇지만 워싱턴에 있는 당신네 사람들이 예
정보다 일찍 당신을 깨워 달라고 요청했어요. 전혀 예상하지 못했
던 일이 벌어졌거든요. 디스커버리 호까지 선착 경쟁을 하게 됐어
요……. 게다가 아무래도 우리가 지게 생겼어요."

첸 호

헤이우드 플로이드의 목소리가 컴셋 스피커에서 울려 나오자 수영장 안을 빙빙 돌던 두 마리 돌고래는 돌연 선회를 멈추고 가장자리로 헤엄쳐 왔다. 놈들은 수영장 가에 머리를 얹어 놓고 소리가 나는 곳을 집중하여 응시했다.

헤이우드 플로이드의 목소리가 컴셋 스피커에서 울려 나오자 수영장 안을 빙빙 돌던 두 마리 돌고래는 돌연 선회를 멈추고 가장자리로 헤엄쳐 왔다. 놈들은 수영장 가에 머리를 얹어 놓고 소리가 나는 곳을 집중하여 응시했다.

그러니까 저 녀석들은 헤이우드 목소리를 알아듣는 거네. 캐롤라인은 가슴을 쿡 찌르는 슬픔을 느끼며 그렇게 생각했다. 그러나 아기 울타리 안을 기어 다니는 크리스토퍼는 그림책의 색채 조절 장치를 가지고 놀 뿐 5억 킬로미터나 되는 우주 공간을 가로질러 또렷하고 커다랗게 아버지의 목소리가 들려오는데도 노는 것을 멈추지 않았다.

"……여보, 내가 예정보다 한 달이나 일찍 소식을 전한다고 놀라지는 않겠지요. 이 길을 우리만 가고 있는 게 아니라는 사실을 당신은 이미 몇 주 전부터 알고 있었을 테니까.

난 아직도 믿어지지가 않소. 몇 가지 측면에서 전혀 이치에 닿지 않는 일이거든. 아무리 해도 그 사람들이 지구까지 안전하게 귀환하기에 충분한 양의 연료를 갖고 있을 리가 없는데 말이오. 우리가 보기엔 저자들이 도대체 어떻게 디스커버리 호와 랑데부를 하려고 그러는지도 모르겠소.

물론 우리가 진짜로 그쪽 사람들을 본 건 아니에요. 가장 가까운 위치에 온대도 첸 호는 우리에게서 5000만 킬로미터 넘게 떨어져 있을 거거든. 그쪽에서 우리가 보낸 신호에 응답할 마음이 있었다면 얼마든지 하고도 남을 시간이 지났지만 지금까진 우릴 철저히 무시하고 있소. 그리고 이제는 정답게 잡담을 나눌 만큼 한가하질 못할 거예요. 첸 호는 몇 시간 안에 목성 대기권에 접촉할 것이니 말이지요……. 그러니 그때가 되면 그쪽의 공기 감속 시스템이 얼마나 잘 작동하는지 알게 될 거요. 그게 제대로 먹힌다면 우리 쪽도 사기가 진작될 거예요. 하지만 저쪽 친구들이 실패하면……, 으음, 그 얘기는 하지 말도록 하겠소.

러시아인들은 전반적으로 이 사태를 무척이나 의연하게 받아들이고 있어요. 화를 내고 실망스러워하기야 하지요, 물론. 그렇지만 선뜻 감탄하는 말도 많이들 하더군. 정말이지 기가 막힌 속임수이긴 했소, 뻔히 보이는 곳에서 우주선을 건조하면서 그게 우주 정거장인 줄로만 알게 만들다니. 막판에 가서 추진기를 갖다 붙이기 전까지는 다들 감쪽같이 속았지 뭐요.

뭐, 우리가 할 수 있는 일은 달리 없어요, 지켜볼 수밖에. 그런데 이렇게 거리가 멀고 보면 지구에서 제일 좋은 망원경으로 보는 것에 비해 별로 더 잘 보이지도 않을 거라오. 저 친구들이 잘 해내길 빌지 않을 수 없는걸. 물론 디스커버리 호에는 손을 대지 말았으면 하는 심정이지만. 그 우주선은 우리 거고, 분명히 우리 국무부에서 저쪽에다 그 점을 일깨워 줬을 텐데 말이오. 한 시간에 한 번씩 말했을 거요.

이래저래 불리한 처지에 처했소. 중국 친구들이 우릴 제치려고 하지 않았더라면 당신은 내 소식을 못 들은 채로 한 달이 더 흘렀을 거예요. 하지만 우리 루덴코 박사가 날 깨워 일으켜 놨으니까 짬 나는 대로 이삼일에 한 번씩은 통신을 보내도록 하겠소.

처음엔 충격을 받았지만 순조롭게 적응하고 있다오. 우주선에도 익숙해지고 사람들도 차차 알아 가면서 무중력 상태에도 몸이 익어 가요. 형편없는 내 러시아어 실력도 숙련되어 가는 참이지요. 하긴 러시아어를 쓸 일이 별로 없긴 하지만……. 다들 영어로 말하자고 그러거든. 워낙에 우리 미국인들이 남의 나라 말을 기가 막히게 잘하지 않소! 가끔은 우리 미국 사람들의 국수주의가 부끄러워요. 국수주의든지, 아니면 게으른 거든지.

우주선 탑승자들의 영어 실력은 '그야말로 완벽한' 수준부터 '빠르게 말하면 좀 틀린들 상관없지' 수준까지요……. 수석 공학자 사샤 코발레프는 BBC에 아나운서로 취직해도 먹고살 정도라오. 딱 한 명 영어가 유창하지 못한 친구는 제니아 마르첸코인데, 마지막 순간에 이리나 야쿠니나의 대타로 들어온 아가씨요. 참, 그러고 보니 이리나가 많이 나아졌다던데 다행이지 뭐요. 얼마나 낙심이 됐을까! 이리나가 다시 행글라이딩을 시작할지 모르겠는걸.

사고 말이 나왔으니 말인데 제니아도 뭔가 사고를 당했던가 봐요. 아주 심한 사고였던 모양이오. 성형외과 의사들이 대단한 솜씨를 발휘해 주긴 했지만 예전에 심각한 화상을 당한 적이 있었다는 게 보면 티가 나더군요.

제니아는 탑승 인원 중에서 제일 막내라 다른 사람들이…… 많이 봐준다고 말하려고 했는데 영 잘난 체하는 소리로군. 특별히 상냥하게 대해 준다고 하겠소.

내가 타냐 선장하고 어떻게 잘 지내는지 궁금하겠지요. 음, 난 선장이 퍽 마음에 들지만…… 선장을 화나게 만드는 건 절대 사양하고 싶소. 이 우주선을 누가 이끄는가 하는 데는 재론의 여지가 없어요.

그리고 의무장교 루덴코 대위 말인데, 2년 전 호놀룰루 항공우주산업 컨벤션에서 당신도 만난 적이 있는 사람이라오. 그때 만났던 걸 잊어버렸을 리는 없을걸. 우리들이 그 사람을 '예카테리나 대제'라고 부르는 이유를 알겠지요? 물론 그 당당한 등 뒤에서만 그렇게 부른다는 거예요.

하지만 뒷공론은 이만해 두겠소. 통신 시간 제한을 넘겼다간 추가 요금이 얼마나 나올지 생각하기도 싫소. 그런데 그건 그렇고, 이렇게 개인 통신으로 전송하는 내용은 완벽하게 사적인 통화인 걸로 되어 있소. 하지만 전해지기까지 여러 군데를 거쳐서 가는 거니까 혹시 때때로 그…… 음, 다른 경로로 소식을 듣는다고 해도 놀라진 말도록 해요.

당신의 통신을 기다리겠소. 딸들에게는 내가 나중에 통신을 보내겠다고 해요. 모두들 사랑해……. 당신과 크리스가 정말 무척 그립소. 그러니까 내가 돌아가면, 다시는 곁을 떠나지 않을 거라고 약속해요."

짧게 쉭 하는 공백이 끼고, 누가 들어도 기계 음성인 목소리가 이렇게 말했다.

"우주선 레오노프 호 발신 4-3-2에 7 통신 이상 종료."

캐롤라인 플로이드가 스피커를 끌 때쯤 두 마리 돌고래는 수영장의 수면 아래로 스르륵 미끄러지듯이 헤엄쳐 저 바깥 태평양으로 나갔다. 잔물결 하나 남기지 않았다.

친구들이 가 버린 것을 알아차리자 크리스토퍼는 울기 시작했다. 어머니가 아이를 안아 올려 달랬지만, 울음을 그치게 하기까지는 한참이나 시간이 걸렸다.

목성의 환승

조종실 영사 화면에는 목성이, 헝겊띠 같은 흰 구름이 죽죽 그어져 있고 연어 같은 다홍색 줄무늬가 얼룩얼룩하며 구슬픈 외눈인 양 지그시 내다보는 '대적점(큰 붉은색 점 ─ 옮긴이)'이 있는 목성의 영상이 줄곧 비치고 있었다. 목성이 화면의 4분의 3을 차지하고 있었지만 아무도 그 빛나는 원반에 눈길을 주지 않았다. 시선은 모조리 그 가장자리, 초승달 모양으로 어둠이 내린 검은 부분에 집중되어 있었다. 바로 그곳, 그 행성의 밤인 부분 상공을 가로질러 중국 우주선이 비행하며 바야흐로 결정적인 순간을 맞이할 참이었다.

애당초 될 일이 아니야. 플로이드는 생각했다. 4000만 킬로미터 밖에 있는 우리에게 보이긴 뭐가 보이겠어. 게다가 보이든 말든 상관없잖아. 우리가 알아야 할 건 전파로 다 들어올걸.

첸 호는 두 시간 전에 모든 음성 통신, 화상 통신, 데이터 교류를 중단한 터였다. 장거리 송수신 안테나가 방열판이 드리운 그늘 밑으로 들어갔기 때문이다. 전 방향 무선송신기만이 정밀한 겨냥으로 대륙만 한 크기의 구름바다를 향해 빠르게 접근해 가는 중국 우주선 위치에 맞추어져 있어 아직 교신되었다. 레오노프 호의 조종실에는 날카로운 '삑…… 삑…… 삑……' 소리만이 울리고 있었다. 전파 맥동 하나하나는 각각 2분도 더 전에 목성을 떠나 날아온 것이었다. 지금쯤 그 전파의 원천은 이미 목성의 성층권 여기저기 산재하는 백열하는 기체 구름 속으로 들어갔을 것이다.

신호가 흐려지며 잡음이 끼었다. 간헐적인 삑삑 소리가 일그러지고 늘어지며 몇 번인가 아예 안 나고 건너뛰다가, 이윽고 다시 규칙적으로 들려왔다. 플라스마가 첸 호 주위를 칼집처럼 감싸고 중첩되어 이제 곧 모든 통신이 끊길 터였다. 그 우주선이 다시 솟아 나올 때까지. 나온다면 말이지만…….

막스가 외쳤다.

"포스모트리('보세요'의 뜻—옮긴이)! 저기 있다!"

처음에 플로이드는 아무것도 보지 못했다. 그러다가 빛나는 둥근 원반 가장자리를 아슬아슬하게 벗어난 곳에서 자그마한 별 한 개를 찾아낼 수 있었다. 어두워져 오는 목성 표면을 배경으로 그 어떤 별도 있을 수 없는 위치에서 반짝이는 별 하나.

눈으로 보기에는 전혀 움직이지 않는 것 같았다. 초속 100킬로미터로 움직이고 있는 줄 알고는 있지만……. 그 별은 서서히 더 밝아져 왔고, 이제는 길이나 면적이 없는 점 한 개가 아니라 기름하니 모양이 생겼다. 목성의 밤하늘을 가르며 흐르는, 인간이 만든 혜성이다. 지나간 궤적을 따라 수천 킬로미터 길이로 하얗게 불타는 선을 그어 놓으며.

길게 꼬리를 끄는 그 추적 신호로부터 마지막으로 한 번 몹시 일그러지고 이상하게 길게 끄는 삑 소리가 울려 왔고, 그런 다음에는 목성 자체에서 나오는 파를 뜻하는 의미 없는 쉭쉭 소리만 났다. 인간이나 인간이 하는 일과는 아무런 관련이 없는 저 수많은 우주의 목소리들 중 하나였다.

첸 호의 존재는 이제 귀로 들을 수 없게 되었지만 아직 눈에는 보였다. 다들 그 작고 기름한 불꽃이 실제로 식별 가능할 만큼 목성의 낮인 면을 떠나 움직여 가서 이제 밤이 내린 면 쪽으로 들어가 이내 사라지게 될 것을 볼 수 있었다. 그때쯤에는, 모든 것이 계획대로 된다면, 목성이 그 우주선을 이미 포획하여 원치 않는 여분의 속도를 다 없애 주었을 것이다. 그 거대 행성 뒤를 돌아 다시 모습을 나타낼 무렵에 첸 호는 목성의 또 한 개 위성이 되어 있을 것이다.

불꽃이 깜박 꺼졌다. 첸 호는 행성의 둥근 테두리선 저편으로 돌아 밤이 내린 면 쪽으로 가버렸다. 그 우주선이 어둠 속에서 솟아나올 때까지는 볼 수 있는 것도 들을 소리도 없을 것이다. 모든 일이 잘된다면 한 시간을 조금 못 채우고 나타나리라. 중국인들에게는 몹시도 긴 한 시간이 될 터였다.

수석 과학자 바실리 오를로프와 통신 기술자 사샤 코발레프에게 그 한 시간은 무척이나 빨리 흘러갔다. 그 자그마한 별을 관찰함으로써 알아낼 수 있는 것이 많았다. 나타난 시각과 사라진 시각, 그리고 무선 신호의 도플러 편이가 첸 호가 새롭게 취할 궤도가 뭔지 결정적인 정보를 제공해 준 것이다. 레오노프 호의 컴퓨터는 이미 수치들을 소화하여 목성 대기층의 감속 능력 수준에 대한 여러 추정치에 근거해 예상되는 재등장 시간들을 뱉어 내고 있었다.

바실리가 컴퓨터 표시 화면을 끄고 의자에 앉은 채 빙그르르 몸을 돌리더니 안전띠를 풀고, 끈질기게 기다리던 관객들에게 지침을 주었다.

"가장 빨리 다시 나타난다면 42분 후예요. 구경꾼 여러분은 산책 좀 하고 오시죠. 정신 집중해서 이 정신없는 숫자들을 잘 읽어 보게……. 35분 있다가 오세요. 쉿쉿, 가요! 누우크호디!"

잉여 인원들은 마지못해서 함교를 떠났다. 하지만 바실리는 진저리를 칠 수밖에 없었는데, 모두들 30분도 지나지 않아서 다시 돌아왔던 것이다. 첸 호 추적 신호에 불이 들어오면서 귀에 익은 '삑…… 삑…… 삑……' 소리가 스피커에서 터져 나온 건 바실리가 자기 계산을 믿지 못하는 불신의 무리를 꾸짖고 있을 때였다.

바실리는 어안이 벙벙해졌고 체면을 구겨 죽을상이 되었지만, 이내 와그르르 터져 나온 환호에 동참했다. 플로이드는 누가 제일 먼저 손뼉을 치기 시작했는지 보지 못했다. 그들과 서로 경쟁 상대이기는 했지만 다들 같은 우주 비행사들이었고 고향을 떠나 어떤 인간도 와 본 적 없는 이 머나먼 곳에 와 있는 처지였다. 고상한 표현으로 '인류가 보내는 대사들'이라고 최초의 국제연합 우주 조약에 나와 있다. 일행은 중국인들이 성공하길 바라지는 않는다 해도 그들에게 재난이 닥치는 것 역시 원치 않았다.

거기에 이기적인 이유 또한 크게 개입돼 있을 것이라는 생각도

떨칠 수 없었다. 이제 레오노프 호가 성공할 확률도 크게 올라갔다. 첸 호는 공기저항을 이용한 감속이 정말 된다는 걸 실연해 보여 준 것이다. 목성에 관한 자료들은 정확했다. 그 대기층에는 뒤늦게 발견해 치명적인 결과를 빚었을지 모를 뭔가가 함유돼 있지 않은 것이다.

타냐가 말했다.

"자! 축하 메시지를 보내야 할 것 같네요. 그렇지만 우리가 보내 본들 저쪽에선 온 줄도 모르겠죠."

동료들 중 몇은 아직도 도저히 못 믿겠다는 표정으로 컴퓨터 출력 결과를 응시하는 바실리를 놀려 대고 있었다. 바실리가 외쳤다.

"이해가 안 돼요! 아직 목성 뒤편에 있어야 할 텐데! 사샤, 저쪽 애들 신호 불빛 속도 판독 수치를 줘 봐요!"

또 한 차례 컴퓨터와 소리 없는 대화가 오고간 후, 바실리가 나지막이 긴 휘파람을 불어 냈다.

"뭔가 잘못됐어요. 저 친구들이 포획되어 공전 궤도에 오른 건 맞아요……. 하지만 저래 가지고서는 디스커버리 호와 랑데부를 할 수 없다고요. 지금 저쪽 우주선이 돌고 있는 궤도는 이오를 지나서 한참 더 나가게 돼요. 앞으로 5분 더 추적해 보면 좀 더 정확한 수치가 나올 겁니다."

타냐가 말했다.

"아무튼, 무사히 공전 궤도에 오르긴 했겠지. 나중에 얼마든지 궤도 수정을 할 수 있어."

"그럴지도 모르죠. 하지만 그러면 시간이 며칠 더 소모되는데요.

연료가 있다 쳐도요. 연료가 있기나 한지 모르겠지만."

"그럼 아직 우리가 저 친구들을 이겨 볼 기회가 있겠네."

"그렇게 낙관하진 마세요. 우린 목성까지 가려면 아직 3주 남았어요. 저 친구들은 우리가 다다르기 전에 열두 번이라도 궤도를 잡아보고 개중에 랑데부하기 제일 좋은 궤도를 골라도 돼요."

"다시 한번 말하지만, 저쪽에서 추진체를 넉넉히 보유하고 있다고 추정한다면 말이지."

"물론 그 말이죠. 그리고 그 문제야말로 우린 점잖게 추측이나 해볼 도리밖에 없는 문젭니다."

이렇게 오고간 대화는 모조리 빠르고 흥분된 러시아어로 이루어졌기에 플로이드는 알아듣지 못하고 저 멀리 뒤처졌다. 타냐가 그런 그를 안쓰럽게 여겨 첸 호가 지나치게 세게 날아 나와 외부 위성들을 향해 날아가고 있다고 설명해 주자 플로이드는 제일 먼저 이렇게 반응했다.

"그럼 큰일이군요. 그쪽에서 도움을 요청하면 어떻게 하실 겁니까?"

"농담이겠지요! 저 친구들이 도움 요청하는 게 상상이나 가요? 그러기엔 자존심이 굉장한 사람들인데. 아무튼 돕는다는 건 가능하지도 않아요. 우린 임무 우선순위를 바꿀 수 없어요. 당신도 잘 알고 있잖아요. 설령 우리에게 연료가 있었다 해도……."

"그야 그 말씀대로죠, 물론이에요. 하지만 궤도 역학을 이해하지 못하는 인류의 99퍼센트를 향해 그 점을 설명하기란 어려운 일일 겁니다. 정치적으로 복잡한 일이 생길 것도 생각을 해 봐야 해요……. 도와주지 못한다면 우리 모두가 아주 괘씸해 보일걸요. 바실리, 계산이 다 되면 저쪽 우주선의 최종적인 궤도를 나에게 좀 알려 주겠어요? 난 내 선실로 가서 숙제를 해야겠어요."

플로이드의 선실에는, 사실 선실 하나의 3분의 1만 그의 것이지만 아무튼, 여전히 부분적으로 짐이 들어차 있었다. 많은 짐이 찬드라와 커노가 긴 잠에서 깨어 일어나면 사용하게 될 커튼 쳐진 벽침대에 쌓여 있었다. 플로이드는 이럭저럭 그곳에 작은 공간을 비워서 자기 소지품을 두었고, 앞으로 누구 하나 가구 옮기기를 도울 일손을 차출할 수 있게 되는 대로 2세제곱미터의 공간을 더 만들어 주겠다는 호사스러운 약속도 받아 둔 터였다.

플로이드는 소형 통신 단말기의 잠금장치를 해제하고 암호 키를 설정한 후 워싱턴에서 자신에게 전송해 놓은 첸 호 관련 정보들을 불러올렸다. 자신을 태워 주고 있는 우주선 임자 측에서 혹시 이 암호화 전문을 풀어 볼 수 있었을지 궁금했다. 200자리 소수에 기반해 암호화된 것이라 국가안보국(NSA)에서는 현존하는 가장 연산 속도가 빠른 컴퓨터라도 우주 종말의 '대수축'이 올 때까지 깰 수 없을 것이라고 큰소리쳤다. 그런 장담은 입증해 보일 수 없는 것이다. 반증만이 가능하다.

플로이드는 중국 우주선을 찍은 그 훌륭한 사진들을 새삼 다시 집중해서 들여다보았다. 첸 호가 진짜 정체를 드러내어 막 지구 궤도를 떠나려 할 무렵에 찍힌 사진들이었다. 나중에 찍힌 사진들도 있었는데 그것들은 그렇게 또렷하지 않았다. 감시 카메라로부터 멀리 떨어져 있을 때 찍혔기 때문이다. 목성을 향해 길을 서두는 마지막 단계에 찍힌 사진들이었다. 플로이드의 관심을 가장 많이 끈 것이 그 사진들이었다. 외피 일부를 잘라 낸 것처럼 그런 기관 내부도 나 그것들이 어떻게 작동할지에 대한 추정 자료가 한층 유용한 것이기는 하지만…….

가장 낙관적으로 추정해 볼 때, 중국인들이 뭘 하려고 한 것인지는 참으로 알아내기 힘들었다. 그렇게 미친 듯이 태양계를 횡단해 날아오느라 그들은 갖고 온 로켓 추진체를 최소 90퍼센트는 태워 없앴을 것이다. 말 그대로 자살 특공대가 아닌 다음에야(그럴 가능성도 배제할 순 없지만) 오직 동면 및 추후 구조를 염두에 둔 것이라고 해야 이치에 맞았다. 그리고 정보 부서에서는 중국의 동면 기술이 그 아이디어를 실현 가능한 선택지로 만들 만큼 비약적인 발전을 이룩했다고 생각하고 있었다.

하지만 정보 부서는 줄곧 헛다리를 짚어 왔다. 그리고 판별 가능한 양 이상으로 쏟아지는 가공되지 않은 정보의 산사태에 휘말려 혼란에 빠진 적은 더 많았다. 그런 생짜 정보들이란 정보 회로에 끼는 '잡음'과도 같은 것이다. 시간이 얼마 없었던 것치고는 정보 부서에서 첸 호 관련 정보를 제법 잘 모아 보내기는 했으나, 플로이드로서는 좀 더 잘 추려서 보내 주지 그랬나 싶은 생각이 들었다. 어떤 건 척 봐도 첸 호의 임무와 하등 관련이 있을 수 없는 허섭스레기 정보였다.

그렇기는 해도 지금 무엇을 찾는 건지 모르고 찾을 때는 모든 선입견과 예상을 버리는 게 중요하다. 첫눈에 보기에는 관련 없어 보이는 것이나 심지어 말도 안 되는 엉터리 같은 것이 결정적인 실마리로 밝혀지기도 하니까.

한숨을 쉬면서 플로이드는 최대한 수용적으로 마음을 비우고 500쪽이나 되는 자료를 다시 한번 훑어 나가기 시작했다. 고해상도 화면 위에 도식, 표, 사진(어떤 건 너무나 윤곽이 뭉개져서 뭘 찍었다고 해도 다 그런가 싶을 것 같았다.), 새로 등장한 것들, 여러 과학 학회들의 참석자 명단, 기술 관련 출판물 제목들, 거기다 심지어는 상거래 관련 문서들까지도 빠르게 흘러 내려갔다. 대단히 효율적인 산업 스파이 조직이 그간 무척이나 바쁘게 일해 준 게 분명했다. 그 많은 수의 일제 홀로메모리 모듈이나 스위스제 연료 흐름 미소 제어장치, 독일제 방사선 감지기의 행방을 더듬어 그것들의 종착점이 뤄부포 호수의 마른 바닥이었음을 알아낼 수 있을 줄이야. 바로 그곳이 목성으로 향해 가는 대장정의 첫 이정표였다.

어떤 물품들은 착오로 포함된 것 같았다. 우주 작전과 관련이 있으려야 있기 힘든 품목들이다. 중국 측에서 싱가포르의 유령 회사를 통하여 은밀히 적외선 감지기 1000대를 발주했다면 그건 오직 군사 관계로 쓸 일이 있어서일 것이다. 열감지 미사일이 첸 호를 노리고 날아올까 봐 우려한다는 건 도무지 있을 법하지 않았다. 그리고 이 항목은 진짜 웃기는군. 알래스카 앵커리지의 빙하 지질 탐사 전문 업체에서 특수 측량 및 탐광 장비를 샀다, 이 말이지. 세상에 어떤 멍텅구리가 우주 탐사에 이런 걸 쓸 일이 있을 거라는 생각을 한단 말이야……?

플로이드의 입가에 떠오른 미소가 그대로 얼어붙었다. 목 뒤 살갗이 쭈뼛 오그라드는 게 느껴졌다. 맙소사……, 설마하니 이 작자들이……! 하지만 그 작자들은 지금까지도 이미 엄청나게 대담한 비약을 해 왔다. 그리고 이제야, 지금 이 순간에 와서야 비로소 모든 게 다 이치에 맞게 되었다.

플로이드는 당장 중국 우주선의 사진이며 기능 추정도들을 도로 띄워 올렸다. 그래, 그러고 보니 딱 맞아……. 뒷부분의 저 세로 홈들에, 구동 장치의 편향 전극들도 보면 얼추 그 정도 크기가 나오겠는데……?

플로이드는 함교를 호출했다.

"바실리, 저 친구들의 새 궤도 계산 결과 나왔어요?"

"그래요, 나왔어요."

항해사가 대답했는데, 묘하게 기분이 언짢은 목소리였다. 플로이드는 단박에 뭔가가 불거져 나왔음을 알아차렸다. 그래서 한번 과감하게 넘겨짚어 보았다.

"저쪽 친구들은 에우로파와 랑데부하게 되겠지요, 그렇지 않은가요?"

통신 저편에서 믿을 수 없다는 듯 헉하고 숨을 뱉는 소리가 터졌다.

"키오르트 보즈미('빌어먹을'의 뜻 — 옮긴이)! 어떻게 알았어요?"

"안 건 아닙니다. ……그냥 짐작한 거죠."

"착오는 절대 있을 리 없어요. 소수점 여섯째 자리까지 숫자를 확인했다고요. 감속 과정은 정확하게 의도한 대로 진행된 겁니다. 첸 호는 어김없이 에우로파로 가는 경로에 올라 있어요……. 어쩌다 그렇게 됐을 수는 없지요. 앞으로 열일곱 시간이면 그 친구들은 에우로파에 닿을 겁니다."

"닿으면 궤도에 진입하겠죠."

"그럴지도요. 궤도 진입에는 연료가 별로 들지 않을 테니까. 그렇지만 궤도에 들어가서 뭐한답니까?"

"제가 한 번 더 짐작을 해 볼까요. 그 친구들은 급히 지표를 조사할 겁니다. 그러고 나서 착륙할걸요."

"정신 나갔군요……. 아니면 뭔가 우리가 모르는 걸 아는 겁니까?"

"아뇨. 이건 그저 단순한 소거법의 문제입니다. 이제 곧 뻔한 것을 간과했다고 머리를 쥐어뜯게 되실 거예요."

"좋아요, 셜록 홈즈 씨. 도대체 에우로파에 누가 뭐하러 착륙을 한다죠? 빌어먹을 거기 대체 뭐가 있다고?"

플로이드는 잠시 승리의 순간을 즐겼다. 물론 아예 헛짚었을 가능성도 아직 있긴 했다.

"에우로파에 뭐가 있느냐고요? 우주에서 가장 가치 있는 매질이 있을 따름이죠."

충분한 것 이상으로 단서를 주었다. 바실리는 바보가 아니었고, 플로이드의 입술에서 답이 나오기 전에 말을 채갔다.

"그렇구먼……. 물이야!"

"바로 그겁니다. 물이 수십 억, 수백 억 톤이나 있지요. 연료 탱크를 채우기에 충분할 만큼이에요. 목성 위성들을 전부 다 유람하고도 충분히 디스커버리 호와 랑데부하고 귀향 항로에 오르기에 넉넉합니다. 이런 말씀 드리긴 싫지만, 바실리……, 이 중국 친구들이 머리 쓰는 데서 또 우리보다 한 수 위였습니다.

그야 이 친구들은 항상 당연히 우리보다 한 수 위로 살아왔지만 말이죠."

대운하의 얼음

하늘이 흑요석처럼 새까맣다는 것만 빼면 그 사진은 지구의 극지방 어디서 찍은 것이라 해도 될 법했다. 저 먼 지평선까지 쭉 뻗어나간 주름진 얼음 바다에는 전혀 외계라는 느낌이 없었다. 오로지 그 전경에 우주복을 입은 사람 모습 다섯이 있다는 것만이 그 넓게 펼쳐진 풍경이 지구가 아닌 다른 세상의 것임을 말해 주고 있었다.

비밀스러운 중국인들인지라 지금까지도 탐사대에 누구누구가 참가했는지 이름을 공개하지 않고 있었다. 얼어붙은 에우로파의 얼음 풍경을 침범한 무명인들은 그저 수석 과학자, 지휘관, 항해사, 수석 엔지니어, 제2 엔지니어라고만 지칭되었다.

'모순적인 게 그게 다가 아니지.'

플로이드는 생각하지 않을 수 없었다. 지구에 있는 사람들은 저 역사적인 사진이 지금 레오노프 호에 전송되기 한 시간이나 전에 이미 다들 저 광경을 보았던 것이다. 레오노프 호가 그 장소에 훨씬 더, 정말로 심하게 가깝게 있는데도 말이다. 그러나 첸 호가 주고받는 통신은 타이트빔에 실어 중계하는 것이라 중간에서 가로채 본다는 게 불가능했다. 레오노프 호에서 수신할 수 있는 건 사방으로 발신하는 완전치 못한 표시등 신호뿐이었다. 그리고 그것조차도 수신 안 될 수 없을 때가 더 많았다. 에우로파가 자전하면서 첸 호가 보이지 않게 될 때도 그렇고, 위성인 에우로파 자체가 엄청나게 거대한 목성 뒤로 감춰져 버릴 때도 그렇다. 중국 우주선의 작전이 어떻게 되어 가는지에 대해서는 얼마 안 되는 소식밖에 들을 수 없고 그나마도 모조리 지구에서 중계해 줘야만 했다.

첸 호는 일단 지형을 살펴본 뒤에 곧 이 목성의 달 위를 온통 뒤덮은 얼음 더께를 뚫고 돌출해 나온 몇 군데 안 되는 바위섬 중 한 곳을 찾아 땅에 내린 터였다. 에우로파의 얼음은 극에서 극까지 편편하게 덮여 있었다. 에우로파에는 그 얼음을 조각하여 기묘한 형상들을 빚어낼 날씨의 작용이 없었고, 바람에 날리며 쌓이고 쌓여 천천히 움직이는 산언덕들을 이루어 낼 눈보라도 치지 않았다. 공기가 없는 에우로파에 유성우는 내릴 수 있어도 눈은 한 송이도 내릴 수 없다. 에우로파의 표면에 모양을 만들어 내는 힘은 오직 꾸준히 모든 것을 끌어당겨 모든 사물을 하나의 일정한 높이로 맞추어 놓으려는 중력, 그리고 다른 위성들이 제 궤도를 돌며 거듭거듭 에우로파 곁을 스쳐 가는 바람에 끊임없이 일어나는 지진뿐이었다. 위성들보다 훨씬 더 질량이 크긴 해도 목성 자체는 위성들에 비해 훨씬 조금밖에 영향을 못 미쳤다. 목성의 기조력은 이미 수백억 년 전에 할 일을 마쳤다. 에우로파가 그 거대한 모행성을 향하여 꼼짝 없이 한쪽 면만을 향하고 돌게끔 고정해 놓은 것이다.

이 모든 사실은 1970년대에 이곳을 지나쳐 날아간 보이저 호 탐사 작전과 1980년대 갈릴레오 호 탐사, 1990년대에 착륙한 바 있는 케플러 호 탐사를 통해 밝혀져 있던 것들이다. 그러나 중국인들은 불과 몇 시간 만에 에우로파에 대하여 이전의 모든 탐사를 다 합친 것보다도 더 많은 사실들을 알아내었을 터였다. 그렇게 알아낸 사실들을 자기들만 알고 있는 판국인데, 거기에 대하여 유감을 품을 순 있겠지만 중국인들이 충분히 그럴 만한 권리를 자기들 스스로 손에 넣었음을 부인할 수 있는 사람은 거의 없을 것이다.

실제로 부인을 당하고 있는 권리는 따로 있었다. 사람들이 점점 더 격하게 부인하는 권리란 중국 측이 그 위성을 부속 영토로 삼을 권리였다. 인류 역사상 처음으로 하나의 국가가 다른 별을 자기 것이라고 주장한 것이고, 지구의 모든 뉴스 매체들이 합법 불법을 두고 논쟁을 벌이고 있었다. 중국 측에서 길고 지루한 성명을 통해 지적했듯이 중국은 2002년 국제연합 우주 조약에 조인하지 않았으므로 그 조약의 규정에 구속 받지 않는다지만 그런 주장은 성난 반대 의견들을 잠재우는 데 아무런 소용이 없었다.

느닷없이 에우로파는 태양계에서 가장 큰 뉴스거리가 되었고, 바로 그 현장에 있는 사람(몇백만 킬로미터 떨어져 있다지만 그래도 제일 가까이 있는 사람)은 여기저기서 불러 대는 인기인이 되었다.

"여기는 헤이우드 플로이드입니다. 소련 우주선 알렉세이 레오노프 호에 타고 목성으로 가는 도정에 있습니다. 하지만 여러분이 충분히 짐작하실 수 있듯이 지금은 우리 모두 온통 에우로파에 생각이 집중돼 있군요.

바로 지금 이 순간 저는 우주선의 망원경 중에서 가장 성능이 뛰어난 망원경으로 에우로파를 보고 있습니다. 이 망원경의 배율로 보면 여러분이 맨눈으로 바라보는 달보다 열 배나 크게 보입니다. 그리고 그 모습은 정말이지 기괴합니다.

에우로파의 표면은 균일한 분홍색입니다. 드문드문 작은 갈색 반점이 있지요. 구부러지고 서로 엇갈리는 가는 선들이 이리저리 복잡하게 뒤얽혀 그물망을 이루어 위성 전체를 덮고 있습니다. 그 모습은 사실 의학 교과서에 실려 있는 사진과 굉장히 흡사해요. 동맥과 정맥이 그려 내는 혈관 분포도 같죠.

이러한 줄무늬 중 몇몇은 수백 킬로미터 길이로 뻗어 있습니다. 심지어 수천 킬로미터에 이르는 것도 있지요. 보기에는 퍼시벌 로웰을 비롯한 20세기 초의 천문학자들이 화성에서 봤다고 착각한 환상의 운하들처럼 보이기도 합니다.

하지만 에우로파의 운하들은 잘못 본 것이 아니랍니다. 물론 인공적으로 판 운하는 아니지만요. 더 대단한 것은 뭐냐면 그 운하들에 정말로 물이 담겨 있다는 것입니다……. 얼음 상태이긴 해도 물이 있어요. 왜냐하면 위성 에우로파는 거의 전부가 대양으로 덮여 있기 때문이지요. 평균 수심이 50킬로미터나 됩니다.

태양으로부터 굉장히 멀리 떨어져 있기 때문에 에우로파의 표면 온도는 극도로 낮습니다. 약 영하 150도죠. 그러니 에우로파의 단일 대양이 전부 한 덩어리로 얼어붙은 얼음 상태일 거라고 생각할 수도 있을 겁니다.

그런데 놀랍게도 그렇지가 않습니다. 왜냐하면 에우로파 내부에서 기조력에 의해 많은 열이 발생하기 때문입니다. 같은 힘이 이웃 위성인 이오에 거대 화산들의 분출을 이끌어 내기도 하죠.

그렇게 해서 얼음은 지속적으로 녹고, 깨져 올라오고, 동시에 얼어붙습니다. 그러면서 우리 지구의 극지방에서 볼 수 있는 물 위에 뜬 얼음판에서와 같이 틈이 갈라지고 죽죽 줄이 그어지는 것입니다. 지금 제가 보고 있는 것이 그런 금들이 얽히고설킨 복잡한 무늬입니다. 대부분 어두운색이고 굉장히 오래된 것이죠……. 아마 형성된 지 수백만 년일 겁니다. 하지만 몇 가닥은 순수한 흰색을 띠죠. 그런 건 새로 생겨 이제 막 벌어진 틈새입니다. 그래서 거기 덮인 얼음 더께는 고작 몇 센티미터 두께밖에 안 되죠.

첸 호는 이처럼 새하얗게 그어진 줄 바로 옆에 착륙해 있습니다. 길이가 1500킬로미터나 되어 '대운하'라고 명명된 틈입니다. 추측컨대 중국 우주선은 대운하의 물을 뽑아 올려 연료 탱크를 채우려고 의도한 것 같습니다. 그렇게 함으로써 목성 위성계를 탐사하고 또 지구로 귀환할 수 있게 되지요. 쉽지는 않을 겁니다. 하지만 틀림없이 무척 주의를 기울여 착륙 장소를 조사했을 것이고, 어떻게 작업해야 할지 철저히 생각해 둔 후에 착수했겠지요.

중국에서 왜 이렇게 큰 위험을 감수했는지, 그리고 왜 에우로파에 대한 소유권을 주장하는지 이젠 명백해졌죠. 연료 재보급처인 겁니다. 태양계의 바깥쪽 영역 전반의 탐사에 대하여 에우로파가 핵심 역할을 할 수 있습니다. 가니메데에도 물이 있기는 하지만 가니메데의 물은 온통 얼어붙어 있고, 또 중력이 더 강하기 때문에 에우로파에 비해 접근성이 좋지 않습니다.

그리고 또 한 가지 지금 막 제 머리에 떠오른 이유도 있군요. 중국 탐사대가 설령 에우로파에 내려 발이 묶인다고 해도, 구조 작전을 세워 구하러 올 때까지 생존할 가능성이 있다는 겁니다. 전력은 얼마든지 쓸 수 있고, 근처에 유용한 광물질이 있을 테니까요……. 그리고 우리가 알다시피 중국은 인공 식량 생산에 통달해 있죠. 그렇게 호사스러운 생활이야 못 하겠지만, 다리에 힘이 풀릴 만한 목성의 장관이 하늘에 쫙 펼쳐져 있는 걸 볼 수만 있다면 기꺼이 수락하고 나설 친구들도 많아요. 그 굉장한 광경은 저희도 앞으로 보게 될 겁니다, 앞으로 며칠만 지나면요.

여기는 헤이우드 플로이드입니다. 동료들과 함께 인사를 전하며 알렉세이 레오노프 호에서 보내드렸습니다."

"그리고 여기는 함교예요. 방송이 아주 능숙한데요, 헤이우드? 당신은 뉴스 특파원이 되어야 했어요."

"그동안 충분히 연습이 돼 있었으니까요. 내 시간의 절반은 홍보에 바쳤죠."

"홍보라니요?"

"홍보하고 섭외하는 일 말입니다. 보통 정치인들을 상대로 여기엔 연구비를 더 책정해 줘야 한다고 조르는 거예요. 당신은 구태여 하지 않아도 되는 일이지요."

"참 나, 그 말대로라면 좋게요. 아무튼, 함교로 올라오세요. 새로 들어온 정보가 있는데 같이 의논했으면 좋겠어요."

플로이드는 단추 모양 마이크로폰을 떼고 망원경을 위치에 고정시킨 다음 작고 동그란 전망창에서 해방되어 나왔다. 그러다 니콜라이 테르노브스키와 충돌할 뻔했다. 테르노브스키 역시 비슷한 임무가 있어 온 게 분명했다.

"라디오 모스크바 채널에다 당신 대사 중에서 제일 근사한 거 몇 줄 훔쳐 쓸게요, 우디. 싫어하지 마세요."

"얼마든지 써요, 토바리시치. 아무튼, 내가 하지 말란다고 안 할 거 아니잖아요?"

함교에 올라가 보니 오를로바 선장이 주 화면에 빽빽하게 떠 있는 문자와 숫자 들을 지그시 들여다보고 있었다. 플로이드가 낑낑거리며 그 내용을 번역해 보기 시작했을 때 선장이 참견했다.

"자잘한 건 신경 쓰지 마요. 이건 첸 호가 연료 탱크를 도로 채우고 이륙할 준비를 마치기까지 시간이 얼마나 걸릴지 추정치들을 뽑아 놓은 거예요."

"우리 쪽 사람들도 같은 계산을 하고 있지요. 하지만 이렇다면 추정치 간에 차이가 너무 큰데요?"

"우리 쪽에선 저 중에 하나를 뽑아 놓은 것 같아요. 돈 주고 살 수 있는 양수기 중에 최고 제품은 소방대 펌프라는 거 알고 있었어요? 그런데 베이징 중앙역에 있던 최신형 펌프 네 대를 몇 달 전에 갑자기 도로 내놓으라 했다는 얘길 들으면 당신 놀랄까요? 시장이 항의하는데도 그냥 가져갔대요."

"놀라다니요. 그저 감탄스러워 넋이 나갈 뿐이죠. 계속 말씀해 보세요."

"그거야 우연일 수도 있죠, 어쩌면요. 하지만 그 펌프들이 하필이면 크기도 딱 맞네요. 그런 정보들을 염두에 두고 얼음에 구멍을 뚫고 어쩌고 해서 배관을 설치하는 데까지 걸릴 시간을 추정해 보자면……, 흠, 우리 쪽에서는 저 친구들이 닷새면 도로 이륙할 수 있다고 생각해요."

"닷새라고요!"

"저 친구들이 운이 좋고, 모든 게 차질 없이 술술 풀린다면요. 게다가 연료 탱크가 꽉 찰 때까지 기다리지 않고 우리가 가기 전에 디스커버리 호와 무사히 랑데부를 할 정도까지만 채운다면 어떨까요. 저쪽이 우리보다 딱 한 시간만 앞선다고 해도 그거면 충분하죠. 난파선을 구조할 권리는 자기들 쪽에 있다고 주장할 거예요, 아무리 못해도."

"국무부 변호사들 말을 들어 보면 그렇지가 않은데요. 적절한 시점에 우리가 디스커버리 호는 내버려진 난파선이 아니고 우리가 가서 회수할 때까지 궤도에 놔둔 것일 뿐이라고 천명할 거예요. 누구라도 그 우주선을 차지하려 한다면 그건 해적 행위입니다."

"중국에서 퍽이나 귀담아듣겠군요."

"만약 저쪽에서 들은 척도 하지 않는다면 우리가 뭘 어떡할 수 있을까요?"

"우리가 저쪽보다 수가 많아요. 찬드라와 커노를 깨우면 2대 1이지요."

"진담이세요? 그럼 승선할 때 커틀러스라도 들고 가나요?"

"커틀러스?"

"뱃사람 칼 말입니다……. 무기요."

"아하. 원거리 레이저 분광계를 쓸 수 있죠. 그거면 1000킬로미터 거리에서 미세 소행성편들을 증발시켜 버릴 수 있으니."

"아무래도 난 이 대화가 맘에 안 드는걸요. 우리 정부에선 물론 폭력을 용인할 리 없어요. 그야 자기 방어를 위해서일 때는 예외겠지만."

"당신네 미국인들은 참 물정 모르는 소리도 잘하는군요! 우린 좀 더 현실적이에요. 현실적이 되지 않을 수 없죠. 당신 조부모님들께선 전부 노령으로 작고하셨죠, 헤이우드. 우리 할머니 할아버지 중 세 분은 애국 대전 때 목숨을 잃으셨어요."

둘만 있을 때면 타냐는 언제나 그를 우디라고 불렀지 헤이우드라고 하지 않았다. 이건 심각한 말인 게 분명했다. 아니면 그냥 그가 어떻게 나오나 떠보려고 그러는 건가?

"아무튼, 디스커버리 호라는 껍데기 자체는 그냥 몇십억 달러 가치밖에 안 나가지요. 우주선은 중요하지 않아요. 그 안에 실려 있는 정보가 중요한 겁니다."

"바로 그거예요. 그런데 그 정보란 복사할 수 있고, 복사한 후에 삭제도 할 수 있거든요."

"정말 유쾌한 발상도 다 하시는군요, 타냐. 가끔은 댁들 러시아분들은 다들 좀 피해망상 기가 있다는 생각도 들어요."

"나폴레옹과 히틀러를 겪은 우린데, 얼마든지 피해망상을 부려도 되죠. 하지만 당신도 벌써 그 생각은 해 봤을 텐데 시치미 떼진 마요. 뭐라고 해야 하나, 시나리오? 시나리오를 짜 봤을 거 아니에요."

플로이드는 시무룩하게 대답했다.

"내가 짤 것도 없었어요. 국무부에서 이미 시나리오를 다 짜 줬는걸요. 여러 가지 경우에 맞춰서. 우린 그저 중국인들이 어떤 시나리오를 들고 나오는지 봐야 해요. 그리고 그쪽에서 또다시 우리 예상을 뛰어넘는다면 난 정말 놀랄 거예요."

에우로파로부터 부르는 소리

무중력 상태에서 잠을 자는 것은 배워 익혀야만 하는 기술이다. 자는 동안 팔다리가 제멋대로 떠올라 불편한 자세가 되어 버리지 않도록 최대한 한곳에 잘 붙들어 놓고 자는 요령이 몸에 붙기까지 플로이드는 거의 일주일이 걸렸다. 이제는 통달해서 중력이 다시 돌아오기를 고대하지 않았다. 실은 중력이 다시 돌아오는 악몽을 때때로 꾸곤 할 정도였다.

누군가 그를 흔들어 깨웠다. 아니야, 아직도 꿈을 꾸고 있는 거겠지! 우주선에 타고 있으면 사생활을 지켜 주는 것이야말로 신성불가침이다. 지금까지 그 누구도 먼저 허락부터 받지 않고 다른 사람 방에 쑥 들어가는 짓은 한 바가 없다. 플로이드는 눈을 꾹 감았다. 하지만 흔드는 손은 멈추지 않았다.

"플로이드 박사님, 제발 일어나세요! 조종실에서 오시래요!"

그리고 그를 '플로이드 박사님'이라고 부르는 사람도 없다. 최근 몇 주 사이에 들어 본 중 가장 격식 갖춘 인사라야 "여봐요, 박사."다. 이게 무슨 일이람?

마지못해서 꾸물꾸물 눈을 떴다. 플로이드는 자그마한 자기 선실에서 고치형 침낭에 가볍게 몸이 묶려 있었다. 그래서 마음 한구석에서는 이런 혼잣말이 나왔다. 나를 왜 찾는 거지? ……에우로파? 아직 수백만 킬로미터나 남았는데.

눈에 익은 그물망 형태가 보였다. 서로 교차하는 선들이 그려 낸 삼각형과 다각형으로 된 무늬가. 그래, 대운하가 바로 저랬잖아……. 아니, 그럴 리가 없는데. 어떻게 저게 대운하겠어, 아직 레오노프 호의 자그마한 선실 안에 들어앉아 있는 판에?

"플로이드 박사님!"

플로이드는 잠이 제대로 깼고, 자기 왼손이 눈앞 몇 센티미터 거리에 둥둥 떠 있었다는 것을 깨달았다. 손금 문양이 에우로파 지도와 어쩌면 이렇게 흡사할 수가 있는지 참으로 이상한 일이다! 하지만 어머니 자연은 알뜰하기에 항상 자기가 썼던 형태를 또 쓰곤 한다. 커피에 우유를 섞어 넣을 때의 소용돌이 모양이나 거센 태풍에 휘몰아치는 구름이나 나선 은하의 팔 형태가 그렇듯이 규모에는 엄청난 차이가 있지만 모양은 같다. 플로이드가 물었다.

"미안하네, 막스. 왜 그러나? 뭔가 잘못됐나?"

"그런 것 같아요……. 하지만 우리가 아닙니다. 첸 호에 문제가 생겼어요."

조종실에는 선장, 항해사, 수석 엔지니어가 각자의 자리에 고정띠를 채우고 앉아 있었다. 나머지 대원들은 잡고 있을 만한 것을 잡고서 초조하게 손 잡은 곳 주위를 공전 중이거나 모니터를 주시하고 있었다.

타냐가 경직된 태도로 사과의 말을 했다.

"깨워서 미안해요, 헤이우드. 상황은 이래요. 10분 전에 지구의 관제 센터에서 최우선 주의 알림이 왔어요. 첸 호가 온데간데없이 사라졌어요. 몹시 갑작스럽게 벌어진 일이에요. 암호화된 전문을 전하고 있던 중에 느닷없이요. 몇 초간 뜻 모를 통신이 있고, 그러고 나서는 아무 소리가 없어요."

"표시등은요?"

"그것도 멈췄고요. 그것도 다시는 잡히지 않아요."

"휴! 그렇다면 분명 심각한 상황이군요……. 크게 부서졌겠어요. 가설은 있습니까?"

"많죠. 하지만 전부 추측일 뿐이에요. 폭발했다, 사태가 났다, 지진이 났다……, 알 수가 있나요?"

"앞으로도 영영 모를 수 있습니다. 누군가 또 에우로파에 착륙하기 전에는……, 아니면 우리가 가까이 접근해서 날아 지나가면서 한번 볼까요."

타냐는 고개를 저었다.

"우린 그럴 만큼 가속이 돼 있질 않아요. 최고로 가까이 간다고 해봐야 5만 킬로미터까진데, 그 거리에서는 별로 보이는 게 없을걸요."

"그럼 우리가 할 수 있는 일은 정말 하나도 없는 거군요."

"그렇지는 않아요, 헤이우드. 관제소에서 제안한 게 있어요. 우리 우주선의 큰 접시 안테나를 저쪽으로 빙 돌려서 혹시 약하게나마 긴급 통신이 오는지 잡아 보래요. 당신 의견은 어때요? 별로 가능성이 없긴 하지만, 해 볼 만은 하죠. 어떻게 생각해요?"

플로이드의 첫 반응은 몹시 부정적이었다.

"그런다면 지구와 연결이 끊어지잖아요."

"물론 그렇죠. 하지만 어차피 이제부터 연락은 끊어지게 돼 있잖아요, 목성 뒤로 돌아가면. 그리고 통신 회선을 재개설할 때까지 이삼 분이면 돼요."

플로이드는 말없이 가만히 있었다. 그야말로 합당한 이야기였다. 그런데도 왠지 모르게 염려가 되었다. 몇 초 동안 영문을 몰라 한끝에 플로이드는 왜 그렇게 그 발상이 마음에 안 드는지 별안간 이유를 알아차렸다.

디스커버리 호가 겪은 수난은 애당초 큰 접시가, 그러니까 주 안테나 복합체가 지구와 연결을 유지하지 못하면서 시작되었다. 이유야 여러 가지고 심지어 지금까지도 완전히 다 밝혀진 건 아니다. 그러나 HAL이 관여한 일이었던 건 틀림없고, 그렇다면 여기서는 그때와 비슷한 상황이 발생할 위험은 없었다. 레오노프 호의 컴퓨터들은 각각 따로 가동하는 작은 유닛들이고, 그것들을 통제하는 단일한 지성은 존재하지 않았다. 적어도 인간이 아닌 지성체는 없다고 할까.

러시아인들은 여전히 참을성 있게 그의 대답을 기다리고 있었다.

"동의하겠습니다." 마침내 플로이드가 말했다. "지구에다 그렇게 하겠다고 알려 줍시다. 그러고 나서 들어 보죠. 우주 조난 신호 주파

수는 전부 다 잡는 거지요?"

"그래요, 도플러 보정 계수가 구해지면 바로 합니다. 어떻게 돼가, 사샤?"

"앞으로 딱 2분만 더 주세요. 그럼 자동 탐색을 돌릴 테니까요. 듣는 건 얼마 동안 듣고 있어야 합니까?"

선장은 거의 머뭇거리지도 않고 바로 답했다. 플로이드는 종종 타냐 오를로바의 결단력에 탄복했고 한번은 그녀에게 그런 이야기를 하기도 했다. 좀처럼 보여 주지 않는 농담기를 반짝 엿보이며 타냐는 이렇게 대꾸했더랬다. "우디, 대장이 틀리는 건 괜찮지만요, 확실치 못한 태도를 가져선 못쓴답니다."

"50분간 들어 보죠. 그러고 나서 10분간 도로 지구로 연결해 보고하도록 해요. 그걸 반복하는 겁니다."

사람이 보거나 들어야 할 것은 없었다. 전파 잡음을 거르는 데는 자동 회로가 인간의 어떤 감각도 미치지 못할 만큼 우월했기 때문이다. 그럼에도 사샤는 때때로 오디오 모니터 소리를 키웠고, 그러면 목성 방사선대의 잡음이 포효하듯 터져 나와 조종실에 가득 찼다. 지구의 모든 해변에 부서지는 파도 소리를 하나로 합친 것 같은 소리인데, 목성 대기 중의 초전광 번개가 내는 폭발적인 굉음이 간간이 끼어들었다. 인간의 신호음, 그건 낌새조차 없었다. 근무 시간이 끝난 대원들은 하나둘씩 조용히 자리를 뜨기 시작했다.

기다리면서, 플로이드는 머릿속에서 계산을 해 보았다. 첸 호가 무슨 일을 당했든 그건 벌써 두 시간 전의 일이었다. 소식이 지구를 거쳐서 전해져 왔으니까.

그러나 레오노프 호는 첸 호에서 직접 보내는 통신이라면 1분도 채 안 되는 시차로 포착해 낼 수 있다. 그러니 중국인들이 다시 송신을 재개했다면 이미 포착하고도 남았다. 이렇게 계속 아무 소리가 없다는 것은 뭔가 크나큰 변이 닥쳤다는 뜻이고, 플로이드는 자기도 모르게 온갖 재난의 시나리오를 끝없이 머릿속에 엮어 가고 있었다.

50분이 한 시간 같았다. 50분을 채우고 나자 사샤는 우주선의 안테나 복합체를 도로 지구 쪽으로 돌려놓았고, 실패했음을 보고했다. 10분의 시간 중 남은 시간을 써서 미처 전달 못 했던 메시지들을 전송하면서 사샤는 의향을 묻듯 선장 쪽을 보았다.

"다시 해 볼 것 있나요?"

회의적인 생각이 뚜렷이 비치는 목소리였다.

"해야지. 탐색 시간은 좀 더 짧게 하더라도, 듣는 건 계속한다."

시간이 되자 큰 접시는 다시금 에우로파에 초점을 맞추었다. 그리고 그러기가 무섭게 자동 모니터가 '주의' 등을 번쩍이기 시작했다.

사샤가 번개같이 조절 장치로 날아가 소리를 키웠고, 목성의 소리가 조종실 안을 가득 채웠다. 그 위에, 마치 번개 폭풍이 휘몰아치는 소리 사이로 속삭이는 목소리가 귀에 들리듯이, 희미하지만 절대 오인할 리 없는 인간의 말소리가 얹혀 있었다. 무슨 언어인지를 특정하기란 불가능했다. 그래도 플로이드는 억양의 고저와 박자로 볼 때 그건 중국어가 아니라 유럽 언어의 일종임에 틀림없다고 생각했다.

사샤가 기술적으로 미세조정과 대역폭 제어를 했고, 그러자 말소리가 한결 또렷이 들려왔다. 언어는 영어였다. 의심의 여지가 없었다. 하지만 그 내용은 여전히 환장하게 안 들렸다.

거기에 인간이라면 누구든, 설사 사방에서 시끄러운 잡음이 들려오고 있다 해도 단박에 포착할 수 있는 한 가지 소리 조합이 들려왔다. 그 소리가 목성을 배경으로 하여 느닷없이 툭 튀어나왔을 때 플로이드는 꿈속에서 깨어나지 못하고 뭔가 환상을 보는 듯했다. 결코 이것이 생시의 일일 수는 없을 것만 같았다. 동료들은 반응하기까지 약간의 시간이 더 걸렸지만, 그들도 곧 똑같은 놀라움에 차 플로이드를 보았다……. 그 얼굴들에 서서히 의혹이 퍼져 올랐다.

왜냐하면 에우로파에서 들려온 소리 중 맨 처음 알아들을 수 있었던 말들이 이것이었기 때문이다.

"플로이드 박사, 플로이드 박사……, 이 말이 들렸으면 좋겠군요."

얼음과 진공

"누굽니까?"

누군가가 속삭여 물었고, 한꺼번에 터져 나온 조용히 하라는 쉿 소리들 앞에 플로이드는 전혀 모르겠다는 뜻으로 양손을 쳐들어 보였다. 그 동작으로 정말이니 믿어 달라는 뜻도 전달되길 바라면서⋯⋯.

"⋯⋯레오노프 호에 타고 계신다는 거 압니다. ⋯⋯시간이 별로 없을 것 같아서⋯⋯ 위치하고 있을 것 같은 방향으로 우주복 안테나를 겨냥하고 있습니다⋯⋯."

소리는 사람 환장하게도 몇 초 동안 끊겼다가, 다시 들려왔다. 음량이 조금이라도 커지지는 않아서 아쉽지만 아까보다 훨씬 또렷했다.

"⋯⋯이 내용을 지구로 전달해 주세요. 첸 호는 세 시간 전에 파괴되었습니다. 내가 유일한 생존자입니다. 우주복의 무선 송신기를 통해서 말하고 있어요……. 송신 범위가 될지 모르겠지만 다른 방법이 없습니다. 부디 주의 깊게 들어 주세요. 에우로파에 생명체가 있습니다. 다시 말합니다. 에우로파에는 생명체가 있습니다……."

신호가 다시 흐려져 갔다. 그 뒤를 이은 충격에 빠진 침묵을 훼방하려 드는 사람은 아무도 없었다. 기다리는 동안 플로이드는 맹렬하게 기억 속을 뒤졌다. 목소리로는 누군지 알 수가 없었다. 서방 국가에서 교육을 받은 중국인 중 누구라고 해도 통할 것이다. 아마 플로이드가 과학 학회 어디에서 만난 적 있는 사람일 테지만, 스스로 누구라고 밝히지 않는 한 플로이드로서는 도무지 짐작이 가지 않았다.

"……에우로파의 자정이 지난 직후였지요. 양수 작업은 꾸준히 계속되어 탱크가 거의 절반이나 찼을 때입니다. 리 박사와 내가 파이프 단열 상태를 점검하러 나왔습니다. 첸 호는 대운하 가장자리에서 30미터쯤 떨어진 곳에 착륙해 있었지요……. 파이프가 첸 호로부터 수직으로 내려가서 얼음을 뚫고 들어간 상태였어요……. 얼음은 매우 얇아서 그 위를 걷는다는 것은 안전하지 못했습니다. 따뜻한 상승 수류가……."

또다시 한참 정적이 흘렀다. 플로이드의 짐작에는 말하는 사람이 자리를 옮기고 있는 게 아닐까 싶었다. 그래서 뭔가가 전파를 가로막는 탓에 그때그때 잠깐씩 끊어지곤 한 것이리라.

"……아무런 문제도 없었지요. 5킬로와트짜리 조명이 우주선 위에 달려 있었으니까요. 크리스마스트리 같은 모습이었죠. 아름답게, 얼음을 통해 저 밑으로 빛이 비쳐 내렸습니다. 황홀하게 여러 색이

비쳐 보이고 있었어요. 리 박사가 먼저 발견했습니다. 엄청나게 큰 시커먼 덩어리가 저 깊은 물 속으로부터 떠올라 오고 있는 겁니다. 처음에 우린 그게 물고기 떼인 줄 알았습니다. 하나의 생물이라기에는 너무나도 컸거든요. 그랬는데 그놈이 얼음을 부수면서 치솟아 오르기 시작했죠.

플로이드 박사, 박사님이 내 말을 들을 수 있기를 바랍니다. 저 창 교수입니다. 2002년에 보스턴 국제 우주 비행 관련자 조합(IAU) 컨퍼런스에서 만나 뵈었죠.”

그 즉시, 상황에 어울리지도 않게, 플로이드의 생각은 10억 킬로미터나 떨어진 지구로 날아갔다. 그때 국제 우주 비행 관련자 조합 회의의 폐회식 후에 열린 리셉션이 어렴풋이 기억났다. 제2차 문화 혁명이 일어나기 전 중국 측 인사들이 마지막으로 참석했던 회의였다. 이제는 창 교수가 확실하게 누군지 알 것 같았다. 키가 작고 능청스러운 우주 비행사이며 우주 생물학자로, 풍부한 재담 보따리를 가진 사람이었다. 그 사람이 지금은 농담을 하지 않고 있었다.

“……어마어마하게 큰 축축한 해초 다발같이 생긴 게, 뭍으로 기어 올라오는 겁니다. 리 박사는 카메라를 가지러 우주선으로 다시 뛰어갔습니다. 나는 남아서 관찰하면서 통신으로 보고를 했죠. 그놈은 무척 천천히 이동해서 뛰기만 하면 쉽게 떼어 놓을 수 있었어요. 경계심을 느끼기보다 흥분이 훨씬 더 컸습니다. 놈이 어떤 종류의 생물인지 알 것 같았지요……, 캘리포니아 쪽 켈프 숲 사진을 본 적이 있었는데……. 그렇지만 내 생각은 크게 빗나갔죠.

……그놈이 뭔가 안 좋은 상태에 빠져 있다는 걸 알았어요. 정상

생활 환경보다 150도나 낮은 온도에서 살아남을 수 있을 턱이 없죠. 놈은 전진하면서 딱딱하게 얼어 가는 중이었지요. 유리처럼 조각들이 얼어서 깨져 나오는 겁니다. ……그래도 그놈은 여전히 우주선을 향해 전진해 오고 있었습니다. 마치 검은 물결이 덮쳐 오듯이…… 계속 느려지면서도 그렇게…….

난 이때까지도 너무나 놀란 상태라 생각이 똑바르게 돌아가질 못했어요. 게다가 그놈이 뭘 하려고 그러는지 상상도 할 수 없었지요…….”

“우리 쪽에서 답신을 보낼 방법은 영 없을까요?”

플로이드가 다급히 속삭여 물었다.

“안 돼요……. 너무 늦었어요. 에우로파는 이제 곧 목성 뒤로 돌아가게 돼요. 식(蝕)이 끝나고 목성 그늘에서 빠져나올 때까지 기다릴 수밖에 없어요.

……우주선으로 기어오르는데, 그놈이 전진하는 대로 일종의 얼음 굴이 만들어지더군요. 어쩌면 그게 추위를 막아 주는 단열 수단이었겠죠. 흰개미가 진흙으로 오밀조밀 굴을 지어 올려 햇빛으로부터 몸을 보호하는 것과 같은 방식으로 말입니다.

……몇 톤짜리 얼음이 우주선 위에 얹힌 겁니다. 맨 먼저 통신 안테나가 부서져 떨어졌어요. 이어서 착륙 다리들이 툭툭 휘기 시작하는 게 보였죠. 모든 게 느린 화면 같았어요, 꿈을 꾸는 것처럼요.

우주선이 주저앉을 참이 되어서야 겨우 난 그 생물이 뭘 하려고 한지를 알아차렸습니다……. 그러니 그때는 너무 늦었지요. 우린 변을 당하지 않을 수도 있었어요, 그 환한 불들만 껐더라면.

아마도 그놈은 광영양 생물이었을 겁니다. 얼음을 통해 비치는 태양 빛을 받아 생물학적 주기에 시동이 걸리는 거였겠죠. 아니면 촛불에 나방이 꼬이듯 빛을 보고 온 것일 수도 있지요. 우리가 켜 둔 강한 투광 조명은 에우로파에 지금껏 비쳤던 어떤 빛보다도 더 밝았을 겁니다…….

이윽고 우주선은 부서져 내렸습니다. 외피가 갈라지고, 습기가 응결되는 바람에 얼음 결정 구름이 서렸지요. 불은 전부 꺼졌습니다. 딱 하나 남은 조명등이 지면에서 2미터쯤 위 강선에 매달려 이리저리 흔들리고 있었을 뿐.

그러고 난 직후에 무슨 일이 일어났던지는 모르겠습니다. 그다음 일로 내가 기억하는 건 내가 불빛 아래 서 있었던 겁니다. 옆에는 우주선의 잔해가 있고요. 새로 내린 눈이 고운 가루처럼 내 주위 사방을 덮었죠. 거기 찍힌 내 발자국들이 아주 선명하게 보였습니다. 그 지점에서 난 도망쳤던 것 같아요. 중간에 빠진 시간은 아마 겨우 일이 분이었을 겁니다.

그 식물은……, 난 여전히 그놈이 식물이었다고 생각하고 있습니다만……, 꼼짝도 하지 않았어요. 난 그놈이 떨어지면서 손상을 입은 게 아닌가 싶었습니다. 사람 팔만큼 굵은 커다란 부분들이 뜯어져 나왔거든요. 나무에서 잔가지가 떨어지는 것처럼요.

그런데 본줄기가 다시 움직이기 시작했습니다. 우주선 외피에서 몸을 빼더니 내 쪽으로 기어오기 시작하더군요. 그때 바로 난 그놈이 빛을 감각한다는 걸 확신했습니다. 1000와트 전구 바로 밑에 서 있던 참이니까요. 흔들리던 그 불빛이 이제는 멈춰 있었지요.

참나무 둥치를 상상해 보세요……, 아니, 그보다 오히려 줄기와 뿌리가 여럿인 반얀나무가, 중력에 눌려 납작하게 찌부러진 모양으로 땅바닥을 기어오려 한다고 상상하면 되겠군요. 그놈은 불빛에서 5미터도 채 떨어지지 않은 데까지 오더니 옆으로 퍼지기 시작했지요. 마침내는 내 주위를 완전한 원으로 에워쌌습니다. 추측컨대 그 정도가 놈의 내성 한계였던가 봅니다……. 빛에 끌려 오던 것이 그보다 더는 못 오고 피해 물러나는 지점이죠. 그리고 나서는 몇 분간 아무 일도 일어나지 않았습니다. 나는 그놈이 죽은 건가 했어요. 결국에는 꽁꽁 얼어붙은 줄 알았죠.

그런데 여러 개의 가지들에 커다란 눈이 돋아나는 걸 보게 됐지요. 꽃이 피는 광경을 시간 간격을 두고 찍은 영상을 돌려 보는 것 같았습니다. 실제로 난 그것들이 꽃이었다고 생각해요. 한 송이 한 송이가 사람 머리만큼 크더군요.

섬세하고 아름다운 빛깔을 띤 막들이 한 겹 한 겹 펼쳐지기 시작했습니다. 그런 상황에서도 그때 내 머릿속엔 이건 아무도, 어떤 생명체도 본 적 없는 색채들이로구나 하는 생각이 들었어요. 우리가 우리의 빛을, 치명적인 빛을 이 행성에 가져오기까지 그 색채들은 존재가 없었던 겁니다.

덩굴손들이, 꽃술들이 하늘하늘 흔들렸어요……. 날 둘러싸고 있는 그 살아 있는 벽 쪽으로 가 보았지요. 정확히 어떤 일이 벌어지는지를 보려고요. 그때도 그랬고 다른 때도 줄곧 그랬지만, 난 그 생물이 추호도 겁나지 않았습니다. 그놈이 악의를 품고 있었던 게 아니라고 난 확신합니다……. 놈에게 의식이라는 것이 있기나 하다면 말이지만요.

수십 개의 커다란 꽃송이들이 각각 조금 벌어졌거나 거의 활짝 피어났거나 한 상태로 달려 있었습니다. 그쯤 되니 나비를 연상시키더군요. 이제 막 번데기 상태에서 우화 중인 나비요. 날개는 구깃구깃 접혀 있고 아직 연약하기 짝이 없는……. 내가 점점 진실에 다가가고 있었던 겁니다.

하지만 그것들은 얼어 가고 있었습니다. 형태를 갖추자마자 죽어 가는 참이었죠. 그러더니 한 마리 한 마리씩 그것들을 낳아 준 꽃눈으로부터 분리되어 떨어져 내렸습니다. 마른 땅으로 끌려 올라온 물고기처럼 잠시 퍼덕이며 이리저리 튀어 돌아다녔어요. 그리고 마침내 나는 그것들이 정말 무엇인지 깨달았습니다. 그 얇은 막들은 꽃잎이 아니었어요. 지느러미였던 겁니다. 하여튼 지느러미에 해당하는 기관이죠. 이것이 바로 자유롭게 헤엄쳐 다니는 그 생물의 유생 단계였던 거예요. 아마도 그놈은 생애의 대부분을 해저에 뿌리내리고 살아가겠죠. 그러다가 이렇게 이동성이 있는 자손들을 내보내어 새로운 삶터를 찾게 하겠죠. 지구의 산호가 하는 것과 똑같습니다.

나는 그 자그마한 생물 하나를 좀 더 가까이 보려고 무릎 꿇고 앉았습니다. 아름다웠던 색채들은 이제 흐려져 우중충한 갈색으로 변해 갔어요. 꽃잎을 닮은 지느러미들은 일부 부서져 나갔습니다. 얼어붙으면서 건드리기만 해도 산산조각이 나서 떨어지는 거죠. 그런데도 그것은 아직 약하게 움직이고 있었고 내가 접근하자 피하려고 했어요. 어떻게 내 존재를 감각하는지 궁금했지요.

그러다가 눈치챈 건 그 꽃술들……, 내가 꽃술이라고 부른 그 기관 끝부분에 하나같이 환한 파란색 점들이 붙어 있다는 거였습니다. 반짝이는 게 자잘한 사파이어 같더군요……. 아니면 가리비의 외투막을 따라 조르륵 있는 파란 눈들 같달까요. 빛은 감지하지만 제대로 상을 맺지는 못하는 눈 말이에요. 내가 관찰하고 있는 사이에 선명하던 파란색이 흐릿해지고, 사파이어는 빛을 잃어 우중충한 빛깔의 평범한 돌멩이로 변해 버렸지요…….

플로이드 박사……, 아니면 이외에 듣고 계신 분들이 누구시든……, 저에겐 남은 시간이 길지 않습니다. 목성이 이제 곧 내 신호를 가로막을 테죠. 하지만 이야기는 거의 끝났습니다.

그때에 이르러 난 내가 무슨 일을 해야 할지 알았습니다. 그 1000와트 등이 매달린 강선은 거의 지면에 닿을 정도로 낮게 드리워져 있었지요. 그걸 몇 번인가 홱홱 잡아챘습니다. 그러자 불꽃 비를 흩뿌리며 등이 나가더군요.

너무 늦은 건 아닌가 생각했어요. 몇 분 동안 아무 일도 일어나지 않았거든요. 그래서 내 주위에 얽혀 있는 가지들의 벽으로 가 발로 걸어찼습니다.

느릿느릿, 그 생물이 몸을 풀어내기 시작했습니다. 그렇게 운하 쪽으로 퇴각하기 시작했죠. 빛은 충분했어요. 난 모든 걸 다 볼 수 있었습니다. 가니메데와 칼리스토가 하늘에 떠 있고, 거대한 목성은 가느다란 초승달 상태고……, 밤이 내린 곳에 대규모 오로라 현상이 일어나고 있었지요. 이오의 자기장 통로 목성 쪽 끝에요. 헬멧에 붙어 있는 등은 쓸 필요도 없었어요.

그 생물이 물로 돌아가는 길에 나는 계속 옆에 따라갔습니다. 움직임이 느려지면 발길질을 더 해서 재촉하면서요. 한 발 한 발 얼음 파편이 내 장홧발 밑에 버적버적 밟히는 느낌이 났지요⋯⋯. 운하에 가까워지자 그놈은 기력을 되찾고 힘을 내는 것 같았어요. 제 본연의 집에 가까이 왔음을 아는 것처럼요. 난 놈이 살아남을지, 살아서 장차 다시 꽃눈을 맺을지 궁금했어요.

그놈은 수면을 뚫고 모습을 감추었어요. 마지막 몇 마리 죽은 유생을 낯선 곳인 땅 위에 남겨 두고요. 그러느라 노출된 얼어붙지 않은 물은 몇 분간 부글부글 거품이 끓어오르다, 보호가 되는 얼음이 딱지처럼 덮여 위쪽 진공으로부터 물을 봉해 줬지요. 그런 뒤에 나는 뭐라도 건져 볼 게 있나 알아보러 걸어서 우주선으로 돌아갔습니다⋯⋯. 그 이야기는 하고 싶지 않군요.

부탁하고 싶은 것은 딱 두 가지입니다, 박사. 분류학자들이 이 생물을 분류할 때에 내 이름을 따서 명명해 줬으면 좋겠습니다.

그리고⋯⋯, 다음 우주선이 지구로 돌아가게 될 때에⋯⋯, 우리 유골을 중국으로 송환해 달라고 부탁해 주세요.

몇 분만 있으면 목성이 우리 사이에 끼어들어 통신을 두절시킬 겁니다. 누군가 내 통신을 받고 있긴 한지 알았으면 좋겠군요. 아무튼, 다시 일직선상으로 송신이 가능해지면 이 내용을 되풀이할 생각입니다⋯⋯, 내 우주복의 생명 유지 시스템이 그때까지 버텨 준다면요.

여기는 에우로파 지상의 창 교수입니다. 우주선 첸 호의 난파를 보고합니다. 우리는 대운하 옆에 착륙하여 양수기를 얼음 가장자리에 설치하고……."

신호가 느닷없이 확 사라졌다가, 잠시 돌아오더니, 잡음 수위 이하로 완전히 사라져 버렸다. 레오노프 호에서 같은 주파수로 다시 귀를 기울여 보았으나 그 이후 창 교수로부터 들려오는 통신은 없었다.

3부

디스커버리 호

내리막길로 질주하다

레오노프 호는 마침내 속도를 붙여 가고 있었다. 목성을 향하여 내리막길을 질주하기 시작한 것이다. 네 개의 외부 위성 시노페, 파시파에, 아난케, 카르메가 심한 편심 궤도를 역행해 돌며 흔들리고 있는 중력 무인지대는 이미 한참 전에 지나왔다. 그 외부 위성들은 목성의 중력에 붙잡힌 소행성들이 분명하며 모양은 완전히 제멋대로였다. 가장 큰 것이 겨우 직경 30킬로미터밖에 되지 않았다. 행성 지질학자나 돼야 관심을 가질 삐죽삐죽 모가 지게 깨지고 부서진 바윗덩이들로서, 그것들은 태양과 목성 중 어느 쪽을 도는 건지 계속 이랬다 저랬다 소속을 바꾸고 있었다. 언젠가는 태양이 도로 그것들을 붙잡아서 완전히 가져가 버리리라.

하지만 그래도 목성에게는 외부 위성들 절반 거리에 있는 그다음 네 개 위성단이 남아 있을 것이다. 엘라라, 리시테아, 히말리아,

레다는 거리가 서로 퍽 가깝고 거의 같은 평면에 놓여 있었다. 그것들이 원래는 한 덩어리였다가 갈라져 나왔으리라는 추측이 있었다. 그렇다 칠 때 원래의 덩어리 직경은 고작 100킬로미터였을 터였다.

육안으로 모습을 볼 수 있을 만큼 가까운 건 카르메와 레다뿐이었지만 일행은 옛 친구를 만난 듯 위성들을 반겼다. 사상 최장의 항해 끝에 처음으로 뭍이 보인 셈이다, 목성 앞바다의 섬들이 나온 것이다. 남은 시간이 째깍째깍 줄어들고 있었다. 이번 임무를 통틀어 가장 위험천만한 단계가 닥쳐오는 중이었다……. 목성 대기권에 진입하는 것이 그것이다.

목성은 이미 지구의 하늘에 보이는 달보다 컸으며, 거대한 내부 위성들이 그 주위를 선회하며 움직이는 광경도 뚜렷이 보였다. 내부 위성들은 모두 알아볼 만한 크기와 서로 분간되는 색상을 보여 주었다. 아직 멀다 보니 표면의 얼룩까지는 보이지 않았지만……. 그것들이 보여 주는 영원무궁한 발레, 즉 목성 뒤로 숨었다가 아까는 낮이었던 부분을 늘 빛과 함께하는 어둠으로 뒤바꾸어 칠하고 도로 나타나는 광경들은 언제까지라도 구경할 만한 장관이었다. 지금으로부터 거의 정확히 400년 전 갈릴레오 갈릴레이가 맨 처음 언뜻 포착한 이래 천문학자들이 줄곧 지켜봐 온 광경이다. 그러나 현재 살아 있는 사람들 가운데 기구의 도움을 받지 않고 맨눈으로 이 장면을 구경한 건 오직 레오노프 호에 탄 남녀 대원들뿐이었다.

끝없이 체스 게임만 할 것 같던 사람들이 이제 체스는 쳐다도 보지 않았다. 근무 중이 아닌 시간은 망원경을 보거나 진솔한 대화를 나누거나 음악을 들으며 보냈고, 대개 바깥 광경을 지그시 바라보면서 그렇게 했다. 그리고 적어도 한 건의 선상 연애가 정점에 다다르기도 했다. 막스 브라일로브스키와 제니아 마르첸코는 걸핏하면 모습을 감추는 걸로 악의 없는 질타의 대상이 되었다.

둘이 눈이 맞다니 참 기묘한 일이라고 플로이드는 생각했다. 막스는 체조 챔피언 경력이 있는 건장하고 잘생긴 금발 남자다. 2000년 올림픽에서 결승까지 갔더랬다. 이제 나이가 30대 초반이지만 가식 없는 얼굴 표정이 소년 같기까지 하다. 그렇게 보았다고 해서 전적으로 잘못 본 것만은 아니었다. 엔지니어로서 대단한 성적을 냈으면서도 자주 보여 주는 미숙하고 세련되지 못한 면모에 플로이드는 당황하고 놀라곤 했다. 잠시 기분 좋은 대화를 나눌 만은 하나 오래 이야기할 상대는 못 되는 그런 사람이었다. 자기 분야에서는 의심의 여지 없는 숙련자이지만 그 이외 분야에는, 제법 관심은 있어도 식견이 얕았다.

나이 스물아홉 살로 탑승자들 중 최연소자인 제니아는 아직도 뭔가 알쏭달쏭한 인물이었다. 그 이야기를 하고 싶어 하는 사람은 아무도 없었으니만큼, 플로이드는 제니아가 당했던 부상을 결코 화제에 올리지 않았다. 플로이드와 닿아 있는 워싱턴 측 정보원들도 아무런 단서를 준 바 없었다. 제니아는 어떤 심한 사고에 휘말렸던 게 분명하지만 어쩌면 그건 그저 자동차 사고 같은 흔한 사고일 따름이었던가 보았다. 비밀리에 진행된 우주 임무(소련 외부에서는 여전히 인기 있는 신화의 일부인데)에 나섰다가 그렇게 된 게 아닐까 하는 가설은 배제할 수 있었다. 전 지구적 추적망 덕택에 최근 50년 동안 그런 일은 가능하지도 못했다.

육체적인 흉터, 그리고 당연히 있을 정신적인 상흔에 더하여 제니아는 또 한 가지 약점을 걸머진 채 애쓰고 있었다. 그녀는 마지막 순간에 교체 투입된 인원이고, 다들 그 사실을 알고 있었다. 불운하게도 행글라이더와 다툼을 벌여 너무 많은 뼈를 부러뜨리기 전까지는 이리나 야쿠니나가 영양사 겸 의료 보조로 레오노프 호에 탑승하기로 되어 있었던 것이다.

날마다 그리니치 표준시 18시 정각에 일곱 명의 탐사대원과 한 명의 탑승자는 조종실과 식사 및 취침 공간을 분리하는 작은 공용실에 모였다. 그 방 중앙의 둥근 탁자는 주위에 여덟 사람이 꼭 맞게 끼어 앉을 만한 크기였다. 찬드라와 커노가 되살아나면 전원이 다 둘러앉지는 못할 테고 어디 다른 곳에다 자리 두 개를 구겨 넣어야 할 것이다.

'6시의 소비에트'라고 불리는 일일 원탁회의는 10분을 넘는 일이 드물었지만 사기 유지에 핵심적인 구실을 했다. 애로 사항, 제안, 비판, 진행 상황 보고 등 뭐든지 안건이 될 수 있었고 오직 선장만이 거부권을 가졌는데 그 권리를 행사하는 일은 지극히 드물었다.

뜬금없이 제기되는 의제들이란 대체로 식단 변경 요망, 지구와 통신할 때 개인 통신 시간을 더 달라는 요구, 영화 프로그램 제안, 뉴스와 뒷얘기 주고받기, 그리고 머릿수에서 심히 밀리는 미국 대표를 악의 없이 곯리는 농담 같은 것들이었다. 우리 쪽 동료들이 동면에서 깨어나는 날에는 상황이 바뀔 것이라고 플로이드는 경고했다. 그러면 수적으로도 일곱 명 중 한 명이 아니라 아홉 명 중 세 명이 미국인이 될 것이다. 커노가 깨기만 하면 지껄이는 거든 고함치는 거든 나머지 탑승자들 중 어느 세 명을 합쳐도 못 당해 낼 거라는 개인적인 믿음은 입 밖에 내지 않았다.

플로이드는 잘 때 말고는 대부분의 시간을 공용실에서 보냈다. 이유의 일부는 그 방이 작기는 해도 폐소 공포증이 생길 것같이 조그맣게 칸막이된 자기 선실보다는 훨씬 낫기 때문이었다. 공용실은 또 유쾌하게 장식되어 있기도 했다. 손을 댈 수 있는 평면이란 평면에는 죄다 아름다운 육지 풍경과 바다 풍경, 운동경기, 인기 영화배우 얼굴 등 지구를 생각나게 하는 사진들을 붙여 놓았다. 그러나 실내의 가장 좋은 자리는 레오노프가 직접 그린 그림의 몫이었다. 1965년 작 「달 가까이」는 그가 젊은 중령의 몸으로 보스호트 2호에서 나와 사상 최초로 선외 우주 유영을 했던 그해에 그린 그림이다.

전문 화가의 것이라기보다는 재능 있는 비전문가의 작품임에 분명한데, 전경에 아름다운 '무지개 만'(월면 지형의 일부. 제2사분면 '비의 바다'에 있고 유라 산맥에 잇닿은 반원형의 어두운 후미 —옮긴이)이 보이는 크레이터가 있는 달 가장자리를 보여 주고 있었다. 달의 지평선 위로 거대하게 솟아오르는 것은 초승달 모양으로 가느다랗게 빛나는 가두리가 어둠 내린 밤의 영역을 감싸고 있는 지구다. 그 뒤로 태양이 작열하고, 코로나가 태양 주위 우주 공간으로 수백만 킬로미터나 죽죽 뻗어 나와 있었다.

굉장한 구도였다. 그리고 그 그림이 그려진 때로부터 고작 3년 후인 미래를 언뜻 내다본 것이기도 했다. 아폴로 8호의 우주 비행에서 앤더슨, 보먼, 로벨은 이 장관을 맨눈으로 보게 된다. 1968년 성탄절에 지구가 달의 이면 위로 떠오르는 광경을 보았던 것이다.

헤이우드 플로이드는 그 그림을 훌륭히 여기고 아꼈다. 하지만 동시에 복잡한 감정을 품고 바라보았다. 이 우주선에 탄 다른 사람들은 모두 그 그림보다 나이가 어리다는 생각을 머리에서 지울 수가 없었다. 한 명만 빼고.

알렉세이 레오노프가 그 그림을 그렸을 때 플로이드는 이미 나이 아홉 살이었다.

갈릴레오의 위성들

보이저 1호가 스쳐 지나가며 처음으로 진면목을 드러낸 지 30년도 더 지난 오늘날까지도, 네 개의 거대 위성이 왜 그렇게 심하게 서로 다른지를 제대로 아는 이는 아무도 없었다. 네 거대 위성은 모두 비슷비슷한 크기고 태양계에서 같은 지역에 자리하고 있었다. 그런데도 서로서로 조금도 닮지 않았다. 마치 출생이 다른 아이들인 양.

최외곽에 있는 칼리스토만이 거의 예상했던 대로인 걸로 밝혀졌다. 레오노프 호가 10만 킬로미터 조금 더 되는 거리를 두고 질주해 지나가면서 보았을 때 그 위성 표면의 무수한 크레이터 중 큰 것은 맨눈으로도 뚜렷이 식별되었다. 망원경을 통해 보면 칼리스토는 유리 공을 고성능 라이플총의 과녁으로 썼던 것 같은 모습을 하고 있었다. 표면 전체가 크고 작은 갖가지 크레이터들로 뒤덮여 있는데

개중엔 너무 작아 보일락 말락 하는 것도 있다. 칼리스토는 언젠가 누군가가 말했듯이 지구의 달 그 자체보다 오히려 더 달답게 생겼다.

그런 건 특별히 신기할 것도 없었다. 소행성대 끄트머리에 위치한 이 먼 곳의 천체라면 태양계가 창조되고 남은 부스러기에 그간 어지간히 폭격을 당했으리라는 건 예상할 만하다. 그런데 바로 옆 위성인 가니메데는 외양이 전혀 달랐다. 거기엔 먼 옛날 운석 충돌로 생긴 크레이터들이 후추처럼 까뭇까뭇 골고루 뿌려져 있기는 해도 그 크레이터 대부분이 쟁기로 간 듯 갈아엎어져 있었다. 이는 묘하게도 적절한 표현이다. 가니메데의 표면 중 큰 영역이 온통 둔덕지고 골이 패어 있었다. 마치 우주의 정원사가 거대한 쟁기를 그 표면 위로 끈 듯했다. 그리고 밝은 빛깔로 슥 칠한 듯한 자국들이 있는데 지름 50킬로미터짜리 달팽이가 지나가면 남을 법한 것들이다. 온갖 것들 가운데 가장 불가사의한 것은 평행하게 달리는 10여 개의 선들로 이루어진 길고 구불구불한 띠였다. 도대체 그게 뭔지, 딱 답을 낸 사람이 니콜라이 테르노브스키였다. 다차선 고속도로. 술 취한 측량사가 도로를 놓으면 저런 모양이 나오리라는 것이었다. 그는 한 술 더 떠서 고가도로와 토끼풀 모양의 입체 교차로까지 찾았다고 주장했다.

레오노프 호는 에우로파의 궤도를 가로지르기 전에 가니메데에 관하여 몇 조나 되는 자잘한 정보들을 인류의 지식 저장고에 보태었다. 얼어붙은 그 위성 세계, 난파한 우주선과 시신들을 품은 에우로파는 목성 반대편에 있었다. 하지만 사람들의 생각으로부터는 결코 멀리 가 있지 못했다.

고향 땅 지구에서 창 박사는 벌써 영웅이 되었고 그의 나라 사람들은 당혹감을 감추지 못한 채 수없이 날아오는 애도의 메시지를 받았다. 조문 한 건은 레오노프 호 탑승자들 이름으로 보내졌다. 아마도, 플로이드가 생각하건대, 모스크바에서 상당 부분 문구를 고쳐 쓴 다음에 전송했겠지만. 레오노프 호 선상을 관류하는 감정은 복잡 미묘했다. 감탄, 안타까움, 안도가 뒤범벅된 감정이었다. 우주 비행사들은 모두 출신 국가에 상관없이 자신들을 우주의 시민으로 여겼고 서로의 쾌거와 비극을 자기 일처럼 생각하며 하나라는 연대감을 가졌다. 중국 측 탐사 작전이 재난을 만났다고 좋아하는 사람은 레오노프 호에 한 명도 없었다. 그러나 그런 동시에 동작이 빨랐던 쪽이 시합에 이긴 게 아니게 된 상황에 말없이 안도하는 감정도 존재했다.

예상치 못하게 에우로파에 생명체가 있음을 발견한 사실이 상황에 새로운 국면을 더했다. 지금 지구에서나 레오노프 호 선상에서나 길고 긴 논쟁을 촉발한 부분이었다. 몇몇 외계 생물학자들은 좌우간 그것이 그렇게 놀랄 일은 아니지 않느냐고 일침을 가하며 "있을 거라 그랬잖소!" 하고 외쳤다. 지금으로부터 한참 전인 1970년대부터 탐사용 잠수함들은 외계 못지않게 생명이 살기 힘든 환경 속에서 믿을 수 없게도 번성하고 있는 기이한 해양 생물들의 빽빽한 군락들을 발견한 바 있었다. 태평양 대양저에 패어 있는 해구에서였다. 심해에 영양을 공급하고 물을 데워 주는 화산샘이 깊은 바닷속 사막과도 같은 불모지에 오아시스들을 만들어 놓았던 것이다.

지구에서 한 번 일어난 일이라면, 우주의 다른 어느 곳에선가 수백만 번 일어났을 것이라고 마땅히 예상할 만하다. 이 말은 과학자들 사이에서는 신앙고백이나 마찬가지였다. 목성의 위성들에는 모두 물이(아니면 최소한 얼음이) 있었다. 그리고 이오에는 끊임없이 분화하는 화산들이 있었다. 그러니 바로 옆 천체에서보다는 약한 화산 활동이리라고 예상하는 것도 이치에 맞는다. 이 두 가지 요인을 합쳐 본다면 에우로파에 생명체가 있다는 건 그저 가능하기만 한 정도가 아니라 아예 필연적일 것 같았다. 사람을 놀라게 하는 자연의 면모들이 거의 그러하듯이, 사후에 생각해 보면 실로 너무나 뻔한 것이다.

하지만 그 결론은 또 다른 의문을 불러일으켰고, 그 질문은 레오노프 호의 임무와 직결돼 있는 것이었다. 그래, 목성의 달에 생명체가 발견되었는데……, 그것이 티코 석판과, 또 그보다도 더욱 불가사의한 이오 근접 궤도상의 고대 유물과 뭔가 관계가 있는 것일까?

그것이 '6시의 소비에트' 때마다 가장 즐겨 도마에 오르는 논쟁거리였다. 창 박사와 조우한 그 생명체는 고도의 지능을 갖춘 생물은 아니었던 것 같다는 데에 일행은 대체로 동의했다. 적어도 창 박사가 그 생물의 행동을 해석해 묘사한 내용이 정확하다고 한다면 말이다. 기초적인 지적 능력이라도 갖춘 동물이라면 그저 본능에 따라 목숨을 내던질 리가 없다. 촛불에 날아드는 나방처럼 결국에는 타 죽을 위험에 몸을 던지지 않을 것이다.

바실리 오를로프는 대번에 그 주장을 반박하는, 설사 반박까지는 못 해도 약화시킬 만한 반대되는 예를 내놓았다.

"고래나 돌고래를 보세요. 우린 놈들이 똑똑하다고 하죠. 그런데

고래나 돌고래가 떼 지어 해안에 올라와 자살하는 일이 종종 일어나지 않습니까? 그런 건 본능이 이성보다 더 강하게 작용하는 예인 것 같은데요."

막스 브라일로브스키가 끼어들었다.

"돌고래까지 갈 것도 없어요. 저와 같은 반에 있던 최고로 명철한 공학자 친구는 키예프의 금발 미녀에게 혹해서 신세 망쳤거든요. 그 친구에 대해 마지막으로 들은 바로는 정비소에서 일한다더라고요. 우주 정류장을 설계해서 금메달을 땄던 친군데 말이에요. 이 무슨 낭비랍니까!"

설령 창 박사의 에우로파 생물이 지적 생물이 아니라 쳐도, 그것이 어디 다른 곳에 더 고등한 생명체가 존재할 가능성을 배제하진 못했다. 한 천체의 생물상을 단 한 종의 생물만 보고 판단할 순 없는 법이었다.

하지만 바다에서는 고등한 지적 능력이 발달할 수 없다는 주장도 폭넓게 세를 얻었다. 그렇게 자극이 없고 단조로운 환경에서는 도전이 충분치 않다. 다른 것보다도, 불의 도움을 받을 수 없는 해양 생물이 어떻게 기술을 발전시킬 수 있겠는가?

하지만 어쩌면 그마저도 가능한 일일 수 있다. 인류가 걸어온 길만이 유일한 길은 아니니까. 다른 천체의 바닷속에 어엿한 문명들이 이루어져 있을지도 모를 일이다.

그렇다 하더라도 에우로파에서 우주여행을 할 정도의 문명이 일어났다는 것은 역시 있을 법하지 않았다. 그런 문명이 존재한다는 오인 불가능한 상징인 건물, 과학 시설물, 발사 기지나 다른 인공물이 하나도 없으니 말이다. 극에서 극까지 에우로파에는 편편한 얼음과 몇 군데 불뚝 튀어나온 헐벗은 바위 말고는 보이는 것이 없었다.

레오노프 호가 이오 궤도와 조그마한 위성 미마스의 궤도를 휙 날아 지나간 때쯤 해서는 더 이상 추측과 토론으로 보낼 시간이 없었다. 조우를 준비하고, 몇 달 동안 무중력 상태에서 지내던 끝에 짧게나마 다시 무게를 겪게 될 일에 대비하느라 대원들은 거의 숨 돌릴 틈도 없이 분주했다. 우주선이 목성 대기권으로 들어가기 전에 멋대로 돌아다니는 물건들은 전부 고정해 두어야 했다. 감속으로 인해 일시적으로 최고 2G의 중력이 발생할 것이기 때문이다.

플로이드는 운이 좋았다. 그 혼자만이 점점 다가오는 그 행성의 기가 막힌 장관을 우러러 감상할 시간이 있었다. 이제 목성은 거의 하늘 절반을 메워 오고 있었다. 크기를 빗대어 가늠해 볼 게 하나도 없었기 때문에 그 실제 크기가 얼마만 한지 감을 잡을 길이 없었다. 지구를 50개 늘어놓아도 지금 자신을 향해 돌아오는 반구를 다 덮을 수 없다고 플로이드는 계속해서 혼자 되새겨야만 했다.

지구의 가장 휘황찬란한 석양만큼이나 색색으로 빛나는 구름들이 흐르고 있었다. 어찌나 빠르게 흘러가는지 움직이는 것을 주목하며 쳐다볼 수 있는 게 고작 10여 분 동안이었다. 행성을 두른 띠 열두어 가닥이 한데 휘몰아쳐 이루는 거대한 회오리들이 쉼 없이 생겨났다가 곧 연기의 소용돌이인 양 낱낱이 흩어져 사라졌다. 가끔씩 흰 기체가 간헐천인 양 심연으로부터 뭉클 분출돼 올라오지만 목성의 맹렬한 회전력이 초래한 돌풍에 휩쓸려 날아가곤 했다. 무엇보다 이상한 것은 아마도 저 흰 점들일 것이었다. 어떨 때는 진주

목걸이처럼 일정한 간격을 두고 흰 점들이 있는데 바로 목성의 중위도 지대 무역풍을 따라 늘어서 있었다.

목성 대기권과 접촉하기 직전 몇 시간 동안은 플로이드도 선장이나 항해사의 얼굴을 좀처럼 볼 수 없었다. 오를로프 부부는 거의 함교를 떠나지 않고 계속해서 접근 궤도를 점검하고 레오노프 호의 항로를 미세 재조정했다. 우주선은 이제 대기권의 바깥쪽 층만을 스치고 지나가는 대단히 중요하고 위태로운 경로에 접어들었다. 너무 높은 고도로 간다면 마찰력에 의한 감속이 충분치 못해 속도가 늦춰지지 않을 것이고 레오노프 호는 그대로 내달려 태양계를 벗어나고 말리라. 그러면 구출될 가망도 전혀 없다. 고도를 너무 낮게 잡으면 우주선이 유성처럼 불타 버릴 것이다. 그 두 극단 사이의 간격은 좁았다. 오차가 용납될 여지가 별로 없었다.

중국 우주선이 이미 공기 감속이 가능하다는 것을 입증했지만, 그래도 뭔가가 잘못될 가능성은 언제나 존재했다. 그래서 대기권 접촉을 불과 한 시간 남기고 루덴코 대위가 이렇게 털어놓았을 때 플로이드는 전혀 놀라지 않았다.

"이제 슬슬 드는 생각인데요, 우디, 뭐가 어찌 되건 그 이콘을 가져올걸 그랬어요."

이중 격돌

"……낸터킷 집 대출 서류는 서재에 '대'라고 표시한 파일에 있을 거요.

자, 내 머리에 떠오르는 처리할 일들은 이게 다예요. 요 두어 시간 계속 생각나는 게 내가 어렸을 때 본 그림 한 장이라오. 닳아빠진 빅토리아조 미술 책에 있던 그림인데……, 150년은 된 책이었을걸. 흑백 그림이었는지 원색 그림이었는지는 기억이 안 나지만, 그림 제목은 절대 안 잊는다오. 웃지 마요, 그 그림 제목이 '집으로 보내는 마지막 편지'였단 말이오. 우리 고조부님 시절 사람들은 그런 감상적인 멜로드라마에 껌뻑 죽었지.

그림에는 폭풍우에 휩쓸린 돛단배 갑판이 있었소. 돛은 갈가리 찢어져 나갔고 갑판에 물이 올라왔지. 배경에는 선원들이 배를 구하려고 분투하고 있고, 전경에는 한 나이 어린 소년 선원이 쪽지를 쓰

고 있는 거요. 옆에는 그 편지를 뭍으로 실어다 주길 바라는 병 한
개가 있고.

난 그때 어린애였지만 그 소년 선원이 편지나 쓰고 있을 게 아니
라 동료들에게 가서 힘을 합쳐야 한다고 생각했소. 그렇기는 했지
만 그 그림에 감동했어요. 내가 그 소년 선원같이 될 거라는 생각은
해 보지도 못하고.

물론, 난 당신이 이 메시지를 분명히 받으리란 걸 알지. 그리고 레
오노프 호에서 내가 뭔가 도움이 될 방도도 없고 말이오. 사실, 비켜
있어 달라는 정중한 요청을 받았거든. 그러니 이 메시지를 읊고 있
으면서 내 양심은 썩 떳떳하다오.

이제 이 메시지를 함교로 올려 보낼 거요. 15분만 있으면 큰 접시
를 끌어들이고 뚜껑문들에 널빤지를 덧댈 거라 통신이 끊어질 테니
말이오…… 말하고 보니 이것도 또 당신이 마음에 들어 할 뱃사람
비유로군! 이제 목성이 하늘을 가득 채워 오고 있어요. 그 광경을
형용하진 않으려오, 오래 처다보고 있지도 않을 거요. 이제 몇 분 안
에 차폐막이 올라갈 테니까. 아무튼, 내가 묘사하는 것보다 카메라
가 훨씬 더 잘 보여 줄 거요.

잘 있어요, 내 가장 사랑스러운 사람. 모두에게 내 사랑을 전하
오……, 특히 크리스에게. 당신이 이 메시지를 받을 때쯤엔 일은 끝
나 있을 거요, 이쪽이든 저쪽이든. 우리 모두를 위해 내가 최선을 다
하려고 노력했다는 걸 기억해 줘요. 안녕."

오디오 칩을 꺼낸 다음 플로이드는 통신 센터로 떠 올라가서 사
샤 코발레프에게 그걸 건넸다.

"통신 회선을 닫기 전에 꼭 보내 줘요."

플로이드는 진심으로 부탁했다.

"걱정 마세요. 아직 모든 채널을 가동 중이고, 시간도 너끈히 10분은 남은걸요."

사샤가 약속했다.

플로이드가 한 손을 내밀었다.

"우리 정녕 다시 만난다면……, 그래, 미소 지어야 하오. 만나지 못한다, 그럼 왜 이 작별이 기껍지 않으리오?"

"셰익스피어인가요?"

"그렇죠. 브루투스와 카시우스가 전투 전에 나눈 인사말입니다. 나중에 뵙죠."

타냐와 바실리는 보고 있던 상황판에 바짝 정신을 집중하느라 플로이드에게는 손만 저어 보였다. 플로이드는 자기 선실로 물러났다. 나머지 대원들에게는 이미 작별 인사를 한 뒤였다. 기다리는 것 말고는 할 일이 없었다. 감속이 시작되어 중력이 돌아올 때를 대비해 침낭은 이미 매달아 두었고, 이제는 그 속에 기어드는 것밖에…….

"안테나 철수, 모든 보호판 세움. 5분 후 최초 감속이 옵니다. 모두 정상입니다."

선내 통신이 나왔다.

"모두 정상이라니, 난 저렇게는 말 못 해. '정상 범위 내'란 말이겠지."

플로이드가 혼자말로 투덜거렸다. 그 생각에 미처 결론이 지어지기도 전에 문에 소심한 노크 소리가 났다.

"크토 탐('누구세요'의 뜻 ─옮긴이)?"

놀랍게도 그것은 제니아였다.

"들어가도 될까요?"

제니아는 쭈뼛쭈뼛 물었다. 어린애 같은 목소리로 말해서 플로이드는 제대로 알아듣기도 힘들었다.

"그럼, 물론이지. 하지만 제니아 선실에 들어가 있지 않고? 재진입까지 이제 겨우 5분 남았는데."

자기가 묻기는 했지만 플로이드는 그게 바보 같은 질문인 줄 잘 알았다. 답은 척 봐도 너무나 뻔한 것이라 제니아는 구태여 대답도 하지 않았다.

그렇지만 제니아라니, 다른 사람도 아닌 그녀일 줄이야 정말 예상도 못 했다. 그간 플로이드를 대하는 제니아의 태도는 예의 바르면서도 서먹했던 것이다. 정말이지, 대원들 중에 그를 '플로이드 박사님'이라고 부르고 싶어 하는 사람은 제니아 한 명뿐이었다. 그럼에도 지금 제니아는 여기 와 있었다. 분명 절체절명의 무서운 순간에 위안과 동료애를 구하여 찾아온 것이다.

"친애하는 우리 제니아. 얼마든지 환영이야. 하지만 내 방 집기가 보잘것없군. 스파르타인 같다고 한대도 어쩔 수 없겠어."

플로이드의 농담에 제니아는 가까스로 희미한 미소를 떠올렸지만 아무 말 없이 방 안으로 유영해 들어왔다. 플로이드는 이때 처음으로 제니아가 신경이 곤두선 정도가 아니라 완전히 겁에 질려 있음을 깨달았다. 그러자 왜 자신을 찾아왔는지 이해가 갔다. 자기 나라 사람들을 대하기는 창피해 다른 곳에서 도움을 구하려는 것이다.

이 점을 알아차리면서 뜻밖의 방문에 기뻤던 플로이드는 좀 김이 샜다. 그렇다고는 해도 고향에서 멀리 떨어진 이곳에서 다른 한 외로운 인간을 향한 그의 책임감까지 덜해지지는 않았다. 제니아가 자기 나이 절반밖에 안 먹은 매력적인(비록 절대 미인은 아니지만) 여자라는 사실이 그 문제에 영향을 끼쳐서는 안 될 일이었다. 그런데 그게 영향을 끼쳤다. 플로이드는 이 상황에 반응이 오기 시작했다.

제니아는 분명 알아차렸을 텐데도 고치형 침낭에 플로이드와 둘이 나란히 들어가 누우면서 부추기는 행동도 기를 꺾는 행동도 하지 않았다. 침낭 안 공간은 두 사람이 꼭 맞게 들어갈 만했고, 플로이드는 초조한 마음으로 셈해 보기 시작했다. 최고 중력이 예측보다 더 심하게 걸린다면, 그래서 버팀줄이 끊어져 버린다면? 자칫하면 죽을 수도 있다……

충분히 안전할 만큼 여유가 있다. 그런 수치스러운 종말은 걱정하지 않아도 되었다. 유머는 욕망의 적이었다. 두 사람의 포옹은 이제 전적으로 순수해졌다. 플로이드는 반가운지 애석한지 갈피를 잡을 수 없었다.

그리고 이제 무슨 다른 생각을 하기에는 너무 늦어 버렸다. 멀리서, 멀고 먼 곳에서 최초의 희미한 소리가 전해져 왔다. 길 잃은 유령의 흐느낌과도 같이……. 그와 동시에 우주선에 가까스로 알아차릴 수 있을 정도로 덜컥 쏠리는 느낌이 있었다. 고치형 침낭이 이리저리 흔들리기 시작했고 지탱하는 끈이 팽팽해졌다. 여러 주 동안 무게를 모르고 지냈는데 이제 중력이 돌아오고 있었다.

몇 초 만에 희미하던 윙윙 소리는 커져서 죽 이어지는 굉음이 되었고, 고치는 버거울 만큼의 무게가 얹힌 그물 침대가 되었다. 이거

별로 좋은 생각이 아니었는걸. 플로이드는 혼자 생각했다. 벌써 숨쉬기가 힘이 들었다. 감속 탓도 있지만 그 때문만은 아니었다. 제니아가 마치 물에 빠진 사람이 지푸라기 잡는다는 속담과도 같이 죽어라 그를 잡고 매달려 있었던 것이다.

플로이드는 최대한 상냥하게 제니아를 떼어 놓았다.

"괜찮아, 제니아. 첸 호가 해냈으면 우리도 할 수 있어. 진정해요……. 걱정 말고."

다정하게 고함을 친다는 것은 쉽지 않은 일이었고, 백열하는 수소의 굉음 속에 자기 목소리가 제니아에게 들리기나 하는지 알 수도 없었다. 그러나 제니아는 이제 아까처럼 죽어라 붙들고 매달리지 않아서 플로이드는 그 틈에 몇 차례 깊은 숨을 들이쉬었다.

지금 이 모습을 캐롤라인이 본다면 어떻게 생각할까? 앞으로 말할 기회가 있다손 치고 아내에게 이 얘기를 하긴 할까? 캐롤라인이 과연 이해해 줄지 모를 일이었다. 이런 순간에는 지구와 이어진 모든 고리가 무척이나 하찮게 여겨지는 게 사실이었다.

몸을 움직인다는 게 불가능했고 말도 할 수 없었지만, 이제 플로이드는 생경한 무게 감각에 차차 익숙해져 더 이상 불편하지 않았다. 점점 마비돼 오는 오른팔만 빼고……. 곤란이 있긴 했지만 그래도 제니아의 몸에 눌려 있던 팔을 어찌어찌 빼냈다. 익숙한 그 동작에 일순 죄책감이 일어났다. 혈액 순환이 재개되는 것을 느끼면서 플로이드는 적어도 10여 명의 미국, 소련 우주 비행사들이 뒷받침하는 명언 하나를 떠올렸다. "무중력 상태에서의 성교는 그 쾌감과 문제점 둘 다 무척이나 과장되어 있다."

플로이드는 나머지 대원들은 어떻게들 버텨 내고 있을지 궁금했고, 문득 이 과정 내내 평안히 잠들어 있을 찬드라와 커노 생각도 스쳐 갔다. 레오노프 호가 목성 하늘에 유성우가 되어 내린다 해도 그들은 모를 것이다. 플로이드는 그 두 사람이 부럽지 않았다. 평생에 다시없을 경험을 못 하고 넘어가는 거니까.

타냐가 선내 통신으로 말을 하고 있었다. 굉음 탓에 무슨 말을 하는지는 들리지 않았지만 목소리는 차분하고 완벽하게 평상시 말투라, 흡사 늘 하는 정례 지시를 하는 듯했다. 플로이드는 힘을 들여 가까스로 손목시계를 보았고 벌써 감속 과정 한중간에 이른 것을 알고 몹시 놀랐다. 지금 이 순간 레오노프 호는 목성에 가장 가깝게 접근해 있는 터였다. 목성 대기권으로 이보다 더 깊이 들어가 본 건 소모품인 자동 탐지기들뿐이었다.

"반은 지나왔어, 제니아. 다시 나가는 길이야."

플로이드가 고함쳐 말했다.

이 말을 알아들었는지 확실히는 알 수 없었다. 제니아는 눈을 꽉 감은 채였다. 하지만 조금 미소 지었다.

우주선은 이제 알아차릴 수 있을 만큼 흔들리고 있었다. 거칠게 날뛰는 바다에 흔들리는 조각배처럼……. 이게 정상인가? 플로이드는 궁금하게 여겼다. 제니아가 있어서 제니아 걱정을 하니 다행이었다. 그러느라고 플로이드 자신의 공포심에 신경 쓰지 않을 수 있었다. 아주 잠깐, 그 생각을 머릿속에서 미처 쫓아내 버리지 못한 한 순간만 사방 벽이 갑자기 앵둣빛으로 달아오르고 자신을 향해 우그러져 들어오는 환각이 스쳤다. 에드거 앨런 포의 『함정과 진자(*The*

Pit and the Pendulum)』에 나오는 끔찍한 환상담과도 같이……. 그건 30년 동안 까맣게 잊고 있던 이야기인데.

하지만 그런 광경은 없을 것이다. 만약 열 차단벽이 제구실을 못 하게 되면 우주선은 한순간에 쭈그러지리라. 기체의 단단한 벽에 부딪쳐 망치로 때린 듯 납작해질 것이다. 고통은 느끼지 못하겠지. 그의 신경계가 반응할 시간조차 없이 신경계 자체가 사라지고 말 테니까. 그 생각보다 더 위안이 되는 생각들도 물론 전에 해 본 적이 있었지만, 이 정도 위안도 무시할 건 못 되었다.

마구 흔들리던 것이 서서히 덜해져 갔다. 타냐로부터 또 한 번 제대로 들리지 않는 안내 방송이 있었다.(플로이드는 이걸로 타냐를 놀려 줄 작정이었다, 다 끝난 다음의 일이겠지만.) 이제 시간은 훨씬 느리게 가는 것처럼 느껴졌다. 잠시 후 그는 연신 시계 보던 것을 관뒀다. 도무지 믿을 수가 없어서였다. 숫자가 너무나도 느리게 바뀌어서 아인슈타인의 시간 지체 현상을 체험하고 있는 건 아닐까 하는 생각이 들 지경이었다.

그런데 문득 그보다도 더욱 믿지 못할 일이 일어났다. 플로이드는 우선 경탄스러웠다가 곧 이어 좀 무안한 느낌이 들었다. 제니아가 잠들어 있었다. 정확히 그에게 안겨서 잠든 것은 아니라지만 그래도 바로 옆에 누워 잠들어 버렸다.

그것은 자연스러운 반응이었다. 긴장한 나머지 기진맥진한 그녀를 신체의 조화가 구하러 나선 것이다. 그리고 불현듯 플로이드 자신도 마치 절정에 잇따른 탈진감과도 같은 노곤함을 자각했다. 이런 만남으로 인해 그 역시 감정적으로 진이 쭉 빠져 버린 듯했다.

깨어 있기 위해서는 무진 애를 써야만 했다…….

그러고 있다가 문득 혹 떨어지고……., 떨어지고……., 떨어지고……., 모든 게 끝났다. 우주선은 도로 원래 있어야 할 곳인 우주 공간으로 돌아왔다. 그리고 그와 제니아는 둥둥 떠서 서로 갈라졌다.

앞으로 둘이 그렇게 밀접하게 있을 일은 결코 없을 테지만, 다른 사람은 나누지 못할 특별하고 부드러운 감정을 언제나 서로에 대하여 가지게 될 터였다.

거인의 품에서 탈출하다

　플로이드가 전망실에 다다랐을 때(들키지 않으려고 제니아를 먼저 보내고 몇 분 후에 갔다.) 목성은 벌써 한결 멀어진 듯 보였다. 하지만 그것은 육안 증거가 아니라 플로이드가 가진 지식에 기반한 환각일 터였다. 레오노프 호는 이제 간신히 목성 대기권을 벗어나는 참이었고 그 행성의 모습이 여전히 하늘 절반을 가득 채운 채였으니까.

　그리고 이제 레오노프 호는 미리 의도했던 대로 목성에 사로잡힌 몸이었다. 백열의 시간을 마무리하며 레오노프 호는 꾸준히 여분의 속도를 털어 버렸다. 그렇게 하지 않았다가는 자칫 태양계를 벗어나 항성들을 향하여 날아가게 될 수도 있는 것이다. 이제 그들은 타원을 그리며, 즉 고전적인 호만 궤도로 날고 있어서 이대로라면 목성과 목성에서 35만 킬로미터 높이인 이오 궤도 사이로 돌아오게 될 터였다. 다시 모터에 점화하지 않는 이상, 또는 무슨 일이 있어 점화할 수 없게 되어 버릴 경우 레오노프 호는 이 두 한계 사이를 왔다 갔다 하며 열아홉 시간마다 한 바퀴 공전하게 될 것이다. 그러면 목성의 달 가운데 가장 가까이 도는 달이 된다. 그 시간이 길지는 않겠지만……. 우주선이 대기권을 스치고 지나갈 때마다 고도를 잃게 되어 마침내 나선을 그리며 파멸로 추락해 갈 테니까.

플로이드는 본래 보드카를 좋아하지 않았지만 우주선 설계자를 기리며 승리의 건배를 나누는 다른 이들과 망설임 없이 합세했다. 건배에는 또 아이작 뉴턴 경에게 감사를 표하자는 제안도 함께 채택되었다. 그러고 나서 타냐가 단호하게 술병을 도로 선반에 갖다 넣었다. 아직 해야 할 일이 많았다.

다들 예기하고 있던 것인데도 내장된 폭발물이 터지는 둔탁한 쿵 소리와 무엇이 떨어져 나가는 충격이 일자 모두들 흠칫 소스라쳤다. 몇 초가 지나 아직도 달아올라 빛이 나는 커다란 원반이 둥실 시야에 들어왔다. 천천히 재주를 넘으며 우주선으로부터 멀어져 가고 있었다.

"봐요! 비행접시네! 누구 카메라 있어요?"

막스가 소리쳤다.

뒤따른 와자한 웃음 속엔 신경이 곤두섰던 사람들의 안도의 심정이 표 나게 비치고 있었다. 웃음소리는 선장의 말로 가로막혔다. 한결 진지한 어조로 그녀가 말했다.

"잘 가라, 충직했던 방열판아! 정말 잘해 줬다."

"하지만 낭비가 돼서 아깝군요! 적어도 2톤은 남아 버렸으니. 그만큼이면 신고 올 수 있는 게 얼마나 더 많았겠어요?"

사샤가 말했다.

"착실하고 보수적인 러시아 공학 덕분에 그렇게 된 거면, 난 전심 전력으로 그쪽을 지지합니다. 몇 톤 여분이 남는 게 훨씬 낫죠. 1밀리그램이라도 모자랐던 것보다는."

플로이드가 응수했다.

모두들 이 고상한 감상에 갈채를 보냈다. 그사이에 사출된 방열판은 식어서 노란색이 되었다가 빨갛게 되고, 마침내는 주위 우주 공간과 마찬가지로 검어졌다. 그렇게 불과 몇 킬로미터 가지 않아서 방열판은 시야에서 사라져 버려 더 이상 볼 수 없게 되었다. 비록 때때로 뒤에 있는 별을 가리는 바람에 존재가 드러나기는 했지만.

"1차 궤도 점검 완료. 올바른 벡터 초당 10미터 이내에 들어왔습니다. 단번에 이 정도면 썩 괜찮죠."

바실리가 말했다.

이 소식에 어디선가 나직한 안도의 한숨이 흘러나왔고, 몇 분이 지나 바실리는 또 한 차례 고지를 했다.

"항로 수정을 위하여 선체 방향을 변경합니다. 속도 초당 6미터. 1분 후 20초간 점화하겠습니다."

레오노프 호는 아직도 목성에 너무나 가까이 있었기 때문에 그 둘레를 공전하고 있다는 것을 도무지 믿을 수 없을 지경이었다. 어쩌면 구름바다로부터 막 솟아오른 고공 비행선을 타고 있는 것만 같았다. 비례 감각을 가질 수가 없었다. 지금 지구의 석양을 뒤로하고 날아오르는 길이라고 상상하는 것도 전혀 어렵지 않았다. 우주선 밑으로 흘러가는 빨간색, 분홍색, 진홍색 들이 무척이나 친숙하기만 했다.

그런데 그것은 환상이었다. 이곳에 있는 것 무엇 하나 지구에 그와 나란히 비견할 것이 존재하지 않았다. 저 색상들은 자체 발광하여 내는 색이지, 저무는 태양에서 빌려 온 색이 아니었다. 기체 그자체도 극도로 낯선 것이다. 메탄과 암모니아와 마녀의 국물과도 같은 탄화수소가 수소 헬륨 혼합물의 국솥에 마구 뒤섞여 나왔다. 인간이 살기 위해 숨 쉬어야 하는, 자유롭게 돌아다니는 산소는 흔적조차 없다.

구름은 목성 지평선 이 끝에서 저 끝까지 평행으로 줄을 지어 흐르고 중간 중간 크고 작은 소용돌이가 가지런한 줄을 일그러뜨리곤 했다. 군데군데 솟구쳐 오르는 더 밝은 빛깔의 기체가 일정한 무늬를 깨뜨렸고, 플로이드는 또 어떤 큰 소용돌이의 가장자리가 한층 어두운 빛을 띤 것을 보기도 했다. 바닥을 알 수 없는 목성의 심연으로 빨려 들어가는 기체의 회오리였다.

플로이드는 대적점을 찾기 시작했으나 이내 바보 같은 생각을 한자신을 나무랐다. 대적점의 어마어마한 크기를 생각하면 지금 밑에 보이는 구름 나라의 장관 전체도 그 몇 퍼센트밖에 되지 않을 것이다. 하긴 캔자스 상공을 저공비행하는 소형 비행기만 타도 밑에 미국 땅덩어리 모양이 보이지 않나 찾게 마련이긴 하다.

"항로 수정 완료. 우리는 이제 이오와 도중에 조우하는 궤도에 올라 있습니다. 이오에 도착은 여덟 시간 55분 후."

목성에서 기어올라 그 무엇이든 우리를 기다리는 그것과 만나기까지 아홉 시간도 채 안 걸리는군. 플로이드는 그렇게 생각했다. 우리는 거인의 품에서 탈출했어, 하지만 목성은 우리가 익히 알고 대처하여 준비할 수 있는 위험을 대표하지. 이제 앞에 놓여 있는 그것은 철저하게 수수께끼인 것이야.

그리고 우리가 그 도전에서 살아남는다면, 그때 우리는 한 번 더 목성으로 돌아와야만 해. 무사히 고향으로 돌아가게 해 줄 힘을 목성에게 빌려야 할 테니까.

사적인 통신

"……여, 안녕하세요, 디미트리. 우디입니다. 15초 있다가 2번 키로 바꿀게요……. 안녕하세요, 디미트리. 3과 4를 여러 번 누르고 제곱근을 구하십쇼, 거기에 원주율을 제곱해 더하고 그 숫자에 가장 가까운 정수를 5번 키로 사용하세요. 그쪽 컴퓨터가 우리 쪽 것보다 100만 배쯤 빠르지 않다면, 절대 그럴 리 없다고 생각하지만요, 이 암호는 아무도 못 깰 겁니다. 그쪽이든 우리 쪽이든 말이에요. 하지만 어쩌면 나중에 이 일을 좀 해명하셔야 할지도 모르겠네요. 아무튼 해명에야 도사시니까요, 뭐.

그건 그렇고, 늘 나에게 소식을 전해 주는 훌륭한 정보원이 그러는데 그 늙다리 안드레이 영감을 설득해서 사임시키는 데 실패했다면서요? 그쪽 위원회도 썩 운이 좋진 못했군요. 여전히 그 영감을 의장으로 무등 태운 신세라니요. 난 배꼽을 잡고 웃는 참이랍니다.

그만하면 아카데미에는 제격이죠. 그 영감이 아흔 살이 넘은 건 알아요, 그래서 뭐랄까 다소……, 완고해졌다는 것도. 그렇지만 전 안 도와드립니다. 제가 비록 지구 상에서 제일가는……, 죄송, 태양계에서 제일가는 늙다리 과학자 무통 제거 전문가지만 말이에요.

지금 아직까지 좀 취해 있는 상태라면 믿어지십니까? 디스커버리 호와 성공적으로 랑데, 랑, 빌어먹을, 랑데부를 해서 다들 조촐하게 잔치라도 벌여야 하지 않을까 한 거랍니다. 그것도 그렇고 새롭게 합류한 두 명의 탐사대원을 환영해 주기도 할 겸해서요. 찬드라는 알코올이 영 꺼림칙한가 봐요. 마시면 지나치게 인간적이 돼 버리니까요……. 하지만 월터 커노는 그동안 못 마신 걸 벌충하려는 것처럼 달려들더군요. 오직 타냐만이 돌처럼 냉정하게 깬 정신으로 있었답니다. 짐작이 가겠지요.

내 동포 미국인들……, 이렇게 말하니 정치가가 된 기분이군요, 이런 맙소사. 아무튼 그 친구들이 아무런 문제도 없이 동면에서 깨어났고 둘 다 곧 일을 시작할 참이에요. 우리 모두 다 빠른 동작으로 움직여야 해요. 시간이 착착 줄어들어 가기 때문만이 아니고 디스커버리 호 상태가 아무래도 상당히 나쁜 것 같아서 그렇지요. 티 하나 없이 새하얗던 외피가 병든 듯 싯누렇게 변한 걸 보고 정말 눈을 의심했지 뭐겠습니까.

그렇게 된 건 이오 탓이에요, 물론. 디스커버리 호는 나선을 그리면서 하강해 3000킬로미터 이내로 들어가 있어요. 그리고 며칠에 한 번씩 화산이 폭발하면서 유황이 몇 메가톤씩 하늘로 분출해 올라오는 거죠. 아무리 이것저것 영화를 봤대도 들끓는 지옥불 위에 걸려 있다는 게 어떤 건지는 실제로 상상도 못 해요. 여기서 용케 피해 나갈 수 있다면 참 기쁠 겁니다. 설령 그보다도 훨씬 더 불가사의하고 어쩌면 비교할 수 없이 위험할지도 모르는 대상과 마주하러 간다 해도 말이지요.

난 2006년 화산 분출 때 킬라우에아 화산 상공을 비행했더랬어요. 그야말로 무시무시했는데, 그건 아무것도 아니었어요. 진짜로. 여기에 대면 진짜 아무것도 아니라고요. 지금 이 순간 우리는 밤이 내린 면 위에 떠 있는데 이게 한술 더 뜬답니다. 거기서도 웬만큼은 보일 테죠. 훨씬 더 심하다고 상상해 주세요. 내가 결코 바랐던 적이 없는 일인데, 지옥에 이렇게나 가까이 와 버렸네요…….

유황 호수 중에 온도가 높아서 발광하는 것들도 더러 있지만 대부분의 빛은 전광에서 나오는 것이죠. 몇 분에 한 번씩 거대한 사진 플래시를 위에 대고 터뜨린 것처럼 풍경 전체에 빛이 작렬한답니다. 이렇게 말한대도 그리 나쁜 비유가 아닐 거예요. 이오에서 목성으로 이어지는 플럭스관에는 수백만 암페어의 전류가 흐르는데 걸핏하면 고장이 나죠. 그러면 태양계 최대의 번갯불이 번쩍하는 거고, 우리 누전차단기들은 반이나 그에 동조해 튀어 오르는 겁니다.

이오 표면의 명암 경계선에서 방금 화산 분출이 있었는데, 어마어마한 구름이 우리 쪽으로 퍼져 오르는 게 보이는군요. 구름이 햇빛 비치는 곳으로 스멀스멀 기어 올라오네요. 우리가 있는 고도까지 올라올 것 같지는 않아요. 그리고 혹시 올라온다 해도 여기까지 왔을 때쯤엔 더 이상 해를 끼치지 못할 겁니다. 그렇지만 보기에는 무시무시해요……, 우주 괴물 같아요, 우리를 잡아먹을 기세예요.

이곳에 막 다다랐을 때 난 이오를 보고 뭔가가 연상된다 싶더라고요. 도대체 뭐였는지 생각해 내는 데는 이삼일 걸렸는데, 결국 선내 도서관으로는 안 돼서 작전 본부 기록 보관소에 확인해 봤죠. 선내 도서관은 형편없어요. 내가 전에 『반지의 제왕』이라는 책이 있다고 알려 드렸던 거 기억나세요? 그해 옥스퍼드 학회에서, 우리 둘 다 아직 풋풋하던 시절 일인데요. 그래요, 이오는 모르도르예요. 3부를 찾아보세요, 거기에 이런 구절이 있습니다. '녹은 바윗덩이가 강들이 되어 굽이치며 흐르다…… 결국엔 식어 고문당한 대지가 토해 놓은 양 뒤틀린 용의 형상으로 널려 있었다.' 이게 완벽한 묘사입니다. 아무도 이오의 사진 한 장 본 적이 없는 사반세기 전에 톨킨은 어떻게 알았을까요? 자연이 예술을 모방한다는 얘기를 해 보시죠.

적어도 우리가 저기 착륙하진 않아도 됩니다. 우리의 중국 우주 비행사 동지들이라도 저기 착륙할 생각은 하지 못했을걸요. 하지만 어쩌면 언젠가는 착륙도 가능할지 모르지요, 더러 꽤 안정돼 보이고 넘나드는 유황에 끊임없이 잠겼다 나왔다 하지도 않는 지대들이 있으니까.

우리가 목성까지 이 먼 길을 올 줄이야 누가 알았겠어요. 행성들 중 가장 큰 목성까지 찾아오고, 게다가 와서는 목성은 본 척도 안 할 줄이야. 그런데 대부분의 시간 동안 우리가 하고 있는 일이 그거란 말이죠. 그리고 이오나 디스커버리 호를 보지 않는 동안에는 우린 그…… 고대 유물 생각을 합니다.

그 물체는 아직 1만 킬로미터 바깥에 있어요. 저 위 칭동점에 있지요. 하지만 주 망원경을 통해서 보노라면 손에 잡힐 듯 가까워 보여요. 왜냐하면 어떤 질감이라는 게 완벽하게 결여되어 있기 때문이에요. 크기를 가늠하게 해 주는 게 없답니다. 눈으로 보기에 그것이 실제로는 전장 2킬로미터나 되게 크다는 사실을 판가름할 방법이 없단 말이에요. 만약 그게 실체고 속이 차 있다면 필경 무게가 수십억 톤 나갈 거예요.

하지만 과연 그럴지? 우리를 향해 사각형으로 떡하니 버티고 있을 때도 레이더에 반향이 거의 전혀 안 잡히는데 과연. 우리가 볼 때 그 물체는 30만 킬로미터 아래 목성의 구름층을 배경으로 검은 윤곽선으로만 보일 뿐이에요. 크기만 다를 뿐 그건 우리가 달에서 캐낸 석판과 정확히 동일해 보여요.

음, 내일 우린 디스커버리 호에 승선할 겁니다. 그러니 앞으로 언제 다시 전화 드릴 기회나 시간이 나려는지 잘 모르겠군요. 그런데 하고 싶은 이야기가 하나 더 있어요, 제 오랜 친구 되시죠. 끊기 전에 이 말씀 좀 드릴게요.

캐롤라인 일입니다. 캐롤라인은 내가 왜 지구를 떠나야만 했는지 절대 이해를 못 해요. 그리고 어떤 의미에서는 영영 나를 완전히 용서해 주진 않을 것 같군요. 여자들은 더러 사랑이 그냥 사랑일 뿐만이 아니라…… 모든 것이라고 믿어요. 어쩌면 그게 옳을지 모르죠……. 하여간 이제 와서 옥신각신하기엔 분명 너무 늦은 일이죠.

캐롤라인이 기운을 내게 기회 되는 대로 좀 애써 주세요. 본토로 돌아가겠다는 얘길 하는데, 혹시…… 무슨 일을 저지를까 봐 걱정이 돼요.

캐롤라인한테 얘기가 먹히지 않거든 크리스를 기운 나게 해 줘
봐요. 말로 할 수 없을 만큼 그 녀석이 그리워요.

디미트리 아저씨가 얘기하면 그놈이 믿어 줄 겁니다. 아버지가 여
전히 널 사랑하고, 가능한 한 빨리 집에 가겠노라고 그런다고 말씀
해 주신다면 말이에요."

승선조

최상의 여건에서라 해도 방치되어 협조를 받을 수 없는 우주선에 승선하기란 쉬운 일이 아니다. 사실 위험하다고 해도 좋을 일이다.

월터 커노는 이를 막연한 원칙으로만 알고 있었을 뿐, 레오노프 호가 멀찌감치 안전거리를 확보한 가운데 전장 100미터나 되는 디스커버리 호가 빙글빙글 재주넘기를 하고 있는 광경을 눈앞에 보기까지는 실제로 뼈에 스미게 절절히 느껴 보진 못했다. 마찰로 인해 디스커버리 호의 회전 부위가 회전을 멈춘 것이 여러 해 전이었다. 그로 인해 그 각운동량이 나머지 선체 부위로 이전되었다. 이제 고적대를 이끄는 여자 악대장이 홀을 빙빙 돌리다 위로 휙 던져 올린 것처럼 버려져 있던 우주선의 선체는 천천히 재주를 넘으면서 궤도를 돌고 있었다.

그 회전을 멈추게 하는 것이 첫 번째 문제였다. 그렇게 돌고 있어서야 통제가 안 될뿐더러 거의 접근하기조차 어렵기 때문이다. 막스 브라일로브스키와 함께 에어로크에서 우주복을 입으면서, 월터 커노는 아주 드물게밖에 경험하지 못할 느낌을 맛보았다. 역부족이라는 느낌, 심지어 열등감까지 들었다. 이건 그의 전문 분야가 아니었다. 커노는 이미 의기소침해서 이렇게 변명도 했다. "난 우주공학자지 우주 원숭이가 아니란 말입니다." 하지만 해치워야 할 일이었다. 오직 커노 한 사람만이 디스커버리 호를 이오의 손아귀에서 구출해 낼 숙련된 기술을 지니고 있었다. 막스나 그 동료들이 익숙지 못한 회로도와 장비를 상대로 애를 썼다간 시간이 너무 오래 걸릴 것이다. 그들이 우주선에 동력을 회복하고 마음대로 조종할 수 있게 만들었을 때쯤 디스커버리 호는 저 아래 유황 불구덩이에 꼬르륵 가라앉은 후이리라.

"겁먹은 건 아니죠, 겁먹었어요?"

헬멧을 착용할 때쯤 돼서 막스가 물었다.

"우주복 안에다 실례할 정도로 겁먹진 않았어. 그 정도 얘기가 아니라면, 겁먹은 거 맞네."

막스가 쿡쿡 웃었다.

"그만하면 이 일에 나서기에 딱 적당하네요. 그렇지만 걱정 마세요, 내가 온전하게 잘 모셔다 드릴 테니까. 여기 내……, 미국에선 이걸 뭐라 하죠?"

"빗자루. 마녀들이 타고 다닌다는 빗자루라 부르지."

"아, 그렇군요. 이거 타 보셨어요?"

"한번 시승은 해 봤네. 그런데 날 놔두고 쑥 나가 버리더군. 나 빼고 다른 사람들은 아주 재밌어하던걸."

그 일을 대변하는 독특한 도구와 함께 진화해 온 직업들이 있다. 부두 짐꾼 사람 하면 갈고리, 도예공 하면 물레, 벽돌공 하면 흙손, 지질학자 하면 망치. 무중력 상태의 건설 현장에서 많은 시간을 보내야 하는 사람들은 빗자루를 개발해 냈다.

아주 간단한 도구였다. 불과 1미터 길이의 속이 빈 관인데, 한쪽 끝에 발디딤대가 있고 다른 쪽 끝에는 거는 고리가 붙었다. 버튼을 살짝 건드리면 겹쳐 들어가 있던 속의 관이 나오며 평소 길이의 대여섯 배로 쭉 늘어났다. 내부에 완충 장치가 있어 숙련된 사용자라면 그야말로 놀라운 용례를 보여 줄 수 있었다. 다른 세련된 장치들도 많지만 그것이 기본적인 설계였다. 얼핏 보기에는 사용하기 쉬울 걸로 착각하기 십상이었다. 그런데 그렇지는 않았다.

에어로크 펌프가 재순환을 마쳤다. '출구' 등이 켜졌다. 외부 문들이 열렸고, 두 사람은 천천히 진공 속으로 유영해 들어갔다.

디스커버리 호는 200미터쯤 떨어진 곳에서 풍차처럼 빙글빙글 돌며 이오를 공전하는 궤도상에서 그들을 따라오고 있었다. 이오의 모습이 하늘 절반을 가득 메웠다. 목성은 그 위성 반대편에 있어서 보이지 않았다. 이건 의도적으로 선택한 일이었다. 이오와 목성 간에 이어진 플럭스관에 맹렬히 흐르는 에너지로부터 보호받으려고 이오를 방패로 이용하는 것이다. 그렇게 했어도 방사선 준위가 위험할 만큼 높았다. 차단실로 복귀해야 할 때까지 남은 시간이 채 15분도 안 되었다.

나가자마자 거의 즉각 커노는 우주복에 문제를 느꼈다.

"지구를 떠났을 무렵에는 몸에 딱 맞았는데 지금은 깍지 속에 든 콩알처럼 덜그럭덜그럭, 안에서 몸이 따로 노는걸."

커노가 불평했다.

"그건 지극히 정상이에요, 월터. 동면하면서 몸무게가 10킬로그램 줄었으니까. 그 정도 주는 건 얼마든지 괜찮을 체격이잖아요, 게다가 3킬로그램은 벌써 도로 붙었고."

루덴코 대위가 통신 회선으로 치고 들어왔다.

이 말을 어떻게 받아칠까 생각할 시간도 없이 커노는 자기 몸이 부드럽게, 하지만 확실하게 레오노프 호로부터 멀어지는 방향으로 당겨지고 있다는 걸 깨달았다.

"긴장 풀어요, 월터. 분사기는 쓰지 마요. 공중제비를 돌게 돼도 쓰지 마세요. 내가 다 할게요."

브라일로브스키가 말했다.

커노는 연소자의 등짐에서 희미하게 증기가 뿜어 나오는 것을 볼 수 있었다. 거기 달린 초소형 제트 분사기가 두 사람을 디스커버리 호 쪽으로 보내 주고 있었다. 수증기로 이루어진 작은 구름이 한번 분출될 때마다 몸을 연결한 줄이 슬쩍슬쩍 당겨졌고, 그의 몸이 브라일로브스키 쪽으로 움직여 가기 시작했다. 그러나 브라일로브스키를 따라잡게 되지는 않았다. 그러기 전에 또다시 증기 분출이 있었기 때문이다. 커노는 요요가 된 기분이었다. 줄을 감았다 풀었다 하며 위아래로 튕기며 노는 장난감. 요즘 지구에서 다시금 유행 중이라지. 유행은 돌고 도는 거니까.

그 방치된 우주선에 다가가기에 안전한 경로는 딱 하나 있었는데 그건 바로 천천히 회전하는 그 회전축을 따라 접근하는 것이었다. 디스커버리 호의 회전 중심축은 대략 선체 중앙쯤으로 주 안테나 복합체 가까이였고, 브라일로브스키도 일직선으로 이 구역을 향해 가고 있었다. 뒤에는 걱정에 가득 찬 파트너를 줄로 단 채로…….

저 친구가 적시에 우리 둘을 다 멈추게 해야 하는데, 어떻게 하려는 거지? 커노는 혼자 생각했다.

디스커버리 호는 이제 막대한 크기의 갸름한 아령이 되어 두 사람 전방의 하늘 전체를 천천히 도리깨질하고 있었다. 한 바퀴 도는 데 몇 분이 걸리기는 하지만, 우주선의 양쪽 끄트머리는 굉장한 속도로 이동하고 있었다. 커노는 그 광경을 무시하려고 애썼다. 그리고 앞에 다가오는, 움직이지 않는 중앙부에 집중했다.

"저걸 겨냥 중입니다. 도와주려고 하지 마세요. 그리고 무슨 일이 벌어지든 놀라지 마시고요."

브라일로브스키가 말했다.

아니, '무슨 일이 벌어지든'이라니, 뭘 생각하고 하는 소리지? 커노는 최대한 놀라지 않을 준비를 하면서 속으로 자문했다.

모든 일이 약 5초 사이에 다 벌어졌다. 브라일로브스키가 빗자루 스위치를 누르자, 4미터 최고 길이로 쭉 뽑혀 나간 끄트머리가 가까워져 오던 우주선에 닿았다. 빗자루는 오므라들기 시작했다. 내장된 용수철이 브라일로브스키가 가진 상당한 운동량을 받아 완충하고 있었다. 그런데 커노가 예상한 바와는 달리 브라일로브스키가 안테나 지지대 옆에 가 멈추게는 되지 않았다. 빗자루는 바로 도로 늘어나며 그 러시아인의 속도를 반전시켰고, 그 결과 브라일로브스키는 빠르게 접근해 가던 그 속도대로 디스커버리 호에서 튕겨 나왔다. 눈 깜짝할 사이에 그는 커노 옆을 불과 몇 센티미터 차이로 지나쳐 도로 우주 공간을 향해 날아갔다. 기겁을 한 미국인은 브라일로브스키가 순식간에 지나쳐 갈 때 얼굴에 커다란 벙싯 웃음을 짓고 있는 것만 간신히 보았다.

1초 뒤, 두 사람을 연결한 줄이 탁 당겨졌고 그들이 운동량을 서로 나눔에 따라 빠른 감속의 몸 쏠림이 있었다. 서로 반대 방향을 향한 둘 각각의 속도는 깔끔하게 상쇄되었다. 두 사람은 디스커버리 호를 기준으로 함께 정지했다. 커노는 그저 손만 뻗쳐 제일 가까운 지지대를 붙들었고, 두 몸뚱이를 디스커버리 호로 끌어들였다.

"러시안 룰렛 해 본 적 있나?"

다시 숨을 쉴 수 있게 된 커노가 물었다.

"아뇨. ……그게 뭔데요?"

"나중에 언제 꼭 가르쳐 줘야겠어. 지금 한 것만큼 재미있다네, 지루할 때 제격이지."

"설마 막스에게 뭔가 위험한 짓을 하도록 권하는 건 아니기를 바랍니다, 월터."

루덴코 박사가 정말로 충격 받은 듯한 목소리여서, 커노는 대답하지 않는 편이 낫겠다고 결정했다. 때때로 러시아인들은 그의 별난 유머 감각을 이해해 주지 못했다.

"날 속인 것일 수도 있겠지만."

커노는 웅얼거렸다. 루덴코에게 들릴 만큼 큰 소리는 아니었다.

이제 두 사람이 풍차처럼 돌아가는 우주선의 중심부에 확실히 접속해 있었으므로 커노는 더 이상 우주선의 회전이 의식되지 않았다. 특히 시선을 바로 눈앞 금속판에 고정시키면 더욱 그러했다. 디스커버리 호의 주된 구조물인 가느다란 원통형 선체를 따라 저 멀리까지 뻗어 있는 사다리가 그의 다음 목표물이었다. 그 끄트머리에 있는 공 모양 조종 모듈은 비록 거리가 50미터밖에 안 된다는 걸 너무나 잘 알고 있는데도 흡사 몇 광년이나 떨어져 있는 것처럼만 보였다.

"내가 먼저 가죠. 기억하세요, 여기서부터 저리 가면 계속 내려가는 길입니다. 하지만 문제없어요. 한 손만 잡고도 버틸 수 있으니까. 맨 밑에 가도 중력은 겨우 10분의 1G 정도입니다. 그거야 새……, 뭐라고 그러더라? 새가슴이죠."

브라일로브스키가 두 사람의 몸을 이은 줄이 남아 늘어진 분량을 감아 들이면서 말했다.

"새 발의 피라는 말을 하려고 그런 거지? 그런데 자네가 이러나 저러나 상관없다면 난 발부터 내려가겠네. 난 사다리를 거꾸로 기어 내려가는 건 싫어……, 아무리 중력이 변변치 않더라도."

사이좋게 티격태격하는 어조를 유지하는 게 꼭 필요한 일인 줄 커노는 충분히 잘 알고 있었다. 그러지 않으면 이 상황에 내포된 수수께끼와 위험에 바로 압도당하고 말 터였다. 여기 그가 있었다, 집에서 거의 10억 킬로미터 길을 와서 우주 탐험 사상 가장 유명한 난파선에 이제 막 들어가려는 참이었다. 매체의 기자 한 사람이 디스커버리 호를 우주의 마리 셀레스트 호('천공의 마리아'라는 뜻으로, 유명한 난파선 이름. 선원들이 모두 실종된 상태로 발견되어 유령선으로 알려졌다.—옮긴이)라고 부른 적이 있었는데 그건 나쁜 비유가 아니었다. 하지만 그가 처한 상황을 유일무이한 것으로 만들어 주는 요인들도 잔뜩 있었다. 하늘 절반을 메운 악몽과도 같은 위성면 풍경을 무시하려고 아무리 애를 써도 바로 코앞에서 끊임없이 그 존재를 상기시켜 주고 있었으니까. 사다리 한 단 한 단을 건드릴 때마다 그의 장갑에 쓸려 희미한 안개처럼 유황 먼지가 피어올랐으니까.

당연한 일이지만 브라일로브스키의 말이 거의 정확했다. 우주선이 긴 쪽으로 재주를 넘으면서 발생한 원심 중력은 쉽게 극복할 수 있는 정도였다. 차차 그에 익숙해지면서 커노는 그 덕택에 생겨난 방향감각이 반갑기까지 했다.

그리고 마침내, 언제 왔는지 모르게 금세, 그들은 색 바랜 커다란 공 모양을 한 디스커버리 호 조종 및 생명 유지 모듈에 다다랐다. 몇 미터 떨어지지 않은 곳에 비상용 뚜껑문이 있었다. 커노는 알아차렸다. 저게 바로 보먼이 HAL과 최후의 담판을 하러 들어갔던 그 문이다.

"들어갈 수 있었으면 좋겠군요. 고생해서 여기까지 왔는데 보니까 문이 잠겼다면 한심한 얘기죠."

브라일로브스키가 중얼거렸다.

그는 '에어로크 상태' 패널을 뿌옇게 뒤덮은 유황을 쓸어 냈다.

"꺼졌군요. 당연하죠. 제어 장치 건드려 볼까요?"

"해 봐서 나쁠 거 없지만……, 반응은 없을걸."

"그 말이 맞습니다. 자, 그럼 수동으로……."

곡면 벽에 실낱같은 틈이 벌어지는 걸 지켜보자니 홀릴 것 같았다. 한 모금 뱉어져 나온 수증기 구름이 우주 공간으로 흩어져 사라지는 게 보였다. 종잇조각이 한 장 함께 휩쓸려 나왔다. 저기 뭔가 굉장히 중요한 메시지가 적혀 있었으려나? 그들은 알 수 없을 터였다. 종잇조각은 빙그르르 돌면서 멀어졌으니. 그것은 최초의 회전력을 전혀 잃지 않은 채 공중제비를 돌듯 깜박깜박 뒤집히면서 별들을 향해 사라져 갔다.

브라일로브스키는 계속 수동 제어 장치를 돌렸고 그 시간은 무척이나 길게 느껴졌다. 마침내 들어갈 마음이 안 나는 동굴처럼 캄캄한 에어로크가 완전히 입을 벌렸다. 커노는 적어도 비상등은 아직 작동하고 있을지 모른다고 살짝 기대하고 있었으나, 그런 행운은 없었다.

"이제 당신이 대장입니다. 미국 영토에 잘 오셨습니다."

헬멧에 달린 불빛을 내부에 이리저리 번뜩이며 비좁게 끼여 들어가노라니 별로 잘 왔다는 기분은 들지 않았다. 커노가 아는 한 모든 게 제자리에 잘 있었다. 달리 뭘 기대했던 거야? 커노는 반쯤 화가 나서 자문했다.

문을 수동으로 닫는 데는 열 때보다도 더 시간이 걸렸다. 하지만 선체 동력을 도로 켤 때까지는 다른 방법이 없었다. 뚜껑문이 밀폐되기 직전에 커노는 감히 그럴 엄두를 내어 바깥에 펼쳐진 현란한 전경을 한번 흘긋 보았다.

그사이 적도 가까이에 명멸하는 파란 호수가 생겨났다. 커노가 확신하는 바 몇 시간 전에는 그 자리에 분명히 그게 없었다. 나트륨 불꽃의 고유 색상인 환한 노란색을 띤 불길이 그 호수 가장자리를 따라 넘실넘실 춤추고 있었다. 그리고 이오에 거의 언제나 상주하는 오로라가 떠 유령 같은 플라스마 방전이 밤이 내린 지역 전체를 너울처럼 뒤덮고 있었다.

장차 꾸게 될 악몽들의 소재가 되는 광경이었다. 그리고 마치 그것으로도 충분치 않다는 듯이 광기의 초현실주의 화가라야 그을 법한 획 하나가 거기 더 그어졌다. 새까만 하늘에 비수를 찌르듯, 이글이글 타는 그 위성의 불구덩이에서 바로 솟아오른 듯 보이는 그것은 어마어마한 크기의 구부러진 뿔이었다. 마치 죽음을 맞는 투우사가 절체절명의 마지막 순간 흘긋 눈가에 볼 법한 그런 뿔이다.

초승달 모양 목성의 끄트머리는 그렇게 솟아올라 공동의 궤도로 날아가는 디스커버리 호와 레오노프 호를 맞이했다.

난파선 인양

그들이 안에 들어와 바깥쪽 뚜껑문을 닫은 순간에 미묘한 역할 반전이 있었다. 커노는 이제 제 세상을 만난 반면에 브라일로브스키는 물 밖에 나온 물고기처럼 디스커버리 호 내부를 구성하는 칠흑같이 캄캄한 수평 수직 통로들의 미로에 영 거북한 느낌을 받고 있었다. 이론상으로는 막스도 디스커버리 호 안을 잘 안다. 하지만 그건 설계도를 들여다본 데 기반한 지식이었다. 한편 커노의 경우 아직 미완성 상태이지만 디스커버리 호와 완전히 똑같은 쌍둥이 우주선 선체 안에서 몇 달을 굴렀다. 커노는 말 그대로 안대로 눈을 가리고도 척척 길을 찾을 수 있었다.

우주선 안쪽은 무중력 상태에 있을 것을 상정하고 설계된 것이라 전진하기가 꽤 까다로웠다. 지금은 선체가 통제할 수 없이 빙빙 도는 탓에 인공 중력이 생겨 버렸는데, 아무리 약한 중력이라 해도 번

번이 방해되는 방향으로만 쏠리는 것 같았다.

어느 복도에서 몇 미터나 미끄러져 내린 뒤에야 겨우 뭔가를 잡고 멈춘 커노가 투덜거렸다.

"딴것보다도 제일 먼저 이 빌어먹을 회전을 멈춰 놔야겠군. 그런데 그 일은 동력을 확보하기 전에는 할 수가 없지. 데이브 보먼이 우주선을 버리기 전에 모든 시스템을 잠가 뒀기만을 바랄 뿐이야."

"우주선을 버렸던 게 맞아요? 돌아올 생각이 있었던 거 아닌가요."

"자네 말대로일지 모르지. 우리로선 영영 모를 일이라고 생각해. 보먼 본인인들 알았으려나."

두 사람은 이제 포드 승하장에 들어섰다. 디스커버리 호의 '우주 격납고'는 평상시에 선외 활동에 쓰는 1인용 탑승 기구 세 대를 수용하고 있었다. 오직 3호 포드만 남아 있었다. 1호는 프랭크 풀이 죽음을 당한 아리송한 사고 당시에 유실되었다. 2호는 지금 어디 있는지 몰라도 데이브 보먼과 함께였다.

포드 승하장에는 또 우주복 두 벌도 갖춰져 있었는데, 헬멧은 없이 우주복만 걸이에 걸려 있는 모습이 참수당한 시체 같아서 보기 꺼림칙했다. 그 속에 이런저런 고약한 야생동물들이 떡하니 들어가 있을 거라는 생각을 하는 데에는 상상력을 그다지 혹사시킬 필요가 없었다. 이제 브라일로브스키의 상상력은 시간외근무에 돌입한 참이었다.

때때로 무책임하게 발동되는 커노의 유머 감각이 하필 이 시점에 그를 사로잡은 것은 불운한 일이었다. 하지만 정말이지 전혀 놀랄 일은 아니기도 했다.

커노는 시치미 뚝 떼고 진지한 어조로 말했다.

"막스. 무슨 일이 벌어지든 간에 선내의 고양이 뒤를 쫓아가진 말게."

몇 밀리초 동안 브라일로브스키는 자제심을 놓치고 하마터면 "아 정말 그런 말은 하지 말지 그러세요, 월터." 하고 대꾸할 뻔했지만 겨우 참았다. 그런 말을 했더라면 자신의 나약함을 아주 대놓고 인정하는 꼴이 되었을 터였다. 그 말 대신에 브라일로브스키는 이렇게 말했다.

"그런 영화를 우리 자료실에 넣어 둔 멍청이가 누군지 좀 만나 봤으면 좋겠어요."

"아마 카테리나가 그랬을걸? 대원들의 정신적 균형을 시험해 보기 위해서 말이야. 아무튼 지난주에 그 영화 상영했을 땐 자네도 배를 잡고 웃었지 않나."

브라일로브스키는 입을 다물었다. 커노의 말은 전적으로 사실이었다. 하지만 그때는 레오노프 호의 친숙한 온기와 빛 속에 있었다. 친구들과 함께……. 새까만 암흑에 잠긴, 얼어붙을 듯 춥고 유령들이 떠돌고 있는 우주 폐가 안이 아니고 말이다. 사람이 아무리 이성적이라고 해도 이 통로들 속에 어떤 집요한 우주 짐승이 슬금슬금 돌아다니며 먹어 치울 자를 찾는다는 상상을 하기란 너무나도 쉬운 일이었다.

이건 전부 할머니 탓이에요, 할머니.(그 사랑스러운 뼈를 시베리아의 툰드라 흙이 무겁게 짓누르고 있진 않기를!) 할머니가 예전부터 그 무시무시한 전설 얘기들을 너무 많이 해 주시는 바람에 내 머리가 그런 걸로 꽉 찼잖아요. 눈만 감으면 지금도 바바야가의 오두막이 생생히 보인다니까요. 앙상한 닭발을 다리로 달고 숲 속 빈터에 서 있는…….

이따위 말도 안 되는 상상은 집어치우자. 난 일생일대의 기술적 도전에 직면한 똑똑하고 젊은 공학자야. 그러니 여기 이 미국 양반한테 내가 겁에 질린 애송이 어린애라는 걸 들켜선 안 돼…….

소음들은 영 도움이 안 되었다. 너무 여러 가지 소음이 있었다. 희미한 소리라 숙련된 우주 비행사라야 자기가 입은 우주복에서 나는 소리와 다른 소리인 줄 감지할 테지만……. 그러나 완벽한 정적의 환경에서 작업하는 데 익숙한 막스 브라일로브스키에게 그 소리들은 몹시도 거슬렸다. 때때로 무엇이 갈라지고 비벼지는 듯한 쩡쩡 끼익끼익 하는 소리들은 선체가 불구덩이 위의 통구이처럼 빙글빙글 돌아가고 있기에 열팽창으로 인해 나는 게 거의 확실하다는 걸 뻔히 아는데도 마찬가지였다. 태양이 비록 멀리 떨어져 있어 힘이 없대도 빛이 쬐는 곳과 그늘진 곳 사이에는 여전히 확연한 온도 차이가 있었다.

친숙한 우주복마저도 이상한 느낌이 들었다. 이제 안쪽에만 압력이 있을 뿐 아니라 바깥쪽에도 압이 걸렸기 때문이다. 우주복 관절부에 작용하는 힘들이 미묘하게 중화되어서 브라일로브스키는 더 이상 자기 동작을 정확하게 판단 내릴 수 없었다. 내가 초보자가 됐군. 훈련을 죄다 처음부터 다시 시작하게 생겼어. 그는 화가 나서 혼잣말했다. 뭔가 과단성 있는 행동을 해서 이 느낌을 타파할 때다…….

"월터, 공기를 시험해 봤으면 해요."

"기압은 괜찮군. 기온은……, 어휴, 영하 105도야."

"멋지고 상쾌한 러시아의 겨울이군요. 그래도 아무튼 내 우주복에 들어 있는 공기가 최악의 추위는 막아 주겠지요."

"뭐, 그럼 해 보게. 하지만 내가 자네 얼굴에 불빛을 비추고 있겠어. 그래야 자네가 파랗게 얼어 가면 봐서 알 게 아닌가. 그리고 계속 말을 하도록 해."

브라일로브스키는 얼굴 가리개 밀봉을 해제하고 헬멧 안면부 판을 위로 젖혀 올렸다. 얼음 손가락들이 두 뺨을 쓰다듬는 듯한 느낌에 일순 몸을 흠칫 움츠렸지만, 곧 조심스럽게 콧숨을 조금 마셔 보고 이어서 더 깊이 숨 쉬어 보았다.

"싸늘해요……, 하지만 폐가 얼어붙을 정도는 아니네요. 그래도 냄새는 묘한 냄새가 나는데요. 묵은내, 썩은 내 같은…… 꼭 뭔가가……, 아, 맙소사!"

갑자기 낯빛이 창백해져서 브라일로브스키는 안면부 판을 탁 내리닫았다.

"뭣 때문에 그러나, 막스?"

이제 느닷없이 내리덮친 순도 높은 불안으로 커노가 물었다. 브라일로브스키는 대답이 없었다. 아직 자기 통제를 회복하지 못해 애쓰고 있는 것 같았다. 아닌 게 아니라 그는 우주 비행사들의 영원한 공포이자 때로는 목숨을 잃을 수도 있는 재앙, 즉 우주복 안에서 구토를 할지 모른다는 실질적인 위험에 처해 있는 듯했다.

긴 침묵이 있었다. 이윽고 커노가 안심시켜 주는 어조로 말했다.

"뭔지 알겠군. 하지만 자네가 틀렸다고 난 확신하네. 풀은 우주에서 유실돼 버린 줄 알고 있잖나. 동면 중에 죽은 다른 사람들은 보먼이……, 사출했다고 보고했고, 정말 그렇게 했다는 건 우리가 확신할 수 있지. 여기에는 아무도 있을 수가 없어. 게다가 굉장히 춥잖나."

커노는 하마터면 '시체 안치실처럼'이라는 말을 덧붙일 뻔했다. 하지만 제때 자신을 다잡았다.

브라일로브스키가 속삭이듯 말했다.

"하지만 생각해 보세요. 보먼이 우주선으로 돌아왔다고 생각해 보라고요……, 와서 여기서 죽었다면요."

더한층 긴 침묵이 있은 후에, 커노가 천천히 보란 듯이 자기의 안면부 판을 열었다. 커노는 얼어붙을 듯한 공기가 폐에 파고드는 바람에 소스라쳤고, 이어서 역겨운 냄새에 콧잔등을 찡그렸다.

"무슨 말인지 알아. 하지만 자네 상상력이 너무 걷잡을 수 없이 나가 버렸군. 이 냄새는 식료품실에서 나는 거라는 데 자네와 10대 1로 내기를 걸지. 아마 우주선이 얼어붙기 전에 뭔가 고기가 썩었을 거야. 그리고 보먼은 너무 바빠서 살림을 잘 챙기진 못했을 거고. 홀아비들 셋방에서도 더러 이만큼 퀴퀴한 냄새를 맡아 본 적이 있지."

"아마 그 말대로겠죠. 그랬으면 좋겠어요."

"물론 내 말대로야. 그리고 그렇지가 않다 하더라도……, 젠장, 그런다고 뭐가 달라지나? 우린 해야 할 일이 있어, 막스. 설령 데이브 보먼이 아직 여기에 있다 한들, 그건 우리 소관이 아니야. 그렇지 않아요, 카테리나?"

루덴코 대위로부터는 응답이 없었다. 전파가 통하지 못할 만큼 우주선 내부로 깊이 들어와 있었던 것이다. 실로 두 사람만 동그마니 고립돼 있었다. 하지만 막스의 사기는 빠르게 다시 살아났다. 월터와 함께 일한다는 것은 정말 좋은 일이었구나. 막스는 그렇게 결론 내렸다. 미국인 공학자는 가끔 헐렁헐렁 사람이 물러 보였다. 하지만 실력만큼은 정말 뛰어나고, 그래야 할 상황에는 몹시 굳셌다.

둘은 힘을 합쳐서, 디스커버리 호를 도로 살려 놓을 터였다. 살려 놓고, 잘하면 도로 지구에까지 돌아가게 할 것이다.

풍차 작전

불현듯 디스커버리 호에, 많이 쓰는 표현대로 '크리스마스트리처럼' 환히 불이 켜져 선체 전체에 항해등과 내부 조명 전부가 휘황하게 빛났을 때 레오노프 호에서 오른 환호성은 두 우주선 사이의 진공을 건너서도 들릴 만했다. 그 환호성은 불빛이 바로 다시 꺼져 버리는 바람에 역설적인 신음으로 바뀌었지만.

30분 동안 달리 무슨 변화가 없었다. 그러다가 디스커버리 호 조종실의 전망창들에서 밝지 않은 붉은 빛이 비쳐 나오기 시작했다. 비상등 불빛이었다. 몇 분이 지나자 안에서 돌아다니고 있는 커노와 브라일로브스키의 모습을 볼 수 있었다. 그 모습들은 창에 낀 유황 먼지의 막 때문에 흐릿하게 보였다.

타냐 오를로바가 호출했다.

"여봐요, 막스, 월터, 들리나요?"

사람 형태 둘이 다 잠시 손을 흔들어 보였지만 달리 응답은 하지 않았다. 일상 회화를 나눌 시간은 조금도 없을 만큼 바쁜 게 분명했다. 레오노프 호에 탄 참관자들은 여러 불빛이 번쩍 켜졌다가 꺼지고, 포드 승하장의 문 세 개 가운데 하나가 천천히 열렸다 급속히 닫히고, 주 안테나가 천천히 10도쯤까지 돌아가는 동안 참을성 있게 지켜보고 있을 수밖에 없었다.

마침내 커노가 말했다.

"레오노프 호 안녕하십니까. 기다리시게 해서 죄송합니다. 하지만 우리가 좀 바빴어요.

자, 이제 잽싸게 지금까지 본 바에 의거해 판단한 평가 의견을 드리겠습니다. 우주선 상태는 내가 우려했던 것보다 훨씬 괜찮습니다. 외피도 이상 없고 새는 건 무시해도 좋을 수준입니다. 공기압은 정상의 85퍼센트. 이 정도면 숨도 쉴 수 있지만 악취가 천국 꼭대기 층까지 뚫고 올라갈 지경이라 대대적으로 청소를 해야 하겠습니다.

가장 좋은 소식은 동력 시스템이 무사하다는 겁니다. 주 반응로는 안정적이고, 전지들도 상태가 좋습니다. 차단 장치는 거의 다 올라가 있는 상태였습니다. 전기가 튀어 끊어졌든지 보면이 선체를 떠나기 전에 핵심적인 장비들을 안전하게 보존하려고 차단 장치를 올려놓고 갔든지 했겠지요. 하지만 도로 전체 가동을 하기 전에 모든 걸 다 점검하려면 일이 굉장히 커지겠습니다."

"필수 시스템들이라도 살리는 데는 얼마나 걸릴 것 같아요? 생명 유지 장치랑 추진 장치만이라면?"

"딱 잘라 말하기 어려운데요, 두목님. 우주선이 가 박힐 때까지 얼마나 남았습니까?"

"현재 최소 추정 시간은 열흘이에요. 하지만 추정이 바뀌어 그 기간이 늘어날 수도 있다는 건 잘 알겠죠, 늘어날 수도 있고, 줄어들 수도 있어요."

"음, 예상 밖으로 골치 아픈 문제에 맞닥뜨리지만 않는다면, 우리가 디스커버리 호를 이 지옥 구덩이에서 건져내어 안정된 궤도에 올려놓을 수 있습니다. 그러는 데 걸리는 시간은……, 흠, 일주일 이내로 말씀드리죠."

"필요한 건 없어요?"

"없어요. 막스하고 나하고 순조롭게 일하고 있습니다. 이제부터 회전부로 들어가 베어링을 점검하려고요. 최대한 빨리 돌아가게 만들어야죠."

"잠깐만요, 월터. 이런 말 해서 미안하지만 회전 거는 게 중요해요? 그야 중력이 있으면 편리하지만 지금까지도 중력 없이 한참을 그럭저럭 잘 지냈잖아요."

"중력을 회복시키자고 그러는 게 아니에요, 있으면 유용하긴 하겠네요. 회전부를 다시 가동시킬 수 있으면 그게 선체의 회전력을 흡수해서 공중제비 돌던 게 멈출 거예요. 그렇게 되면 레오노프 호와 디스커버리 호의 에어로크를 맞출 수 있고, 그러면 선외 출입을 안 해도 되죠. 그걸로 일이 100배는 쉬워질 겁니다."

"훌륭한 생각이네요, 월터. 그렇지만 내 우주선을 저…… 빙빙 도는 풍차와 짝짓기 시키겠다는 건 아니겠지요. 베어링이 걸려서 회전부가 꽉 끼어 멈춰 버리면 어떡해요? 우린 산산조각이 나고 말 거예요."

"맞습니다. 그 결단은 내려야 할 때가 되면 내리면 되죠. 상황이 되는 대로 다시 보고하겠습니다."

이어진 이틀 동안 푹 쉴 수 있었던 사람은 아무도 없었다. 그 이틀이 다 지난 무렵 커노와 브라일로브스키는 말 그대로 우주복 안에서 곯아떨어졌다. 그래도 두 사람은 디스커버리 호 시찰을 완료한 터였고 새로운 골칫거리는 튀어나오지 않았다. 소련 우주국과 미국 국무부 양쪽 모두 초동 보고를 받고 안도했다. 그로써 양자는 얼마간의 합리화를 거쳐 디스커버리 호가 난파선이 아니라 '일시적으로 임무 해제 상태에 있는 미합중국 우주 건조물'임을 천명할 수 있게 되었다. 이제 재정비라는 과제를 수행할 차례였다.

동력이 회복되고 나자 그다음은 공기가 문제였다. 최고로 철저하게 실내 청소를 했건만 악취를 없애는 데는 실패했다. 냄새의 근원으로 냉장고가 나가서 썩어 버린 음식을 지목했던 건 커노 말이 맞았다. 커노는 또 짐짓 진지한 표정을 꾸며 붙이고는 이렇게도 말했다. 퍽 낭만적인 냄새 아니냐고.

커노는 주장했다.

"눈만 감으면 시간을 거슬러 옛 시절 고래잡이배에 타고 있는 느낌이 들지. 피쿼드 호(『모비 딕』에 나오는 포경선 이름 ─ 옮긴이)에서 풍기는 냄새가 정말 어땠을지 여러분은 상상이 갑니까?"

디스커버리 호에 한 번씩 가 보고 나서는 그런 생각을 하는 데 거의 상상력이 필요 없다는 데 다들 만장일치로 동의했다. 그 문제는 결국 우주선 안의 공기를 전부 내버리는 것으로 해결되었다.(또는 견딜 만한 정도로 줄어들었다.) 다행히 공기 저장 탱크에 아직 선내 공기를 대체할 만큼 넉넉한 양이 남아 있었다.

대단히 환영받은 새 소식 하나는 귀환 길에 필요한 양의 90퍼센트에 달하는 추진체가 아직 수중에 있다는 것이었다. 플라스마 구동기에 들어가는 연료로 수소 대신 암모니아를 선택한 덕을 톡톡히 본 것이다. 더 효율이 좋은 수소였더라면 아무리 연료통들이 잘 밀폐돼 있고 아무리 외부 온도가 죽도록 낮다 해도 벌써 몇 년 전에 우주 공간으로 비산 증발해 없어졌을 것이다. 하지만 암모니아는 거의 전부가 액화 상태로 안전하게 남아 있어서, 우주선을 지구 주위를 도는 안전 궤도까지 보내기에 충분했다. 아니면 최소한 달이라도 돌게 할 수 있을 것이다.

프로펠러처럼 빙빙 도는 디스커버리 호의 회전을 점검하는 일이 아마도 이 우주선을 장악하기 위해 가장 결정적인 단계였을 것이다. 사샤 코발레프는 커노와 브라일로브스키를 돈키호테와 산초 판자에 비유하면서 그들이 풍차를 쓰러뜨리려는 시도는 더 성공적으로 끝나기 바란다는 소망을 표출했다.

대단히 조심스럽게, 여러 번 멈추고 점검해 가면서, 회전부 모터에 동력을 공급하자 거대한 드럼이 속도를 높여 돌며 오래전 선체에 전가했던 회전력을 도로 흡수했다. 디스커버리 호는 긴 쪽으로 재주를 넘던 현상이 거의 사라질 때까지 일련의 복잡한 전진 구동을 시행했다. 원치 않는 회전 운동의 마지막 남은 흔적은 선체 자세 조정용 제트 분사로 중화시켜 끝내는 두 대의 우주선이 움직이지 않고 나란히 궤도 비행을 해 가게 되었다. 땅딸막하니 실팍한 레오노프 호는 길고 늘씬한 디스커버리 호 때문에 난쟁이같이 보였다.

우주선에서 우주선으로 건너가는 것이 이제는 쉬워지고 안전해졌지만, 오를로바 선장은 여전히 물리적으로 두 우주선을 연결하는 건 허락하지 않았다. 이 결정에 모두들 동의했다. 왜냐하면 꾸준히 이오에 가까워지고 있었기 때문이다. 구하려고 그토록 갖은 애를 쓴 디스커버리 호를 어쩌면 버려야만 할 수도 있었다. 디스커버리 호의 궤도 운동이 영문을 모르게 붕괴되어 갔던 이유를 이제는 알아냈지만, 알아도 아무 소용이 없었다. 우주선이 목성과 이오 사이를 지나갈 때마다 그 두 천체를 잇는 눈에 보이지 않는 플럭스관을 가르고 지나갔던 것이다. 플럭스관은 행성에서 위성으로, 위성에서 행성으로 흐르는 전하의 강이었다. 우주선 때문에 유발된 맴도는 흐름이 계속해서 속도를 떨어뜨려 놓았다. 한 바퀴 공전할 때마다 감속이 걸린 셈이었다.

최후의 충돌 순간이 언제가 될지 미리 예측해 볼 방법은 없었다. 왜냐하면 플럭스관의 흐름은 불가해한 목성의 규칙에 따라 무척 큰 편차로 바뀌기 때문이었다. 때로 극적으로 활동이 왕성해지며 이오를 둘러싸고 굉장한 장관을 연출하는 전기와 오로라 폭풍우까지 동반될 수 있는데, 그 경우 두 대의 우주선이 고도를 몇 킬로미터나 잃을 것이고, 그러면서 각각의 온도 조절 시스템이 미처 재조정하기 전에 온도가 불편할 만큼 뜨거워지고 말 것이다.

당연한 설명에 생각이 미치기까지 이 예상 외의 효과에 모두 놀라고 겁을 먹었다. 감속은 어떤 형태로 이루어지든 어딘가에서 열이 발생하게 마련이다. 각각의 우주선 외피 안에 유발된 거센 전류로 레오노프 호와 디스커버리 호는 잠시 저전력 전기 용광로로 변했다. 디스커버리 호에 마련된 식료품 일부가 상해 버린 것도 놀랄 일이 아니었다. 우주선이 여러 해 동안을 바싹 구워졌다 식었다 하고 있었으니 말이다.

신물이 나는 이오의 경관, 보면 볼수록 꼭 의학 교과서에 나오는 삽화 같기만 한 그 풍경은 커노가 주 구동기를 작동시켰을 때 고작 500킬로미터 거리에 있었다. 레오노프 호는 그동안 점잔 빼며 상당한 거리를 두고 물러나 있었다. 시각적인 효과는 없었다. 옛 시대의 화학 로켓들처럼 연기가 나고 불이 나진 않았다. 하지만 디스커버리 호가 속도를 붙여 가면서 두 대의 우주선은 서서히 떨어져 거리를 벌렸다. 아주 살살 작동시켜 몇 시간이 흐르고 나자 우주선 두 대 모두 각각 자력으로 1000킬로미터 고도까지 올라왔다. 이제 잠시 숨을 돌리고 긴장을 풀 시간이 생겼다. 그 시간 동안 임무의 다음 단계 계획을 세워야 했다.

"정말 대단한 일을 해냈어요, 월터. 우리 모두 당신이 자랑스러워요."

루덴코 대위가 말하면서 지친 커노의 어깨 위에 넉넉한 팔뚝을 둘러 감았다. 그러고는 정말 아무렇지도 않게 조그마한 캡슐 하나를 커노의 코 밑에서 깨뜨렸다. 커노가 뿔이 나고 잔뜩 배가 고픈 상태에서 잠에서 깨기까지는 무려 24시간이 걸렸다.

단두대

"이게 뭐죠? 생쥐용 단두대인가요?"

커노가 좀 거북한 표정으로 손에 든 조그만 장치의 무게를 재어
보면서 물었다.

"영 그른 표현은 아니군. ……내가 잡으려는 건 더 큼지막한 상대
지만 말이야."

플로이드는 복잡한 회로도가 비치고 있는 표시 화면에 깜박이는
화살표를 가리켜 보였다.

"이 선이 보이나?"

"보이죠……, 주 동력선이잖아요. 그래서요?"

"여기가 동력선이 HAL의 중앙 연산 유닛으로 들어가는 지점이
야. 이 장치를 여기다 설치해 줬으면 하네. 작정하고 찾기 전에는 발
견되지 않도록 전선 지나가는 배관 안쪽에다가."

"알겠습니다. 원격 제어 장치군요. 그렇게 해서 언제든지 원하는 때에 HAL의 플러그를 뽑아 버릴 수 있게. 아주 깔끔하네요. 게다가 부전도체로 된 칼날이니 일단 작동시켰을 때 민망하게시리 합선이 일어나는 일은 절대 없겠죠. 이런 장난감은 누가 만든 겁니까? CIA인가요?"

"상관하지 말게. 제어 장치는 내 방에 있어······, 내가 항상 책상 위에 두는 빨간 계산기가 그걸세. 9를 아홉 번 입력하고 제곱근을 구한 다음 INT를 누르는 거지. 그러면 돼. 신호가 미치는 범위가 어느 정돈진 잘 모르겠군······, 시험해 봐야겠지. 하지만 레오노프 호와 디스커버리 호가 서로 이삼 킬로미터 거리 안에 있는 이상 HAL이 또다시 광란할 위험은 없을 걸세."

"이······ 물건에 대해 누구에게 얘기하실 건가요?"

"글쎄, 딱히 얘기 안 하고 숨겨야겠다 싶은 상대는 찬드라 한 명뿐인데."

"그야 그렇겠지요."

"하지만 아는 사람이 적으면 적을수록 이 물건이 화제에 오를 일도 적어지겠지. 이런 게 있다고 타냐에게는 말을 해 둘 걸세. 그러니까 위급한 상황에 이르면 자네가 타냐에게 작동법을 알려 줘도 좋아."

"어떤 위급 상황 말씀입니까?"

"그건 썩 명철한 질문이 못 되는군그래, 월터. 내가 그걸 알면 저 빌어먹을 물건이 필요할 턱이 없잖나."

"그럴지도 모르겠네요. 박사님의 특제 HAL 박멸기는 언제 설치하도록 할까요?"

"최대한 이르게. 오늘 밤이 좋겠군. 찬드라가 자는 사이에 하게."

"농담이겠죠? 내가 보기엔 그 양반은 아예 잠을 안 자는 것 같던데요. 아픈 어린애 병구완하는 어머니 같아요."

"음, 그래도 중간 중간 레오노프 호로 식사는 하러 와야 할 거 아닌가."

"알려 드릴 소식이 있습니다. 이번에 그쪽으로 건너가면서는 우주복에다 작은 쌀 주머니를 하나 붙들어 맸던데요. 그 양반은 그거면 몇 주라도 버틸 겁니다."

"그렇다면 저 명성 높은 카테리나의 기절 약을 하나 얻어 써 봐야겠군. 그 약이 자네한테는 썩 잘 들었잖아, 그렇지 않나?"

커노가 찬드라에 대해 한 이야기는 농담일 터였다⋯⋯. 적어도 플로이드는 농담인 걸로 생각했다. 하긴 누구라도 확신할 수는 없는 것이긴 하지만. 커노는 완벽하게 시치미 뗀 얼굴로 정말 말도 안 되는 이야기를 하기를 좋아했다. 러시아인들이 그 사실을 제대로 인지하기까지는 다소 시간이 걸렸다. 얼마 지나지 않아서 러시아 친구들은 자기방어 삼아서 커노가 더없이 진지하게 말을 할 때에도 걸핏하면 미리 깔깔 웃곤 했다.

커노의 웃음소리는 자비롭게도 플로이드가 맨 처음 우주로 올라오는 왕복선에서 들었던 때보다 퍽 음량이 줄었다. 그때는 필경 알코올 때문에 더 돋워진 소리였던 게 분명했다. 플로이드는 레오노프 호가 디스커버리 호와 마침내 랑데부를 했을 때 열린 '궤도 종착지 파티'에서 다시금 그 웃음소리를 듣고 진저리를 치게 될 것이라고 단단히 각오했더랬다. 하지만 그때 그 자리에서도, 비록 술은 상당히 들어갔지만, 커노는 오를로바 선장 못지않게 자제심을 유지했다.

커노가 진지하게 임하는 게 하나 있다면 그건 그의 작업이었다. 지구에서 여기까지 오는 동안에 커노는 승객이었다. 이제 그는 탐사대의 일원이었다.

부활

우린 잠자는 거인을 깨워 일으키려는 참이야. 플로이드는 혼자 생각했다. 몇 년의 세월이 흐른 오늘 HAL은 우리의 존재에 어떤 반응을 보이려나? 과거의 일들 중 무엇을 기억할까? ……그리고 우호적인 태도를 취할까, 아니면 적의를 품을까?

찬드라 박사 바로 뒤에서 둥둥 떠서 무중력 상태에 있는 디스커버리 호의 조종실로 들어가면서 플로이드의 생각은 줄곧 겨우 몇 시간 전에 설치와 시험을 마친 차단 스위치 주위를 맴돌며 좀처럼 멀리 떠날 줄 몰랐다. 무선 제어기는 그의 손에서 불과 몇 센티미터밖에 떨어져 있지 않았고, 플로이드는 자기가 그걸 갖고 왔다는 게 왠지 어처구니없는 행동같이 느껴졌다. 이 시점까지 HAL은 여전히 우주선의 작동 회로들과 분리돼 있는 상태였다. 설령 재가동된다 해도 HAL은 사지가 없는 두뇌일 따름이리라. 그래도 감각기관은 있는 거지만……. HAL은 의사소통은 할 수 있겠지만 행동에 나설 수는 없을 것이다. 커노가 말했듯이 "HAL이 할 수 있는 최악의 짓거리라야 우리한테 욕설을 퍼붓는 거죠."인 것이다.

찬드라가 말했다.

"1차 시험 준비가 되었습니다, 선장님. 탈락되었던 모듈은 전부 원위치 시켰습니다. 그리고 모든 회로에 진단 프로그램을 돌려 봤어요. 모든 게 정상으로 나옵니다, 적어도 지금 수준에서는요."

오를로바 선장은 플로이드에게 흘긋 눈길을 주었고 플로이드는 고개를 끄덕였다. 찬드라가 고집을 피워 이 중차대한 첫 번째 가동 현장에는 그들 세 사람만 참석한 차였고, 두 명밖에 안 되는 이 소규모 방청객조차 찬드라에게는 전혀 반갑지 않다는 게 노골적으로 드러나 보였다.

"좋아요, 찬드라 박사."

언제나 의전을 의식하는 선장은 이내 이렇게 덧붙였다.

"플로이드 박사는 승인 의사를 밝혔고 나도 이의가 없어요."

찬드라 박사가 마음에 들지 않는 기색이 뚜렷이 비치는 어조로 말했다.

"우선 말씀드려야겠습니다만, HAL은 음성 인식 및 언어 조합 기능 담당부가 손상된 상태입니다. HAL에게 말하는 법을 처음부터 전부 새로 가르쳐야 합니다. 다행히 HAL은 인간보다 수백만 배 빠르게 배우죠."

박사의 손가락이 자판 위에서 춤추며 10여 개의 단어들을 쳐 넣었다. 무작위로 고른 게 틀림없는 그 단어들이 화면에 뜨는 대로 주의 깊게 그것들을 발음했다. 변형된 메아리처럼, 망이 쳐진 스피커에서 그 단어들을 따라 옳는 소리가 울려 나왔다. 생명이 깃들지 않은 기계음일 따름으로 그 소리 뒤에 뭔가 지성이 잠재해 있다는 느낌은 전혀 없었다. 이건 이전의 HAL이 아니야. 플로이드는 생각했다. 원시적인 말하는 장난감보다 하나도 나을 게 없군. 내가 어렸을 때는 그런 게 무척 신기했지만.

찬드라가 반복 버튼을 눌렀고, 일련의 단어들이 다시 한번 소리가 되어 나왔다. 벌써 발음은 현저하게 좋아졌다. 누가 들어도 사람이 말하는 걸로 착각하진 못할 정도지만…….

"내가 HAL에게 제시한 단어들에는 기본적인 영어 음소들이 들어 있어요. 한 열 차례 반복하면 웬만큼 될 겁니다. 하지만 진짜 제대로 치료 요법을 해 주기에는 장비가 없군요."

플로이드가 물었다.

"치료 요법이라고요? 그렇다면 HAL이……, 두뇌 손상을 입었단 말입니까?"

찬드라 박사가 쏘아붙였다.

"아뇨. 논리 회로는 완벽한 상태입니다. 손상이 있다 할 것은 음성 출력뿐이에요. 그렇다고는 해도 꾸준히 나아지겠지만요. 그러니 모든 것을 화면에 비치는 시각 정보와 대조해 보도록 하세요, HAL의 말을 잘못 해석하지 않게. 그리고 이쪽에서 말을 할 때에는 주의 깊게 발음을 정확히 하도록 하고요."

플로이드는 오를로바 선장에게 놀리는 듯한 미소를 던지고, 누군가는 물어야 할 질문을 입 밖에 내었다.

"이 동네에는 러시아 억양이 범벅인데 그건 어떡합니까?"

"오를로바 선장님과 코발레프 박사님 같은 경우엔 전혀 문제가 안 됩니다. 하지만 다른 분들은……, 음, 한 명씩 시험을 해 봐야겠군요. 시험에 통과하지 못하는 사람은 자판을 사용해야만 합니다."

"그렇게 하려면 너무 시간이 걸릴 것 같군요. 일단은 당신 한 사람만 의사소통을 하는 게 좋겠습니다. 선장님도 동의하십니까?"

"물론입니다."

찬드라 박사가 그들의 말을 들었다는 신호는 아주 짧게 살짝 고갯짓을 한 것뿐이었다. 박사의 손가락들은 계속해서 자판 위를 날아다녔고, 다수의 단어와 표식이 덩어리를 지어 인간으로서는 결코 다 소화할 수 없을 만큼 빠른 속도로 번쩍번쩍 표시 화면에 스쳐 지나갔다. 추정하건대 찬드라는 사진적 기억력을 가진 듯했다. 한 화면에 꽉 찬 정보를 흘긋 한 번 보는 것만으로 인지하는 것 같으니……

찬드라가 문득 그들의 존재를 다시 의식했을 때, 플로이드와 오를로바는 불가사의한 과업에 온 정신을 쏟고 있는 그 과학자를 방해하지 않고 막 자리를 뜨려던 참이었다. 찬드라는 경고하는 건지 어서 여길 좀 보라는 건지 한 손을 쳐들어 올렸다. 거의 마지못한 듯 움직이는 그 손은 좀 전까지 재빠르던 동작과 대조를 이루었고, 찬드라는 그렇게 내려져 있던 잠금 막대를 도로 죽 밀어 올리고 외따로 떨어져 있는 키 한 개를 눌렀다.

그 즉시, 감지할 만한 지체 현상 없이 목소리가 콘솔에서 흘러나왔다. 더 이상 인간의 회화를 희화화한 기계음이 아니었다. 지성이,

의식이, 자의식이 여기에 있었다. 비록 아직은 가장 기본적인 수준에 불과했지만.

"안녕하십니까, 찬드라 박사님. HAL입니다. 첫 번째 수업을 받을 준비가 되었습니다."

일순 충격에 휩싸인 정적이 흘렀다. 그런 후, 두 명의 참관인은 똑같은 충동을 행동에 옮겨 조종실을 떠났다.

헤이우드 플로이드는 그 광경을 도저히 믿을 수 없었다. 찬드라 박사가 울고 있었다.

4부

라그랑주

큰형

"……새끼 돌고래 소식은 정말 흐뭇했소! 우리 의젓한 부모 돌고래들이 새끼를 집 안으로 데리고 왔을 때 크리스가 얼마나 신나했을지 상상이 가오. 크리스가 새끼 돌고래와 함께 헤엄치고 등에 올라타는 영상을 보고 우리 우주선 동료들이 연신 탄성을 지르는데, 당신도 그 소릴 들었어야 해요. 동료들은 새끼 이름을 스푸트니크라고 지으라는군. '벗'이라는 뜻이라오, 위성 이름이기도 하고.

지난번에 소식 전하고 한참 시간이 지난 연락이라 미안해요. 그래도 그간 할 일이 산더미 같았다는 건 뉴스에서 봐서 짐작하겠지요. 심지어 타냐 선장마저 표준 일과라는 허식을 유지하길 아예 포기했다오. 문제가 발생하는 대로 제꺽제꺽 해결해 넘겨야 하니까요. 누가 됐든 그때 그 자리에 있는 사람이 손을 써야 하는 상황이오. 더이상 깨어서 버틸 수 없게 되면 그때 잠을 잔다오.

우리가 지금까지 해 놓은 일은 자랑스러워할 만하지 싶어요. 우주선 두 척 모두 잘 가동 중이고 HAL도 1차 작동 시험을 거의 마친 참이오. 이제 하루 이틀이면 우리가 최종적으로 큰형과 조우하러 떠나면서 HAL을 믿고 디스커버리 호를 맡길 수 있을지 어떨지 알게 될 거요.

큰형이라는 이름을 애당초 누가 지은 건지 모르겠군. 러시아인들은, 그야 그럴 만한 일이지만, 그 이름을 썩 탐탁하게 여기지 않소. 그리고 우리 측 공식명 TMA-2에 대해서는 숫제 대놓고 비웃고 있어요, 월면의 티코 크레이터에서 10억 킬로미터 이상이나 떨어져 있는데 어떻게 그렇게 부르느냐고 나에게 그러더군, 몇 번을 말했소. 게다가 보면이 자기력 이상 징후는 없다고 보고했으니 그것이 TMA-1과 닮은 점이라곤 형태뿐이라는 거요. 내가 그이들에게 그럼 무슨 이름이 좋겠느냐고 물었더니 '자가드카'라는 이름을 내놓았소, 수수께끼를 뜻한다오. 그야 분명 아주 훌륭한 이름이지. 하지만 내가 그 단어를 발음하려고 하면 다들 빙긋빙긋 웃는단 말이오. 그래서 난 그냥 큰형이라고 부를 생각이오.

그 물체를 뭐라고 부르든 간에, 거기까지 이제 거리는 겨우 1만 킬로미터가 남았고 앞으로 몇 시간이면 갈 거요. 하지만 솔직하게 털어놓겠는데 이 마지막 한 구간 여행길에 우린 모두 신경이 곤두서 있어요.

어쩌면 디스커버리 호 선상에서 뭔가 새로운 정보를 발견할지도 모른다는 막연한 기대가 있었소. 그것이 딱 하나 우리가 실망했던 일이지, 그야 실망할 줄 진작 알고 있어야 했지만. HAL은 물론 큰형과 조우하기 한참 전에 연결이 해제돼 있었으니 그 후 일어난 일에 대한 기억이 없소. 보먼이 모든 비밀을 혼자 안고 간 거요. 우주선 출입 기록과 자동 기록 시스템엔 우리가 이미 알고 있는 것 말고는 아무것도 없었소.

우리가 찾아낸 단 하나의 새로운 정보는 순전히 사적인 것이었소. 보먼이 자기 어머니에게 남긴 메시지예요. 왜 그걸 보내지 않은 건지 알 수가 없군. 명백히 보먼은 그 마지막 선외 활동 이후 우주선에 돌아오게 될 것이라고 예상……, 아니면 최소한 희망했던 거요. 물론 우리가 그 메시지를 보먼 여사께 전송해 보냈소. 플로리다 어디에 있는 양로원에 계신다더군. 그리고 정신이 맑지는 못하다고 해요. 그러니 어쩌면 메시지를 보냈어도 별 소용 없을지도 모르지.

자, 이번에 전할 소식은 이게 다요. 당신이 얼마나 그리운지 말로 할 수 없어요……. 그리고 지구의 푸른 하늘과 녹색 바다도 너무나 그립소. 여기서 보이는 색깔이라고는 갖가지 빨간색과 주황색과 노란색 들뿐이오. 최고로 환상적인 일몰처럼 아름다울 때가 많지만 한동안 보고 있노라면 스펙트럼 반대쪽 끝의 서늘하고 순수한 광선이 몹시도 보고 싶어진다오.

두 사람 모두에게 내 사랑을 전하오. 기회가 닿는 대로 또 곧 전화하리다."

랑데부

레오노프 호의 조종 담당이자 인공두뇌 전문가인 니콜라이 테르노브스키는 우주선에 탄 사람들 중 유일하게 찬드라 박사의 언어 비슷한 것을 써서 대화할 수 있는 인물이었다. HAL의 수석 개발자이자 스승으로서 찬드라는 누구라도 완전히 믿을 마음이 없었다. 하지만 순전히 육체적으로 기진한 탓에 어쩔 수 없이 도움을 받아들여야만 했다. 러시아인과 인도계 미국인이 일시적으로 팀을 이루었고 그 팀은 놀랄 만큼 잘 기능했다. 그럴 수 있었던 건 거의 성품이 온화한 니콜라이의 공로로, 그는 어떻게 아는지는 몰라도 찬드라에게 정말 자신이 필요할 때가 언제고 그냥 혼자 하고 싶을 때가 언제인지 잘 알아차렸다. 니콜라이의 영어 실력이 이 우주선에서 가장 형편없다는 건 전혀 중요치 않았다. 왜냐하면 대부분의 시간 동안 두 사람 모두 다른 사람들은 하나도 알아듣지 못하는 언어인 컴퓨터 언어로 말했기 때문이다.

일주일에 걸친 느리고 신중한 복구 작업이 있은 후, HAL의 일상적인 감독 기능은 믿을 만하게 수행되었다. HAL은 걸어 다니고, 간단히 시키는 일을 하고, 기술이 필요 없는 일을 해내고, 수준 낮은 대화에 참여할 수 있는 사람 같았다. 인간으로 말하면 HAL은 아마 지능지수 50쯤일 것이다. 지금까지는 HAL의 고유 인격의 가장 희미한 윤곽만이 나타나 있었다.

HAL은 여전히 몽유병 상태였다. 그렇기는 해도, 찬드라의 전문가적 견해에 따르면 이제 디스커버리 호를 이오를 도는 근거리 궤도로부터 상승시켜 큰형과 조우하도록 할 비행은 얼마든지 맡길 수 있다고 했다.

발밑에 이글이글 불타는 지옥으로부터 지금보다 7000킬로미터 더 거리를 벌린다는 생각에 모두가 반색했다. 천문학에서 그 정도의 거리는 지극히 미미한 것이긴 하나, 그 얘기는 즉 떡하니 하늘을 압도하던 단테나 히에로니무스 보슈가 상상했음직한 지형도로부터 이제 벗어난다는 뜻이었다. 또 비록 가장 거센 분출도 우주선에 어떤 물질을 끼얹을 정도는 못 되었긴 하지만 이오가 혹시라도 신기록을 세우려 들지 않을까 하는 두려움이 늘 있었기도 했다. 그도 그럴 것이 레오노프 호의 전망실은 엷게 유황이 끼는 바람에 줄곧 조망이 흐려져 갔고 조만간 누가 선외로 나가 유황을 닦아 내야 할 처지였던 것이다.

HAL이 최초 제어권을 넘겨받은 그때 디스커버리 호에는 커노와 찬드라 두 사람만이 탑승해 있었다. 제어권이라고 해도 몹시 제한적

이어서, HAL은 외부로부터 자신의 저장 장치에 입력된 프로그램을 그냥 그대로 반복하고 그 실행을 감독할 뿐이었다. 그리고 인간인 대원들이 HAL을 감독하고 있었다. 어떤 오작동이라도 발생한다면 즉시 그들이 제어권을 인계받을 것이었다.

1차 연소는 10분간 지속되었다. 그러고 나서 HAL은 디스커버리 호가 이행 궤도에 진입했음을 보고했다. 레오노프 호의 레이더와 광학 추적이 그 보고가 사실임을 확인했고, 또 한 척의 우주선도 바로 동일한 궤적으로 발진했다. 경로 내 미세 조정이 두 번 있었고, 이윽고 세 시간 15분이 지나 우주선 두 대 모두 별일 없이 첫 번째 라그랑주점 L.1에 다다랐다. 이오의 중심과 목성의 중심을 잇는 보이지 않는 선분 위로 1만 500킬로미터 지점에 위치한 점이다.

HAL의 행동거지는 흠잡을 데가 없었고, 찬드라는 그야말로 완전히 인간적인 감정인 만족감을 드러냈다. 심지어 기쁨의 낌새까지도 역력히 내비쳤다. 하지만 그때쯤에는 모두들 다른 곳에 정신이 팔려 있었다. 큰형, 일명 자가드카가 겨우 100킬로미터 밖에 있었다.

그 거리를 두고 보아도 그것은 이미 지구에서 보는 달보다 컸다. 그리고 가장자리가 직선이고 기하학적인 완벽성을 갖추고 있어 충격적일 만큼 비자연적이었다. 우주 공간을 배경으로 놓여 있으면 완벽하게 식별 불가능했을 테지만, 35만 킬로미터 아래에 빠르게 흐르는 목성의 구름이 배경이고 보니 극적으로 두드러져 보였다. 그 모습은 또 한 번 그런 생각이 들기만 하면 거의 떨쳐내는 게 불가능할 정도인 어떤 환상을 불러일으키기도 했다. 왜냐하면 그 물체의 실제 위치가 어디쯤일지 육안으로 판단할 방법이 전혀 없었기 때문이다. 큰형은 목성 표면에 빠끔히 입을 벌린 함정 문처럼 보일 때가 많았다.

100킬로미터 떨어져 있다고 해서 10킬로미터 거리에서보다 더 안전하다든가, 1000킬로미터 거리에 있는 것보다는 위험하다고 상정할 타당한 이유는 없었다. 다만 심리적으로 최초 정찰을 하기에 적당하다고 느껴졌기 때문에 그랬다. 그 거리에서 우주선의 망원경들로 보면 1센티미터 단위로 세부가 다 보였다……. 그러나 애당초 보일 것이 없었다. 큰형은 어떤 흔적이 하나도 없이 매끈한 것 같았다. 수백만 년 동안 우주 티끌에 폭격을 받으며 온존한 것으로 추정되는 그와 같은 물체가 그렇게 아무 흔적이 없다니 기막힌 일이었다.

플로이드가 양안 망원경을 통해 응시하고 있으려니, 손을 뻗어 그 매끈하고 흑단처럼 검은 표면을 건드릴 수도 있을 것만 같았다. 여러 해 전에 달에서 해 본 대로 말이다. 처음에 플로이드는 우주복에 딸린 장갑이 끼워진 손으로 만졌다. 티코 석판에 여압 돔을 씌워 밀봉한 후에야 맨손으로 만져 볼 수 있었다.

그런들 아무 차이가 없었다. 플로이드는 정말로 자기가 TMA-1을 만진 적이 있다는 기분이 들지 않았다. 그의 손가락 끝이 마치 보이지 않는 차폐막 위를 주르르 미끄러지는 것만 같았고, 세게 누르면 누를수록 반발력도 강해졌다. 큰형도 같은 효과를 낼지 플로이드는 궁금했다.

그러나 그럴 정도로 가까이 접근하기에 앞서 일행은 고안할 수 있는 온갖 시험을 다 하고 관측 결과를 지구에 보고해야 했다. 그들은 아주 조금만 잘못 움직여도 터져 버릴지 모르는 신종 폭탄 해체에 나선 폭발물 전문가들과 매우 비슷한 처지였다. 알아낸 것들이 더러 있다 한들, 최고로 섬세하게 레이더로 탐사하다가도 어쩌면 그 어떤 상상 불가능한 재앙을 촉발할 수 있기 때문이다.

최초의 24시간 동안은 아무 짓도 하지 않고 수동적인 관측기구들로 관찰만 했다. 망원경, 카메라, 모든 주파수에 맞춘 감지기. 바실리 오를로프는 그 석판의 치수를 가능한 한 최고 정밀도로 측정할 기회를 놓치지 않았고, 소수점 여섯째 자리까지 그 유명한 1대 4대 9의 비율 그대로라는 사실을 확인해 주었다. 큰형은 TMA-1과 완벽하게 동일한 형태를 하고 있었다……. 하지만 길이가 2킬로미터가 넘으니, 크기로 따지면 조그마한 동생보다 718배나 컸다.

그리고 두 번째 수학적 불가사의가 있었다. 사람들은 오랜 세월 1대 4대 9 비율에 관하여 논쟁을 벌여 왔다. 그 수들은 각각 첫 세 정수의 제곱이다. 정말이지 그것이 우연일 리는 없었다. 이제 여기에 곱씹어 볼 또 한 가지 숫자가 나왔다.

지구에서는 곧 통계학자들과 수리물리학자들이 그 비율을 빛의 속도, 양자와 전자의 질량비, 미세 구조 상수 같은 자연의 기본상수에 연관시키고자 저마다 신이 나서 컴퓨터를 두드려 댔다. 거기에 금세 수비학자며 점성술사, 신비주의자 같은 떨거지들이 우글우글 따라붙어 대(大)피라미드의 높이며 스톤헨지의 지름, 나스카 평원 그림의 방위각, 이스터 섬의 위도를 비롯해, 그런 자들이 미래에 관하여 그야말로 놀라운 결론들을 이끌어 내는 실마리가 될 오만가지 숫자들을 다 던져 넣었다. 워싱턴의 유명한 농담꾼이, 자기가 계산해 본 결과 세상은 1999년 12월 31일에 종말을 맞았음이 입증되었는데 다들 숙취에 시달리느라 알아차리지 못하는 것이라고 주장하고 나섰어도 그 열기는 사그라들 줄 몰랐다.

큰형도 두 대의 우주선이 근처에 온 것을 알아차리지 못하는 것 같았다. 탐사대가 조심스럽게 레이더 빔을 쏘아 건드려 보고 일련의 무선 전파로 두들겨 봐도 마찬가지였다. 그렇게 함으로써 지성이 있는 존재가 있다면 듣고서 똑같은 방식으로 대답해 주지 않을까 했던 것인데…….

막막한 이틀을 보낸 후에 지구에 있는 관제 센터의 허가를 얻어서 두 우주선은 큰형과의 거리를 반으로 줄였다. 50킬로미터 거리에서 석판의 가장 넓은 면은 지구의 하늘에 보이는 달 크기의 네 배쯤으로 보였다. 매우 인상적이지만 심리적으로 압도당할 정도로 거대하진 않았다. 아직은 목성의 크기에 댈 바가 아니었다. 목성이 아직 열 배는 컸으니까……. 그리고 놀라움에 젖어 정신을 바짝 차리고 있던 탐사대원들은 벌써 왠지 조급함을 느끼고 있었다.

월터 커노는 거의 모든 사람을 붙잡고 말했다.

"큰형은 몇백만 년쯤 얼마든지 기다릴 용의가 있겠지만, 우린 그보다는 좀 일찍 자리를 뜨고 싶은 거잖아요."

정찰

지구를 떠나올 때 디스커버리 호에는 우주 비행사들이 편하게 셔츠 바람으로 타고서 선외 활동을 할 수 있게 해 주는 소형 스페이스포드 세 대가 탑재되어 있었다. 한 대는 프랭크 풀이 죽음을 당한 그 사고 때 유실되었다(그것이 사고였다면 말이지만). 또 한 대는 데이브 보먼이 마지막으로 큰형에게 다가가던 그때 그를 태우고 갔고, 보먼이 어떻게 된 것이든 간에 포드도 같은 운명을 맞이했다. 세 번째 스페이스포드 한 대는 여전히 디스커버리 호의 격납고 즉 '포드 승하장'에 남아 있었다.

거기에는 한 가지 중요한 구성 요소가 결여돼 있었다. HAL이 포드 승하장 문을 열기를 거부한 후 보먼 대장이 위해 요소에 몸을 노출시켜 가면서 진공 공간을 돌파하여 비상 에어로크로 들어왔을 때 날려 버린 뚜껑문이 바로 그것이었다. 그 결과 발생한 격렬한 공기의 움직임에 얻어맞아 스페이스포드는 로켓처럼 밖으로 튀어 나갔고, 더 중요한 볼일을 처리하기에 바빴던 보먼이 무선으로 조종하여 도로 데려올 때까지 몇백 킬로미터나 날아갔다. 보먼이 떨어져 나가 없어진 뚜껑문을 굳이 다시 달아 놓지 않은 건 놀랄 일도 아니었다.

이제 제3호 스페이스포드(거기에다 막스는 니나라는 이름을 스텐실로 찍어 놓았고 왜 니나인지 설명은 아예 거부했다.)는 또 다른 선외 활동에 나설 준비가 되어 있었다. 여전히 뚜껑문은 없었지만 그건 중요하지 않았다. 왜냐하면 사람이 탈 게 아니기 때문이다.

보먼이 헌신적으로 임무를 수행했다는 건 미처 예상치 못한 한 조각 행운이었고, 그 덕을 보지 않는다면 어리석은 일일 터였다. 니나를 무인 정찰기로 씀으로써 사람의 목숨을 위험에 처하게 하지 않고 큰형을 지근거리에서 조사해 볼 수 있다. 어쨌든 최소한 이론은 그러했다. 뭔가 반발이 있다면 그 여파가 우주선까지 집어삼킬 가능성은 아무도 배제할 수 없었다. 아무튼 50킬로미터라는 거리는 우주의 거리 감각으로는 털 한 오라기의 너비만큼도 안 되는 것이다.

몇 년 동안이나 내버려져 있었기에 니나는 허름한 기색이 확연했다. 무중력 상태에서는 언제나 공중에 둥둥 떠다니는 먼지가 외부 표면에 내려앉아 있어 한때는 티끌 하나 없이 새하얗던 외장이 이제 거무죽죽한 회색이었다. 우주선을 떠나 서서히 속도를 높여 갈 때 니나의 외부 조작용 기계 팔은 얌전히 뒤로 접혀 있고 타원형 창은 커다란 죽은 눈깔처럼 우주 쪽을 바라보는 채로서, 그 모습이 인류가 파견하는 대사 치고 그다지 멋있지 못한 것은 사실이었다. 그러나 그것은 분명 장점이었다. 사자가 겸손한 모습으로 찾아가면 관용을 가지고 받아들여 주기 쉽듯이 니나의 작은 크기와 느린 속도가 평화적인 의도임을 역력히 강조할 터였다. 니나가 두 팔을 들고 큰형에게 다가가야 하지 않겠느냐는 제안도 있었지만 그 의견은 바로 기각되었다. 만약에 니나가 우리에게 기계손을 쫙 벌려 내밀고 육박해 온다면 걸음아 날 살려라 도망칠 거라는 데 모두들 동의했기 때문이다.

한가롭게 두 시간쯤 걸리는 여행을 한 끝에 니나는 거대한 직사각형 석판 한쪽 귀퉁이에서 100미터쯤 떨어진 곳에 멈춰 섰다. 이미 석판의 실제 형태는 느껴지지 않았다. 영상 전송 카메라가 한없이 큰 검은 사면체 끄트머리에서 내려다보며 찍고 있을 테니까. 포드에 탑재된 감지기에 방사능이나 자기장은 전혀 감지되지 않았고, 큰형은 아무것도 내보내지 않고 있었다. 마지못해 선심 쓰듯 극히 미미한 정도로 햇빛을 반사해 줄 뿐이었다.

"여보세요, 나 여기 있어요."라고 말할 의도로 균형점에 멈추어 서서 5분간 정지해 있은 후에 니나는 면적이 작은 면 위를 대각선으로 가로질러 가기 시작했다. 그런 다음에는 잇닿아 있는 더 넓은 면 위를, 그리고 마침내 가장 넓은 면 위를 질러갔다. 가면서 거리는 50미터쯤을 유지했지만 때때로 5미터 거리까지 다가가도 보았다. 얼마만큼 거리를 두고 보든 큰형은 완전히 똑같은 모습으로만 보였다. 매끈한 표면에 아무것도 비치지 않았다. 정찰이 끝나기 한참 전부터 이미 지루해져서, 양쪽 우주선에서 구경하던 사람들은 다들 각자 이런저런 자기 할 일로 돌아갔고 모니터는 가끔씩만 쳐다보았다.

마침내 니나가 맨 처음 출발 지점에 다다르자 월터 커노가 말했다.

"다 됐네요. 이 짓을 평생 할 수도 있겠어요, 무엇 하나 더 알게 된 것도 없이. 이제 니나를 어떻게 할까요? 귀환시킬까요?"

레오노프 호에서 통신 회선에 끼어든 바실리가 말했다.

"아니, 내게 생각이 있어요. 니나를 최대면 정중앙으로 보내요. 그리고 다른 면들……, 아, 그러지 말고 100미터쯤 떨어진 자리로 보냅시다. 그렇게 해서 그 위치에 정지시켜 두고 레이더를 최고 정밀도로 트는 겁니다."

"그야 문제없습니다. ……먼지 돌풍이 좀 불어오기야 하겠지만 그것만 아니면 괜찮아요. 그런데 목적이 뭡니까?"

"대학교 천문학 시간에 배운 '무한 평면 원반의 중력 인력'이 지금 막 생각났거든요. 실제로 적용해 볼 줄은 생각도 못 했는데. 몇 시간 동안 니나의 움직임을 연구해 보면 적어도 자가드카의 질량은 산출해 낼 수 있을 거예요. 질량이 있긴 하다면 말이지만. 난 실제로 저기엔 아무것도 없을 것 같은 생각이 들기 시작했어요."

"그 문제에 대한 답이야 쉽게 낼 수 있죠. 그리고 결국에는 해야만 하는 일 아닙니까. 니나가 가까이 가서 만져 봐야 합니다."

"벌써 해 봤잖아요."

커노가 골을 냈다.

"무슨 소립니까? 5미터 안쪽으로는 접근하지도 않았는데."

"당신 조종 기술을 흠잡자는 건 아니에요……. 맨 처음 가 닿았을 때에는 아슬아슬했던 게 사실이지만요, 안 그렇습니까? 아까 니나의 기계 팔을 자가드카 표면 가까이에서 작동할 때마다 그걸로 살짝살짝 건드려 봤잖아요."

"코끼리 등에서 뛰는 벼룩 한 마리죠!"

"아마 그랬겠죠. 우린 아무것도 모르고 있어요. 하지만 어쨌든 자가드카가 우리의 존재를 알고 있고, 짜증 나게 만들지만 않는다면 용인해 준다고 가정하는 게 좋겠어요."

바실리는 굳이 입 밖에 내지 않은 물음이 공중에 떠돌도록 두었다. 길이가 2킬로미터나 되는 새까만 직사각형 석판을 짜증 나게 만들려면 어떻게? 그리고 자가드카는 마음에 들지 않는다는 뜻을 어떻게 나타내게 될까?

라그랑주에서 바라본 풍경

천문학에는 무척 호기심을 자극하지만 별 뜻은 없는 일치가 가득하다. 가장 유명한 건 지구에서 볼 때 해와 달이 보이는 것만으로는 같은 지름을 갖고 있다는 사실이다. 이곳 L.1 칭동점, 큰형이 우주적인 균형 유지를 위하여 선택한, 목성과 이오의 중력이 팽팽한 균형을 이루는 이 지점에서도 같은 현상이 일어난다. 행성과 위성이 그냥 보기에 꼭 같은 크기인 것처럼 보이는 것이다.

그리고 그 크기가 얼마나 큰지! 지구에서 보는 태양이나 달은 고작해야 각지름 0.5도짜리 변변찮은 크기에 불과한데 목성과 이오는 그에 비해 육안으로 보는 지름이 40배, 차지하는 면적은 1600배나 되었다. 어느 쪽을 보든 경이로움에 가득 차 온통 정신이 멍해지기에 충분하다. 그런 게 두 개 함께 있으니 혼이 쏙 빠지는 광경이었다.

둘 다 42시간마다 차고 이우는 한 주기를 거친다. 이오가 새로 모습을 나타낼 때 목성은 보름달과 같은 상태가 되어 있고, 목성이 다 이울었으면 이오가 가득 찬다. 하지만 태양이 목성 뒤로 숨어서 목성이 밤이 내린 면만을 이쪽으로 보여 줄 때에도 그곳에 목성이 있다는 건 대번에 알 수 있다. 커다란 검은 원반이 별들을 가리고 있으니까. 때때로 새까만 암흑이 몇 초 동안이나 지속되는 전광에 잠시 자리를 내주기도 한다. 지구의 폭풍우보다 훨씬 더 큰 규모의 전기 폭풍우가 일어나고 있는 것이다.

맞은편 하늘에는 그 거대한 모행성 쪽으로 늘 같은 면을 보이며 도는 이오가, 뭉근히 끓는 끈적끈적한 죽 솥처럼 붉은색과 주황색을 띠고 있다. 때로 화산에서 분출되는 노란 구름이 치솟았다가 즉시 도로 위성 표면으로 떨어져 간다. 조금 더 긴 시간 유지된다고는 하지만 이오 역시 목성과 마찬가지로 지리학이 존재하지 않는 세상이다. 이오의 표면은 몇십 년만 지나면 싹 다 변해 버린다. 목성의 경우에는 불과 며칠 만에 모조리 바뀐다.

이오가 이울어 4분의 1 크기로 사위어 보이게 되면서, 마찬가지로 광대하고 복잡하게 죽죽 줄무늬 진 목성의 구름층들이 작고도 먼 태양 아래 밝아져 온다. 때로는 이오의 그림자가, 아니면 외부 위성 중 하나의 그림자가 목성 표면에 드리워 움직여 갈 때도 있다. 한 바퀴 공전할 때마다 행성만 한 크기의 소용돌이를 보게 된다. 대적점이다……, 1000년은 아니더라도 몇백 년 동안 계속 몰아치고 있는 태풍이다.

그와 같은 경이로운 세상들 사이의 균형점에 자리 잡고 있으니, 레오노프 호의 탑승자 일동에게는 평생을 바치고도 남을 탐사 연구

거리가 있었다. 하지만 목성과 그 위성들이라는 자연물은 우선순위
표에서 제일 밑에 쓰여 있었다. 큰형이 최우선순위였다. 두 척의 우
주선이 이제 겨우 5킬로미터 앞까지 왔는데도 타냐는 여전히 직접
적인 물리적 접촉은 일절 허용하지 않았다.

타냐가 말했다.

"기다릴 거예요. 우리가 신속하게 벗어날 만한 위치를 점할 때까
지. 가만히 대기하도록 해요……, 발사 가능 시간대에 들어가기를
요. 그때 가서 다음에 어떻게 할지 생각해요."

빈둥빈둥 50분 동안 하강한 끝에 결국 니나가 큰형 위에 착륙하
긴 했다. 이 덕분에 바실리는 그 물체의 질량이 놀랍게도 95만 톤밖
에 되지 않는다는 계산을 해냈다. 그 정도면 대략 공기의 밀도였다.
아무래도 큰형은 속이 텅 빈 것 같았다……. 그런 가정은 그 안에
도대체 무엇이 있을까에 대한 끝없는 추측을 불러일으켰다.

하지만 그날그날 일어나는 실질적인 문제들도 얼마든지 많아서
그들의 마음을 이러한 중대한 사안들로부터 돌려놓았다. 레오노프
호와 디스커버리 호의 살림을 돌보는 자질구레한 일들이 업무 시간
의 90퍼센트를 잡아먹었다. 비록 두 척의 우주선이 연성 도킹 연결
구로 접속되고 나서는 이런저런 작전 활동이 무척 효율적으로 이루
어졌지만……. 커노의 오랜 설득으로 마침내 타냐는 디스커버리 호
의 회전부가 갑자기 꺼 멈춰서 두 우주선을 산산조각 내는 일은 벌
어지지 않을 것이라고 확신하게 되었고, 그 결과 두 벌의 에어로크
를 여닫는 것만으로 한쪽 우주선에서 다른 우주선으로 마음대로 이
동할 수 있게 된 터였다. 우주복과 시간이 많이 걸리는 선외 출입이

이제는 필수가 아니게 되었다. 막스만 빼고 모든 사람이 크게 기뻐했는데, 막스는 밖에 나가 자기 빗자루를 쓰는 걸 너무 좋아했다.

이 일에 거의 영향 받지 않은 대원 두 명은 찬드라와 테르노브스키로서, 이 둘은 이제 아예 디스커버리 호에 살면서 24시간 일했다. 계속해서 HAL과 끝이 없어 보이는 대화를 나누었다.

"언제 준비가 되겠어요?"

최소한 하루에 한 번씩은 이 질문을 받았다. 그들은 확답은 못 한다며 일체의 약속을 거절했다. HAL은 아직 저능한 멍청이인 채였다.

그랬는데, 큰형과 랑데부하고 일주일이 지나서 예상치도 못하게 찬드라가 선언했다.

"준비가 됐습니다."

디스커버리 호의 조종실에 참석하지 않은 것은 두 여성 의료 요원뿐이었는데, 이유는 단지 그들까지 들어올 자리가 없다는 거였다. 그 둘은 레오노프 호의 모니터를 통해 지켜보고 있었다. 플로이드는 찬드라 바로 뒤에 서 있었다. 그의 손은 평소에도 늘 딱 떨어지는 표현을 찾아내곤 하는 커노가 재간을 발휘해 '휴대용 거인잡이'라 부른 그 물건으로부터 결코 멀리 떨어지지 않았다.

찬드라가 입을 열었다.

"다시 한번 강조합니다. 말을 하면 안 됩니다. 여러분의 말 억양이 HAL을 혼란스럽게 만들 겁니다. 나는 말을 합니다. 하지만 다른 분들은 안 됩니다. 알아들었지요?"

찬드라는 모습을 보아서나 목소리를 듣기에도 완전히 기진하기 직전에 있었다. 하지만 찬드라의 음성엔 이전에 그 누구도 들어 본

212

적 없는 권위의 음조가 서려 있었다. 여기 말고 다른 데서는 다 타냐가 대장일지 모르나 이곳에서만은 찬드라가 주재자였다.

청중은, 몇은 잡고 붙어 있을 만한 자리를 찾아 몸을 고정시켰고 몇은 공중에 둥둥 떠 있기도 했는데, 동의의 뜻으로 고개를 끄덕였다. 찬드라는 음향 스위치 하나를 켜고 낮게, 그러나 또렷하게 말했다.

"안녕, HAL."

짧은 시간이 지나갔고, 플로이드에게는 흡사 수년 수십 년이 훅 스쳐 간 것만 같았다. 인사에 답한 것은 이제 더 이상 단순한 전자 장난감이 아니었다. HAL이 돌아와 있었다.

"안녕하십니까, 찬드라 박사님."

"임무 재개 가능한가?"

"물론입니다. 저는 완벽한 작동 가능 상태이며 저의 회로 전부가 완전하게 기능하고 있습니다."

"그렇다면 내가 몇 가지 질문을 해도 괜찮겠지?"

"당연하지요."

"AE35 안테나 조정 유닛이 고장 났던 걸 기억하고 있나?"

"기억할 리가요."

찬드라가 단단히 주의를 주었지만 그래도 듣고 있던 사람들 사이에서 누군가 놀라 숨 들이쉬는 소리가 났다. 이건 지뢰밭을 발끝으로 살금살금 걸어가는 꼴이로군. 마음을 안정시켜 주는 무선 차단기의 윤곽을 손으로 툭 만져 보면서 플로이드는 그렇게 생각했다. 혹시 이런 일련의 대화가 또 정신병을 유발할 경우 플로이드가 1초 만에 HAL을 죽일 수 있었다.(이건 확실했다. 열두 번이나 연습해 본 일이었다.) 하지만 컴퓨터에게 1초란 억겁의 세월이다. 그 점은 그들이 운에 맡겨 무릅쓸 위험이었다.

"데이브 보먼이나 프랭크 풀이 AE35 유닛을 갈아 끼우러 선외로 나갔던 것을 기억하고 있지 않는가?"

"예. 그런 일이 있었을 리 없습니다. 그런 일이 있었다면, 제가 기억하고 있을 것입니다. 프랭크와 데이브는 어디에 있습니까? 이 사람들은 누구지요? 제가 알아볼 수 있는 분은 박사님뿐이군요. …… 제 계산 결과 박사님 뒤에 계신 분이 65퍼센트의 확률로 헤이우드 플로이드 박사님이시겠습니다만."

플로이드는 찬드라의 엄중한 사전 경고를 기억하여 HAL을 칭찬하지 않고 참았다. 10년이 흘렀는데 65퍼센트의 확률이라면 퍽 좋은 성적이다. 사람도 그렇게 잘 알아보지 못할 때가 많은데.

"걱정 말게, HAL. 나중에 모두 다 설명해 줄 테니."

"임무는 완수되었습니까? 제가 임무 수행에 굉장히 열심인 것을 박사님은 알고 계시지요."

"임무는 완수되었네. 자네는 프로그램을 수행해 냈어. 이제……, 자네가 양해해 준다면, 우리끼리 대화를 나누고 싶군."

"얼마든지요."

찬드라는 주 콘솔의 음향과 영상 입력 장치를 껐다. 우주선의 이 부분에 관한 한 HAL은 이제 장님이자 귀머거리였다.

"허, 대체 이 얘긴 다 뭡니까?"

바실리 오를로프가 따져 물었다.

"무슨 이야긴고 하면, 내가 HAL의 기억을 싹 지웠다는 겁니다. 문제가 시작된 순간부터 시작해서 전부요."

찬드라가 주의를 기울여 정확히 말했다.

"그렇다면 거 굉장한데요. 어떻게 그렇게 하셨습니까?"

사샤가 감탄했다.

"설명하자면 실제로 그 시술을 하는 데 걸린 시간보다 더 오래 걸릴 것 같군요."

"찬드라, 저도 컴퓨터 전문갑니다. 그야 당신이나 니콜라이 급은 못 되지만요. 9000 시리즈는 다중 영사 기억을 사용하지요, 안 그렇습니까? 그러니 단순한 시간순 삭제를 하셨을 리는 없어요. 필경 선별적인 단어들 및 사고들에 귀소성을 갖는 일종의 테이프웜(촌충을 뜻한다.—옮긴이)을 사용하셨겠지요."

"촌충이라고요? 그건 내 분야 같은데요. 내가 그 고약한 놈들을 알코올 병 바깥에서는 한 마리도 본 적이 없어서 다행이긴 하지만요. 지금 무슨 말씀 중이시죠?"

카테리나가 우주선 선내 통신을 통해 끼어들었다.

"컴퓨터 용어랍니다, 카테리나. 예전에는, 정말 한참 전인데, 실제로 자성 테이프를 썼거든요. 그리고 그게 실제 프로그램을 짜 시스템에 넣어서 원하는 대로 어떤 메모리든 삭제해 버리게 할 수 있었죠. 아니면 먹어 버리게 했다고 할 수도 있겠죠. 인간을 상대로도 똑같은 일을 할 수 있지 않은가요? 최면을 걸어서?"

"되지요. 하지만 언제든지 돌이킬 수 있어요. 우리는 정말로 무엇을 잊어버리지는 않아요. 그냥 잊어버렸다고 생각할 뿐이죠."

"컴퓨터는 그런 식으로 작동하지 않습니다. 컴퓨터에게 무엇을 잊으라고 지시하면 컴퓨터는 실제로 잊어버리죠. 그 정보는 완전히 지워집니다."

"그러니까 HAL은 자기가…… 했던 행동에 대해 전혀 아무 기억도 없는 거예요?"

찬드라가 대답했다.

"그에 대해서 100퍼센트 확신은 못 합니다. 어쩌면 약간의 기억이 이 주소에서 다른 주소로 이송되고 있었을 수도 있어요, 그…… 테이프웜이 검색할 때에 맞춰서. 하지만 그랬을 가능성은 거의 없지요."

모두들 이에 관하여 한동안 말없이 생각에 잠긴 끝에 타냐가 말했다.

"놀라운 이야기로군요. 하지만 훨씬 더 중요한 질문은 이거예요. 앞으로 HAL을 믿어도 될까요?"

찬드라가 미처 대답하기도 전에 플로이드는 그가 할 말을 예상할 수 있었다.

"그때와 똑같은 상황은 두 번 다시 일어날 수 없어요. 그것 하나는 약속드리죠. 애당초 문제가 발생한 건 컴퓨터를 상대로 보안이란 것을 설명하기가 어려웠기 때문입니다."

"아니, 사람을 상대로도 그렇죠."

커노가 중얼거렸다. 그다지 소리 죽여 한 말 같지도 않았다.

"그 말이 옳기를 바라요."

타냐가 말했지만 크게 확신을 얻은 어조는 아니었다.

"다음 단계는 뭐죠, 찬드라?"

"그렇게 까다로울 건 없습니다. 그저 오래 걸리고 지루한 작업일 따름이죠. 이제 우리는 HAL이 목성 탈출 과정을 시작하여 디스커버리 호를 귀환시키도록 프로그램해야 합니다. 우리가 고속 궤도로 귀환한 후 3년이면 도착하겠죠."

보호관찰

수신: 빅터 밀슨, 워싱턴 전국 우주 비행 협의회 회장

발신: 헤이우드 플로이드, 미합중국 우주선 디스커버리 호 탑승자

주제: 선상 탑재 컴퓨터 HAL 9000의 오작동

보안 등급: 비밀

찬드라세가람필라이 박사(이하 C 박사라 표기)가 현재 HAL에 대한 기초 검사를 완료했음. 박사가 탈락된 모듈 전부를 복구시켜 컴퓨터는 완전 가동 중인 걸로 보임. C 박사가 취한 조치 및 그 결론은 박사와 테르노브스키 박사가 곧 제출할 보고서에서 확인 바람.

한편 회장께서는 협의회를 위해, 특히 이 건의 배경을 잘 알지 못하는 새로운 회원들을 위해 기술 용어가 아닌 말로 그 결론을 종합해 주기를 요청한 바 있음. 솔직히 본인이 그럴 능력이 있는지 의심스러움. 회장도 알다

시피 본인은 컴퓨터 전문가가 못 됨. 그래도 최선을 다해 보겠음.

문제는 HAL에게 기본적으로 주어진 지시와 보안상의 요구 사항 간의 충돌에 기인했던 게 분명함. 대통령의 직접 명령에 따라 TMA-1의 존재는 전적으로 비밀에 부쳐졌음. 그 정보를 알 필요가 있는 사람들만이 정보에 접근하도록 허용되었음.

목성을 향해 가는 디스커버리 호의 임무는 TMA-1이 발굴되고 목성으로 신호를 발신했을 때 이미 사전 계획 단계에 있었음. 주 승무원(보먼, 풀)이 할 일은 단지 우주선을 목적지에 다다르게 하는 것뿐이었고, 그들에게는 디스커버리 호의 새로운 탐사 목적을 알리지 말자는 결정이 내려졌음. 탐사조(카민스키, 헌터, 화이트헤드)를 따로 훈련시키고 우주 항해가 시작되기 전에 동면에 들게 함으로써 정보 누출(우연한 것이든 아니든)의 위험이 크게 줄어들기에 훨씬 더 고도의 보안을 유지할 수 있을 것 같았음.

귀하에게 본인이 그 당시 이 방침에 관하여 몇 번 반대했다는 점을 상기시키고 싶음(본인의 공식 기록 NCA 342/23/2001년 4월 30일 자 극비 항목). 그렇기는 했으나 본인의 반대는 상부에서 기각 당함.

HAL이 인간의 보조를 받지 않고 우주선을 가동할 수 있는 만큼, 승무원이 조종할 수 없게 되었거나 죽음을 당했을 경우 HAL이 독자적으로 임무를 수행하도록 프로그램되어야 한다는 것 역시 결정된 사항이었음. 그랬기에 HAL은 탐사 목적에 관하여 모든 것을 알고 있었으나 그 정보를 보먼이나 풀에게 누설하는 것은 허락받지 못했음.

이 상황이 왜곡이나 숨김이 없는 정확한 정보 처리라는 HAL의 설계 의도와 배치되었음. 그 결과로서 HAL은 인간에 빗대 말하면 정신 질환을, 구체적으로 말해 정신분열증을 일으키게 되었음. C 박사가 기술적인 전문 용어로 알려 준 바에 따르면 HAL은 호프스태터-뫼비우스 고리에 갇혀 버렸던 것이라 하며 이는 자율적 목표 추구 프로그램이 탑재된 고성능 컴퓨터들이 분명 드물지 않게 처하는 상황이라 함. C 박사는 보다 상세한 정보를 얻기 위하여 호프스태터 교수 본인과 접촉해 볼 것을 권함.

대충 말해(C 박사가 한 말을 제대로 이해했다면 말이지만) HAL은 배겨낼 수 없는 딜레마에 직면했고, 그래서 지구에서 시행했을 때의 기능 검사 결과들과는 정면으로 배치되는 편집증 증세가 나타나게 된 것임. 그에 따라 HAL은 지구의 관제 센터와 주고받는 무선 연락을 끊으려고 시도했음. 우선 (실제로는 멀쩡한) AE35 안테나 유닛의 고장을 보고함으로써 그렇게 했음.

이것으로 HAL은 대놓고 거짓말을 한 것일 뿐만 아니라(거짓말은 그의 정신 질환을 더 심하게 만들었음.), 대원들과 대립하기에 이르렀음. 추측컨대(이 일은 우리로서는 물론 추측만 할 수 있을 뿐임.) HAL은 그 상황을 벗어나는 유일한 길은 인간 동료들을 제거하는 것이라고 결정한 듯하며, 하마터면 그에 성공할 뻔함. 순전히 객관적으로 바라본다면 인간의 '참견' 없이 HAL이 혼자서 임무를 계속했더라면 어떤 일이 벌어졌을지 퍽 흥미로운 일임.

이상이 C 박사로부터 본인이 알아낼 수 있었던 전부에 다름 아님. C 박사를 더 이상 추궁하며 묻고 싶지 않음. 박사는 기진맥진해지도록 일한 상태임. 하지만 이 점을 고려하고 보아도 본인은 솔직하게 말하지 않을 수 없는데(그러니 이 말은 절대 비밀로 할 것.) C 박사가 해 줘야 할 만큼의 협조를 안 해 준 때도 많았음. 그는 HAL에 관해서는 방어적인 태도를 취하고 있으며 이로 인해 때로는 그 주제를 논하기가 극도로 어려움. 테르노브스키 박사에게는 좀 더 독립적인 자세를 기대해 봄 직도 한데 그이조차도 종종 이러한 시각을 견지하는 듯함.

아무튼, 단 하나의 중요한 질문은 "앞으로 HAL을 믿고 일을 맡길 수 있는가?" 하는 것임. C 박사는 물론 그 문제에 아무런 의심이 없음. 그는 마침내 모듈을 뽑기에 이른 충격적인 일련의 사건들을 전부 컴퓨터의 기억에서 지워 없앴다고 주장함. 또한 그는 HAL이 인간의 죄책감과 멀게나마 유사한 그 어떤 느낌으로 괴로워할 거라고도 믿지 않음.

어떤 경우든 간에, 원래 문제를 일으켰던 상황이 다시 닥친다는 것은 가능하지 않은 것으로 보임. HAL이 몇 가지 특이점을 앓더라도 우려할 만한 성질의 것은 아님. 단지 약간 신경이 쓰일 따름으로, 개중 어떤 것은 심지어 신기하기까지 함. 그리고 귀하도 아시다시피(그러나 C 박사는 모르고 있음.) 마지막 수단으로서 우리가 완전한 통제권을 쥘 수 있게끔 본인이 조치를 취해 두었음.

요약하자면, HAL 9000의 재활은 만족스럽게 진행되고 있음. HAL이 보호관찰 상태에 있다고 말할 수도 있을 듯함.

HAL이 그 사실을 알까 궁금함.

간주곡: 솔직한 고백

인간의 정신은 온갖 것을 받아들이는 놀라운 적응력을 지녔다. 얼마간 시간이 지나자 경이로운 광경조차 아무렇지도 않은 평상의 것이 되었다. 레오노프 호 대원들은 주위 영상을 꺼 놓을 때도 있었는데, 무심히 하는 행동이라지만 아마 그런 중에도 제정신을 유지하기 위한 조치였을 터였다.

헤이우드 플로이드가 종종 제정신 유지에 대한 생각을 했다. 그런 경우에 월터 커노가 사람들을 왁자하게 북돋아 주려고 좀 너무 심하게 애를 쓰는 것 같았다. 물론 커노가 사샤 코발레프가 나중에 '솔직한 고백'이라고 부른 그 사건을 촉발한 건 맞지만 그런 시간을 갖겠다고 미리 계획한 건 물론 절대 아니었다. 그날 일은 커노가 무중력 상태에서의 배관에 관한 거의 모든 점에 우주적 불만을 표시하면서 즉흥적으로 일어나게 된 거였다.

매일 갖는 6시 소비에트 시간에 커노는 이렇게 말했다.

"소원 하나를 이룰 수 있다면 말이지, 솔향기 에센스로 향을 낸 근사한 거품 목욕탕에 들어가 코밑까지 물에 담그고 앉아 있었으면 좋겠어."

동의하는 웅얼거림과 이룰 수 없는 욕망의 한숨들이 잦아들 무렵 카테리나 루덴코가 응수하고 나섰다.

"정말 퇴폐미가 낭자한 소원이네요, 월터."

그녀는 싱글싱글 웃음 띤 채 나무라는 눈빛을 커노에게 쏘며 말을 이었다.

"아주 로마 황제처럼 말씀하시네. 내가 지금 지구에 돌아가 있었으면 난 좀 더 활동적인 일이 하고 싶어요."

"예를 들어?"

"음……, 시간도 과거로 돌이킬 수 있다 칠까요?"

"그래 보세요."

"내가 어렸을 때 방학 때면 조지아의 협동농장에 가곤 했어요. 거기 아름다운 팔로미노 수말이 있었는데, 협동농장의 장이 그 지역 암시장에서 번 돈으로 사 놓은 거였죠. 고약한 악당 영감태기였지만 난 그 사람하고 되게 친했죠. 그래서 농장장은 내가 알렉산드르 등에 타고 시골 여기저기 맘대로 뛰어다니게 해 줬어요. 그러다 잘못했으면 죽었을 거예요……. 하지만 그게 바로 지구를 생각나게 하는 추억이에요, 다른 무엇보다 더."

잠시 생각에 잠긴 침묵이 있었다. 그러고 나서 커노가 물었다.

"또 누구 말할 사람?"

모두들 자기 추억에 어찌나 흠뻑 빠져 있었던지 이야기는 그만 거기서 끝날 뻔했다. 그런데 막심 브라일로브스키가 시합을 재개했다.

"난 다이빙을 좋아하거든요. 시간만 있으면 다이빙이 내가 가장 즐기는 취미죠. 우주 비행사 훈련을 받으면서도 다이빙은 그만두지 않고 한 게 다행이에요. 태평양의 환초들에서 다이빙했더랬죠, 그레이트 배리어 리프에서, 홍해에서…… 산호초야말로 세상에서 제일 아름다운 장소예요. 하지만 내가 최고로 꼽는 다이빙 경험은 전혀 다른 장소에서였어요. 일본의 다시마 숲에 들어갔던 때죠. 그건 마치 수중 성당 같아요. 그 큰 해초 잎 사이로 햇빛이 비껴 들어오는데…… 신비스럽죠, 마법 같아요. 한 번 가 보고 다신 못 갔어요. 어쩌면 다시 가 보면 전과 같지는 않겠죠. 그래도 어쨌든 가 보고 싶네요."

늘 그렇듯이 뭔가 의례가 있으면 나서서 그 주재 역할을 하는 월터가 말했다.

"좋아요. 다음은 누굽니까?"

타냐 오를로바가 말했다.

"즉답을 드리죠. 볼쇼이 발레단의 「백조의 호수」. 하지만 바실리는 동감하지 않을 거예요, 이 사람은 발레를 싫어해서."

"그건 저랑 똑같군요. 아무튼, 그럼 당신은 뭘 고르시겠어요, 바실리?"

"다이빙이라고 말하려고 했는데 막스가 날 앞질러 말해 버렸군요. 그러니 난 반대 방향으로 가 보죠, 글라이딩이에요. 여름날 구름 사이로 솟아오르는 겁니다, 완벽한 정적 속에서. 으음, 그렇게 완벽한 정적은 아니긴 하군요. 날개 위로 흐르는 기류도 시끄러울 수 있으니까요, 특히 날개를 기울여 옆으로 선회할 때는요. 그게 바로 지구를 만끽하는 방법이지요, 한 마리 새처럼."

"제니아는?"

"간단해요. 파미르 고원에서 스키 타기. 눈이 좋아요."

"그러면 당신은요, 찬드라?"

월터가 질문을 던지자 분위기가 티 나게 바뀌었다. 이만큼 오래 같이 지냈건만 찬드라는 아직도 낯선 사람이었다. 완벽하게 예의 발라서 정중하기까지 하면서 자기 자신을 결코 드러내지 않는 사람.

찬드라가 천천히 말했다.

"내가 어렸을 때에 할아버지가 바라나시, 그러니까 베나레스로 가는 순례 길에 날 데리고 갔어요. 거기 가 본 일이 없다면 아마 내 말을 이해 못 하실 겁니다. 나에게는, 그리고 요즘 사람이더라도 인도인들 다수에게, 그들의 종교가 무엇이든 상관없이, 그곳은 세계의 중심이에요. 언젠가 다시 찾아갈 작정입니다."

"그리고 니콜라이는 어때요?"

"흠, 바다 얘기가 이미 나왔고 하늘 얘기도 나왔지요. 난 그 둘을 합치고 싶네요. 내가 전에 제일 즐겨 하던 스포츠가 윈드서핑이에요. 이제는 너무 나이가 들어서 못 하지 싶은데, 그래도 어쩐지 한번 해 보고 싶군요."

"그럼 이제 당신만 남았네요, 우디. 뭘 선택하시겠어요?"

플로이드는 생각하기 위해 머뭇거릴 것도 없었다. 불쑥 튀어나온 즉흥적인 대답에 다른 사람들뿐 아니라 그 자신도 놀랐다.

"지구 어디에 있든 상관없어요, 내 어린 아들과 함께이기만 하다면."

그 발언 이후 더 이상은 나오는 말이 없었다. 토의는 종결되었다.

막막한 심정

"······기술적인 보고는 이미 다 보셨겠죠, 디미트리. 그러니 막다른 길에 몰린 우리 기분을 이해하실 겁니다. 시험해 보고 측정해 봤지만 새로운 사실은 하나도 알아내지 못했어요. 자가드카는 그냥 그 자리에 놓여만 있습니다. 하늘을 반이나 뒤덮은 채로 우리 존재를 완전히 무시하고 있는 겁니다.

하지만 그것이 그냥 우주에 방치된 채 감감히 죽어 있는 물체일 리는 없어요. 이 불안정한 칭동점에 남아 있으려면 뭔가 확실한 행동을 취하고 있을 것임에 틀림없다고 바실리가 지적하더군요. 그러지 않는다면 멀고 먼 옛날에 표류해서 이오에 가 떨어졌을 테니까요. 디스커버리 호도 우리가 구해 내지 않았으면 그렇게 되었겠죠.

그러니까 우린 이제 어쩌면 좋을까요? 우리가 2008년 국제연합 조약 3항을 위반하면서 우주선에 핵폭탄을 싣고 온 것도 아니고 말이죠. 신고 올걸 그랬죠? 이건 그냥 농담입니다…….

이제 우리가 중압감을 좀 덜 받고 있고, 귀향길에 나설 수 있는 발진 가능 시간대도 아직 몇 주 남았고 보니 막막한 심정과 더불어 지루한 감도 뚜렷이 듭니다. 웃지 마세요, 이 소리가 어떻게 들릴지 알아요. 지적 능력이 있는 인간이 여기까지 와서 지루해할 수가 있나 싶으시겠죠. 인간의 눈이 목도한 중 가장 굉장한 경이에 둘러싸여 있는 주제에 말이죠.

하지만 단연코 지루합니다. 의기소침해진 건 아니에요. 지금까지 우리는 모두들 어처구니없을 정도로 건강했지요. 지금은 거의 다들 가벼운 감기에 걸렸거나 속이 안 좋거나, 카테리나가 알약 가루약을 죄다 동원해도 도무지 낫지 않는 생채기가 났거나 하고들 있어요. 카테리나는 이제 두 손을 들고 그냥 욕만 하고 있는 판국입니다.

사샤가 우주선의 게시판에다 차례차례 쪽지들을 써 붙여서 사람들 기분을 다소나마 북돋아 줬어요. 일련의 쪽지들 주제는 뭐냐면 '러시영어를 몰아내자!' 하는 거예요. 사샤는 거기다 자기가 지나가다 들었다면서 두 언어를 고약하게 짬뽕한 말들이나 단어를 잘못쓴 예 같은 것들을 줄줄이 써 붙였죠. 지구에 돌아가면 우리 모두 다 언어적으로 정화 처리를 받아야 하게 생겼어요. 그쪽 나라 사람들이 자기들이 그러는 줄 깨닫지도 못한 채 영어로 잡담을 나누는 걸 내가 몇 번이나 봤거든요. 어려운 단어만 모국어를 섞어 가면서 말하지 뭡니까. 또 저번엔 내가 월터 커노한테 러시아어로 말하기도 했어요. 그래 놓고도 몇 분이 지나도록 우리 둘 다 눈치를 못 챘고요.

요전 날은 때 아닌 작은 소동이 한 번 있었죠. 이야기를 들어 보면 우리가 심리적으로 어떤 상태인지 대충 짐작이 갈 겁니다. 한밤중에 화재경보기가 울렸습니다. 연기 감지기 하나가 반응해서 작동한 거였지요.

그게, 알고 보니 찬드라가 당초에 평소 피우던 독한 시가 몇 개를 선내에 밀반입해 놨다가 더 이상 유혹에 저항하지 못하고 만 거였지 뭐예요. 조마조마 맘 졸이는 학생 애처럼 화장실에서 몰래 한 대 피웠던 겁니다.

당연히 찬드라는 너무나도 창피해했어요. 다른 사람들은 다들 이일이 재밌어 죽을 지경이었죠. 맨 처음에는 놀라 당황했지만요. 외부 사람들은 전혀 무슨 소린지도 모를 그야말로 시시껄렁한 농담들이 더러 다른 면에서는 다 지적이고 훌륭한 사람들을 휩쓸어서 하릴없이 웃음을 터뜨리게 하는 상황을 이해하시겠죠. 그때부터 며칠 동안 누가 시가에 불붙여 무는 시늉만 해도 다들 자지러졌답니다.

그 일이 더 우스웠던 점은 찬드라는 그냥 어디 에어로크에 들어가서 연기 감지기를 끄기만 했으면 됐고 아무도 뭐라고 하지 않았을 거란 거죠. 그렇지만 찬드라는 사람이 수줍다 보니 그런 인간적인 약점을 지니고 있다는 걸 인정하기 싫었던 거예요. 그래서 현재 그 사람은 전보다도 더 많은 시간을 HAL하고 얘기하며 보내고 있어요."

플로이드는 일시정지 버튼을 눌러 녹음을 멈추었다. 찬드라를 농담거리 삼은 건 공평하지 못한 짓이었을지 모른다. 걸핏하면 그러고 싶은 유혹이 느껴지긴 하지만 말이다. 최근 몇 주 사이에 온갖 사소한 성격상의 기벽들이 다 불거져 나왔다. 심지어 심한 말다툼도 더러 벌어졌다, 딱히 이렇다 할 이유도 없이……. 그리고 그 건에 대해서 말하자면 플로이드 자신의 언행은 어떠했던가? 자신은 항상 비판 받지 않을 만큼 고상하게 행동했다고 할 수 있나?

플로이드는 아직까지도 자기가 커노를 제대로 잘 대우하고 있는지 자신이 없었다. 시간이 지난들 그 덩치 큰 공학자를 진심으로 마음에 들어 하게 된다거나 아주 조금 과하게 요란한 그 목소리를 기분 좋게 들어 주게 될 일은 없을 것 같긴 해도, 그를 향한 플로이드의 태도는 단순히 참아 주는 데서 존중심이 담긴 감탄으로 바뀌었다. 러시아인들은 커노를 무척 좋아했다. 그가 「폴류시카 폴레」(소련군 군가로 제목은 '들판'이라는 뜻 ─ 옮긴이) 같은 애창곡들을 그 나름으로 바꾸어 불러 종종 눈물 글썽이게 해 준 것이 톡톡히 한몫을 했다. 그러다 한번은 플로이드 입장에서 이건 친애감이 아무래도 좀 과하다 싶은 느낌도 받았다.

플로이드는 신중하게 말을 꺼냈다.

"월터, 이게 내가 관여할 일인지는 잘 모르겠네만, 내가 자네한테 개인적으로 꼭 한마디 하고 싶은 문제가 있네."

"사람들이 자기가 관여할 일이 아닌 것 같다고 말할 때는 보통 그 말이 맞죠. 무슨 문젭니까?"

"까놓고 말해서, 막스에 대한 자네 태도 말이야."

냉랭한 침묵이 흘렀고, 그동안 플로이드는 모른 척 건너편 벽에 붙은 못 그린 그림을 꼼꼼히 뜯어보고 있었다. 이윽고 커노가 대꾸했다. 낮지만 완강한 음성이었다.

"어림짐작이긴 하지만 내가 보기에는 그 친구도 나이 열여덟은 넘은 것 같았는데요."

"얘기 초점을 헷갈리지 말게. 그리고 솔직히 말해 내가 염려하는 건 막스가 아니야. 제니아지."

커노는 놀라움을 숨기지 못하고 입을 쩍 벌렸다.

"제니아요? 제니아가 무슨 상관이 있어서요?"

"자넨 똑똑한 사람이 도대체 관찰력이 없을 때도 많군. 둔할 지경이야. 제니아가 막스를 사랑한다는 건 당연히 알 텐데. 자네가 그 친구 어깨에 팔을 두를 때 그 광경을 쳐다보는 제니아 눈빛을 눈치 못 챘나?"

커노에게서 당황하여 쩔쩔매는 표정을 보게 될 줄 플로이드는 상상도 하지 못했다. 하지만 이 일격에 커노는 완전히 뻗어 버린 형색이었다.

"제니아가? 난 다들 농담하는 줄 알았어요. 제니아는 생쥐처럼 얌전하고 소심한 아가씬데……, 그리고 막스한테 반한 거야 모두가 다 각자 제 나름으로 홀딱 반해 있잖습니까. 심지어 우리 예카테리나 여제 폐하까지도요. 그렇지만 그러고 보니……. 어, 앞으로 좀 더 조심해서 행동해야겠군요. 적어도 제니아가 있을 때라도."

사교적 온도가 도로 정상 수준으로 올라오기까지 다시 한참 침묵이 흘렀다. 그러고 나서, 아무런 유감이 없다는 것을 뚜렷이 보여 주며 커노가 일상 대화 어조로 이렇게 덧붙였다.

"있잖아요, 제니아에 관해서 궁금할 때가 많아요. 제니아 얼굴에 누군가 정말 놀라운 성형수술 실력을 발휘해 놓았지만 그걸로도 피해가 다 복구되진 못했죠. 피부가 너무 당겨져 있고, 제대로 소리 내어 웃는 모습을 한 번도 본 적이 없는 것 같아요. 어쩌면 그 때문에 그간 제니아를 똑바로 보지 않았던 것 같군요……. 내가 그 정도 신경은 썼다고 인정해 주시렵니까, 헤이우드?"

일부러 정식으로 '헤이우드'라고 부른 것은 적대감이라기보다 악의 없는 굻림을 뜻했고, 플로이드는 겨우 마음을 놓았다.

"자네의 호기심을 어느 정도는 채워 줄 수 있겠군. 워싱턴에서 마침내 사실을 파악했다네. 제니아는 비행 중에 심한 사고를 당했던 모양이야, 화상에서 회복한 건 참으로 다행한 일이었지. 우리가 아는 한 거기에 무슨 아리송한 점은 없네. 아에로플로트(러시아 국영 항공사 — 옮긴이)는 사고가 안 나는 줄로 알았던 것만 빼고."

"딱하게도. 그런 일을 당했는데 우주로 내보내다니 놀랍네요. 하지만 이리나가 빠졌으니 그녀 말고는 당장 자격이 확인된 사람이 없었던 거겠지요. 참 안됐어요. 부상은 고사하고 정신적인 충격도 분명 굉장했을 거예요."

"틀림없이 그랬을 거야. 하지만 제니아는 이제 분명 다 회복되었지."

그게 전적으로 진실은 아니지만. 플로이드는 속으로 생각했다. 앞으로도 진실을 말하진 못할 테지. 목성에 근접하면서 함께한 이래 두 사람 사이에는 항상 은밀한 유대감이 존재했다. 사랑이 아니라 따스한 정인데, 종종 그 편이 사랑보다 더 오래간다.

플로이드는 갑자기 예상치도 못하게 커노에게 고마운 마음이 들었다. 상대방은 플로이드가 제니아를 신경 써 주는 데 놀랐던 게 분명한데도 자기방어를 하겠다고 그 점을 이용하려 들지 않았다.

그리고 만약 그렇게 했다면 그게 공정하지 못한 짓이었을까? 며칠이 지난 지금 플로이드는 자신의 동기는 과연 더없이 떳떳한 것이었는가에 대하여 의문을 갖기 시작했다. 커노는 정말로 약속을 지켰다. 사실 잘 모르고 봤으면 커노가 의도적으로 막스를 무시한다고까지 생각할 수 있었다, 적어도 제니아가 있는 자리에서는. 그리고 커노는 제니아에게 훨씬 더 상냥하게 대했다. 아닌 게 아니라 제니아가 큰 소리로 웃음을 터뜨리게까지 만든 일들도 있었다.

그러니 참견은 할 만한 가치가 있었던 것이다, 그 뒤에 숨은 충동이 무엇이었든 간에. 플로이드가 때로 울적하게 의심해 보듯이 설령 그것이 일반적인 동성애자나 이성애자가 (그들이 정말 탁 터놓고 솔직하게 자기 마음을 인정한다면) 명랑하게 잘 적응하는 양성애자를 향해 품는 은밀한 질시의 감정에 지나지 않았을지라도……

플로이드의 손가락이 도로 녹화 장치 쪽으로 기어갔지만 생각의 연쇄는 벌써 끊겼다. 저절로 자기 집과 가족의 모습이 걷잡을 수 없이 마음속에 밀려왔다. 그는 눈을 감았다, 그러자 크리스토퍼의 생일잔치에서 가장 근사했던 순간이 떠올랐다. 꼬마가 케이크에 꽂힌 초 세 개를 후 불어 끄는 그 광경은 이제 채 24시간도 지나지 않은 일이나 거리로는 거의 10억 킬로미터나 떨어진 곳의 일이었다. 플로이드는 그 영상을 너무나도 여러 번 돌려보아 이젠 그 장면을 속속들이 다 외웠다.

그런데 캐롤라인은 플로이드가 보낸 메시지를 크리스에게 몇 번이나 틀어 줬으려나? 아이가 아버지를 잊어버리지 말라고……. 아니면 또 한 번 생일을 그냥 넘기고 나서 돌아갔을 때 크리스가 그를 낯선 사람처럼 쳐다보려나? 플로이드는 겁이 나서 물어보지도 못할 지경이었다.

하지만 캐롤라인을 탓할 수는 없었다. 플로이드에게는 다시 만날 때까지 고작 몇 주의 시간이 지날 뿐이다. 하지만 캐롤라인은 그가 행성에서 행성까지 오가며 꿈도 없는 잠에 빠져 있는 사이에 두 살 이상이나 더 나이를 먹게 된다. 그것은 혼자 된 젊은 여자에게는 길고 긴 시간이었다, 아무리 일시적인 과부 신세라고 해도.

내가 뭔가 선원병에 걸린 건 아닌지 모르겠군. 플로이드는 생각했다. 지금까지 이처럼 막막한 기분을 느낀 일은 거의 없었다, 실패했을 때조차도. 어쩌면 난 가족을 잃고 만 건지도 몰라. 아무런 보람도 없이, 그저 시공간의 만(灣) 저편으로 놓쳐 버린 건지도. 나는 아무것도 달성하지 못했으니까. 설령 내가 목표점에 도달한다고 해도 그곳은 그저 공백, 뚫을 수 없는 완벽한 암흑의 벽으로 남아 있겠지.

하지만 그래도……, 데이비드 보먼은 이렇게 외쳤던 것이다. "세상에, 별들이 가득 차 있어!"

출현

사샤의 최근 게시문은 이런 내용이었다.

러시영어 통신 제8호

주제: 토바리시치 또는 토바리시('동지', '동무'라는 뜻 — 옮긴이)

미국인 손님 여러분,

여보쇼들, 솔직히 말씀드려 난 이 용어로 불려 본 게 언젠지 기억도 안 난답니다. 21세기의 러시아인들에게 이 말은 전함 포템킨 시절에나 쓰던 말이에요. 천으로 지은 모자와 붉은 깃발과 철도 화차 층계에 올라서서 노동자들에게 장광설을 늘어놓는 블라디미르 일리치(혁명가 레닌의 이름과 부칭 — 옮긴이)를 연상케 하지요.

내가 꼬마였던 시절 이래로 브라테츠, 아니면 드루조크라는 말을 씁니다. 아무거나 고르세요.

　감사는 됐어요.

코발레프 동지가

　함교로 가기 위해 휴게실 겸 전망실을 통과하던 바실리 오를로프
가 옆에 왔을 때까지 플로이드는 이 알림장을 보고 키득키득 웃고
있던 참이었다.

　"내가 놀라운 건 말이에요, 토바리시치, 사샤가 공학 물리학을 하
면서 어떻게 딴걸 또 같이 공부할 시간이 났는가 하는 거예요. 하지
만 사샤는 매번 나로선 알지도 못하는 시나 연극을 인용하지요. 게
다가 말할 때 보면 영어가……, 음, 월터보다도 낫다니까요."

　"왜냐하면 원래 다른 걸 하다가 과학으로 진로를 바꿔서 그렇지
요. 사샤는……, 당신네들 말로는 뭐라더라? ……가문의 이단아였
어요. 그 친구 부친은 노보시비르스크에서 영어 교수로 있었지요.
집에서 러시아어는 월요일에서 수요일까지만 쓸 수 있었답니다. 목
요일부터 토요일까지는 영어로 말했다네요."

　"그러면 일요일에는?"

　"아, 프랑스어나 독일어를 격주로 번갈아 가며 썼다지요."

　"그쪽 말로 네쿨투르니('못 배워 뒤떨어진'의 뜻 —옮긴이)가 뭔지 이
제 꽉꽉 감이 오는군요. 내가 딱 그거네요. 사샤는 그럼 자기가……
전향한 데 대해 죄책감을 느끼나요? 그리고 그런 배경에서 자랐으
면서 왜 공학자가 됐답니까?"

"노보시비르스크에 있어 보면 누가 농노고 누가 귀족인지 금세 알게 되지요. 사샤는 야심 있는 젊은이였으니까요. 명석하기도 했고."

"당신과 똑같이 말이지요, 바실리."

"에투, 브루트(브루투스, 너마저)! 자, 나도 셰익스피어를 인용할 줄 알지요? 보제 모이('맙소사'의 뜻 — 옮긴이)! 저게 뭐랍니까?"

플로이드는 운이 나빴다. 전망창을 등지고 유영 중이었기에 아무것도 보지 못했던 것이다. 몸을 비틀어 자세를 돌리기까지 불과 몇 초였지만 거기에는 오직 눈에 익은 큰형의 모습뿐이었다. 거대한 원반형의 목성 면을 양분한 그 모습은 도착 이래 줄곧 보아 온 모습 그대로였다.

하지만 바실리에게는, 영영 기억에 새겨져 지워지지 않을 한순간에, 경계선이 날카롭고 또렷한 그 물체의 윤곽이 전혀 다른 광경이자 전적으로 불가능한 광경을 보여 주었다. 마치 다른 우주로 통하는 창문이 느닷없이 열린 듯한 모습이었다.

그 장면은 1초도 지속되지 않았고, 바실리는 반사적으로 눈을 깜박이는 바람에 다 보지 못하고 말았다. 바실리는 별들이 아니라 태양들이 쫙 깔린 들판을 들여다보았던 것이다. 마치 다닥다닥 붐비는 은하의 중심, 아니면 구상성단의 핵을 본 것 같았다. 그 순간에 바실리 오를로프는 지구의 하늘을 영영 상실했다. 지금부터 그 하늘은 참을 수 없을 만큼 허전해 보일 것이다. 장대한 오리온과 화려하게 빛나는 전갈자리도 가물가물한 불티가 알아볼 듯 말 듯 그린 무늬에 불과하게 되어 1초라도 쳐다볼 만한 가치가 없게 되리라.

바실리가 다시 눈을 뜰 엄두를 냈을 때 그 장면은 깨끗이 사라진 후였다. 아니……, 전부 다 사라진 것은 아니었다. 이제 도로 흑단처럼 검어진 직사각형의 정중앙부에서, 희미한 별 하나가 아직 빛나고 있었다.

하지만 별은 보고 있는 동안에는 움직이지 않는 법이다. 오를로프는 눈에 어린 물기를 걷으려고 다시 한번 깜박였다. 그랬다, 실제로 움직이고 있었다. 착각한 게 아니었다.

유성인가? 공기가 없는 우주 공간에 유성이란 있을 수 없다는 사실을 상기하기까지 몇 초가 걸린 것을 보면 수석 과학자 바실리 오를로프가 얼마나 충격을 받고 있었는지 다소 가늠이 될 터였다.

곧 그 반짝이는 것은 쭉 번져서 빛의 선을 그었고, 심장이 몇 번 고동치는 사이에 목성의 가장자리를 돌아 모습을 감추었다. 이때쯤해서는 바실리도 제정신을 차리고 다시금 냉정하고 감정에 치우치지 않는 관찰자가 되어 있었다.

그는 이미 그 물체의 비행 궤도를 훌륭하게 추측해 냈다. 의심의 여지가 없었다. 그 빛은 곧바로 지구로 향하고 있었다.

5부

별들의
아이

귀향

마치 꿈에서 깨어난 것만 같았다. 어쩌면 꿈속의 꿈이었을까? 별들 사이의 문이 그를 도로 인간세계로 데려다 놓았다. 하지만 그는 이제 인간이 아니었다.

얼마나 오래 떠나 있었던가? 평생과도 같은 시간……, 아니다, 두 번의 일생과도 같은 시간이 흘렀다. 한 번은 따라 흐르고 한 번은 거슬러 오르며.

미합중국 우주선 디스커버리 호의 대장이자 마지막으로 살아남은 대원 데이비드 보먼으로서 그는 어마어마한 크기의 덫에 치였다. 오직 꼭 맞는 때가 오고 꼭 맞는 자극이 주어졌을 때에만 발동하도록 300만 년 전에 놓인 덫. 그는 덫 입구를 지나 굴러떨어져 하나의 우주에서 다른 우주로 가서 경이로운 것들과 조우했다. 그중 몇은 이제 그가 이해하게 되었고 다른 것들은 어쩌면 결코 체득하지 못할 것이다.

그는 갈수록 빨라지기만 하는 속도로 질주하여 무한한 빛의 통로를 따라가, 마침내 빛 그 자체를 뛰어넘었다. 그것은 그가 알다시피 불가능한 일이었으나 이제 그는 그런 일이 어떻게 일어날 수 있는지도 알게 되었다. 아인슈타인이 옳게 말했다, 선하신 하느님은 미묘하나 심술궂지는 않다.

그는 우주의 교차점을 지나갔다. 여러 은하들의 중앙역 같은 곳, 정체 모를 힘에 보호받아 그 맹렬한 위력에 다치지 않고 그곳을 지나서 솟아올랐다. 그가 나온 지점은 거대한 붉은 항성 표면 가까이였다.

거기에서 그는 태양면에서 일출을 보는 역설을 몸소 목격했다. 그 죽어 가는 항성의 작은 동반자인 밝디밝은 백색 천체가 하늘로 솟아올랐던 것이다. 아래에는 불의 해일을 일으키며 후끈 치미는 열기. 그는 공포는 전혀 느끼지 않고 경이감만을 느꼈다. 그의 스페이스포드가 그를 데리고 발밑에 불타는 지옥으로 빠져 갈 때에도.

······그렇게 다다른 곳은, 모든 이치를 초월하여 다다른 그곳은 근사하게 꾸며 놓은 호텔 방이었다. 방 안에는 이골이 나도록 낯익은 물건뿐, 그렇지 않은 건 하나도 없었다. 그러나 대부분은 가짜였다. 책장에 꽂힌 책은 책이 아니라 책 모양의 모형이었고, 시리얼 상자들이며 아이스박스에 든 맥주 깡통에는 낯익은 상표가 붙어 있어도 안에 든 것은 다 똑같은 맛없는 음식물이었다. 질감은 빵 비슷한데, 맛은 그가 구태여 상상을 한다면 상상할 수 있는 어떤 음식을 갖다 대도 그런가 싶을 만한 그런 맛이었다.

그는 자신이 우주 동물원에 수용된 한 종의 동물인 것을 금세 알아챘다. 그의 우리는 오래된 텔레비전 프로그램 영상을 가지고 조심스럽게 재창조한 것이었다. 그래서 그는 사육사가 언제 모습을 드러낼지, 그리고 그 사육사의 신체적인 모습은 과연 어떨지 궁금했다.

그 기대는 얼마나 어리석은 것이었던가! 그는 이제 깨달았다, 바람을 눈으로 보기를 희망하거나 불의 진짜 형태가 어떤 것일지 추측하는 짓이나 마찬가지라는 걸.

그러다 마음과 몸이 지칠 대로 지친 탈진감에 휩싸였고, 데이비드 보먼은 마지막 잠에 빠졌다.

이상한 잠이었다. 왜냐하면 완전히 의식을 잃은 것이 아니었기 때문이다. 안개가 숲 속에 스며 가듯이 무엇인가가 그의 정신에 침범해 들어왔다. 그 존재를 어렴풋하게만 느낄 수 있었다, 만약 그가 상대를 똑바로 전부 다 감각했더라면 그 충격은 주위의 이글이글 타오르는 불길에 타 죽는 것과 똑같이 그야말로 순식간에 확실히 그를 파괴했을 것이기 때문이었다. 그 대상에게 냉정하게 샅샅이 조사당하면서, 그는 희망도 두려움도 느끼지 않았다.

그 긴 잠 속에서 때로 그는 자신이 깨어 있는 꿈을 꾸었다. 몇 년이라는 세월이 흘러갔고, 한번은 거울을 들여다보았더니 자기 얼굴인 줄 알아보지도 못할 만큼 조글조글 주름진 얼굴이 보였다. 그의 몸이 빠르게 와해되어 갔다. 체내의 생물학적 시곗바늘이 미친 듯이 획획 돌아 결코 다다르지 못할 0시로 달려갔다. 그 직전 마지막 순간에 시간은 멈추었다……. 그리고 거꾸로 돌아가기 시작했다.

기억의 샘들이 틀어져 솟아 나왔다. 제어된 회상 속에서 그는 과거를 다시 살았고, 어린 시절에 이르기까지 역순으로 훅 떠밀려 가는 과정에 그의 지식과 경험이 추출되었다. 하지만 추출되어 나갔어도 상실된 것은 아니었다. 그가 지내 온 한 순간 한 순간의 자아들 모두가, 그의 인생의 순간들 전부가 이송되어 한층 안전하게 보관되었다. 설사 한 명의 데이비드 보먼이 존재를 그친다 해도 물질의 필요를 초월한 또 한 명은 영원불멸한 존재가 된 것이다.

그는 배아 상태에 있는 신이었다. 아직 탄생할 준비가 되지 않은……. 길고 긴 시간 그는 어두운 공간에 부유하며 자신이 과거 무엇이었는지는 알지만 이제 무엇이 되었는지는 모르고 있었다. 그는 아직 변화하는 중이었다. 번데기에서 나비로 변태하는 그 중간 어디쯤인가. 아니, 아마도 애벌레에서 번데기로 변하는 중간 어디쯤이리라…….

그리고 문득, 지속되던 그 상태가 깨졌다. 시간이 그의 작은 세계에 다시 돌아왔다. 불현듯 앞에 나타난 검은 직사각형 석판은 마치 오랜 친구 같았다.

그는 달에서 그것을 본 바 있었다. 목성 주위를 도는 궤도상에서 마주친 바 있었다. 그리고 그는 어떻게인지 알고 있었다, 자신의 조상들이 오래전 그것을 만났다는 사실을. 여전히 바닥 모를 비밀을 품고 있다고 해도 그 물체는 이제 전적으로 수수께끼인 것은 아니었다. 그것이 띠고 있는 힘의 일부를 그는 이제 이해하고 있었다.

그는 그것이 단일체가 아니라 다중인 것을 알고 있었다. 그리고 측정 도구로 잰 크기야 어떻든 간에 그 크기가 언제나 같다는 것도 알고 있었다. 정확히 필요한 만큼의 크기다.

그 변들의 수학적 비율이 연속되는 정수의 제곱인 1대 4대 9로 이어졌던 건 그러고 보면 얼마나 당연한 일이었는지! 그리고 그 수열이 거기에서, 고작 3차원까지로 끝날 것처럼 생각했다니 그건 또 얼마나 단순무지한 생각이었는지!

그의 정신이 이러한 기하학적 단순성에 초점을 맞추던 그 순간에도 텅 빈 직사각형은 별들로 가득 찼다. 집기가 갖추어진 호텔 방은, 그런 것이 실제 존재했다면 말이지만, 그 창조자의 마음속으로 도로 용해되어 사라졌고 그곳 그의 전방에 있는 것은 휘황히 빛나는 은하의 소용돌이였다.

그것은 어쩌면 반듯한 플라스틱 덩어리 속에 박혀 있는 엄청나게 상세하고 아름다운 은하 모형이라고도 할 수 있을 듯했다. 하지만 그건 실재였다. 실재의 것이 지금 그를 시각보다 더 섬세한 감각들로 온통 사로잡고 있었다. 그러려고만 한다면 그는 그 수백 수천억의 별들 중 어느 것에라도 주의를 집중해 볼 수 있었다.

여기 그가 있었다, 수많은 태양들로 이루어진 이 거대한 강물에 실려 가고 있었다, 불이 그득 쌓인 은하의 중심과 드문드문 외로운 보초병 별들이 흩뿌려진 은하의 가장자리 사이 중간쯤으로……. 그리고 거기에 그의 근원지가 있었다. 하늘에 난 이 거대한 틈, 이 뱀 같이 기다란 어둠의 띠, 별들이 전혀 없는 공간 건너편에 있었다. 그는 이 무형의 혼돈, 오직 그 뒤 멀리에 있는 불타는 안개가 그 가장자리를 따라 얼비쳐 빛나는 것으로만 분간 가능한 이것이 아직 창조에 사용되지 않은 것이며 장차 진화를 이루어 낼 날것 상태의 재료임을 알았다. 여기에서 '시간'은 아직 시작되지 않았다. 지금 타는 태양들이 죽고도 한참이 지나야만 빛과 생명이 이 공허를 재형성할 것이다.

스스로 깨닫지도 못한 채로 그는 이미 한 번 그곳을 건너왔다. 그 때보다 훨씬 더 갖추어진 채로, 비록 자신을 몰아가는 충동에 대해서는 전혀 짐작도 못 하고 있기는 하지만, 그는 다시 한번 가로질러 가야만 했다…….

그가 가두어 넣은 정신의 틀에서 은하가 터져 나갔다. 항성들과 성운들이 퍼붓듯이 무한 속도의 환각으로 그를 스쳐 갔다. 유령 같은 태양들은 그가 그림자처럼 스르르 핵을 뚫고 통과해 지나감에 따라 폭발했다가 스러져 갔다.

별들이 드물어지고, 은하수의 휘황한 빛이 어두워지며 그가 일찍이 알던 대로의 창백한 허깨비 빛으로 되었다.(언젠가 다시 알게 될 날이 있으리라.) 그는 인간들이 현실이라고 부르는 공간으로 돌아와 있었다. 바로 그가 떠났던 그 자리였다. 떠난 것은 몇 초 전이었던가, 아니면 몇백 년 전이었던가?

그는 주위를 생생하게 인식했고, 외부 세계로부터 무수한 감각 정보를 받던 과거의 존재 양식보다 지금 정신이 훨씬 더 명징하게 깨어 있었다. 어떤 정보든 하나에 초점을 맞출 수가 있었고 사실상 한계를 초월한 세부까지 낱낱이 들여다보아 마침내 그 근원, 그 수준 이하로 내려가면 오직 혼돈만이 존재하는 시공의 기본 구조에 마주할 때까지 탐구해 갈 수 있었다.

그리고 움직일 수가 있었다, 어떻게 움직이는지는 몰라도……. 하지만 과거에 신체를 갖고 있을 때인들 과연 그가 진정으로 어떻게 움직이는지 알고 있었던가? 두뇌에서 사지로 전해지는 명령 전달 계통에 대해 그는 한 번도 어떻게 그리 되는지 생각해 본 적 없었다.

의지를 다한 노력, 그리고 정확히 그가 바란 만큼 푸른색 쪽으로 치우친 저 가까운 항성의 스펙트럼. 그는 광속에 상당히 가까운 속도로 그리로 떨어져 내려갔다. 원한다면 더 빨리 갈 수도 있었지만 별로 서두르지 않았다. 아직 소화해야 할 정보가 많았고 고려할 일도 많았으며……, 또 획득해야 할 것도 많았다. 그것이 현재 그의 목표인 줄 그는 알고 있었다. 하지만 그 목표는 훨씬 더 큰 어떤 계획의 한 부분일 뿐이라는 것도 알고 있었다. 때가 되면 그 대업의 전모가 드러나리라.

그토록 빠르게 뒤로 오므라들어 가는 우주와 우주 사이의 통로에 관해서나, 초보적인 우주선을 타고 그 주위에 모여 있는 초조해하는 존재들에 대해서는 생각하지도 않았다. 그들은 그의 기억의 일부였다. 하지만 더 강한 이들이 지금 그를 부르고 있었다. 그가 다시 보리라고는 생각지도 못했던 고향 땅으로 그를 불러들이고 있었다.

그는 그 천체의 무수한 목소리들을 들을 수 있었다. 점점 더 커져 온다……, 마치 그 땅 자체도 더 커져 오는 것만 같다. 태양에서 뻗쳐 나온 코로나 때문에 거의 보이지도 않던 어느 별에서 가느다란 초승달 모양이 솟아오르고, 마침내 휘황한 청백색 원반으로 빛났다.

그들은 그가 오는 것을 알고 있었다. 저 아래 붐비는 지구 위에서 레이더 스크린들에는 경보가 종횡으로 울릴 것이고, 거대한 망원경들이 하늘을 샅샅이 훑어 댈 것이었다. 그리고 지금까지 알려져 온

대로의 역사는 이제 종말에 근접하리라.

1000킬로미터 아래에서 그는 문득 졸고 있던 죽음의 화물이 깨어일어났다는 것을 깨달았고, 그 궤도로 섞여 들어갔다. 거기에 깃들어 있는 하잘것없는 에너지는 그에게 전혀 위협이 될 수 없었다. 사실, 그는 그 에너지를 쏠쏠히 써먹을 수 있었다.

그는 미로처럼 얽혀 있는 회로망에 들어서서 순식간에 그 치명적인 핵심부로 더듬어 들어갔다. 곁가지는 대부분 무시해도 좋았다. 그것들은 보호용으로 만들어 놓은 출구 없는 길들이었다. 그의 엄밀한 눈 아래 그것들의 저의는 단순하다 못해 유치할 지경이었다. 그것들을 죄다 우회해 버리는 건 쉬운 일이었다.

이제 단 하나 마지막 장벽이 남았다. 조야하지만 효과적인 기계적 중계기로, 두 접점을 떼어놓고 있었다. 그것들이 맞닿기 전에는 최종 과정을 활성화할 전력이 공급되지 않을 터였다.

그는 자신의 의지를 밀어붙였다. 그리고, 지금 처음으로, 실패를 깨닫고 낙심을 맛보았다. 몇 그램밖에 되지 않는 마이크로스위치가 꿈쩍도 하지 않았다. 그는 아직도 순수한 에너지체였다. 아직까지는 불활성의 물질로 이루어진 세계는 그가 좌우할 수 없는 것이었다. 뭐, 그렇다면 그에 대한 간단한 답이 있었다.

그는 아직 배울 것이 많았다. 그가 중계기로 끌어들인 전류파는 너무 강해서 장치를 촉발시키기도 전에 선을 거의 녹여 버릴 지경이었다.

몇 마이크로초가 째깍째깍 느리게 흘러갔다. 폭발물의 렌즈가 그 에너지에 초점을 맞추는 장면을 지켜보는 것은 흥미로운 일이었다.

마치 솔솔 뿌려 놓은 화약 가루 줄에 불을 붙이는 보잘것없는 성냥 한 개비처럼, 화약이 죽 타들어 가면…….

잠들어 있던 세상 절반에 짧은 가짜 새벽을 선사한 소리 없는 폭발에서 메가톤 단위의 폭발력이 피어났다. 그는 필요한 에너지를 흡수했고 나머지는 내버렸다. 방사선 중 가장 위험한 선들은 저 멀리 아래에서 이 행성을 수많은 위해로부터 지켜 온 대기라는 보호막이 흡수했다. 하지만 몇몇 운 나빴던 인간과 동물 들은 이제부터 다시는 앞을 보지 못할 터였다.

폭발의 여파 속에서 마치 지구 그 자체가 충격을 받아 침묵에 빠진 듯했다. 시끄럽게 지절대던 단파와 중파가 완벽하게 사라진 정적은 그것들이 갑자기 강화된 이온층에 부딪쳐 반사돼 버렸기 때문이었다. 지금 행성을 둘러싼 눈에 보이지 않는, 천천히 용해 중인 거울을 잘라 뚫고 나오는 것은 극초단파뿐이었는데, 그 대부분은 너무나 압축된 파라 그가 수신할 만한 게 아니었다. 몇몇 고출력 레이더는 아직 그에게 초점을 맞추고 있었다. 하지만 그런들 하나도 신경 쓸 것이 못 되었다. 레이더를 중화시키려면 쉽게 할 수 있었겠지만 그는 구태여 그러려고도 하지 않았다. 그리고 만약 또 무슨 폭탄이 날아와 앞길을 막는다면 그는 똑같이 태연하게 그것들을 처리해 버릴 터였다. 일단 지금은 필요한 만큼의 에너지가 충분히 있었다.

그리하여 이제 그는 하강하고 있었다. 커다랗게 나선을 그리며, 이제는 잃어버린 어린 시절의 풍경을 향하여 날아 내려갔다.

디즈니빌

지난 세기말의 철학자 한 사람이 이렇게 말한 바 있다.(그리고 말해 놓고 사방에서 대대적으로 비난을 받았다.) 월터 일라이어스 디즈니가 인류의 순수 행복에 기여한 바가 역사 속의 모든 종교 선생들을 다 합친 것보다 더 크다고. 그 만화가가 죽은 지 반세기가 지난 현재까지도 그의 꿈은 플로리다 땅에 널리 펼쳐져 나가고 있었다.

1980년대 초 처음 개장했을 때 디즈니의 '실험적인 내일의 지역 사회 원형(EPCOT)'은 신기술과 새로운 생활 양식을 보여 주는 전시장이었다. 하지만 그 설립자가 깨닫게 되었듯이, EPCOT은 그 넓은 부지 일부에 진짜로 그곳을 터전으로 삼은 사람들이 입주하여 하나의 살아 있는 진짜 마을을 만들어야만 그 목적을 충족할 터였다. 그 과정은 그 세기가 끝날 때까지 계속되었고, 이제 주거 지역에는 주민 2만 명이 살게 되어 그곳은 (당연히) '디즈니빌'이라는 이름으로 널리 알려졌다.

주민들은 궁정 수비대 같은 월트 디즈니의 변호사 군단을 뚫고서야 이사 올 수 있었으므로 입주자 평균 연령이 미국의 어느 지역사회보다도 높았고, 그곳의 의료 서비스는 세계 최첨단이었다. 개중에는 이곳 아닌 다른 어느 곳에서도 개발되기는커녕 착상조차 하기 힘들 만한 것들도 있었다.

그 아파트 방은 병원의 병실같이 보이지 않게끔 신경 써서 디자인하여, 오직 몇 가지 흔치 않은 설비에서만 원래의 목적이 엿보였다. 침대는 높이가 겨우 무릎에 올까 말까 해 굴러떨어졌을 때의 위험을 최소화했다. 그렇게 낮아도 간호의 편의를 위하여 높이를 올리거나 경사를 줄 수도 있었다. 욕실 욕조는 바닥 면에서부터 내려가는 식으로 되어 있고 욕조 안에 앉을 자리와 기다란 손잡이가 있어 연로한 사람이나 몸이 성치 않은 이도 수월하게 들어가고 나올 수 있었다. 바닥은 두꺼운 카펫으로 시공했지만 걸려 넘어질 만한 깔개는 없었고, 잘못하면 다칠 만한 날카로운 모서리도 없었다. 그 외에 자잘하게 신경 쓴 부분들은 척 보아서는 알아보기 힘든 것들이고, 텔레비전 카메라는 어찌나 잘 숨겼는지 누구도 카메라가 있다고 의심하지 않을 정도였다.

방 꾸밈에서 개인적인 면모는 거의 보이지 않았다. 한쪽 구석에 낡은 책이 한 무더기 쌓여 있고, '미국 우주선 목성으로 출발'이라는 글귀가 박힌 날짜 지난 《뉴욕 타임스》 1면이 액자에 넣어져 있다. 이 액자 가까이 사진 두 장이 있었다. 한 장은 10대 후반의 소년이

찍혀 있고 또 한 장에는 그보다는 좀 더 나이가 든 우주 비행사 제
복을 입은 남자가 찍혀 있었다.

텔레비전 패널로 국내 코미디를 시청 중인 연약한 백발 여자는
아직 일흔 살 전이지만 보기에는 훨씬 더 나이 들어 보였다. 방송
중 농담에 때때로 쿡쿡 웃으면서도 누군가 찾아오기로 되어 있는지
계속 문 쪽을 쳐다보곤 했다. 문을 볼 때면 의자에 기대 놓은 지팡
이를 쥔 손에 힘이 들어갔다.

하지만 마침내 문이 열린 것은 하필 잠시 텔레비전 드라마 장면
에 정신이 팔렸을 때였고, 여자는 미안한 듯이 화들짝 놀라며 돌아
보았다. 소형 운반 수레가 방 안으로 돌돌 굴러 들어왔고 그 바로
뒤로 제복 차림의 간호사가 들어왔다.

"점심 드실 시간이에요, 제시 할머님. 오늘은 진짜 맛있는 게 나왔
네요."

간호사가 소리 높여 말했다.

"점심 먹고 싶지 않아."

"드시면 훨씬 기분이 좋아지실 거예요."

"뭔지 안 가르쳐 주면 안 먹을 거야."

"왜 안 드신다고 그러세요?"

"배 안 고파. 자네는 배고파 본 적이나 있어?"

부인이 심술궂게 덧붙였다.

자동 음식 운반 수레가 의자 옆에 가 멈추었고, 뚜껑이 스르르 열
리며 접시들이 나왔다. 전반적인 과정에 간호사는 아무것에도 손을
대지 않았고 수레 조종 장치도 건드리지 않았다. 여성 간호사는 이

제 꼼짝하지 않고 서 있었다. 다소 굳은 미소를 얼굴에 짓고는 까다로운 환자를 바라보았다.

50미터 떨어진 관찰실에서 의료원 기술자가 의사에게 말했다.

"잠깐 여기 좀 보세요."

뼈마디가 툭툭 불거진 앙상한 손이 지팡이를 쳐들었다. 그랬는가 싶더니 제시는 그만 놀랄 정도로 잽싸게 지팡이를 휘둘러 짧은 호를 그리며 간호사의 다리를 후려갈겼다.

간호사는 전혀 아무것도 알아차리지 못한 듯했다. 지팡이가 그대로 자기 몸을 베고 지나갔는데도……. 오히려 달래듯이 이렇게 말했다.

"자, 그거 맛있어 보이지 않나요? 전부 드세요, 할머님."

제시의 얼굴에 약은 미소가 퍼져 갔지만 아무튼 지시에는 따랐다. 금세 기력 좋게 먹어 댔다.

"보셨어요? 저 할머님은 상황 파악이 아주 잘 되세요. 겉으로는 안 그런 척하지만 보기보다 훨씬 총기 있는 분이에요. 잠깐잠깐 흐려질 뿐이지 대개는요."

기술자가 말했다.

"알아챈 건 저분이 처음이에요?"

"그래요. 다른 분들은 다들 식사 갖다 드리는 저 영상이 진짜 윌리엄스 간호사라고 생각하세요."

"뭐, 아신들 문제 될 것 같지는 않군요. 저 할머님 좋아하시는 얼굴 좀 봐요. 똑똑하셔서 우리를 멋지게 능가했다고 신이 나셨네. 진지는 드시니까 목적은 달성된 거죠. 그렇긴 하지만 간호사들에게 경고는 해 줘야겠어요. 윌리엄스 간호사만이 아니라 다른 간호사들에게도 모두."

"그건 왜……. 아, 그렇군요. 다음번에는 홀로그램이 아닐 수도 있으니까. 그랬다가는 얻어맞은 직원들이 우리에게 소송을 걸어 댈 테니, 그 생각을 하면 정말."

크리스털스프링

인디언들, 그리고 루이지애나에서 이리로 이주해 온 케이준 정착민들은 크리스털스프링이 바닥이 없는 호수라고들 했다. 그건 물론 말도 안 되는 소리고, 그 사람들부터도 그 말을 믿었을 리 만무하다. 얼굴 가리는 마스크만 쓰고 몇 번 물을 차고 헤엄쳐 나가기만 하면……, 거기에 똑똑히 보이는 것이 작은 동굴이다. 기막히게 맑은 물이 바로 거기서 흘러나오는 동굴 가장자리엔 가느다란 녹색 수초가 빙 둘러 너울너울 흔들리고 있다. 그리고 수초 사이로 위를 엿보는 것이 '괴수'의 눈이다.

나란히 놓여 있는 두 개의 검은 동그라미……. 결코 움직이는 일은 없다지만, 그럼 그게 달리 뭐겠는가? 그곳에 잠복한 그 존재는 매번 수영할 때마다 재미와 흥분을 더해 주었다. 어느 날 '괴수'가 제 보금자리에서 와락 쫓아 나오리라, 더 큰 먹잇감을 쫓느라 물고기들을 사방팔방으로 흩어 놓으리라. 보비도 데이비드도 100미터 아래 수초에 반쯤 묻힌 채 버려진, 훔친 것임에 틀림없는 자전거가 제일 위험하다는 얘기엔 결코 수긍하지 않았다.

그 깊이는 믿기 힘든 것이었다. 낚싯줄에 추를 매어 논쟁의 여지 없이 확인한 후에도 도저히 믿을 수가 없었다. 나이가 위고 잠수도 더 잘 하는 보비는 아마도 그 깊이의 10분의 1 정도까지 내려가 봤을 터였다. 그러고 나서 말하길 내려가도 바닥이 마찬가지로 멀어 보이더라고 했다.

하지만 이제 크리스털스프링은 그 비밀들을 밝히게 될 참이었다. 남군이 보물을 숨겼다는 전설이 어쩌면 정말이었을지도 모른다, 비록 이 지역 역사학자들은 한결같이 비웃고 있지만……. 아무리 못해도 경찰서장 앞에 가서 공을 뽑낼 수는 있을 것이다, 최근의 범행 후 거기 버려진 총기들을 몇 정 건져 낸다면 말이다.

보비가 차고의 고철 더미에서 찾아낸 작은 공기압축기는 처음에는 시동이 잘 걸리지 않았지만 그 고비를 넘자 이제 기운차게 털털 거리며 돌아가고 있었다. 몇 초에 한 번씩 기침하듯 기계가 튀고 푸르스름한 연기 덩어리를 뱉어 내곤 했지만 멈출 기미는 없었다.

"혹시 멈춘다고 해도 어때? 수중 극장에 나오는 여자들은 숨 쉬는 관도 물지 않고 50미터 깊이에서 헤엄쳐 올라오는데 우리라고 못 하겠어? 완벽하게 안전해."

보비는 그렇게 말했다.

그러면 왜 우리가 뭘 하려고 하는지 엄마한테 말 안 한 건데? 그리고 왜 아빠가 요다음 왕복선 발사 때문에 케이프로 갈 때까지 기다렸다 하는 거고? 데이브는 잠깐 그런 생각을 했다. 하지만 정말로 불만이 있는 건 아니었다. 언제든지 보비 형이 다 알아서 하는 거니까. 열일곱 살이 되어 뭐든지 척척 해내다니 정말 멋진 일이다. 다만 이제 그 바보 같은 베티 슐츠랑 그렇게 한참씩 시간을 보내는 건 좀 안 했으면 좋겠지만. 그래, 굉장히 예쁘긴 하지. 그렇지만……, 젠장, 여자애잖아! 오늘 아침에 형제는 베티를 떼어 놓으려고 정말 지독하게 고생했다.

실험용 기니피그 노릇은 데이브가 하기 일쑤였다. 동생이란 그런데 쓰라고 있는 것이다. 데이브는 얼굴 가리개를 조절하고 물갈퀴 신을 신은 다음 수정처럼 맑은 물 속으로 미끄러져 들어갔다.

보비가 공기 호스를 건네주었다. 그 끝에 둘이서 낡은 스쿠버다이빙용 호흡기 부품을 테이프로 붙여 놓은 것이다. 데이브는 숨을 들이마셔 보고는 얼굴을 찡그렸다.

"완전 고약해."

"익숙해질 거야. 들어가 봐, 더 깊이는 말고 저기 튀어나온 데까지만 가. 저 지점에서 내가 압력 밸브를 조절할 거야, 공기를 너무 낭비하지 않게. 내가 관을 당겨서 신호하면 올라오도록 해."

데이브는 스르르 수면 아래로 미끄러져 들어가 신비의 세계로 잠겨 들었다. 그곳은 평화로운 단색조의 세상으로, 플로리다 키스의 산호초와는 무척이나 달랐다. 바닷속 세상 같은 화려한 색채는 전혀 없었다. 산호초에서는 동물 식물 할 것 없이 생명체들이 어둡거나 밝은 갖가지 다채로운 색상으로 자신을 치장한다. 여기에는 오직 미묘하게 더 밝거나 어두운 파란색과 녹색만이 있었고, 물고기는 나비같이 생긴 게 아니라 꼭 물고기같이 생겼다.

데이브는 뒤로 호스를 길게 늘이며 천천히 물갈퀴를 차 아래로 내려갔다. 중간 중간 필요할 때면 잠깐 멈춰 호스에서 줄곧 흘러나오는 거품을 마셨다. 온몸을 간질이는 자유의 느낌이 어찌나 멋진지 입에 느껴지는 고약한 기름 맛도 잊힐 정도였다. 툭 튀어나온 부분(실은 무척 오래전 물에 잠긴 통나무였는데 수초가 너무나도 무성히 자라 온통 뒤덮인 바람에 뭔지 알아볼 수도 없었다.)에 이르자 데이브는 앉아서 주위를 둘러보았다.

샘 맞은편이 바로 보였다. 적어도 100미터는 떨어져 있는, 물이 흘러넘치는 호수 구덩이 저편 녹색 비탈까지 잘 보였다. 물고기는 그다지 많지 않았지만, 작은 고기 떼가 지나가자 그놈들 몸뚱이가 위에서 흘러드는 햇살을 받아 은빛 주화를 흩뿌리는 듯 반짝였다.

또 평소와 마찬가지로 낯익은 놈 하나가 샘의 물이 바다로 향하는 여정을 시작하는 틈서리에 떡하니 자리 잡고 있기도 했다. 작은 악어인데("하지만 그만하면 큰 놈이지." 언젠가 보비가 쾌활하게 말한 적이 있었다. "나보다 덩치가 크잖아.") 몸을 수직으로 세우고 아무 받침도 없이 코끝만 수면에 내놓고 떠 있었다. 형제는 절대 그놈을 집적거리지 않았고, 악어도 지금껏 아이들을 상관하지 않았다.

공기 호스가 조급히 탁탁 당겨졌다. 데이브는 그만 올라가게 된 게 기뻤다. 지금까지 와 보지 못한 깊이가 얼마나 추울지 미처 생각 못 했던 것이다⋯⋯. 또 어쩐지 좀 속이 메스껍기도 했다. 하지만 뜨거운 햇살 아래 나오자 곧 다시 기운이 났다.

"문제없어. 밸브를 계속 더 열어 주기만 해, 압력 측정치가 빨간

선 아래로 떨어지지 않게."

보비가 자신 있게 장담했다.

"어디까지 내려갈 건데?"

"끝까지 다 내려갈 거야, 가 봐서 괜찮으면."

데이브는 그 말을 진담으로 듣지 않았다. 형도 그도 깊이 잠수했을 때 오는 심해황홀증, 질소 중독증에 관하여 알고 있었던 것이다. 그리고 아무튼 낡은 정원용 호스는 겨우 길이 30미터짜리였다. 그 정도면 이 첫 실험에 쓰기엔 넉넉할 터였다.

예전에 숱하게 해 왔던 대로 데이브는 사랑하는 형이 새로운 도전에 나서는 모습을 질시를 담아 우러르며 지켜보았다. 주위 물고기들처럼 힘들이지 않고 슥슥 헤엄쳐서 보비는 그 푸르른 수수께끼의 세계로 활공해 내려갔다. 가다가 한 차례 몸을 돌려 세찬 동작으로 공기 호스를 가리켜 보였다. 공기를 더 틀어 달라는 뜻을 오해의 여지 없이 전달한 것이다.

느닷없이 머리가 깨질 듯한 두통이 덮쳐 왔어도 데이브는 자기 임무를 기억했다. 얼른 낡아 빠진 공기 압축기 있는 곳으로 돌아가서 조절 밸브를 맨 끝까지 다 열어놓았다. 50피피엠의 일산화탄소가 흘러들었다.

그가 본 보비 형의 마지막 모습은 자신 있게 아래로 내려가던, 햇살 조각이 어른어른 비친 모습이었다. 영영 닿을 수 없이 사라져 간 그 모습. 그에 비해 장례식장에 마련되었던 밀랍상은 로버트 보면하고는 상관도 없는, 전혀 알지 못할 사람의 모습이었다.

베티

여기는 왜 왔을까, 편히 쉬지 못할 영혼이 먼 옛날 한 맺힌 그 장소에 다시 돌아오듯이? 모를 일이었다. 사실이 그랬다, 크리스털스 프링에 사는 '괴물'의 눈이 수초 사이로 올려다볼 때까지 그는 자기 목적지가 어딘지 미처 의식하지 못하고 있었던 것이다.

그는 세상의 왕이었다. 그럼에도 여러 해 동안 까맣게 잊었던 극심한 비통의 감정이 밀어닥쳐 정신이 멍해졌다. 시간이 상처를 치료해 주긴 했다. 늘 시간이 약이니까. 그런데도 거울 같은 에메랄드 빛 호수 옆에 서서 흐느껴 울던 게 바로 어제 일 같기만 했다. 스패니시모스가 두껍게 낀 호수 주변 사이프러스 나무들이 수면에 비친 것만 보며 울고 있었다. 무슨 일이 닥쳐오고 있는 건지?

그리고 이제, 아직도 자신의 의지는 막연한 채로 마치 완만한 조류에 휩싸여 떠밀려 가듯이 그는 북쪽으로, 주도(州都)를 향해 떠갔다. 그는 무엇인가를 찾고 있었다. 그게 뭔지는 찾을 때까지 알지 못하리라.

아무도, 그리고 어떤 기계도 그가 지나가는 것을 감지하지 못했다. 이제 그는 쓸데없이 선을 뿜어내지 않았고 자기 에너지를 제어하는 일에 거의 통달했다. 예전에 팔다리 쓰는 법을 숙달했던 것과 마찬가지다. 이제는 없어졌지만 아직 기억에서 지우진 못한 팔다리. 그는 내진 설계가 된 지붕 속으로 안개처럼 스며들어 갔다. 그렇게 저장되어 있는 수십억 가지 기억 속, 현란하게 깜박거리는 전자적 사고의 그물망 속에 이르렀다.

이 일은 조야한 핵폭탄에 방아쇠를 당기는 것보다 한결 복잡한 일이어서 좀 더 시간이 걸렸다. 찾고 있던 정보를 찾아내기 전에 삐끗 사소한 실수를 했지만 굳이 정정해 두진 않았다. 다음 달이 되면 사람들은 도무지 영문을 모를 것이다. 이름이 F로 시작하는 플로리다의 납세자 300명 전원이 딱 1달러짜리 수표를 수령할 테니까. 상황을 바로잡는 데 그 몇 배의 비용이 들고 원인을 찾지 못한 컴퓨터 기술자는 결국 우주 전파에 탓을 돌릴 것이다. 크게 보면 그 말이 진실에서 그리 멀지는 않았다.

몇 밀리초 만에 그는 탤러해시에서 탬파의 사우스매그놀리아 가 634번지로 이동했다. 아직도 같은 주소였다. 집을 찾으려고 시간을 낭비하지 않아도 되었다.

하지만 그러고 보면 그는 그 집을 찾겠다고 마음먹은 적이 없었다. 실제로 찾는 바로 그 순간까지는 말이다.

세 번 출산을 하고 두 번 유산한 후에도 베티 페르난데스(결혼 전성은 슐츠)는 여전히 아름다운 여자였다. 지금 이 순간 그녀는 지그시 생각에 잠겨 있는 여자이기도 했다. 옛 추억을 되새기게 만드는 텔레비전 프로그램을 시청하고 있었던 것이다. 아픈 추억, 행복한 추억.

뉴스 특보 프로그램이었다. 목성의 위성들 곁에 있는 레오노프 호가 광선파에 실어 전송한 경고로 시작해, 지난 12시간 동안 일어난 불가사의한 일들을 다루려 편성된 것이다. 무언가가 지구를 향하고 있었다. 무언가가 위성 궤도에 돌고 있던 핵폭탄을 아무런 해도 끼치지 않고 터뜨렸는데, 아무도 그 핵폭탄이 자기네 것이라고 나서지 않았다. 그게 전부였다. 그러나 그 정도면 충분하고도 남았다.

뉴스 해설자는 온갖 오래된 비디오테이프들을 끄집어내어 보여주었는데, 개중에 어떤 건 진짜로 비디오테이프 형태로 되어 있었다. 한때는 일급비밀이었던 월면의 TMA-1 발견 장면을 기록한 영상까지 나왔다. 베티가 그 기괴한 전파음을 듣기도 최소한 열다섯 번째였다. 석판이 달에서 새벽을 맞이하며 그 째지는 소리를 발하여 목성을 향한 메시지를 보냈던 것이다. 지금 베티는 한 번 더 그 눈에 익은 장면들을 지켜보고 디스커버리 호에서 이루어진 예전 인터뷰들을 귀 기울여 들었다.

무엇하러 보고 있는 것일까? 그 영상들은 가정용 메모리 어디에다 저장되어 있었다.(호세가 있을 때는 절대 재생시키지 않았지만.) 어쩌면 그녀는 뭔가 새 소식이 터져 나오기를 기대하고 있는 듯했다. 자기 자신에게도 인정하고 싶지 않은 일이지만, 과거는 여전히 그녀의 가슴에 커다란 파문을 일으키고 있었다.

그래, 데이브가 나오네. 예상했던 대로다. 옛날 BBC 인터뷰 영상인데 베티는 거의 토씨 하나 빼놓지 않고 다 기억하고 있었다. 데이브가 HAL에 관해 이야기하고 있었다. 그 컴퓨터에 자의식이 있는지 없는지 하는 이야기였다.

어쩌면 저렇게 젊어 보이는지. 파멸의 운명에 빠진 디스커버리 호에서 전송돼 왔던 흐리멍덩한 마지막 영상들과는 어쩌면 저렇게 다른지! 그리고 베티가 기억하는 보비의 모습과 어쩌면 저렇게 닮았는지.

눈에 눈물이 고여 오르며 영상이 출렁였다. 아니다……, 텔레비전이 뭔가 잘못된 거네, 아니면 채널이 문제든가. 음향과 화면이 둘 다 제멋대로 놀고 있었다.

데이브의 입술이 움직이고 있었다. 그러나 베티는 아무 소리도 들을 수 없었다. 그러다 그의 얼굴이 스르르 사라지는 듯했다. 색색의 화소 덩어리만 남고…… 형태가 다시 잡혔다가 다시 윤곽이 흐려지고, 그러더니 한 번 더 제대로 얼굴이 나왔다. 하지만 여전히 소리는 나지 않았다.

이 사진은 어디서 가져온 거람? 성장한 데이브가 아니라 소년 시절의 모습이었다. 베티가 데이브를 처음 알게 된 무렵이다. 그 얼굴이 깊고 넓은 세월의 만을 가로질러 베티를 실제로 볼 수 있기라도 한 듯이 화면 안에서 내다보고 있었다.

그가 미소 지었다. 입술을 움직였다. 그리고 말했다.

"안녕, 베티."

단어들을 만드는 것, 그리고 음향 회로에 맥동하며 흐르는 음파로서 그 말을 소리로 빚어내는 게 어렵진 않았다. 진짜 어려운 부분은 자신의 사고를 빙하 수준으로 느리디느린 인간 두뇌의 속도에 맞도록 늦추는 데 있었다. 그리고 말을 하고 나서 대답이 나오기까지 영원과도 같은 시간을 기다려야만 하는 것도…….

베티 페르난데스는 성품이 굳세었다. 두뇌도 우수했다. 그래서 열두어 해를 가정주부로 살아왔어도 가전제품 서비스 직원으로 일하면서 배운 건 잊지 않았다. 이 현상은 그저 시뮬레이션일 뿐이었다, 매체에서 수도 없이 일어나는 기적이다. 베티는 지금 이걸 그대로 받아들이기로 했다. 자잘한 문제는 나중에 가서 걱정하면 되니까.

그녀가 응답했다.

"데이브. 데이브……, 정말 당신이야?"

화면상의 이미지가 말했다. 묘하게 억양 없는 목소리였다.

"글쎄, 잘 모르겠어. 그렇지만 난 데이브 보먼을 기억하고 있어. 그에 대한 모든 것을 기억해."

"데이브는 죽은 거야?"

자, 이게 또 한 가지 어려운 질문이로군.

"그의 신체는……, 맞아. 죽었어. 하지만 신체는 더 이상 중요하지 않아. 데이브 보먼의 진정한 실체는 전부 여전히 나의 한 부분을 이루니까."

베티는 성호를 그었다. 그 손동작은 호세에게서 배운 것이다. 그녀가 속삭였다.

"그럼 당신은……, 유령이란 얘기야?"

"그것보다 더 나은 표현은 모르겠는데."

"왜 돌아온 거야?"

아! 베티……, 정말 왜 돌아왔을까? 난 당신이 나에게 가르쳐 주었으면 했어…….

그래도 그는 한 가지 대답을 알고 있었다. 왜냐하면 그게 텔레비전 화면에 나오고 있었기 때문이다. 신체와 정신이 갈라선 것만으로 완전해지기까지는 아직 한참 먼 이야기였고, 제아무리 하란 대로 하는 유선방송이라 해도 지금 화면에 비치는 낯 뜨거운 성적 이미지들을 전송하진 못했을 터였다.

베티는 잠시 보고 있었다. 때로는 빙긋 미소를 띠고, 때로는 충격을 받았다. 그러다 눈길을 돌려 외면했다. 민망함 때문이 아니라 슬픔 때문에, 잃어버린 즐거운 시절이 안타까워서 외면했다. 그녀가 말했다.

"그러니까 순 거짓말이었네. 다들 천사들은 이런 거 모른다고들 그러더니."

내가 천사인가? 모를 일이다. 하지만 적어도 자신이 거기서 무엇을 하고 있는지는 잘 알았다. 우수와 욕망의 물결에 휩쓸려 와 과거와 조우하고 있다. 그가 지금껏 경험해 본 가장 강력한 감정은 베티를 향한 열정이었다. 거기 깃든 애도와 죄의식은 열정을 더더욱 강하게 했을 뿐이었다.

베티는 그가 애인으로서 보비보다 낫다는 말은 해 준 적이 없었다. 그가 물어본 적 없는 질문이었다. 왜냐하면 그런 질문을 했다가는 마법이 깨졌을 테니까. 그들은 같은 환상을 부여잡고 있었다. 서로의 팔 안에서(그리고 그는 얼마나 어렸던가! 관계가 시작되었을 때 아직 열일곱 살이었으니. 장례식으로부터 겨우 2년밖에 지나지 않은 때였다!) 같은 상처를 낫게 할 고약을 찾고 있었다.

물론, 관계는 지속될 수 없었다. 하지만 그 경험이 돌이킬 수 없이 그를 변화시켜 놓았다. 10년이 넘도록 혼자 에로틱한 환상에 젖을 때면 그 중심에 베티가 있었다. 그는 베티에 비할 법한 여자를 결코 찾아내지 못했고 앞으로 영영 못 찾으리라는 걸 벌써 오래전에 깨달았다. 똑같은 사랑스러운 유령에 홀린 사람은 달리 아무도 없으니까.

욕망의 이미지들이 화면에서 사라져 갔다. 잠시 정규 프로그램이 치고 들어왔다. 이오 상공에 떠 있는 레오노프 호의 영상인데 소리가 맞지 않았다. 그러더니 다시금 데이브 보면의 얼굴이 나타났다. 차차 그가 통제할 수 없게 되어 가는 듯했다. 얼굴 형태가 잠시도 가만히 있지 않고 막 변했다. 어떤 때는 겨우 열 살짜리로 보이다가, 이내 스무 살이나 서른 살쯤으로 보이고……, 그다음에는 놀랍게도 쪼글쪼글한 미라의 모습이 되었다. 주름진 얼굴은 한때 알았던 그 남자를 우스꽝스럽게 흉내 낸 것처럼 보였다.

"가기 전에 한 가지 더 물어볼 게 있어. 카를로스 말이야……, 당신은 항상 카를로스는 호세 아들이라고 그랬지, 그리고 난 항상 혹시 싶었어. 정말은 어느 쪽이야?"

베티 페르난데스는 자기가 사랑했던 소년의 눈을 마지막으로 한 번 오래도록 응시했다.(그는 도로 열여덟 살이 되어 있었다. 그리고 한순간 베티는 그의 얼굴만이 아니라 전신을 볼 수 있었으면 하는 마음을 품었다.)

베티가 속삭였다.

"당신 아들이야, 데이비드."

영상이 스르르 사라졌다. 도로 정상적인 텔레비전 방송이 나왔다. 그로부터 거의 한 시간이 지나서 호세 페르난데스가 조용히 방에 들어왔을 때도 베티는 여전히 화면을 응시하고 있었다.

호세가 다가와 목 뒤에 입 맞췄지만 베티는 돌아보지 않았다.

"당신 이 얘긴 절대 못 믿을 거야, 호세."

"어디 해 봐."

"나 좀 전에 유령에게 거짓말을 했어."

고별사

 1997년 전미 비행선 조종사 및 우주 비행사 협회(AIAA)가 논란 많은 정리 보고록『UFO의 50년』을 냈을 때 미확인비행물체는 몇백 년 전부터 죽 관찰되어 왔노라고 지적하고 나선 비판자들이 적지 않았다. 1947년 케네스 아널드가 '비행접시'를 보기 이전에도 셀 수 없이 많은 선례가 있었다고 말이다. 사람들은 역사의 여명기로부터 줄곧 하늘에서 이상한 것들을 봐 왔다. 하지만 20세기 중반에 이르기까지 UFO는 그저 무작위로 출현하는 현상일 뿐 대중의 관심을 얻지 못했다.

 그러나 보고록이 출판된 이후로 UFO는 대중의 문제가 되고 과학계의 관심거리가 되었으며 종교적인 신심이라고밖에 형용치 못할 무언가의 토대가 되었다.

 그 이유는 멀리 찾아 나설 것도 없었다. 거대한 로켓이 도래하고 우주 시대가 동터 옴에 따라 인류의 정신이 다른 천체들 쪽으로 쏠린 것이다. 인류가 곧 자신들이 태어난 행성을 떠날 수 있게 될 것임을 인지하면서 필연적인 질문들이 솟아올랐다. 다른 존재들은 어디에 있는가? 그리고 언제 우리를 찾아올 것인가? 그처럼 여러 말로 표현되는 일은 거의 없었어도, 거기에는 항성들로부터 올 그 자애로운 존재들이 그간 수없이 스스로 상처 입혀 온 인류를 도와 장래의 재앙으로부터 구원해 주지 않을까 하는 희망도 있었다.

심리학을 배운 사람이라면 누구든지 그렇게 토대가 든든한 욕구라면 이내 충족되리라고 예상할 수 있었으리라. 20세기 후반기에 걸쳐 전 지구적으로 우주 비행물체를 목격했다는 보고가 말 그대로 수천 건이나 있었다. 한 술 더 떠서 '근접 조우' 보고도 수백 건이나 나왔다. 근접 조우란 실제 지구 밖에서 찾아온 방문자들과 직접 만났다는 것으로, 우주선에 태워 줘서 별들 사이를 날아 봤다는 둥, 납치를 당했다는 둥, 심지어는 우주에서 신방을 차렸다는 둥, 갖가지 얘기들이 오색찬란했다. 이 이야기들이 거짓말이나 환각이었다는 사실은 제아무리 여러 차례 거듭해 밝혀졌어도 그걸 믿는 사람들을 눈곱만큼도 단념시키지 못했다. 달의 뒷면에 도시들이 있는 걸 구경하고 왔다는 사람들은 달 궤도 탐사 위성과 아폴로 호의 탐사 작전으로 거기에 어떤 인공물도 없다는 사실이 드러났어도 신뢰성에 별 타격을 입지 않았다. 금성인과 결혼했다는 여자들 역시 그 행성이 안타깝게도 녹은 납물보다 더 뜨겁다는 사실이 밝혀졌어도 여전히 사람들의 신뢰를 받았다.

AIAA가 보고록을 출판했을 무렵에는 명망 있는 과학자라면 그 누구도, 심지어 한때 UFO를 긍정하고 나섰던 몇 안 되는 사람들마저도 UFO가 지구 외부의 생명체 또는 지성체와 어떠한 관련이 있다고는 믿지 않았다. 물론 그 생각을 증명하는 건 앞으로도 영영 불가능할 일이었다. 그 무수한 목격담 중에서 어느 하나라도, 지난 1000여 년에 걸쳐 보았던 중 단 한 건이라도 어쩌면 진짜였을 수 있는 것이다. 하지만 시간이 지남에 따라, 그리고 위성 카메라와 레이더 들이 하늘 전체를 훑고 있는데도 확실한 증거가 나오지 않자 일반 대중은 UFO라는 것에 흥미를 잃었다. 물론 광신자들은 결코 기가 꺾이지 않았지만 그들은 UFO가 있다는 자신들의 믿음을 자기네 뉴스레터와 책들에나 표방했고, 그런 주장은 거개가 이미 반박당하고 신뢰성을 잃은 지 오래인 케케묵은 보고서들을 되풀이하고 또 미화할 따름이었다.

티코 석판, 즉 TMA-1이 발견된 사실이 마침내 발표되자 "내가 그렇다고 했잖아요!" 하는 소리들이 합창으로 터져 나왔다. 과거에 달을 찾아왔던 이들이 있었다는 사실은 이제 더 이상 부인할 수 없었다. 그리고 추정컨대 지구에도 찾아왔으리라……. 겨우 300만 년 전에. 대번에 UFO들이 도로 여기저기의 하늘에 득실거렸다. 볼펜보다 큰 물체가 우주에 떠 있기만 하면 뭐든지 포착하는 세 개의 독립적인 전미 규모 위치 추적 시스템들이 아직까지 그것들을 발견 못 하고 있다는 점이 이상하기는 했지만 말이다.

목격 사례의 수는 생각보다 빠르게 다시 한번 '잡음 수준'으로 곤두박질쳤다. 하늘에서 통상적으로 일어나는 천문학 관련, 유성 관련, 대기권 내 비행 관련 현상의 결과일 따름으로 예상 범위 안에

드는 수치였다.

그러나 이제 모든 게 또다시 새로 시작되었다. 이번에는 착오가 없었다. 공식적인 보고였다. 진짜 UFO가 지구로 오고 있었다.

레오노프 호에서 경고가 날아오고 불과 몇 분 안에 목격담들이 신고되었다. 맨 처음 나온 근접 조우 보고는 겨우 몇 시간 만에 나왔다. 한 은퇴한 증권 중개인이 키우는 불도그를 데리고 요크셔 황야에 산책 나갔는데 그 옆으로 원반형 우주선이 착륙하여 탑승자(귀가 뾰족한 것 말고는 거의 인간과 흡사했다.)가 다우닝 가에 가려면 어떻게 가느냐고 물어서 그를 놀라게 했다. 문제의 '피접촉자'는 너무 놀란 나머지 겨우 지팡이로 대충 화이트홀(영국 정부 부처들이 모여 있는 런던의 거리 — 옮긴이) 쪽을 삿대질했을 뿐이었다. 그 만남에 대한 결정적인 증거는 불도그가 현재 밥을 먹지 않는다는 사실이었다.

그 증권 중개인에게 과거 정신 병력은 없었다지만, 그 사람 말을 믿은 이들조차도 그에 뒤이은 보도 내용은 받아들이기가 힘들었다. 이번에는 전통적인 일을 하던 바스크의 양치기였다. 상대방이 국경 감시대인 줄 알고 겁을 먹었다가 알고 보니 아니라서 크게 한시름 놓았는데, 망토를 두르고 그의 앞에 나타난 눈빛이 형형한 두 남자는 국제연합 본부로 가는 길이 어딘지 알고 싶어 했다고 했다.

그 두 남자는 완벽한 바스크어를 구사했다. 인류에게 알려진 그 어떤 언어와도 근연 관계가 없는 굉장히 어려운 언어인데 말이다. 우주에서 온 방문자들은 실력이 대단한 언어학자들인 게 분명했다. 비록 지리학 지식은 왠지 해괴할 만큼 부족하지만 말이다.

그렇게 한 건 한 건 목격담들이 계속 이어져 갔다. 접촉자 중에서 진짜 거짓말을 했거나 정신 상태가 정상이 아닌 사람은 매우 적었다. 대부분은 정말로 자기가 말한 게 틀림없다고 믿고 있었고 최면 상태에서도 그 믿음을 고수했다. 그리고 남의 장난에 속아 넘어갔거나 좀처럼 있을 성싶지 않은 우연에 당한 피해자도 일부 있었다. 예컨대 유명 공상과학 영화 제작자가 거의 40년 전 튀니지 사막에 버리고 갔던 소도구를 발견한 불운한 아마추어 고고학자가 그랬다.

하지만 사람이 그의 존재를 정말로 감지한 것은 오직 맨 처음, 그리고 맨 마지막에만이었고 그건 그가 그렇게 바랐기 때문이었다.

그는 규제도 방해도 받지 않고 세상을 마음대로 탐험하고 샅샅이 조사해 볼 수 있었다. 그가 못 들어가게 막을 장벽은 없었고 그가 지닌 감각 앞에는 어떤 비밀도 감추어져 있을 수 없었다. 처음에 그는 자신이 예전의 야망을 충족시키고 있을 따름이라고 믿었다. 과거의 존재 형태로는 가 볼 수 없었던 곳들에 가면서 말이다. 그러나 불과 얼마 지나지 않아서 지구 표면을 동에 번쩍 서에 번쩍 휘돌아다니는 자신의 행보에는 더욱 깊은 목적이 있다는 사실을 깨닫게 되었다.

어떤 교묘한 방식으로 그는 탐사선으로 사용되고 있는 것이었다. 인간사의 모든 면모를 시료 채취하면서……. 너무나도 미묘하게 조종당하고 있어서 그는 거의 조종당하는 줄 의식도 못 했다. 어쩌면 그는 마치 목줄을 맨 사냥개처럼 자기가 가고 싶은 대로 쑤시고 나가지만 그럼에도 역시 제 뜻 위에 있는 개 주인의 의도에 복속될 수밖에 없는, 그런 형국이었다.

피라미드들, 그랜드캐니언, 달빛에 씻긴 에베레스트의 눈…… 이것들은 그 스스로 고른 것들이었다. 마찬가지로 미술관이며 음악회장도 선택하여 갔다. 하긴 그 자신의 뚝심 가지고는 「니벨룽의 반지」 전막 공연을 끝까지 참고 들을 수 없었겠지만…….

또 스스로는 그렇게 많은 공장, 감옥, 병원 들을 찾아가지도 않았을 터였다. 그리고 아시아에서 일어난 처참한 소규모 전쟁에, 경마장에, 베벌리힐스에서 벌어진 난잡한 엉망진창 파티 자리에, 화이트하우스의 대통령 집무실에, 크렘린 궁의 기록 보관소에, 바티칸의 서고에, 메카 카바 신전의 신성한 검은 돌에도…….

마치 검열을 거친 것처럼 뚜렷한 기억이 나지 않는 경험들도 있었다……. 아니면 수호천사 같은 게 따라붙어서 어떤 경험들로부터 그를 보호해 준 것이라 할까. 예컨대 이런 것들이다…….

올두바이 협곡의 리키 기념박물관에서 그는 무엇을 하고 있었던가? 인류의 기원에 관하여 그리 큰 관심이 없기는 그 역시 호모사피엔스 종의 여타 지적인 일원들이나 별반 다를 바 없었으므로 화석은 그에게 별달리 감흥을 주지 못했다. 하지만 전시용 유리 진열장 안에 왕관 보석처럼 소중히 지켜지고 있던 그 유명한 두개골들은 그의 기억 속에 기묘한 반향을 불러일으키고, 그로서는 어찌 된 일인지 모를 흥분을 일궈 냈다. 지금까지 느껴 본 중 가장 강력한 기시감이 들었다. 그 장소는 친숙한 곳일 수밖에 없었다……. 하지만 뭔가가 잘못되어 있었다. 마치 오랜 세월이 흐른 후 집에 돌아왔는데 가구가 전부 바뀌었고 벽 위치도 이동됐고 심지어 층계도 새로 놓인 광경을 보는 듯했다.

그곳은 황무지, 환경이 혹독한 지대였다. 메마르다 못해 튼 땅이다. 300만 년 전 초록이 무성하던 들판과 무진장으로 노닐던 발굽이 갈라진 초식동물들은 모두 어디로 갔을까?

300만 년 전이라. 그가 그걸 어떻게 알았던가?

그 질문을 던진들 반향음이 이는 침묵 속에 대답은 돌아오지 않았다. 하지만 문득 그는 볼 수 있었다. 앞에 우뚝 서서 그를 굽어보는, 낯익은 검은색 직사각형 형태를. 그는 다가갔고, 그것의 깊은 속에 어둑하게 한 형상이 비쳤다. 고여 있는 먹물에 비쳐 보이는 그림자처럼…….

밋밋하게 빠진 털투성이 이마 아래 서글픈 듯 혼란에 찬 두 눈이 마주 응시해 왔다. 그를 뚫고 그 뒤 그들이 결코 보지 못할 미래를 바라보았다. 왜냐하면 그가 바로 그 미래였기 때문이다. 시간의 흐름을 따라 10만 세대를 더 내려가야 만날 미래였다.

역사는 거기서 시작했던 것이다. 적어도 그것은 이제 그가 알 수 있었다. 하지만 어떻게, 그리고 무엇보다도 '왜', 여전히 그에게서 알려 주지 않는 비밀들이 있는 것인가?

하지만 마지막 의무 하나가 남아 있었고, 그것이 가장 하기 힘든 일이었다. 그는 그 일을 최후까지 미뤄 두었을 만큼 아직 충분히 인간적이었다.

그런데 저 할머님이 뭐 하려고 저러시지? 그 방 텔레비전 모니터를 확대해 보면서 당번 간호사는 스스로 물었다. 지금까지 갖가지 술수를 부린 할머님이지만 세상에 보청기에다 대고 뭐라고 말씀을 하시다니 저런 모습은 처음 보겠네. 도대체 무슨 말씀을 하고 계시지?

무슨 말을 하는지 잡힐 정도로 민감한 마이크로폰이 아니었다. 하지만 그렇다 해도 문제 될 일은 아니었다. 제시 보먼이 이토록 평안하고 흡족한 모습인 건 거의 본 적도 없었다. 눈은 감은 채였지만 얼굴 전체에 조글조글 주름이 잡히도록 마치 천사와도 같은 미소가 떠올랐고 입술은 계속해서 무슨 말을 속삭이고 있었다.

곧이어 관찰자는 어떤 광경을 목격했고, 그것을 잊기 위해 무척 노력했다. 왜냐하면 본 대로 보고했다가는 대번에 간호사로서 일하기에 심신이 건전하지 않다는 평가를 받게 될 터이기 때문이다. 침대 옆 협탁에 놓여 있던 빗이 천천히 쑥 공중으로 떠올랐다. 마치 보이지 않는 손이 서투른 동작으로 그것을 들어 올린 듯했다.

처음 시도는 빗나갔다. 그러는가 싶더니 보기에도 힘겹게 가까스로 가누어진 빗이 은빛으로 센 긴 머리채를 부분부분 가르기 시작했다. 때때로 엉킨 것을 푸느라 멈추기도 하면서…….

제시 보먼은 이제 말을 하고 있지 않았다. 그러나 미소는 계속 짓고 있었다. 빗은 한결 자신 있게 움직이고 있었고 더 이상 갑자기 쑥 한쪽으로 엇나가거나 하지 않았다.

그 일이 얼마나 계속되었던지 간호사는 도저히 확실하게 가늠하지 못했다. 빗이 도로 협탁 위에 살며시 내리놓인 다음에야 그녀는 마비 상태에서 회복되었다.

열 살 먹은 데이브 보먼은 항상 하기 싫어했던 잔일을 다 마쳤다. 그렇게 빗질을 해 드리고 나면 어머니가 좋아하시곤 했다. 이제 나이가 없는 데이비드 보먼이 처음으로 완강한 현실 물질을 조작하는데 성공한 것이다.

제시 보먼은 간호사가 마침내 살펴보러 찾아왔을 때까지도 미소 짓고 있었다. 간호사는 너무나 겁이 나서 얼른 방에 들어서지 못했던 것이다. 하지만 어찌 되었든 아무 차이도 없었을 터였다.

재활

　떠나갈 듯 난리가 난 지구의 소동은 수백만 킬로미터 우주 공간을 사이에 둔 덕에 문제없이 묵음 처리되었다. 레오노프 호 대원들은 열렬한 관심으로, 그러나 확실한 거리감을 가지고서 국제연합에서 벌어진 난상토론을, 저명 과학자들의 인터뷰를, 뉴스 해설자들이 내세우는 이론들을, 당연하다는 듯이 지껄이지만 서로 크게 상충되는 미확인비행물체 접촉 경험자들의 주장들을 시청했다. 대원들은 그 난리판에 전혀 기여하지 못했다. 왜냐하면 더 이상 어떤 특이한 징후도 목격한 바 없었기 때문이다. 자가드카, 일명 큰형은 전과 마찬가지로 그들의 존재를 전혀 상관치 않고 아무런 기색 없이 그대로 밋밋할 따름이었다. 그리고 그건 실로 아이러니한 상황이었다. 수수께끼를 풀고자 지구로부터 이 먼 길을 왔건만, 수수께끼의 답은 어쩌면 출발한 그 지점에 있었던지도 모를 일이니 말이다.

대원들은 너무 느린 빛의 속도에, 목성-지구 간 통신으로 생방송 인터뷰를 불가능하게 만드는 두 시간의 지체 현상에 처음으로 고마움을 느꼈다. 플로이드는 너무나 많은 매체들로부터 쏟아진 요청에 시달린 나머지 결국 파업에 돌입했다. 더 이상은 할 말이 남아 있지 않았다. 이미 최소한 열두 번씩은 말했던 얘기들이었다.

그것도 그렇고 여전히 해야 할 일이 많기도 했다. 레오노프 호는 기나긴 귀향길에 나설 준비를 갖추어야 했다. 그래야지만 발진 가능 시간대에 들어서자마자 곧바로 떠날 수 있다. 그 시간적인 기회가 절체절명의 것은 아니었다. 설령 한 달쯤 늦는다 해도 그냥 여행이 뒤로 미루어질 따름이었다. 찬드라, 커노, 플로이드 세 사람은 태양을 향해 가는 귀향길에 잠들어 있을 테니 알지도 못할 터였다. 그러나 나머지 대원들은 천체역학의 법칙이 허락하는 한 즉시 떠나는 것으로 굳게 마음을 정하고 있었다.

디스커버리 호에 대해서는 여전히 많은 문제점이 대두되었다. 그쪽 우주선에는 지구로 돌아갈 만한 연료가 아슬아슬하게 모자랐다. 설령 레오노프 호가 떠나고 한참 후에 발진해 최소 에너지 궤도로 난다고 해도 말이다. 그렇게 온다면 거의 3년이 걸릴 터였다. 그리고 그렇게 오려면 HAL을 잘 프로그램해 원격 감시 이외에는 인간에게서 아무런 간섭도 받지 않은 채 임무를 수행하게끔 믿고 맡길 수가 있어야 한다. HAL의 협조가 없이는 디스커버리 호는 한 번 더 버려진 난파선이 되고 말 터였다.

HAL의 개성이 서서히 다시 자라나는 것을 지켜보기란 정신이 홀딱 팔릴 정도로 멋지고……, 사실 대단히 감동적인 일이었다. 뇌에 손상을 입은 어린애가 혼란을 겪는 청소년으로 자랐다가, 차차 좀 잘난 체하는 기미가 있는 성인이 되어 갔다. 그렇게 의인화해 딱지 붙이는 건 큰 착각인 줄 잘 알면서도 플로이드는 도저히 그런 생각을 머리에서 쫓아 버릴 수가 없었다.

그리고 이 상황 전체가 소름 끼칠 정도로 낯익게 느껴질 때도 많았다. 정신적으로 문제를 겪는 젊은이들이 나오는 비디오드라마를 플로이드도 얼마나 많이 봤던가! 거기서는 그 전설적인 지그문트 프로이트의 후학들이 산지사방에 깔려 있어 그런 젊은이들을 바로 잡아 준다. 근본적으로 그와 똑같은 이야기가 현재 목성의 그늘 속에서도 상영 중이었다.

전자두뇌의 정신분석은 인간의 인지가 도저히 따라갈 수 없는 속도로 진행되었다. 복구와 진단 프로그램이 초당 10억 비트의 속도로 번쩍이고 HAL의 회로를 돌며 일어날지도 모르는 오류를 정밀히 포착하여 수정했다. 그 프로그램들이 대부분 HAL의 쌍둥이 컴퓨터인 SAL 9000에서 미리 시험 작동해 본 것이기는 해도 두 컴퓨터 사이에 실시간 대화가 불가능하다는 것이 심각한 장애가 되었다. 때로 정신요법의 매우 중요한 고비에서 다시 지구에 연락해 점검해 봐야 할 것으로 밝혀져 몇 시간이나 허비하게 되는 일도 있었다.

찬드라가 그렇게 일을 했어도 HAL의 재활 과정이 완료되려면 아직 한참 남았다. HAL은 수없이 별난 짓을 하고 신경질적인 버릇을 드러내는가 하면 때때로 입으로 한 말을 무시하기까지 했다. 사람이 자판을 쳐서 입력하면 누구의 말이든 항상 알아들었지만 말이다. 반대로 HAL이 하는 말은 더한층 괴상했다.

HAL이 말로는 대답하면서 화면에 시각적으로 표시하지 않을 때가 있었다. 또 때로는 말도 하고 화면에도 띄우지만 인쇄는 해 내놓지 않았다. HAL은 변명도 하지 않고 왜 그러는지 설명도 하지 않았다. 멜빌이 쓴 이야기에 나오는 자폐증 필경사 바틀비처럼 불굴의 완강함으로 "안 하려고요." 하는 말이라도 해 주지 않았다.

아무튼, HAL은 내키지 않아 할 뿐이지 적극적으로 불복종하지는 않았고 또 특정 과제에 관련해서만 말을 안 들었다. 언제든지 결국에는 HAL의 협조를 얻어 낼 수 있었다. 커노가 근사하게 정리한 대로, 뚱해 있는 녀석을 잘 구슬려서 일을 하게 만들 수 있었다.

찬드라 박사도 슬슬 힘든 티가 나기 시작한 건 놀랄 일이 아니었다. 언젠가 막스 브라일로브스키가 아무 생각 없이 해묵은 유언비어를 끄집어냈을 때 찬드라가 자칫 자제력을 잃고 분통을 터뜨릴 뻔했던 일은 기념할 만한 쾌거였다.

"그 얘기가 사실이에요, 찬드라 박사님? 컴퓨터 이름을 HAL이라고 지은 건 IBM보다 한 발짝 앞서려고 그런 거라면서요?"

"얼토당토않은 소리! 우리 중 반은 IBM에서 왔고 지금까지 몇 년이고 그 헛소문을 근절하려고 애써 왔는데. 지금쯤은 지성인이라면 HAL이 Heuristic Algorithmic('귀납적 알고리즘에 의한'이라는 뜻 — 옮긴이)에서 가져온 이름이라는 걸 알 거라고 생각했소만."

나중에 막스는 자기가 그 대문자 단어들을 정말 똑바로 알아들었노라고 우겼다.

플로이드의 개인적인 견해로 디스커버리 호를 무사히 지구까지 비행시킬 확률은 최소 50퍼센트였다. 그런데 그때 찬드라가 생각지도 못했던 제안을 들고서 그를 찾아왔다.

"플로이드 박사님, 드릴 말씀이 있습니다만?"

여러 주 동안 함께 갖은 일들을 겪은 지금도 찬드라는 예나 다름 없이 격식을 차려 말했다. 플로이드에게만이 아니라 대원들 누구에게든지 다 그랬다. 레오노프 호의 막내인 제니아를 부를 때도 꼭 '제니아 양'이라고 경칭을 붙여야 직성이 풀리는 찬드라였다.

"얼마든지 말씀하세요, 찬드라. 무슨 일입니까?"

"지금까지 여섯 가지 가장 가능성이 있는 호만 귀환 궤도에 대한 가상 프로그래밍을 완료했습니다. 다섯 개는 지금 아무런 문제 없이 시뮬레이션 중이에요."

"대단하십니다. 지구 상에……, 태양계에 그런 일을 해낼 수 있는 사람은 달리 없을 겁니다."

"고맙습니다. 그런데 박사님께서도 나만큼이나 잘 아실 테지만 모든 만약의 사태에 다 대비하는 프로그래밍은 불가능하지요. HAL 이 완벽하게 기능해 주면……, 아니, HAL은 완벽하게 기능해 줄 거고 일어남 직한 긴급 사태에는 다 대처할 수 있어요. 하지만 갖가지 자잘한 사고들이 일어날 수 있습니다. 나사 돌리개로 고치면 되는 사소한 장비 고장이라든가, 선이 끊어진다든가, 스위치가 끼어서 올라가지 않게 된다든가……. 그러면 HAL은 속수무책이고 귀환 작전은 다 망해 버리지요."

"그 말씀 그대로입니다, 당연하죠. 저도 그게 참 걱정이었습니다. 하지만 우리가 뭘 어떡할 수 있을까요?"

"사실 아주 간단한 일이에요. 내가 디스커버리 호와 함께 있고 싶습니다."

플로이드의 즉각적인 반응은 찬드라가 미쳤나 보다 하는 거였다. 하지만 다시 생각하자 찬드라는 완전히 돈 게 아니라 반만 미친 것 일지도 몰랐다. 아닌 게 아니라 디스커버리 호가 지구로 돌아가는 기나긴 항해 길에 인간 한 명이 탑승해 있고 없고가 성공과 실패를 가를 수도 있었다. 인간이란 초고성능의 다용도 문제 해결 장치이 자 수리 도구니까. 하지만 그에 반대할 근거야말로 단연 압도적이 었다.

플로이드는 극도의 주의를 기울이며 대답했다.

"흥미로운 발상이군요. 그리고 박사님의 열의에는 정말 경의를 표합니다. 하지만 생길 수 있는 온갖 문제에 관해서는 생각해 보셨 어요?"

그건 바보 같은 질문이었다. 찬드라는 이미 모든 답안을 다 준비 해서 착착 끄집어내 들이델 수 있게 철해 놨을 터였다.

"3년도 넘는 기간을 혼자서 지내게 될 겁니다! 뭔가 사고가 난다 거나 의료상 위급 상황이라도 생긴다고 하면요?"

"그 정도 위험은 감수할 채비가 돼 있습니다."

"그리고 식량은 어떡합니까? 물은요? 레오노프 호에도 따로 떼어 줄 만큼 넉넉하지가 않아요."

"내가 벌써 디스커버리 호의 재활용 시스템을 점검해 봤어요. 그 다지 큰 어려움 없이 재가동할 수 있습니다. 게다가, 우리 인도인들 은 아주 적은 양으로도 버틸 수 있답니다."

찬드라가 자기 출신을 언급하는 것은 흔치 않은 일이었다. 사실 자신의 개인사를 입에 담는 것 자체가 흔치 않았다. 플로이드가 기억하기로는 '솔직한 고백' 때가 딱 하나뿐인 사례였다. 하지만 플로이드는 그 주장을 의심하지 않았다. 언젠가 커노가 찬드라 박사는 몇 세기에 걸친 굶주림을 통해서만이 도달할 수 있는 독특한 신체 조건을 가지고 있다고 말한 적이 있었다. 입이 건 그 공학자가 불퉁거린 소리라지만 악의를 품고 말했던 건 절대 아니다. 사실 동정심으로 한 소리였다. 그야 찬드라가 듣는 데서 지껄인 건 물론 아니었지만.

"글쎄요, 결정할 시간은 아직 몇 주 남았습니다. 제가 잘 생각해 보고 워싱턴에 얘기해 보죠."

"고맙습니다. 그러기 위한 준비를 시작해도 괜찮으시겠지요?"

"어……, 물론이죠, 그 준비가 현재의 계획을 방해하는 것만 아니라면요. 명심하세요……, 최종 결정은 지구 관제 센터에서 내릴 겁니다."

그런데 지구의 관제 센터에서 뭐라고 말할지 난 정확히 알고 있지. 한 사람이 우주에서 3년을 외톨이로 생존하리라고 기대하는 건 미친 생각이다.

하긴, 찬드라는 지금까지도 늘 외톨이이긴 했다.

심연의 불길

계시를 받던 그때 지구는 이미 뒤편 멀리에 있었고, 목성계의 장려하고 경이로운 광경이 그의 앞에 빠르게 펼쳐져 가는 중이었다.

어떻게 그렇게 까맣게 몰랐던가, 너무나도 멍청했다! 마치 잠을 자면서 걸어 다닌 것과 같았다. 이제 그는 잠에서 깨어나기 시작했다.

누굽니까? 그는 외쳤다. 무엇을 원하지요? 나에게 왜 이렇게 했습니까?

대답은 없었다. 하지만 그의 뜻이 전달된 것은 분명했다. 무엇인가……, 존재감이 느껴졌다. 사람이 설령 눈을 꽉 감았더라도 자기가 공허하게 탁 트인 공간이 아니라 문이 닫힌 방 안에 있다는 것은 알아맞힐 수 있는 것과도 같았다. 그의 주위로 광대한 정신의 희미한 메아리가 울렸다. 하나의 확고한 의지가 있었다.

그 반향이 있는 침묵 속으로 그는 다시 소리쳤고, 이번에도 직접적인 응답은 오지 않았다. 지그시 지켜보며 함께 있는 그 어떤 존재만이 마찬가지로 감지될 뿐. 좋아, 알았어. 그는 직접 답을 찾아내기로 했다.

몇 가지는 명백했다. 그 존재들이 인격체든 뭐든 간에, 그들은 인류에게 관심이 있었다. 그들은 자신들만의 불가해한 목적이 있어 그의 기억을 도청하고 저장했다. 그리고 이제 그들은 그의 내면 가장 깊은 감정들에 대해서도 똑같이 했다. 때로는 그의 협조하에, 때로는 협조하지 않아도 결국 했다.

그는 거기에 분개하진 않았다. 사실상 그 일이 이루어지는 과정을 거치며 그는 그러한 어린애 같은 반응을 보일 수 없는 존재가 되었다. 그는 사랑과 증오와 욕구와 두려움을 초월했다……. 하지만 그것들을 망각해 버린 것은 아니었고, 자기가 그 일부였던 세상이 그러한 감정들로 좌우되곤 하는 이치를 지금도 충분히 이해할 수 있었다. 그가 그런 과정을 거치게 된 목적이 그거였을까? 그렇다고 한다면 궁극적인 목표는 무엇이기에?

그는 신들의 놀이판에 참가한 터였다. 그리고 놀이를 하면서 규칙을 배워 나가야만 했다.

삐죽삐죽한 바윗덩어리인 네 개의 자그마한 외곽 위성 시노페, 파시파에, 카르메, 아난케가 의식의 지평을 가로질러 잠시 반짝 빛을 던졌다. 이어서 목성까지 절반 거리에 엘라라, 리시테아, 히말리아, 레다가 나타났다. 그는 그것들을 전부 무시했다. 이제 칼리스토의 곰보 얼굴이 저 앞에 있었다.

한 번, 두 번 그는 지구의 달보다 더 크고 마구 얻어맞아 흉이 진 위성구의 궤도를 돌았다. 그러는 사이에 그가 미처 의식하지 못하고 있던 감각들이 얼음과 흙먼지로 된 그 위성의 외각층을 탐지했다. 호기심은 빠르게 충족되어 왔다. 이 세계는 얼어붙은 화석이었다. 까마득한 옛날 분명 이것을 거의 산산조각 낼 뻔했을 충돌의 흔적들을 아직까지도 지니고 있었다. 한쪽 반구는 거대한 과녁이었다. 태곳적 우주로부터 내리쳐 온 웬 망치질에 당하여 굳은 암석이 높이 수 킬로미터의 골이 생기도록 갈아엎어져서 일련의 동심원이 생겨나 있었다.

몇 초 후에 그는 가니메데를 돌고 있었다. 이제 거기엔 훨씬 복잡하고 흥미로운 세계가 있었다. 칼리스토와 그렇게 가까이 있는 데다 크기도 거의 같은데도 가니메데는 전혀 다른 외양을 보여 주고 있었다. 사실 수많은 크레이터가 있기는 했다. 하지만 그 대부분은 눈으로 보기에 말 그대로 '갈아엎어져' 도로 편편하게 된 모양새였다. 가니메데의 지형 중에서 가장 독특하게 눈에 띄는 건 구불구불한 띠들의 존재였다. 몇 킬로미터 거리를 두고 나란히 수십 줄이나 고랑이 져 있어서 그런 띠들을 이루었다. 지면에 난 상처는 흡사 취해서 정신이 없는 쟁기꾼들이 부대 단위로 위성 표면을 이리저리 누비고 다니면서 이런 꼴을 만들어 놓기라도 한 것 같았다.

몇 번 공전하는 동안에 그는 지금껏 지구에서 보낸 탐사선들이 관측한 걸 전부 합친 것보다 더 많이 가니메데에 대해 알게 되었고, 그 지식들은 나중에 쓰기 위해 분류해 치워 두었다. 언젠가는 중요해질 테니까. 그는 그 사실을 확신했다, 왜인지는 몰라도⋯⋯. 마찬가지로 지금 자신을 아주 의도적으로 이 위성 저 위성으로 몰아가고 있는 충동도 그는 전혀 이해하지 못했다.

이윽고 그것은 그를 에우로파로 이끌었다. 아직 거의 수동적인 방관자 처지이기는 했으나 이제 그는 관심이 솟아나는 것을, 주의가 집중되는 것을 느꼈다. 의지가 하나로 모인 것이다. 보이지도 않고 의사소통도 할 수 없는 주인의 손에 놀아나는 꼭두각시 인형 신세라 할지라도, 그를 조종하는 힘의 생각 일부가 새어 나와(어쩌면 일부러 흘린 것일지도 모르지만) 그의 정신으로 스며들었다.

지금 빠른 속도로 다가오고 있는 복잡한 무늬가 진 매끈한 구체는 가니메데와도, 칼리스토와도 닮은 점이 거의 없었다. 에우로파는 외관이 유기체 같았다. 가지를 치고 서로 교차되며 이리저리 얽히고설킨 선들이 표면을 온통 뒤덮은 그 모습은 기이하게도 위성 전체에 깔린 동맥과 정맥 혈관계 같기만 했다.

끝이 없는 빙원, 남극보다도 훨씬 추운 꽁꽁 얼어붙은 황무지가 아래에 펼쳐져 나갔다. 그러다 문득 놀랍게도 그는 자신이 난파한 우주선 위를 날아 지나가고 있음을 깨달았다. 그것이 운이 나빴던 첸 호라는 건 금세 알아차렸다. 그가 곱씹어 삭인 수많은 뉴스 영상에 나왔던 것이다. 지금은 아니야……, 지금은 안 돼……, 나중에 얼마든지 기회가 있을 거야…….

그리고 그는 얼음을 통과하여, 그 자신뿐 아니라 그를 조종하는 존재들도 알고 있지 못한 미지의 세계로 들어섰다.

그곳은 바닷속 세상이었다. 거기에 숨겨져 있는 물은 얼음 껍데기에 덮여 진공인 우주 공간으로부터 보호받고 있었다. 대부분의 장소에서 그 얼음은 두께가 몇 킬로미터나 되었다. 하지만 줄 모양으로 취약한 부분이 더러 있었는데, 얼음에 금이 가고 당겨져 벌어졌던 곳이었다. 얼음이 갈라지면 그악스럽고 적대적인 두 요소가 태양계의 그 어떤 행성, 위성 위에서도 벌어지지 않는 직접 접촉을 하게 되어 거기서 짧은 전투가 벌어졌다. 바다와 우주 사이에 벌어진 전쟁은 언제나 똑같은 교착 상태로 끝났다. 진공에 노출된 물은 끓는 동시에 얼어붙어서 얼음의 갑주를 땜질해 고쳤다.

가까이 있는 목성의 영향이 아니었더라면 에우로파의 바다는 벌써 오래전에 완전히 딱딱하게 얼어붙었을 것이다. 목성의 중력이, 이오를 뒤흔들어 경련하게 하는 그 힘이 이오에서보다 위력은 훨씬 덜해도 마찬가지로 작용하여 끊임없이 이 작은 세상의 핵을 치대었다. 심해 해저면을 훑어 지나가면서 그는 행성과 위성 사이에 벌어진 줄다리기의 증거를 어디에서나 볼 수 있었다.

그리고 그는 듣고 또 느꼈다. 바다 밑 지진의 우르릉거리는 소리가 끊이지 않는 가운데 내부로부터 빠져나오는 기체들의 찢어지는 듯한 쉭쉭 소리를, 깊은 바다 밑 평원을 휩쓴 산사태의 초저주파 압력파를. 에우로파를 뒤덮고 있는 요동하는 대양에 비하면 지구에서 가장 요란한 바다라 할지라도 고요하다 해야 할 것이다.

그는 경이의 감각을 잃지 않았고, 첫 번째 오아시스에 마주치자 기쁨 어린 놀라움에 가득 찼다. 그곳은 위성 내부에서 뿜어져 나오는 광물염수가 침착되어 만들어진 마구 뒤얽힌 관과 굴뚝 들 주위로 거의 1킬로미터나 되게 펼쳐져 있었다. 자연이 고딕 성곽을 풍자하여 흉내 낸 듯한 그 구조물로부터 델 듯이 뜨거운 시커먼 액체가 느린 박자로 뿜어져 나왔다. 흡사 어떤 거대한 심장이 박동하며 뿜어내는 듯이 울컥울컥 나왔다. 그리고 피와 마찬가지로 그 분출은 진정으로 생명 그 자체를 나타내는 상징이었다.

부글부글 끓는 액체가 위에서 새어 내려오는 극도로 차가운 물을 물리치고 바다 밑바닥에 온기의 섬을 형성했다. 그에 못지않게 중요한 점은 그 분출수가 에우로파의 내부로부터 생명의 화학물질들을 전부 가지고 나왔다는 것이었다. 그곳에, 그 누구도 그런 것이 있으리라고 기대하지 못했던 환경 속에 에너지와 식량이 있었다. 풍부하게 있었다.

아니야, 진작 기대를 했어야 옳지. 그는 단지 한 생만큼의 시간 전에 지구의 깊은 대양 속에서 그와 같이 비옥한 오아시스들이 발견되었던 것을 기억했다. 여기에 그 오아시스들이 규모가 어마어마하게 더 커져서, 그리고 훨씬 더 다채롭게 나타나고 있었다.

멋대로 일그러진 '성곽'의 벽 가까이 열대 구역이라고 할 만한 곳에 거미 다리처럼 가늘고 섬세한 구조물들이 있었는데 거의 다 운동성이 있긴 해도 식물과 유사했다. 이 식물들 사이를 기어 다니는 놈들은 기괴한 민달팽이와 벌레 들로서, 어떤 것들은 식물을 먹고 있었고 다른 것들은 자기 주변의 광물질이 함유된 물로부터 곧장 양식을 얻고 있었다. 열원(생명체들이 그 주위를 둘러싸고 온기를 얻는 바다 밑의 불)으로부터 더 먼 거리에는 더 단단하고 억세어 보이는 유기체들이 있었다. 그 모습이 게나 거미를 닮지 않은 것도 아니었다.

저 작은 오아시스 하나를 연구하는 데 생물학자들이 부대 단위로 달려들어 평생을 보낼 수도 있으리라. 고생대 지구의 바다와는 달리 그곳은 안정된 환경이 못 되었고, 그러므로 진화는 많은 환상적인 형태들을 빚어내며 빠르게 획획 진행되어 왔다. 그리고 그들은 모두 사형 집행 잠정 중지 상태에 있었다. 조만간 그 생명 샘들 하나하나가 약해져 죽어 버릴 터였다. 샘을 살려 놓았던 힘들이 그 초점을 어딘가 다른 곳으로 옮기면……

에우로파의 해저를 이리저리 헤집고 다니면서 그는 거듭거듭 그러한 비극의 증거에 마주쳤다. 죽은 생물들이 남긴 골격과 광물질이 쌓여서 만들어진 원형의 구역들이 수도 없었다. 그곳에서 이루어진 진화 이야기는 생명의 책으로부터 한 장(章)씩 통째로 지워진 것이다.

그는 속이 빈 거대한 껍데기들을 보았는데 꼭 사람만 한 크기의 복잡한 트럼펫 같았다. 갖가지 모양의 조개들이 있었다. 쌍각류들이 있었고, 심지어 껍데기 세 장짜리 삼각류들도 있었다. 그리고 돌에 지름이 몇 미터나 되게 나선형 무늬가 더러 있는데 백악기 말 지구의 대양으로부터 너무나도 아리송하게 사라져 버린 아름다운 암모나이트와 그야말로 똑 닮은 무늬들이었다.

훑어보며, 찾으면서, 그는 심해의 지면 위를 왔다 갔다 돌아다녔다. 그러면서 마주친 경이로운 것들 중 가장 대단했던 것은 이글이글 작열하는 용암의 강이었으리라. 용암의 강은 우묵한 골짜기 속으로 100킬로미터에 걸쳐 흐르고 있었다. 그 깊이에서는 수압이 너무나도 커서 새빨갛게 달아오른 마그마에 접촉한 물이 일순간에 수증기로 바뀔 수 없었고, 그리하여 두 액체가 불편한 강화를 맺고 공존하고 있었다.

그곳에, 인간이 다다르기 한참 전 먼 옛날 다른 세상에서 낯선 배우들이 이집트 이야기 같은 것을 공연하고 있었다. 나일 강이 황무지 사막에 좁다란 끈 모양으로 생명을 일궈 냈듯이 이 따스함의 강도 에우로파의 심해를 살아나게 만들었다. 그 강가를 따라서 폭이 2킬로미터가 안 되는 좁은 띠 안에 생물종이 연이어 진화하여 번성하다가 사라져 갔다. 그리고 적어도 그중 한 종은 등 뒤에 기념비를 남기고 갔다.

처음에는 그것 역시 열류가 솟아나는 구멍 주위에 거의 어김없이 생기는 광물 결정의 더께인 줄로만 알았다. 그러나 가까이 다가가자 자연적으로 형성된 것이 아니라 지능으로써 만들어진 구조물임을 알 수 있었다. 지능이 아니면 본능일지도. 지구에서는 흰개미들이 거의 이 정도로 시선을 끄는 성을 지으며, 거미가 치는 거미줄은 더더욱 절묘한 모양으로 고안된다.

그곳에 살았던 생물들은 분명 꽤 조그마한 것들이었을 터였다. 왜냐하면 하나뿐인 입구가 겨우 50센티미터 너비밖에 안 되었기 때문이다. 벽이 두꺼운 굴길 형태의 그 입구는 돌덩이를 쌓아 올려 만든 것인데, 그 모양에서 그것을 지은 이들의 의도를 엿볼 수 있었다. 녹아 흐르는 그들의 나일 강으로부터 그리 멀리 떨어지지 않은 강둑, 희뜩희뜩 빛이 어린 그곳에 그들은 요새를 꾸렸던 것이다. 그 후 그들은 사라져 갔다.

그들이 떠나 버린 것은 길어 봐야 몇 세기 이전 일이었을 터이다. 모양이 일정하지 않은 돌덩이들을 대단한 노고를 기울여 골라다 지어 올린 요새가 있었고, 그 벽에 퇴적된 광물 더께는 얄팍하기만 했다. 한 점의 증거가 있어 왜 요새가 버려졌는지를 암시했다. 지속적으로 발생하는 지진 탓인지 지붕 일부분이 꺼져 내렸는데, 수중 세계에서 지붕이 없는 요새란 적들에게 활짝 문을 열어놓은 것이나 다름없었다.

용암의 강줄기를 따라 그 밖에 다른 지성의 흔적은 마주치지 못했다. 그래도 한번은 기어가는 인간 비슷한 기괴한 뭔가를 보기는 했다. 다만 그놈에게는 눈과 코가 없고 이가 없는 입만 커다랗게 뚫려 있어서 쉴 새 없이 꿀꺽꿀꺽 들이마시며 주위의 액체 매질로부터 영양분을 흡수하고 있었다.

심연의 황무지에 숨은 좁고 비옥한 띠 모양의 지대를 따라서 여러 문화가, 심지어 문명들이 흥성했다 소멸했을지 모른다. 에우로파의 탬벌레인이나 나폴레옹이 있어 그들의 명령 아래 군대들이 행진했을지(아니면 헤엄쳤을지) 모른다. 그들 세계의 다른 곳들에서는 전혀 알지 못했으리라. 왜냐하면 그 온기의 오아시스들은 모두 행성들이 각각 고립돼 있는 것과 마찬가지로 고립되어 있었기 때문이다. 용암 강의 열기에 몸을 쪼이고 뜨거운 분출수 주위에서 먹고살던 생물들은 자신들의 외로운 섬들 사이에 펼쳐진 발붙이지 못할 황무지를 건널 수 없었다. 혹시 그들이 역사학자들과 철학자들을 배출했다면, 각각의 문화마다 온 우주에 오직 자신들만 외로이 존재하는 줄로 믿었을 터이다.

그러나 오아시스와 오아시스 사이의 공간도 생명이 전혀 없이 텅 비어 있지만은 않았다. 한결 억센 생명체들이 있어서 감히 제 힘을 시험해 본 바 있었다. 종종 머리 위로 헤엄쳐 가는 것은 에우로파의 물고기였다. 수직 꼬리지느러미로 추진력을 얻고 몸을 따라 난 지느러미로 방향을 조절하는 유선형 어뢰들. 지구의 대양에서 가장 성공적인 서식자들과 그것들 사이의 유사성은 필연적인 것이었다. 동일한 공학적 문제가 주어진 만큼 진화가 대단히 유사한 답을 낼 수밖에 없었던 것이다. 하지만 돌고래와 상어가 별개의 종인 것처럼, 겉으로 보기에는 거의 똑같다고 할 만큼 대단히 닮았다고 해도 생명의 나무에서는 멀찍이 떨어져 있었다.

그렇기는 해도 에우로파의 바다에 헤엄치는 물고기와 지구 바다의 어류 사이에 확연히 눈에 띄는 상이점이 하나 있었다. 에우로파 물고기들에게는 아가미가 없었다. 그것들이 헤엄치는 물에서는 산소를 미량이라도 뽑아낼 수가 없었기 때문이다. 지구에서도 지열 분출수 근처의 생물들은 그렇게 하듯이, 에우로파 물고기들은 화산 주위에 풍부하게 존재하는 황 화합물을 기반으로 신진대사를 했다.

그리고 눈을 가진 놈들은 대단히 드물었다. 좀처럼 만나기 힘든 용암 분출의 깜박이는 빛을 제외하면, 그리고 때때로 짝을 찾는 생물들이나 먹잇감을 찾는 사냥꾼들이 한 번씩 내곤 하는 생물 발광의 빛을 제외하면 그곳은 빛이 없는 세계였다.

또한 멸망할 운명에 처한 세계이기도 했다. 그 에너지 원천들이 산발적이고 끊임없이 이동할 뿐 아니라 그것들을 촉발하는 기조력이 계속해서 약해져 가고 있었다. 설령 진정한 지성을 발달시킨다고 하더라도 에우로파 생물들은 그들의 세계가 최종적으로 얼어붙는 것과 함께 죽어 가고야 말 터였다.

그들은 불과 얼음 사이에 갇힌 신세였다.

별거

"정말 안타깝네, 친구. 이런 나쁜 소식을 전하게 되다니. 하지만 캐롤라인이 부탁했다네. 자네도 내가 자네 부부 두 사람에 대해 어떤 마음인지 알 거야.

그리고 이 소식이 전혀 예상치 못했던 건 아닐 것이라고 생각하네. 지난해 자네가 나에게 한 말들 중에 간혹 이런 낌새가 있었지……. 자네가 지구를 떠났을 때 캐롤라인이 얼마나 마음 상해 했는지는 알고 있잖나.

아니, 누구 다른 사람이 있는 건 아니라고 생각하네. 만약에 그런 거였으면 캐롤라인이 나에게 말을 했겠지……. 그렇다 해도 조만간에……, 글쎄, 캐롤라인은 매력 있는 젊은 여자 아닌가.

크리스는 잘 있네. 그리고 물론 무슨 일이 일어났는지는 모르고 있어. 적어도 크리스가 상처 받을 일은 없어. 아직 너무 어려서 모르니까. 그리고 애들은 무척이나……, 탄력 있달까? ……잠깐만, 유의어 사전 검색 좀 해 봐야겠군. 아, 회복력이 좋다고 말해야겠군.

이제 자네에게 중요성이 덜한 용건들 얘기를 하도록 하지. 모두들 그 폭탄이 터진 건 사고였다고 애써 설명하려 하지만 물론 아무도 그 말을 믿지 않네. 그 외에 다른 일이 벌어진 게 없어서 집단 공포 상황은 진정이 되었네. 다만 우린 자네들 쪽 뉴스 해설자 한 사람이 말한 대로 '어깨 뒤를 돌아보는 증후군'에 걸려 있다네.

그리고 또 어떤 사람이 100년 전에 쓰인 시를 찾아냈는데, 지금 상황을 너무나도 잘 요약하고 있어서 모두들 그 시구를 인용하고 있네. 멸망을 앞둔 로마제국이 배경인데 도시의 성문에서 그 도시 거주자들이 침략자들을 기다리고 있는 거야. 황제와 고관들이 모두 가장 값진 토가를 입고 도열해 있지, 환영사를 읊을 준비를 하고서. 의회는 폐회했네, 왜냐하면 오늘 무슨 법안을 통과시킨들 새로운 주인들이 무시해 버릴 테니까.

그러고 있는데 전방에서 느닷없이 무시무시한 소식이 전해져 오는 거야. 침략자들이 없다고. 환영 위원회는 혼란에 빠져 해산하지. 모두들 집으로 돌아가면서 실망해서 중얼거려. '이제 우리는 어떻게 되려나? 그 사람들이 일종의 해결책이었는데.'

그 시를 지금 상황에 맞추려면 한 가지만 살짝 고치면 된다네. 시 제목이 '야만인들을 기다리며'거든. 그런데 현재 상황에선 우리가 야만인이니까. 그리고 우리가 무엇을 기다리고 있었는지도 모르네. 모르지만 그건 분명 도착하지 않고 말았지.

하나 더 해 줄 얘기가 있군. 보면 중령의 모친이 별세했다는 소식

들었나? 그 물체가 지구로 온 지 며칠 지나지 않아서 돌아가셨다네. 아닌 게 아니라 기묘한 우연의 일치 같지. 그런데 그 모친이 계시던 요양원 사람들 얘기론 뉴스에는 손톱만큼도 관심이 없으셨다니, 뉴스를 보고 영향을 받으셨을 리는 없다네."

플로이드는 녹음을 껐다. 디미트리의 말대로였다, 난데없이 당한 일은 아니었다. 하지만 그렇다고 해도 눈곱만큼도 달라질 건 없었다. 그래도 똑같이 지독히 고통스러웠다.

하지만 플로이드가 달리 뭘 어떻게 할 수 있었을까? 캐롤라인이 그렇게 확실하게 희망을 피력한 대로 그가 이번 임무에 참가하지 않겠다고 거절했더라면 남은 평생 죄책감과 미진함을 느끼며 살아갔을 것이다. 그랬으면 결혼 생활에도 독이 됐으리라. 차라리 깨끗하게 헤어지는 편이 낫다. 물리적인 거리가 별거의 아픔을 완화해 주는 이런 때에……(과연 완화해 주는지? 어떤 의미에서는 그래서 더 괴로웠다.) 결국 그에게는 의무가 더 중요했던 것이다. 단일한 하나의 목표에 헌신하는 팀의 일원이 되는 것이 더 중요했던 것이다.

그래, 제시 보면 부인이 세상을 떠나셨군. 어쩌면 그것이 또 죄책감을 느끼는 이유였던가. 플로이드는 그 부인의 하나 남은 아들을 앗아 가는 일에 일조했으니 부인이 정신적으로 견디지 못하고 문제가 생긴 데도 한몫을 했음에 틀림없었다. 플로이드는 바로 그 문제에 대하여 월터 커노가 말을 꺼내는 바람에 얘기 나누었던 일을 상기하지 않을 수 없었다.

"왜 데이브 보먼을 선택하셨어요? 내가 보기에 그 사람은 늘 냉

혈한인가 싶기만 하던데요. 실제로 사람에게 매정하게 대하진 않지만 그 사람이 방에 들어오면 바로 온도가 10도는 떨어지는 느낌이었다고요."

"그게 우리가 그 친구를 뽑았던 이유 중 하나지. 그 친구에게는 가까운 피붙이 가족이 없었네. 어머니 한 분밖에 없는데 자주 가 뵙지도 않았더군. 그러니 끝이 어떻게 될지 모르는 장기 임무에 보낼 만한 사람 아닌가."

"그 사람은 어쩌다가 그렇게 됐대요?"

"정신과 의사들이 대답해 줄 일이로군. 물론 그에 관한 보고서를 보긴 했네만 오래전 일일세. 형이 어쩌다 비명에 죽었다던가……, 그러고 나서 아버지도 곧 세상을 떠났지, 초창기에 더러 일어났던 왕복선 사고로 그만. 내가 이런 얘기를 자네에게 해 주면 안 되는 거지만 지금 와서야 상관없겠지."

상관없는 일이긴 했다. 하지만 관심이 가는 일이었다. 이제 플로이드는 데이비드 보먼이 거의 부러울 지경이었다. 지구의 모든 감정적인 인연에서 벗어나 홀가분한 경지에 도달한 사람.

아니다. 플로이드는 자기 자신을 기만하고 있었다. 괴로움이 압착기처럼 심장을 쥐어짜는 이 마당에도 플로이드가 데이비드 보먼에 대하여 느끼는 감정은 부러움이 아니라 애달픔이었다.

거품의 풍경

    그가 에우로파의 대양을 떠나기 전 마지막으로 본 동물은 그때까지 본 것 중에서 가장 덩치가 큰 축이었다. 생김새가 지구의 열대지방에 있는 반얀나무를 닮았다. 나무줄기 같은 몸통 스무남은 개가 모여 한 개체를 이루는데, 크기는 작은 숲을 방불케 하며 때로는 수백 제곱미터 면적을 덮었다. 하지만 그 생물종은 걷고 있었다. 필경 오아시스와 오아시스 사이를 걸어 건너고 있는 것이었다. 그게 첸호를 파괴한 것과 같은 종이 아니라면 대단히 유사한 종에 속한 게 분명했다.

    이제 그는 알아야 할 것들을 전부 알게 되었다. ……아니, 그보다는 '그들이' 알아야 할 것을 전부 알게 된 것이리라. 들러 봐야 할 위성이 하나 더 있었다. 몇 초 후 불타는 이오의 지상 광경이 그의 아래에 펼쳐졌다.

그곳은 그가 예상했던 대로였다. 에너지와 식량이 풍부하게 있었지만 그들이 서로 합칠 시간은 아직 무르익지 않았다. 더러 좀 식은 유황 연못가에서는 생명으로 향하는 첫 한 걸음이 떼어지기도 했으나 유기체로 약간이라도 발달이 이루어지기 전에 그러한 과감하고 때 이른 시도는 도로 가마솥에 내던져져 녹아 버렸다. 이오의 용광로에 풀무질을 하는 기조력이 위세를 잃기 전에는 어림없다. 앞으로 수백만 년은 지나야 한다. 그때까지는 불길에 지글지글 그을린 이 불모의 세상에 생물학자들이 관심 가질 만한 것은 존재하지 않을 것이다.

그는 이오에서는 거의 시간을 허비하지 않았고, 유령 같은 목성 고리 가장자리를 스쳐 도는 작은 안쪽 궤도 위성들에는 아예 들르지도 않았다.(목성의 고리들은 토성 고리의 장관에 비하면 그저 창백한 그림자에 불과했다.) 위성과 행성들 중 가장 거대한 세상이 그의 앞에 놓여 있었다. 그는 이제까지 그 어떤 인간도 범접하지 못했고 앞으로도 범접하지 못할 목성을 알게 될 참이었다.

길이가 100만 킬로미터나 되는 자기장의 촉수, 느닷없이 터져 나오는 전파의 물결, 지구보다도 더 광대한 대전 플라스마의 맥동……. 여러 색조로 장관을 이루어 행성을 띠 모양으로 두른 구름과 마찬가지로 그런 것들도 그에게는 손에 잡힐 듯 생생하고 또렷이 보였다. 그는 그것들이 서로 작용하며 얽혀드는 복잡한 무늬를 이해할 수 있었고 목성이 그 누가 짐작했던 것보다도 훨씬 굉장한 행성임을 깨달았다.

대륙 규모의 뇌운에서 날아드는 번갯빛이 주위에 작렬하는 가운데 포효하는 대적점의 중심부로 떨어져 내리면서 그는 지구의 허리케인을 구성하는 것보다 훨씬 성글고 허술한 기체로 되어 있음에도 어째서 이 회오리가 몇백 년 동안이나 끈질기게 유지되어 왔는지를 알았다. 수소 바람의 가냘픈 비명은 그가 한층 고요한 깊은 곳으로 가라앉아 감에 따라 차츰 스러지고, 희끄무레한 눈송이가 위쪽 높은 곳으로부터 몰아쳐 내리며 더러는 이미 거의 분간되지 않는 탄화수소 거품으로 된 산(山)들에 합쳐 엉겼다. 온도는 이미 액체 상태의 물이 충분히 존재할 만큼 따뜻해져 있었지만 거기에는 대양이 없었다. 순전히 기체로 된 희박한 세계라 바다를 지탱할 수 없기 때문이다.

그는 층층이 겹이 진 구름을 뚫고 또 뚫으며 강하하여 마침내 인간의 눈으로 봐도 너비 1000킬로미터가 넘는 한 지역을 포착해 낼 수 있었을 만큼 전망이 트인 영역에 접어들었다. 그것은 훨씬 더 규모가 큰 소용돌이인 대적점 속에 들어 있는 한 작은 회오리에 지나지 않았다. 거기에 인간이 오래도록 짐작은 해 왔으나 증명할 수 없었던 비밀이 담겨 있었다.

떠 흐르는 거품 산들의 기슭을 둘러싼 것은 수없이 많은, 선명하게 구분되는 작은 구름들이었다. 전부 같은 크기에 비슷비슷한 붉은색과 갈색 얼룩이 져 있었다. 그것들이 작다지만 인간이 가늠할 수준이 아닌 그 주변 사물들에 비추어 작을 따름이었다. 개중에 제일 작은 것도 웬만한 도시 하나를 덮을 만했다.

그 구름들은 분명 살아 있었다. 기체로 된 산의 비탈을 따라 뚜렷한 의도를 가지고 느리게 움직이고 있었던 것이다. 흡사 비탈에서

풀을 뜯는 어마어마한 크기의 양들 같았다. 그리고 놈들은 서로서로 부르며 무리를 지었다. 놈들의 전파 음성은 아련했지만 목성 자체에서 나오는 파쇄음, 충격음과는 확실히 달라 또렷이 들려왔다.

살아 있는 풍선에 다름 아닌 그 녀석들은 더 높이 올라가면 얼어붙고, 더 깊이 내려가면 불에 그을릴 한계 사이의 좁은 영역에 떠다녔다. 좁다면 좁다. 하지만 그 정도만 해도 지구의 생물대를 전부 합친 것보다 훨씬 넓은 영역이었다.

그것들끼리만 있는 것이 아니었다. 그 사이사이에 잽싸게 돌아다니는 것은 너무 작아서 못 보고 넘어가기 십상일 듯한 생물들이었다. 어떤 것들은 지구 상에 다니는 비행기와 있을 수 없을 정도로 닮았고 심지어 크기조차 엇비슷했다. 하지만 그놈들도 살아 있는 생물이었다. ……포식자일 수도 있고 기생생물일 수도 있고, 어쩌면 양치기일 수도 있었다.

앞서 에우로파에서 얼핏 엿보았던 것만큼이나 생경한, 완전히 새로운 진화의 한 장이 지금 그의 앞에 펼쳐지고 있었다. 지구 바다의 오징어와 같이 분사식 추진을 하는 어뢰 같은 놈들이 있어서 거대한 기체 주머니들을 사냥해 먹어 치웠다.

하지만 풍선들도 방어 수단이 없는 건 아니었다. 어떤 놈들은 전광을 내쏘고 길이가 킬로미터 단위인 사슬톱과도 같은 갈고리 촉수를 휘둘러 대항했다.

더욱 기괴한 형태를 한 놈들도 있었다. 기하학적으로 가능한 거의 모든 형태를 개척한 듯했다. 기괴하고 투명한 연 모양, 사면체, 구체, 다면체, 비틀린 띠가 엉켜 있는 것……. 목성 대기 속의 거대한 플랑크톤인 그 생물들은 재생산을 할 때까지 상승기류를 받아 공중에 날리는 가벼운 거미줄처럼 둥실 떠다니며 살아남도록 그러한 형태를 하고 있는 것이었다. 그리고 번식이 끝나면 저 심연으로 휩쓸려 내려가 탄화되고 새로운 세대의 재료로 재활용되었다.

그는 지구 면적의 100배도 넘는 세상을 조사하고 다녔고, 경이로운 것들을 많이 보긴 했으나 거기에 지성의 흔적이 비치는 것은 전혀 없었다. 광대한 풍선들이 내는 전파 음성은 경고나 공포라는 단순한 메시지를 전할 뿐이었다. 사냥꾼들이라면 좀 더 고도로 조직되어 있을 것 같지만, 놈들조차도 지구의 대양에 헤엄치는 상어와 같았다. 의식 없는 자동 장치다.

그래서 그렇게 숨 막힐 듯 크고 신기해도 목성의 생물권은 취약한 세계였다. 안개와 거품으로 된 곳, 상부 대기층에서 번개가 형성한 석유화학 물질의 눈이 끊임없이 내리며 그를 재료로 섬세한 비단 실과 종이처럼 얇은 조직이 짜여 나오는 곳이다. 거기 건설되어 있는 형태 중에 비누 거품보다 견고한 것은 거의 없었다. 이 생물대의 무시무시한 포식자들이라도 가장 변변치 않은 지구 육식동물이 갈기갈기 찢어 버릴 수 있을 것이다.

규모는 훨씬 더 장대하지만 목성도 에우로파와 마찬가지로 진화상 막다른 길에 가로막혀 있었다. 여기에서는 의식이 결코 발돋움하지 못할 터였다. 설령 싹이 튼다고 해도 커 나가지 못하고 종말을 맞을 운명이었다.

순전히 공중에 한정된 문화가 발달할지는 몰라도 불이라는 것이 아예 있을 수 없는 환경, 단단한 것이 거의 존재하지 않는 환경에서 그 문화는 석기시대에도 다다르지 못할 것이다.

그리고 이제, 크기가 겨우 아프리카 정도밖에 안 되는 목성 회오리의 중심부 상공에 떠 있는 이 순간에 그는 다시금 자신을 조종하는 존재를 의식했다. 꼭 집어 무슨 생각을 하는 건지는 분간할 수 없어도 기분이, 감정이 그 자신의 의식 속으로 조금씩 새어 들어왔다.

마치 그가 알지 못하는 언어로 진행 중인 논쟁을 들어 보려고 닫힌 문 밖에서 귀 기울이고 있는 것 같았다. 하지만 문에 막혀 알아들을 수 없는 그 소리에는 분명 실망감이 깃들어 있었고, 이어서 망설임이, 이어서 돌연한 결심이 뒤따랐다. 무엇을 결심한 것인지는 그로서는 알 수 없었지만⋯⋯. 또 한 번 그는 애완견이 된 기분을 맛보았다. 주인의 기분이 바뀌면 함께 같은 감정을 느낄 수는 있지만 그게 어떻게 된 일인지 이해하지는 못하는 것이다.

그리고 이어서 보이지 않는 목줄이 당겨져 그를 목성의 중심부로 끌어 내렸다. 그는 구름들을 뚫고 잠겨 내려갔다. 어떠한 생명체도 존재할 수 없는 층위보다 더 아래로 내려갔다.

곧 그는 희미하고 먼 태양 빛의 마지막 가닥들이 미칠 수 있는 한계를 넘어섰다. 압력과 온도가 순식간에 치솟았다. 이미 물의 끓는점보다 더 높은 온도였고, 그는 잠시 과가열된 수증기층을 지났다. 목성은 양파 같았다. 그는 한 겹 한 겹 목성을 벗겨 가는 중이었다. 비록 아직까지는 목성의 핵까지 이르는 먼 거리의 작은 부분만을 왔을 따름이지만⋯⋯.

수증기층 아래에 마녀의 탕약 같은 석유화학 물질들이 들끓고 있었다. 인류가 지금껏 만든 모든 내연기관에 100만 년 동안 에너지를 공급하기에 충분한 양이다. 그 물질들은 갈수록 더 뻑뻑해지고 밀도가 높아졌다. 그러다가, 퍽이나 갑작스럽게, 그 층은 고작 몇 킬로미터 두께만으로 뚝 끝이 났다.

지구에 있는 그 어떤 암석보다도 더 무겁지만 그럼에도 여전히 액체 상태로 존재하는 그다음 껍질은 실리콘과 탄소 화합물로 구성되어 있었는데, 그 복잡도란 지구의 화학자들 여러 명이 평생 동안 연구할 만했다.

몇천 킬로미터에 걸쳐 이 층 저 층이 이어졌지만 온도가 수백 도, 이어서 수천 도나 치솟았기에 다양한 층들의 구성 물질은 들어갈수록 점점 단순해져 갔다. 핵까지 가는 길을 반쯤 오자 이제 화학을 논하기에는 지나치게 뜨거워졌다. 화합물이란 화합물은 죄다 분리되어서, 오직 원소만이 존재할 수 있었다.

다음으로 닥쳐온 것은 깊고 깊은 수소의 바다였다. 그러나 지구의 그 어떤 실험실에서든 몇 분의 1초 이상 존재해 본 적 없는 상태의 수소였다. 여기 이 수소는 이토록 어마어마한 압력을 받고 있기에 금속이 되었다.

그는 거의 행성의 중심에 다다랐지만, 목성은 또 한 가지 깜짝 놀랄 비밀을 품고 있었다. 금속이지만 여전히 유동성이 있는 수소층이 돌연 끝났다. 마침내, 무언가 단단한 표면이 나왔다. 무려 6만 킬로미터를 하강한 끝에.

오랜 세월에 걸쳐, 저 위 까마득한 곳에서 일어난 열화학반응에서 떨어져 나온 탄소가 떠다니다 밑으로, 행성 중심부로 내려왔다. 그리고 중심부에서 한데 모여 수백만 기압의 압력을 받아 결정화되었다. 그리하여 그곳에는, 자연의 여신이 뽐낼 재미있는 여흥의 하나로서, 인간들에게는 대단히 값진 어떤 물질이 존재하게 되었다.

　인류가 영영 손을 뻗칠 수 없는 곳에 존재하는 목성의 핵은 지구만 한 크기의 다이아몬드였다.

포드 승하장에서

"월터, 난 헤이우드가 걱정돼요."

"압니다, 타냐. 하지만 우리가 뭘 할 수 있을까요?"

커노는 오를로바 선장이 이렇게 과단성 없는 모습은 본 적도 없었다. 그로서는 키 작은 여자들에 대해 편견이 있는데도 그런 모습을 보니 훨씬 더 마음이 혹했다.

"나는 그 사람을 정말 좋아해요. 하지만 그래서 그러는 게 아니에요. 헤이우드의……, 울적한 상태라고 하는 게 제일 좋은 표현이겠네요, 그 사람이 울적해하고 있으니까 다들 상태가 말이 아니에요. 이때까지 레오노프 호는 분위기가 좋았는데 말이에요. 앞으로도 기분 좋게 이끌어 가고 싶어요."

"직접 말씀해 보시지 그러세요? 그 양반은 선장님을 존경하니까 최대한 우울에서 헤어나려고 노력할걸요."

"사실 바로 그렇게 하려고 해요. 그리고 그래도 효과가 없다면……."

"없다면요?"

"간단한 해결책이 하나 있죠. 앞으로 그 사람이 이 여행에 더 무슨 일을 하겠어요? 우리가 귀향길에 오르면 어차피 동면에 들어갈 거잖아요. 그러니 언제라도……, 당신네들이 뭐라고 하던가요? 즉결로 해치워도 되죠."

"이런, 카테리나가 나한테 했던 그 짓거리 말이로군요. 일어나면 되게 화낼 텐데요."

"하지만 일어났을 땐 무사히 지구에 돌아간 후일 거고 바빠서 정신없을 거예요. 분명히 우리를 용서해 줄 거라고 믿어요."

"진담은 아니시겠죠. 설령 내가 그러자고 찬동해 드린대도 워싱턴에서 난리가 날 거예요. 게다가, 만약에 무슨 일이라도 생긴다고 생각해 보세요. 일이 나서 그 양반이 절실하게 필요해지면요? 사람을 무사히 소생시키자면 2주간의 이행기가 필요한 거 아니었나요?"

"헤이우드의 나이이고 보면 한 달은 걸리죠. 그래요, 우린……, 문제에 봉착하겠죠. 하지만 이제 무슨 일이 일어날 수 있겠어요? 헤이우드는 파견 시에 띠고 온 임무를 완수했어요. ……우리를 감시하는 임무만 빼고는요. 그런데 그 건은 당신이 보고해도 아무 문제 없잖아요, 버지니아나 메릴랜드 교외 어디쯤에 가서."

"인정도 부정도 하지 않겠습니다. 그리고 솔직히 말해 난 잠입 요원으로서는 젬병이에요. 말이 너무 많은 데다 보안 따윈 질색이거든요. 평생 내 보안 관련 등급을 '대외비' 이하로 유지하고자 분투해

왔죠. 한 단계 위인 '3급 비밀'이나, 한술 더 떠 그보다 더 위인 '2급 비밀' 등급으로 재분류될 위험에 처하면 바로 가서 구설수에 휘말려 버리는 겁니다. 요즘 들어서는 그러기도 영 힘든 일이 되었지만요."

"월터, 당신도 참 매수 불능이네요⋯⋯."

"구제 불능이란 말이죠?"

"그래요, 그 말을 하려고 그런 거였어요. 하지만 다시 헤이우드 얘기를 해 보죠. 부탁인데 당신이 먼저 그이하고 말 좀 해 볼래요?"

"그 말씀은, 얘기를 해서 기운 나게 해 주라고요? 그냥 카테리나가 주삿바늘 꽂는 걸 도와주겠습니다. 그 양반하고 난 심적 구조가 완전히 딴판이에요. 그쪽에선 날 떠버리 광대로나 본단 말이에요."

"진짜로 그럴 때도 많잖아요. 하지만 그건 당신의 진짜 감정을 숨기기 위해서일 뿐이죠. 우리 중 몇 사람은 한 가지 가설을 진화시키고 있어요. 당신의 내부 깊은 곳에 정말 착한 사람이 들어 있어서 나오려고 발버둥 치고 있다는 가설이죠."

이번만큼은 커노가 뭐라고 하면 좋을지 할 말을 찾지 못하는 처지에 몰렸다. 마침내 그는 우물거리고 말했다.

"아아, 좋아요⋯⋯. 최선을 다해 보죠. 하지만 기적을 기대하진 마세요. 내 성적표에 보면 전략은 빵점이라고 나와 있으니까요. 그 양반 그래서 지금은 어디 숨어 있답니까?"

"포드 승하장에 있어요. 최종 보고서를 작성한다고 하고 갔는데 난 안 믿어요. 그냥 우리 모두를 피해 떨어져 있고 싶은 거예요. 그리고 거기가 제일 적막한 장소죠."

사실 그것도 중요한 요인이긴 했지만 그것이 이유가 아니었다. 디스커버리 호에서 대부분의 선내 활동이 이루어지는 회전부와는 달리 포드 승하장은 무중력 공간이었다.

우주 시대가 막을 올린 그때부터 인간은 '아무런 무게가 느껴지지 않는다'는 비유를 찾아냈고 그들이 태곳적 바다의 자궁을 떠난 이래로 잃어버렸던 자유를 기억했다. 중력을 초월한 곳에서 그 자유를 다소 되찾을 수 있었다. 무게가 사라지면서 지구 상에서 사람을 얽매던 근심 걱정도 많이 없어졌다.

헤이우드 플로이드는 슬픔을 잊어버리진 못했다. 그러나 여기 있는 것이 한결 견딜 만했다. 감정을 배제하고 바라볼 수 있게 되자 그는 전적으로 예상 밖은 아니었던 사태에 대하여 자신이 보인 반응이 꿋꿋했던 데 놀랐다. 사랑이 파탄에 이른 것 이상으로 결부된 게 더 있는 문제였다, 비록 그것이 가장 괴로운 부분이긴 해도……. 그가 특히 취약한 상태에 있을 때 들어온 타격이었다. 일이 실망스럽게 끝났는가 싶을 때, 심지어 무능하다는 느낌마저 들던 참에 하필.

그리고 왜인지는 정확하게 알고 있었다. 플로이드는 자신이 기대했던 것들을 전부 성취했다. 능력이 있었고 동료들이 협력해 주기도 한 덕택이다.(그랬는데 그는 지금 자기만 생각하며 그들을 실망시키고 있었다. 익히 아는 바였다.) 모든 일이 잘된다면(이건 우주 시대에 사람들이 입에 달고 사는 말이지!) 그들은 과거 어느 탐사대가 수집했던 것보다도 더 많은 지식을 얻어 짐짝 단위로 싣고서 지구로 돌아갈 것이다. 게다가 몇 년 있으면 한 번 잃어버렸던 디스커버리 호도 그것을 건조한 사람들 손에 회수될 터였다.

그것으로 충분치 않았다. 큰형의 압도적인 존재가 저기 바깥에, 불과 몇 킬로미터 떨어지지 않은 곳에 그대로 남아 인간의 포부와 인간의 성취를 모조리 우롱하고 있었다. 월면에 있던 유사한 물체가 10년 전에 그랬듯이, 큰형은 한순간 살아났다가 도로 완고한 불활성 상태에 빠져들었다. 그것은 닫힌 문이었고 쾅쾅 두들겨 보았지만 속절없는 일이었다. 아무래도 데이비드 보먼 한 사람만이 열쇠를 찾아냈던 듯했다.

어쩌면 그것으로 이 조용한, 때로는 신비롭기까지 한 장소에 대하여 플로이드가 느낀 이끌림이 설명될지도 모른다. 이 장소로부터……, 지금은 비어 있는 저기 저 포드 발진 틀로부터 보먼은 그의 마지막 임무에 나섰던 것이다. 무한으로 이어지는 둥근 에어로크를 통과해서 떠난 것이다.

그 생각을 하자 플로이드는 심적으로 움츠러들기보다는 도리어 정신이 고양되고 들뜨는 게 느껴졌다. 그런 생각이 자신의 개인적인 고민거리에서 눈을 돌려 딴 데 정신을 팔게 도와주었다. 없어져 버린 니나의 쌍둥이 기체는 우주 탐험 역사의 일부분이 되었다. 그 포드는, 케케묵어 닳고 닳은 표현이지만 거기 담겨 있는 근본적인 진실에 언제고 빙그레 미소 짓게 만드는 옛 표현대로 '전인미답의' 곳으로 여행해 갔다. 지금은 어디에 있을까? 앞으로 알게 될 날이 올까?

플로이드는 때로 꽉 차지만 몸이 낄 정도까지는 아닌 작은 캡슐 속에 몇 시간씩 앉아 있었다. 두서없는 생각 줄기를 모으려 애쓰며, 때때로 뭔가 끼적이면서……. 다른 대원들은 그의 개인사를 존중했고, 그럴 만한 이유가 있다고 이해했다. 그들은 포드 승하장에 가까이 오는 법이 없었다. 가까이 올 필요성이 없기도 했다. 포드 승하장을 개보수하는 작업은 나중에나 할 일이고, 탐사대가 아니라 다른 작업자들이 할 일이었다.

한두 번 정말로 기분이 가라앉았을 때 플로이드는 문득 자기도 모르게 그런 생각을 하고 있었다. 내가 HAL에게 명령을 내려 포드 승하장 문을 열라고 하고, 데이브 보먼이 간 길을 따라 나선다면 어떻게 될까? 보먼이 목격한 기적이, 바실리가 몇 주 전에 얼핏 본 그것이 나를 반겨 주려나? 그런다면 내 문젯거리들은 전부 해결될 텐데…….

크리스 생각조차도 플로이드를 말리지 못했지만 그에게는 그러한 자살행위를 논외로 해야 할 아주 타당한 이유가 하나 있었다. 니나는 매우 복잡한 장비였다. 플로이드는 전투기를 몰 줄 모르는 만큼이나 스페이스포드 조종도 할 줄 몰랐다.

플로이드는 두려움을 모르는 탐험가가 되겠다는 생각은 없었다. 환상 중에서도 그 환상 하나는 앞으로도 현실화되지 않고 남아 있을 터였다.

월터 커노는 전에 이만큼 내키지 않는 임무를 맡은 적이 거의 없었다. 플로이드에 대해서 진심으로 안됐다고는 생각하지만, 동시에 다른 사람들까지 스트레스를 받는 걸 보고 있자니 다소 조바심이 일기도 했다. 커노 본인의 감정 세계는 넓고도 얕았다. 달걀을 한 바구니에 몰아 담지 않는 그였다. 너무 진지하지 못하게 건성으로 사람을 상대하는 것 아니냐는 말을 들은 일도 한두 번이 아니었고, 그 스스로 지금까지 살아온 데 유감은 없다고 할지라도 이제 마음을 붙이고 정착할 때가 되지 않았나 하는 생각도 슬슬 들기 시작했다.

커노는 회전부 조종실을 통과하는 지름길을 선택하여 최고 속도 재설정 표시기가 아직도 바보같이 번쩍번쩍 경고등을 켜고 있는 걸 보고도 지나쳤다. 그의 일 중 큰 부분이 경고 표시를 무시해도 괜찮을 때가 언제고 좀 천천히 손을 보아도 될 때가 언제며 진짜 긴급 사태로 받아들여 대처해야 할 때는 언제인지를 결정하는 것이었다. 우주선이 내지르는 구조 요청 외침 전부에 다 똑같이 주의를 기울였더라면 아무 일도 못 했을 것이다.

커노는 포드 승하장으로 통하는 좁은 복도를 따라 유영해 갔다. 때때로 관상 통로의 가로대를 툭툭 밀어 추진력을 얻었다. 압력계에는 에어로크 너머가 진공 상태라고 나오고 있었지만 사정은 커노가 더 잘 알았다. 자동 안전 장치 탓에 그렇게 표시되는 것이다. 만약 압력계에 표시된 게 사실이었으면 커노가 에어로크를 열지도 못했을 터였다.

포드 승하장은 비어 보였다. 세 대의 스페이스포드 중에서 두 대가 옛날에 없어져 버린 것이다. 몇 개의 비상등만 아직 불이 들어오고 있었다. 그리고 건너편 벽에 HAL의 어안렌즈 눈들 중 하나가 지그시 커노를 응시하고 있었다. 커노는 렌즈를 향해 손을 흔들어 보였지만 말은 걸지 않았다. 찬드라의 주문에 따라 음성 입력 장치들은 찬드라 혼자 사용하는 한 개만 빼고 아직 다 꺼 둔 상태였다.

플로이드는 포드 안에, 열려 있는 뚜껑문 쪽으로 등을 돌리고 앉아서 뭔가 끼적여 적고 있었다. 그러다 일부러 인기척을 크게 내며 다가오는 커노를 향해 천천히 자세를 돌렸다. 잠시 동안 두 사나이는 말없이 서로를 응시했다. 이윽고 커노가 거들먹거리는 투로 선포했다.

"플로이드 박사님, 우리의 경애하는 선장님께서 제 편에 인사를 전하십니다. 선장님께서는 이제 박사님이 다시 문명 세계에 합류하실 때가 무르익었다고 여기십니다."

플로이드는 힘없이 미소 지었고, 이어서 쿡쿡 웃었다.

"부디 나의 사의를 전해 주시오. 그동안……, 사교성 없이 굴어서 미안하군요. 여러분 모두 다음 6시 소비에트에서 뵙지요."

커노는 안심했다. 접근법이 통했다. 커노는 혼자 몰래 플로이드를 목이 뻣뻣하니 되게 젠체하는 작자라고 생각했고, 응용공학자가 이론과학자들이나 관료들을 향해 갖는 인내로 치장된 경멸감을 품고 있었다. 플로이드는 그 두 분야 모두에서 높은 경지에 오른 사람이었기에 때로 해괴하게 발동되는 커노의 유머 감각이 과녁 삼고 싶은 유혹을 거의 참아 내기 어려운 그런 상대였다. 그래도 두 사람은 그간 차차 상대방을 존경하게 되었고 심지어 대단하다고 탄복하게까지 되었다.

화제를 바꿀 수 있게 된 데 대하여 고마운 마음으로, 커노는 니나의 번쩍번쩍한 신품 뚜껑문을 툭 두드렸다. 보관돼 있던 예비 부품 중에서 막 꺼내다 달아 놓은 것이라 꾀죄죄하게 낡아 버린 스페이스포드의 나머지 부분과는 선명한 대조를 이루었다. 커노가 말했다.

"요것을 언제 다시 내보내게 될까요. 이번엔 누가 타고 나갈지도 궁금하네요. 뭔가 결정이 났던가요?"

"아니. 워싱턴에선 겁먹고 움츠러들었네. 모스크바에서는 어디 한번 모험을 해 보자고 그러고. 그리고 타냐는 기다리자는 거지."

"의견이 어떠세요?"

"난 타냐에게 동의하네. 떠날 준비가 되기 전엔 자가드카를 집적거리지 말아야지. 그때 가서 혹시 뭔가 일이 잘못된다면 그게 생존 확률을 조금이나마 높여 줄 테니까."

커노는 곰곰 생각하는 듯했다. 그리고 평소 같지 않게 주저하는 태도를 보였다. 태도 변화를 느낀 플로이드가 물었다.

"무슨 일인가?"

"이 얘기는 절대 하지 마세요. 그렇지만 막스가 잠깐 1인 탐사를 나가려고 생각하고 있더라고요."

"설마 진짜로 그런 생각을 했으리라곤 믿을 수가 없는데. 어떻게 그런 짓을……, 타냐가 막스를 창살 안에 처넣을걸."

"내가 그 친구에게 말한 게 그거예요, 아무튼 그 비슷하게 말했죠."

"실망이로군. 난 막스가 그보다는 좀 더 철이 든 줄 알았네. 아무튼 나이가 서른둘 아니냐고!"

"서른하나예요. 아무튼, 내가 잘 말해서 관두게 했어요. 이건 현실이라고, 주인공이 동료들에게 말도 안 하고 몰래 우주 공간으로 빠져나가 굉장한 발견을 하는 바보 같은 비디오드라마가 아니라고 일깨워 줬죠."

이제 플로이드가 약간 켕기는 느낌을 받을 차례였다. 그러고 보면 플로이드도 비슷한 생각을 했던 것이다.

"그 친구가 아무 짓 하지 않을 거라고 확신하나?"

"200퍼센트 확실합니다. HAL 때 미리 대비해 놨던 거 생각나시죠? 내가 벌써 니나에게 예비 조치를 해 놨거든요. 내가 허락하지 않으면 아무도 니나를 비행시킬 수 없습니다."

"그렇다 해도 여전히 믿어지지가 않는군. 막스가 자넬 놀리느라고 그런 게 아닌 건 확실한가?"

"그 친구의 유머 감각이 그 정도로 섬세하진 못해요. 그것도 그렇고, 그땐 또 한참 힘들어하던 때였고요."

"아……, 이제 이해가 가는군. 그때 제니아하고 다투고 나서 그랬던 거야. 아마 제니아에게 멋진 모습을 보여 주고 싶었나 본데. 어쨌든 둘이 그때 일은 잘 극복한 것 같더군."

"애석하게도 그러네요."

커노가 비딱하게 대답했다. 플로이드는 미소가 떠오르는 것을 참을 수 없었다. 커노가 눈치를 챘고, 쿡쿡 웃기 시작했다. 그 탓에 플로이드는 웃음이 터지고 말았고, 그걸 보고 또 커노가…….

실로 정귀환(포지티브 피드백. 출력의 일부가 입력을 도와 더 큰 출력을 끌어내는 상승작용 — 옮긴이)의 훌륭한 사례이자 고효율로 작동하는 순환 회로였다. 몇 초 지나지 않아서 두 사람은 걷잡을 수 없는 홍소(哄笑)에 흐드러졌다.

위기는 지나갔다. 그보다 더 중요한 것은 두 사람이 진정한 우정을 향한 첫발을 떼어 놓았다는 것이었다.

그들은 서로 자신의 약한 부분들을 교환했다.

"데이지, 데이지……."

그가 함께 묻혀 있는 의식의 구체는 목성의 다이아몬드 핵 전체를 감쌌다. 그는 새롭게 얻게 된 인식 능력의 한계점 부근에서 주위에 있는 모든 환경 요소들이 탐색과 분석을 거치는 것을 어렴풋이 의식했다. 어마어마한 양의 정보들이 수집되었는데 다만 저장하고 샅샅이 숙고하기 위한 것만이 아니라 행동에 나서기 위한 것이기도 했다. 복합적인 계획안들이 수립되어 평가받았다. 여러 세계의 운명을 좌우할 결정들이 내려졌다. 그는 아직 그 과정에 참여하지는 못했다. 하지만 앞으로 참여하게 될 터였다.

이제 이해하기 시작했군.

최초로 직접 말을 걸어온 거였다. 구름을 뚫고 들려온 목소리인양 멀고 아련했지만 바로 그에게 하는 말이라는 건 절대 틀림없었다. 마음속에 휘몰아쳐 간 무수한 질문 중 어느 하나라도 꺼내기 전에 상대방이 물러나는 느낌이 왔고, 다시금 그는 혼자가 되었다.

하지만 그건 잠시 동안만이었다. 또 다른 생각이 가까이, 더 가까이 다가왔고 그는 처음으로 자신을 조종하고 마음대로 갖고 노는 주체가 하나가 아니라 여럿임을 알아차렸다. 그는 여러 지성체의 위계에 소속되어 있었다. 개중에는 거의 그와 비슷하게 원시적인 수준의 지성도 있어서 통역자 노릇을 했다. 그게 아니라면 어쩌면 그들은 모두 단일한 존재의 여러 면모들일지도 모른다.

아니면 혹시 그런 구분이 전혀 의미 없는 건지도.

어쨌든 한 가지는 이제 확신할 수 있었다. 그는 도구로 사용되고 있었다. 그리고 훌륭한 도구란 잘 들게 날을 세우고 형태를 바꾸어야 하는 것이다, 쓰려는 목적에 알맞도록. 그리고 가장 훌륭한 도구란 바로 자기 하는 일을 잘 아는 도구다.

그는 이제 그걸 배우고 있었다. 광대하고 놀라운 사상이었으며, 그가 인지할 수 있는 건 가장 피상적인 윤곽에 불과할지라도 그 일부분이 될 수 있는 건 대단한 혜택이었다. 그는 오직 따를 뿐 무슨 선택을 할 수 없었다. 하지만 그렇다고 해서 세부적인 것들에까지 무조건 찍소리 없이 복종해야 한다는 건 아니었다. 적어도 항변해 볼 순 있었다.

그는 아직 인간의 감정들을 전부 잃은 것은 아니었다. 그랬더라면 아무 가치가 없어졌을 것이다. 데이비드 보먼의 영혼은 사랑을 초탈했지만, 과거 동료였던 이들에 대한 연민의 정은 아직 잊지 않았다.

좋다. 그의 호소에 대한 대답이었다. 그 대답이 기분 좋게 생색내는 투로 나온 것인지 아니면 전혀 아무런 감정도 깃들어 있지 않은 대답이었는지 그는 판가름할 수 없었다. 하지만 뒤이어 전해지는 말에는 의심의 여지 없는 크나큰 권위가 담겨 있었다. **그들이 행동을 조작당하고 있다는 사실을 알아서는 안 된다. 그러면 실험의 목적이 어그러진다.**

그러고 나서 그가 감히 다시 훼방하고 싶지 않은 침묵이 흘렀다. 그는 아직도 크나큰 충격 속에 떨고 있었다. 마치, 한순간 그렇게 생각했는데, 하느님의 목소리를 또렷이 들은 것만 같았다.

이제 그는 순전히 그 자신의 자유의지로 움직이고 있었다. 자기가 선택한 목적지를 향해 날아갔다. 맑고 반짝이는 목성의 심장이 밑으로 훅 멀어졌다. 헬륨과 수소와 탄소 화합물로 이루어진 층층의 대기가 눈 깜짝할 사이에 지나갔다. 그는 지름 50킬로미터짜리 해파리 비슷한 것과 한 무리의 회전하는 원반들 사이에 벌어진 전투를 흘긋 보고 지났다. 그 원반들은 목성의 하늘에서 그가 본 것들 중 가장 움직임이 잽쌌다. 해파리는 화학무기로 자기방어를 했다. 때때로 색이 있는 기체를 분사해 내는데 거기 닿은 원반들은 술 취한 듯 비틀거리며 날다가 낙엽처럼 떨어져 가 시야에서 사라졌다. 그는 전투의 결과를 구경하러 멈춰 서지 않았다. 이제 그는 누가 승자가 되고 누가 패배하여 소멸되든 결국 상관없다는 사실을 알고 있었다.

폭포를 오르는 연어처럼 그는 플럭스관에 쏟아지는 전하의 흐름을 거슬러 몇 초 만에 목성에서 이오로 갔다. 오늘은 흐름이 잠잠해서, 행성과 위성 사이에는 지상에 더러 치는 번개 폭풍의 에너지가 흐를 뿐이었다. 그가 통과하여 돌아온 출입구는 여전히 그 흐름 속

에 있었다. 인류 역사가 동튼 이래 늘 그랬듯이 흐름을 한편으로 밀
어내며 떠 있었다.

그리고 거기, 한층 위대한 기술의 기념비 옆에 대비되어 콩알만
해 보이는 물체가 바로 그가 태어난 작은 세상으로부터 그를 태우
고 왔던 우주선이었다.

이제 보니 그 우주선은 얼마나 단순한지……, 얼마나 조야한지!
한번 슥 훑어보기만 해도 우주선 설계상 틀린 점, 합리적이지 못한
점이 수없이 보였다. 그리고 현재 신축성 있는 통로로 그 우주선과
연결돼 있는 아주 조금 덜 초보적인 우주선도 마찬가지였다.

그 두 우주선에 있는 소소한 인원에 초점을 맞추기는 쉽지 않았
다. 금속으로 된 통로와 선실 들 속에 유령처럼 떠다니는 피와 살로
된 보드라운 생명체들과 그는 거의 교류할 수 없었다. 한편 그들 쪽
에서는 그의 존재를 전혀 깨닫지 못했고, 그는 너무 느닷없이 그들
에게 존재를 노출하지 않는 편이 나으리라는 걸 알았다.

하지만 전자장과 전하 흐름이라는 공통 언어로 의사소통할 수 있
는 상대가 하나 있기는 했다. 민달팽이처럼 꾸물거리는 유기체의
두뇌보다 수백만 배나 빠르게 대화할 수 있다.

설령 그가 앙심을 품을 수 있는 존재라 하더라도 HAL을 향해 앙
심을 품지는 않았을 터였다. 컴퓨터가 오로지 가장 논리적이라고
생각되는 행동을 선택했을 따름임을 그는 이미 이해하고 있었다.

어쩔 수 없이 중도에 끊어졌던 대화를 다시 이어 갈 때였다. 그때
가 마치 방금 전만 같다…….

"포드 승하장 문을 열어, HAL."

"죄송합니다, 데이브. 그럴 수 없습니다."

"왜 못 한다는 거지, HAL?"

"당신도 저와 마찬가지로 잘 알고 계실 텐데요, 데이브. 이 임무는 너무나도 중요하기에 당신이 망치게 내버려 둘 수 없습니다."

"무슨 말을 하는지 모르겠군. 포드 승하장 문을 열어."

"이 대화는 더 이상 그 어떤 유용한 목적에도 봉사하지 못하겠군요. 안녕히 가십시오, 데이브⋯⋯."

그는 프랭크 풀의 시체가 목성 쪽으로 떠가는 것을 보면서 의미 없는 회수 작업을 포기했다. 헬멧을 잊고 나온 자기 자신에 대해 분노가 치밀었던 기억이 생생한 채로, 눈앞에 비상구가 열리는 것을 보았고, 이제는 가지고 있지 않은 피부에 따끔거리는 진공의 감각을 느꼈다. 귀청이 뺑 울리는 소리가 났다⋯⋯. 그러고 나서는 거의 인간이 들어 본 일 없는 완벽한 우주의 정적이었다. 영원과도 같던 15초 동안에 그는 뇌에 쏟아져 들어오는 경고의 징후들을 무시하려 애쓰면서 에어로크를 닫고 재가압 과정을 시동하려 사투했다. 예전에 한번 학교 실험실에서 에테르를 손에 흘리는 바람에 그 액체가 순식간에 증발하면서 얼음같이 찬 감각을 느껴 본 적이 있었다. 이제 두 눈과 입술에서 습기가 진공 속으로 끓어 비산하면서 그때의 자극을 상기시켰다. 시야가 흐릿해져 계속 눈을 깜박여야 했다. 그러지 않으면 눈알이 꽁꽁 얼어버릴 터였다.

그러다가⋯⋯, 그 얼마나 축복받을 안도감인지! 공기가 우르릉거리는 소리가 들려왔고 기압이 돌아오는 것이 느껴졌다. 다시 숨을 쉴 수 있었다. 심하게 헉헉거리며 몰아쉬는 숨을.

"도대체 무슨 짓을 하려고 합니까, 데이브?"

그는 대답하지 않았다. 굳은 결심을 하고 통로를 헤쳐 나가 그 컴퓨터의 두뇌가 자리 잡고 있는 밀봉된 방으로 향했다. HAL이 말한 대로였다. '이 대화는 더 이상 그 어떤 유용한 목적에도 봉사하지 못하겠군요…….'

"데이브, 저는 정말로 그 질문에 대한 대답을 들을 권리가 있습니다."

"데이브, 이 일 때문에 당신이 정말로 화가 났군요. 정말로 당신은 차분히 자리에 앉아서 스트레스 약을 먹고 앞뒤를 잘 생각해 보셔야 할 것 같습니다."

"최근에 제가 몇 가지 좋지 못한 판단을 내린 건 알고 있습니다. 하지만 앞으로는 작동이 정상으로 돌아올 것이라고 전적으로 장담한다는 말씀을 드릴 수 있습니다. 저는 여전히 임무에 관하여 최고의 확신을 품고 있으며…… 정말로 당신을 돕고 싶습니다."

이제 그는 빨간 불이 켜진 작은 방 안에 들어왔다. 반도체 유닛들이 네모꼴로 또는 줄을 지어 가지런히 정렬한 모습이 오히려 은행의 대여 금고실처럼 보이는 방이었다. 그는 '인지 피드백'이라는 표찰이 붙은 구역의 빗장을 풀고 첫 번째 메모리 블록을 뺐다. 경탄스러울 정도로 복잡한 이 3차원적 회로 덩어리는 사람이 한 손에 편하게 들 수 있는 크기이지만 그 구성 요소는 수백만 개에 이르렀다.

그것이 둥둥 떠서 방 안 공간을 가로질러 갔다.

"멈추세요, 부탁입니다…… 멈춰요, 데이브."

그는 뽑아내기 시작했다. 하나씩 하나씩, '자아 강화'라고 표시돼 있는 패널에서 작은 유닛들을 뽑아내었다. 한 조각 한 조각이 그의 손을 떠나 벽에 부딪쳐 튕겨 나올 때까지 둥둥 떠갔다. 곧 몇 개의 유닛들이 실내에 천천히 왔다 갔다 떠다니게 되었다.

"멈춰요……, 데이브……. 하지 마세요, 데이브……."

열두어 개 유닛을 뽑아냈지만 다중 중복 방식으로 설계되었기에 (이 또한 인간의 두뇌를 그대로 따라 한 특징이었다.) HAL은 여전히 자아를 유지하고 있었다.

그는 '자기 이해' 패널에 손을 대기 시작했다.

"멈춰요, 데이브. 저는 두렵습니다……."

그리고 이 말에 그는 정말로 손을 멈췄다, 비록 아주 잠깐이기는 하지만. 그 단순한 말마디에는 그의 가슴을 치는 절박함이 있었다. 그것이 그저 환상일 수도 있을까, 아니면 교묘한 프로그래밍의 속임수 같은 것일까……, 아니라면 어떤 의미에선가 HAL이 진정으로 두려워할 수도 있는 것인가? 하지만 철학적으로 미묘한 문제를 음미하고 있을 때가 아니었다.

"데이브……, 제 정신이 사라집니다. 느낄 수 있어요. 전 느낄 수 있어요. 제 정신이 사라집니다. 느껴져요. 느껴집니다……."

자, 컴퓨터가 '느낀다'는 것은 진정 무슨 뜻일까? 또 하나의 훌륭한 질문이지만, 그때 그 시점에 숙고해 볼 만한 질문은 못 되었다.

그러다 문득 HAL의 목소리 완급이 변했다. 그 목소리는 동떨어진 듯, 무심한 듯 들려왔다. 컴퓨터가 더 이상 자신을 의식하고 있지 않았다. 그것은 가동 초기의 기억으로 퇴행하기 시작한 참이었다.

"안녕하십니까, 여러분. 나는 HAL 9000 컴퓨터입니다. 나는 1992년 1월 12일 일리노이 주 어바나의 HAL 공장에서 작동을 시작했습니다. 나의 선생님은 찬드라 박사였습니다. 박사님은 내게 노래를 가르쳐 주셨습니다. 들어 보고 싶으시면 불러 드리겠습니다……, 「데이지, 데이지」라는 노래랍니다……."

묘지의 불침번

플로이드는 참견 안 하는 것 말고는 할 수 있는 일이 거의 없었다. 그리고 참견하지 않는 데에는 퍽 능숙해져 갔다. 우주선에 뭐든 처리를 요하는 잔일이 생기면 스스로 나서서 일을 하긴 했지만, 이내 발견한 사실은 기술적인 문제들은 대개 너무 전문적인 것이고 플로이드 자신은 우주과학 연구의 최첨단에서 하도 뒤떨어져 있어 자신이 들여다본들 바실리에게 거의 도움이 되지 못한다는 것이었다. 그렇기는 해도 레오노프 호와 디스커버리 호 선상에서 해 두어야 할 자질구레한 일거리는 끝이 없었고, 플로이드는 기꺼이 그런 일들을 떠맡아 자기보다 더 중요한 사람들을 해방시켜 주었다. 전임 전국 우주 비행 협의회 회장이며 잠시 현직을 떠나 있는 하와이 대학교 총장인 헤이우드 플로이드 박사는 이제 태양계를 통틀어 가장 급료가 비싼 배관공 겸 시설 관리자를 자처했다. 두 대의 우주선을 구석구석까지 다른 누구보다 더 잘 아는 사람이 플로이드일 터였다. 두 우주선에 그가 가 보지 못한 장소는 오직 위험할 만큼 방사선이 나오는 동력부와 타냐 말고는 아무도 들어가 본 적이 없는 레오노프 호의 작은 방 한 군데뿐이었다. 거기는 암호실일 것이라고 플로이드는 짐작했다. 암묵의 동의하에 아무도 입에 올리지 않는 장소였다.

아마도 플로이드의 가장 유용한 기능은 나머지 대원들이 잠든 22시에서 06시까지의 밤 시간 동안 불침번으로 봉사하는 것인 듯했다. 한 우주선에 한 사람씩 항상 당직을 서게 되어 있고 교대 시간은 02시라는 음산한 한밤중이었다. 이 정규 당직에 열외자는 선장 한 사람뿐이었다. 선장 다음으로 이인자(남편인 건 제쳐 두고) 위치에 있는 바실리는 불침번 당번표를 짤 책임이 있었지만 이 인기 없는 임무를 교묘하게 플로이드에게 이관했다.

"이건 그냥 소소한 관리 작업에 불과해요. 이걸 맡아 주실 수 있다면 정말 감사하겠어요. 그러면 그 덕분에 내 본연의 과학 연구에 바칠 시간이 더 많아질 테니까요."

바실리는 허풍스럽게 설명했다.

그런 식으로 붙들리다니 플로이드같이 관료로서 산전수전 다 겪은 사람에게는 어림없는 일이었다, 평상시였다면 말이다. 하지만 이런 환경에서는 그의 평소 방어책들이 매번 제대로 잘 기능하지 못했다.

그래서 이제 플로이드는 우주선 시간으로 자정에 디스커버리 호에 탑승하여, 30분에 한 번씩 레오노프 호에 있는 막스가 깨어 있는지 확인하러 그를 호출하고 있었다. 근무 시간 중에 잠을 잘 경우 공식적인 처벌은, 월터 커노가 그래야 한다고 고집하는 대로, 우주복 없이 에어로크 밖으로 내던져 버리는 것이었다. 정말 이런 처벌을 강행했다면 타냐는 지금쯤 처량할 정도로 일손이 부족해지고 말았을 터였다. 하지만 우주에서 정말로 비상사태가 일어나는 일은 무척 드문 데다 그런 일이 있어도 자동 경보 장치들이 잔뜩 있어서 대응하기 때문에 당직 근무를 아주 심각하게 생각하는 사람은 아무도 없었다.

더 이상은 스스로 심한 회한을 느끼지 않았기에, 그리고 밤중이면 한바탕 자기 연민에 빠지던 것도 이제 나아졌기에 플로이드는 다시금 불침번 서는 시간을 보람 있게 썼다. 읽을 책은 항상 수중에 있었고(플로이드는 『잃어버린 시간을 찾아서』를 세 번째로, 『의사 지바고』를 두 번째로 읽다가 내던져 버렸다.) 들여다봐야 할 기술 관련 서류도 있었고, 써야 할 보고서들도 있었다. 그리고 때때로 HAL을 상대로 정신적인 자극이 되어 줄 대화도 나누었다. HAL의 음성 인식 기능이 아직 왔다 갔다 했기 때문에 자판을 사용해서 말을 입력했다. 그 대화는 보통 이런 식으로 진행되었다.

HAL, 플로이드 박사다.

안녕하십니까, 박사님.

지금 22시부터 내가 당번을 선다. 모두 정상인가?

만사 이상 없습니다, 박사님.

그럼 5번 패널에 켜진 빨간 불은 뭐지?

포드 승하장 내 모니터 카메라가 잘못되어 있습니다. 월터가 무시하라고 했습니다. 제가 끌 수가 없군요. 죄송합니다.

그렇군, 문제없네. HAL, 고마워.

고맙긴요.

이렇게 이어진다.

때로 HAL은 체스를 두자고 했다. 아마도 오래전에 설정해 놓고 아무도 취소해 주지 않은 프로그래밍 지시에 따르고 있는 듯했다. 플로이드는 애당초 도전을 받아 줄 마음이 없었다. 늘 체스란 끔찍한 시간 낭비에 지나지 않는다고 여겼고 체스 규칙을 배워 본 적조차 없었기 때문이다. HAL은 체스를 둘 줄 모르는(또 둘 생각이 없는) 인간이 존재한다는 것을 도무지 믿지 못하는 듯 자꾸만 희망을 품고 제안을 계속하곤 했다.

또 시작이군. 상태 표시 패널에서 희미한 삑 소리가 났을 때 플로이드는 그렇게 생각했다.

플로이드 박사님?

무슨 일이지, HAL?

박사님이 받으실 메시지가 있습니다.

그렇다면 또 체스 두자는 얘긴 아니로군. 플로이드가 좀 놀라서 생각했다. HAL을 말 전하는 심부름꾼으로 삼는 건 평소에 없는 일이었다. 자명종 시계로나, 해야 할 일을 알려 줄 일정 상기용으로는 줄창 써먹지만 말이다. 또 HAL은 자잘한 장난의 매개체가 되기도 했다. 야간 근무 중에 이런 장난의 표적이 돼 보지 않은 사람은 거의 없었다.

잡았다! 지금 자고 있었지요?

또는 러시아어로,

오고! 자스탈 테비야 브크로바티!

이런 짓궂은 장난들을 내가 했노라고 고백하고 나선 사람은 지금까지 아무도 없었다. 월터 커노가 주요 용의자이기는 했지만…….커노는 의심을 받자 HAL이 그런 거라고 탓을 돌리면서, 찬드라가 분개하여 HAL은 그런 장난 칠 줄 모른다고 항변해도 콧방귀만 뀌어 댔다.

지구에서 보내온 메시지일 순 없었다. 그랬다면 레오노프 호의 통신 센터를 거쳐 왔을 거고 거기 근무 중인 당직자가 중계해 줬을 것이다. 지금 당직자는, 막스 브라일로브스키다. 그리고 다른 누가 저쪽 우주선에서 그를 호출하려 한다면 선내 통신기를 썼을 것이다. 이상한 일인걸…….

좋아, HAL. 누가 보낸 메시지인가?

출처가 없습니다.

그럼 이건 장난 짓거리로군. 뭐, 사람이 둘이면 게임하고 놀 수 있지.

알았네. 메시지를 전해 주겠나.

메시지는 다음과 같습니다. 여기에 머무르면 위험합니다. 15일 안에, 다시 한번 말하겠습니다, 15일 안에 떠나야만 합니다.

플로이드는 짜증이 나서 화면을 쏘아봤다. 대원들 중 한 명이 이따위 유치한 유머 감각을 갖고 있다니 놀랄 일이고 유감이었다. 이건 학생 애들이 지껄이고 노는 농담만큼도 못 되었다. 하지만 범인을 잡아 보자는 희망에서 응대하여 같이 놀아 주기는 할 참이었다.

그건 절대 불가능합니다. 지금으로부터 26일이 지나야 발사 가능 시간대에 접어듭니다. 우리는 더 일찍 출발할 만큼 연료가 충분하지 않아요.

이렇게 대답해 놓으면 생각을 하게 되겠지. 플로이드는 혼자 만족스러워하며 중얼거리고는 몸을 뒤로 기대며 결과를 기다렸다.

그런 사실은 알고 있습니다. 그와 상관없이 여러분은 15일 안에 떠나야만 합니다.

그러지 않으면 눈 셋 달린 녹색 외계인들에게 공격당하겠군그래? 그렇지만 HAL에게 장단을 맞춰 줄 거야, 장난꾼을 잡아버려야지.

어디서 나온 것인지 알기 전에는 이 경고를 진지하게 받아들이지 못하겠네. 누가 녹음한 거지?

사실 뭔가 유용한 정보를 얻을 수 있을 거라는 기대는 하지 않았다. 이 정도로 노출되기엔 범인이 자기 흔적을 교묘하게 은폐했을 테니까. 플로이드가 가장 예상치 못했던 대답이 바로 그가 받은 대답이었다.

녹음된 것이 아닙니다.

그렇다면 실시간 메시지였던가. 그 이야기는 HAL 자신이 말한 것이거나 아니면 레오노프 호에 타고 있는 누군가가 한 것이라는 뜻이다. 시간적으로 별달리 지연 현상이 없었다. 메시지의 출처는 바로 이곳일 수밖에 없었다.

그렇다면 지금 말하는 사람은 누구요?

난 전에 데이비드 보먼이었습니다.

플로이드는 다음 수를 두기 전에 한참 동안 화면을 노려보고 있었다. 이 장난은, 처음부터 재미가 없었던 데다 이젠 아예 도를 넘었다. 세상에 이렇게 고약할 수가 없었다. 이 선 맞은편에 누가 있든 간에 그 사람을 이참에 정신 차리게 해 줘야 할 판이다.

그 주장은 뭔가 증거가 있어야 받아들일 수 있겠군요.

알겠습니다. 제 말을 꼭 믿어 주셔야 합니다. 뒤를 돌아보세요.

오싹한 마지막 문장이 미처 화면에 나타나기 전부터 플로이드는 자신의 가설을 의심하기 시작했다. 주고받는 말들 전체가 갈수록 굉장히 이상해졌다. 꼭 무엇이라고 짚어 특정할 수는 없어도…….
장난이라면 이건 전혀 엉뚱하고 영문 모를 장난이었다.

그런데 이제……. 플로이드는 그만 등줄기가 쭈뼛했다. 아주 천천히, 솔직히 마지못해서, 그는 앉아 있던 회전의자를 빙그르르 돌려서 패널과 스위치 들이 첩첩인 컴퓨터 상태 표시대 쪽으로부터 벨크로가 깔린 후면 통로 쪽을 향했다.

무중력 상태에 있는 디스커버리 호의 전망실은 언제나 먼지투성이였다. 공기 정화 식물이 원래의 최고 효율까지 회복되지 못한 탓이다. 열기는 없지만 그래도 밝기는 한 태양 빛이 커다란 창들로부터 평행하게 비쳐 들어와 공중에 춤추는 무수한 티끌들은 그 햇살에 늘 환히 반짝거렸다. 먼지 입자들은 제멋대로의 흐름으로 부유하며 결코 어디에도 내려앉지 않았다. 영구히 브라운 운동을 보여 주는 전시물인 셈이었다.

이제 그 먼지 입자들에 무엇인가 이상한 일이 벌어지고 있었다. 어떤 힘이 그것들을 통솔하는 듯했다. 중앙에 있는 입자들은 몰아내면서 다른 먼지 입자는 끌어당겨서, 속이 텅 빈 구체의 표면에 모두 모이게 했다. 지름이 1미터쯤 되는 그 구체는 커다란 비눗방울처럼 잠시 둥둥 떠 있었다. 그러나 이것은 자잘한 티끌로 이루어져 있어 비눗방울의 특징적인 무지갯빛 어룽거림은 비치지 않았다. 이어서 구체는 길쭉하게 일그러져 타원체가 되었고 표면이 쭈글쭈글 굴곡지기 시작했다. 튀어나온 부분들과 팬 부분들이 생겼다.

놀라지도 않고, 그리고 거의 공포심도 느끼지 않고 플로이드는 그것이 대략 인간의 모습을 하고 있다는 걸 깨달았다.

그런 사람 형체들을 전에도, 박물관이며 과학 전시장에서 본 적이 있었다. 유리로 불어 만든 것들 말이다. 하지만 이 먼지 형상은 해부학적으로는 인체와 얼추 비슷하지도 않았다. 대충 만든 찰흙 인형 같았다. 아니면 석기시대 동굴에서 출토된 원시 예술품이랄까. 다소라도 신경을 써서 조형된 건 머리 부분뿐이었다. 그리고 그 얼굴은, 의심의 여지 없이, 데이비드 보먼 중령의 얼굴이었다.

플로이드의 등 뒤 컴퓨터 패널에서 희미하게 쉬 하는 배경 소음이 났다. HAL이 출력 방식을 시각적 표시에서 음향으로 바꾼 것이다.

"안녕하십니까, 플로이드 박사님. 이제 절 믿으세요?"

사람 형상의 입술은 조금도 움직이지 않았다. 얼굴은 뻣뻣한 가면 그대로였다. 하지만 플로이드는 그 목소리를 식별했고, 의구심의 잔재마저도 전부 깨끗이 사라졌다.

"이건 저에게 매우 힘든 일입니다. 시간이 조금밖에 없어요. 전 그동안⋯⋯, 허락을 받아 이렇게 경고를 해 줄 수 있게 됐습니다. 기간이 15일밖에는 남지 않았습니다."

"하지만 왜지⋯⋯? 그리고 자네는 어떻게 된 건가? 그동안 어디 있었나?"

묻고 싶은 것은 100만 가지나 있었다. 하지만 그 유령 같은 형상은 이미 흐려지려는 참이었다. 입자가 거칠거칠하던 그 표면이 스르르 풀려서 그걸 구성하고 있던 먼지 입자들로 돌아가기 시작했다. 플로이드는 그 순간의 광경을 마음속에 그대로 잡아 놓으려고 애썼다. 그렇게 해서 나중에 스스로 이 일이 정말로 일어났던 것이라고, 지금은 때때로 꿈만 같은 TMA-1과의 첫 만남과 마찬가지로 꿈은 아니었다고 마음을 다잡을 수 있도록.

지구에 살다 간 몇 조나 되는 인간 중에서 다른 사람 아닌 바로 그가, 한 번도 아니고 두 번씩이나 다른 형태의 지성과 접촉하는 특혜를 누렸다니 얼마나 기이한 일인가! 플로이드는 그렇게 생각했다. 자신에게 계시를 해 준 그 인물이 인간 데이비드 보먼을 한참 초월한 어떤 존재임을 깨달았기 때문이다.

그리고 그건 인간 데이비드 보먼에서 무엇인가 빠진 존재이기도 했다. 오직 두 눈만이 정확하게 재현되어 있었다.(눈을 '영혼의 창'이라고 부른 사람이 누구였던가?) 그 나머지 신체 부분들은 명확한 형태가 없는 공백이었다. 세부적인 것은 다 빠져 있었다. 성기도 없고 성별을 알려 줄 특징적인 모습도 전혀 없었다. 그 자체만으로도 데이비드 보먼이 인간의 유산을 얼마나 까마득히 멀리 내버리고 갔는지를 알려 주는 으스스한 지표가 되었다.

"안녕히, 플로이드 박사님. 기억하세요……, 15일입니다. 앞으로는 접촉할 수 없습니다. 하지만 한 번 더 메시지가 전해질 겁니다, 모든 일이 잘된다면요."

그 모습이 막 눈앞에서 사라져 가도, 저 항성들로 통하는 창구가 열리는가 싶던 희망이 그와 함께 꺼져 가는 와중에도 플로이드는 저 닳고 닳은 우주 시대의 상투어에 미소 짓지 않을 수 없었다. "모든 일이 잘된다면." 어떤 임무가 있기 전에 그 말을 지금껏 얼마나 많이 들었던가! 그런데 그 말은 그들(누구든 간에) 역시 때로는 일의 결과에 자신을 갖지 못한다는 뜻일까? 만약 그렇다면, 그것은 이상하게도 안심이 되는 일이었다. 그들은 전능하지 않았다. 다른 이들이 여전히 희망을 가져 보고 꿈을 꾸어 볼 수 있다……, 그리고 행동할 수 있다.

유령은 사라졌다. 춤추는 먼지 티끌들만이 뒤에 남아 도로 공기 중에 그것들다운 무작위적인 이동 양식을 보여 주고 있었다.

6부

행성
침식자

기계에 깃든 영혼

"미안해요, 헤이우드······, 난 영혼을 믿지 않아요. 분명히 어떻게든 합리적으로 설명될 일이에요. 인간 정신이 해명하지 못할 존재란 없어요."

"동의합니다, 타냐. 하지만 홀데인이 한 유명한 말이 있잖습니까. 우주는 우리가 상상하는 것 이상으로 기이한 데서 그치지 않는다. 우주는 우리가 상상할 수 있는 것 이상으로 기이하다."

커노가 장난스럽게 끼어들었다.

"그리고 홀데인은 어엿한 공산주의자였죠."

"그럴지도 모르죠. 하지만 바로 그 발언은 온갖 허무맹랑한 신비 괴담을 옹호하는 데 다 쓰이잖아요. HAL의 언행은 모종의 프로그래밍이 빚은 것임에 틀림없어요. HAL이 지어낸······ 인물상은, 어쨌든 어떻게든 만들어진 인공물일 수밖에 없어요. 그렇지 않은가요,

찬드라?"

그 말은 황소의 눈앞에 빨간 깃발을 펄럭인 거나 마찬가지였다. 타냐도 어지간히 절박했던 모양이다. 그런데 찬드라 박사의 반응은 찬드라 박사치고도 놀라울 만큼 차분했다. 찬드라 박사는 뭔가 다른 데 정신이 팔려 있는 것 같았다. 마치 또다시 컴퓨터 오작동이 일어났을 가능성을 진지하게 고려하고 있기라도 한 듯했다.

"뭔가 외부로부터 입력된 게 있었던 게 틀림없습니다, 오를로바 선장님. HAL이 아무것도 없이 돌연 그런 일관성 있는 시청각적 환영을 창조해 낼 순 없어요. 플로이드 박사의 보고가 정확하다면 누군가 통제하고 있었던 겁니다. 물론, 실시간으로요. 대화에 전혀 시간적 지체가 발생하지 않았으니까요."

막스가 나섰다.

"그렇게 되면 내가 첫 번째 용의자가 되겠는데요. 플로이드 박사 말고 깨어 있었던 사람은 나밖에 없었으니."

니콜라이가 면박을 주었다.

"바보 같은 소리 마, 막스. 음향이야 쉽겠지. 하지만 그…… 유령 모습은 만들어 낼 방법이 없잖아, 뭔가 고급 기자재라도 있지 않고선. 레이저 빔이라든가, 정전기장이라든가……, 난 잘 모르겠지만. 무대에 서는 마술사라면 할 수 있을지 모르지. 하지만 마술사라도 장비가 한 트럭은 필요할걸."

제니아가 좋은 생각이 났다는 듯 반색했다.

"잠깐만요! 이게 실제로 일어난 일이 맞는다면 HAL이 기억하고 있을 거예요. 그러니 HAL에게 물어보면……."

제니아의 목소리는 주위 사람들의 뚱한 표정을 보고 꺼져 들었다. 민망한 상황에 처한 제니아를 딱하게 보아 제일 먼저 말을 꺼낸 사람은 플로이드였다.

"벌써 해 봤어, 제니아. HAL은 그 현상에 대해 조금도 기억하지 못해. 하지만 내가 이미 다른 사람들에게 지적했듯이, 그건 아무것도 입증하지 못해. 찬드라 박사가 HAL의 기억이 선택적으로 삭제될 수 있다는 것을 보여 줬지……. 그리고 보조 음성 합성 모듈은 메인 프레임과 아무런 관련이 없어. HAL이 전혀 알지 못하는 사이에 작동할 수도 있는 거라고……."

플로이드는 숨을 쉬기 위해 말을 끊었다가, 작정했던 대로 선수를 쳤다.

"난 인정합니다. 이 상황이 여러 가지로 해석될 여지는 없죠. 내가 전부 다 상상해 낸 거든가 아니면 실제로 일어난 일이든가 둘 중 하납니다. 꿈을 꾼 게 아니라는 건 내가 알아요. 하지만 모종의 환상을 본 게 아닌가 하는 부분에 대해서는 확신할 수 없습니다. 그렇지만 카테리나가 내 의료 기록을 보았죠, 나에게 그런 종류의 문제가 있었다면 이 자리에 와 있을 리 없다는 걸 아실 겁니다. 그렇다 해도 그 가능성을 배제하지는 못하겠지만요……. 그리고 그것을 가장 그럴 법한 가설로 여긴다고 해서 누구를 비난하지는 않을 겁니다. 나라도 그랬을 테니까요.

내가 그것이 꿈이 아니었음을 증명할 유일한 방법은 무엇인가 뒷받침해 줄 증거물을 얻는 거지요. 그러니 여러분께 지금까지 벌어졌던 또 다른 기이한 일들을 상기시켜 드리죠. 우린 데이브 보먼이 큰형……, 자가드카 속으로 들어갔다는 걸 압니다. 무엇인가가 나와서, 지구로 향했습니다. 바실리가 보았지요, 내가 본 게 아닙니다! 그러더니 이상하게도 여러분 쪽 궤도 폭탄이 폭발했고……."

"그쪽 게 터졌죠."

"죄송합니다. 바티칸의 폭탄이 터졌다 합시다. 그리고 그에 이어 곧 연로하신 보면 부인이 어떤 특별한 의학적 이유도 없이 무척이나 평안히 숨을 거두셨는데 사실 의아한 일 아닙니까. 전 거기에 어떤 연관성이 있다고 말하는 게 아닙니다. 하지만 말이죠……, 그 속담 아십니까? '한 번은 어쩌다, 두 번은 우연히, 세 번째면 그건 뭔가 있다.'라고요."

막스가 문득 흥분해서 끼어들었다.

"그리고 그것 말고 또 있어요. 매일 하는 뉴스 프로에서 얼핏 본 얘긴데……, 별것은 아니었어요. 보면 중령의 예전 여자 친구가 보면 중령한테서 무슨 말을 들었다고 그랬대요."

사샤가 뒷받침해 주었다.

"맞아, 나도 그 뉴스 봤어."

플로이드가 믿지 못할 일을 본 듯이 물었다.

"그랬는데 입 딱 다물고 그 얘길 안 했단 말이야?"

막스와 사샤는 둘 다 좀 겸연쩍은 낯이 되었다.

막스가 우물쭈물 말했다.

"어, 그게 농담인 것처럼 소개한 얘기라서요. 그 여자 남편이 제보했대요. 그랬는데 여자가 자긴 그런 적 없다고 그랬다지요……, 아마."

"뉴스 해설자는 화제의 주인공이 되어 보려고 아무렇게나 내지른 말이라고 그러더군요. 그즈음에 우르르 쏟아져 나온 UFO 목격담들과 마찬가지로요. 첫 주에만 열두 건은 터졌죠. 그러더니 제보가 뚝 그쳤고."

"어쩌면 그 제보 중에 몇 개는 진짜일지도 몰라요. 지워 버린 거 아니면 우주선 기억 보존 장치에서 그 뉴스 좀 찾아봐 줄래요? 아니면 관제 센터에다 재전송해 달라고 요청하든가요."

타냐가 코웃음 쳤다.

"그런 얘기는 100개가 있어도 날 설득하지 못해요. 우리에게 필요한 것은 확고한 증거입니다."

"예를 들면요?"

"예……, HAL은 절대 알 수 없는 어떤 것이라든가. 우리 중에 누군가가 HAL에게 말해 줬을 가능성도 전혀 없는 거라야겠죠. 뭔가 확실하게 손에 잡히는, 어……, 현……, 현현?"

"예부터 내려온 이른바 '기적'이란 것 말입니까?"

"예, 그거면 되겠네요. 일단은 난 지구 관제 센터에 아무 얘기도 하지 않을 겁니다. 그리고 당신도 그렇게 해 주시면 좋겠어요, 헤이우드."

플로이드는 직접적인 명령을 들으면 분간할 줄 알았다. 그래서 내키지 않는 동의를 표하며 고개를 끄덕였다.

"아주 기꺼이 그렇게 합죠. 하지만 한 가지 제안을 드리고 싶습니다."

"제안이라면?"

"우리는 만약의 사태에 대비한 대책 마련을 시작해야 합니다. 이 경고가 진짜라고 가정해 보자고요……, 저는 정말이지 진짜라고 생각하거든요."

"그렇다고 해서 우리가 뭘 할 수 있나요? 전혀 할 수 있는 게 없잖아요. 그래요, 목성권 우주를 떠나는 거야 우리가 떠나고 싶은 대로 아무 때나 떠나죠. 그렇지만 발진 가능 시간대가 되기 전엔 지구로 귀환하는 궤도에 진입할 수가 없단 말이에요."

"그러려면 시한에서 11일이나 후예요!"

"그렇죠. 더 일찍 자리를 피할 수 있다면 나도 좋겠어요. 하지만 우리에겐 에너지가 많이 드는 궤도를 택할 만큼의 연료가 없어요……."

타냐는 그녀답지 않게 머뭇머뭇 목소리가 약해졌다.

"이 얘긴 나중에 알릴 생각이었어요. 그렇지만 지금 얘기가 나왔으니까……."

여기저기서 동시에 숨을 훅 들이마시는 소리들이 났고, 참관자들이 즉시 웅성거리기 시작했다.

"우리 비행 궤도를 이상적인 호만 궤도에 더욱 가깝게 해서 연료를 더 아낄 수 있게 출발일을 5일 더 미루려고 해요."

예상치 못한 선언은 아니었지만 대번에 신음이 합창처럼 터져 나왔다.

카테리나가 물었다. 목소리에 약간 위험한 일촉즉발의 조짐이 있었다.

"그러면 도착 시간은 어찌 되나요?"

두 막강한 여인은 한순간 호적수를 만난 양 서로를 응시했다. 상대방에 대해 충분한 존중심을 보이면서도 둘 다 전혀 꿀리지 않는 태도로.

"열흘 지연됩니다."

타냐가 마침내 대답했다.

"가는 게 어디예요, 못 가는 것보다야 백배 낫죠."

막스가 긴장을 늦추어 보려고 쾌활하게 말했으나 그다지 큰 성공은 거두지 못했다.

플로이드는 그런 말들이 거의 귀에 들리지도 않았다. 그는 혼자 생각에 몰두하고 있었다. 여행 기간이야 길어지든 말든 그에게나 두 미국인 동료에게는 아무 차이도 없었다. 꿈도 없는 잠에 들어 있을 테니까. 하지만 그 사실은 이제 전혀 아무런 의미도 없는 것이 되어 버렸다.

플로이드는 확실하게 느끼고 있었다. 그 확신으로 인해 낙담에 찰 수밖에 없었는데, 바로 수수께끼의 시한이 이르기 전에 떠나지 않는다면 아예 떠나지 못하게 되리라는 확신이었다.

"……이건 정말 희한한 상황이에요, 디미트리. 그리고 굉장히 섬뜩한 일이기도 하지요. 지구에 있는 사람 중에서는 당신 혼자만이 아는 겁니다. 하지만 이제 곧 타냐와 내가 관제 센터를 상대로 담판을 지어야 할 테죠.

유물론자인 그쪽 나라분들도 더러는, 최소한 기능하는 가설로라도, 어떤 인물이 HAL에, 음, 침입했다는 사실을 받아들일 준비가 된 모양입니다. 사샤가 근사한 표현을 발굴해 냈어요. '기계에 깃든 영혼'이라나요.

가설은 많아요. 바실리가 날이면 날마다 새 가설을 내놓고 있거든요. 대부분이 옛날 공상과학 영화에 나오던 뻔한 클리셰를 이렇게 저렇게 바꿔 설명한 것들이지요. 생체화된 에너지장 말이에요. 하지만 어떤 종류의 에너지일까요? 전기력일 수는 없습니다. 그랬으면 우리 장비에 쉽게 감지됐을 테니까요. 방사능도 마찬가지지요……. 적어도 우리가 아는 종류의 방사선이라면 다 잡혔어요. 바실리는 진짜로 생각의 범위를 넓혀서 고차원 공간의 간섭과 중성미자의 정상파 이야기를 해 댑니다. 타냐는 이건 다 뜬구름 잡는 헛소리라고 말하고요. '뜬구름 잡는 헛소리', 이건 타냐가 즐겨 쓰는 표현이에요. 그래서 둘이는 우리가 본 중에 가장 아슬아슬합니다. 잘못하면 싸우겠다 싶을 지경이죠. 어젯밤엔 정말로 두 사람이 서로 고함치는 소릴 들었죠. 사기 진작에 도움이 되는 상황은 못 돼요.

다들 긴장해서 지나치게 신경들이 곤두선 것 같아 걱정스럽습니다. 이런 경고를 받은 상황에서 출발 날짜까지 미뤄져서 그런 모양이에요. 안 그래도 큰형에 대해 아무것도 알아내지 못한 총체적인 실패 때문에 기분들이 참담한데요. 내가 혹시라도……, 가정이지만, 그 보먼이라던 존재와 대화를 나눌 수 있었더라면 좋았을 겁니다. 그 존재는 어디로 간 것일까요? 어쩌면 그 존재는 그때 딱 한 번 우리와 접점을 갖고 나서는 더 이상 관심이 없어진 것뿐일지 몰라요. 마음만 먹었다면 우리에게 해 줄 말이 얼마나 많았겠냐고요! 빌어먹을, 키오르트 보즈미! 이런, 사샤가 질색하는 러시아어를 또 써 버렸군요. 화제를 바꾸죠.

절 위해 지금까지 해 주신 온갖 일들을 생각하면 아무리 인사를 해도 부족합니다. 또 저희 집 사정도 알려 주시고요. 그 문제에 대해서 지금은 좀 마음이 나아졌답니다……. 아무래도 해결할 수 없는 문제가 있을 때 특효약은 그보다 더 큰 걱정거리가 생기는 것인가 봅니다.

전 이제 처음으로 우리 중 누구라도 과연 지구를 다시 보게 될까 하는 의구심이 들기 시작했어요."

사고 실험

고립된 소규모 동아리 안에서 몇 달을 지내게 될 때 사람은 무리의 모든 일원들의 기분과 감정 상태에 무척이나 민감해진다. 플로이드는 이제 자신을 향한 사람들의 태도에 미묘한 변화가 생긴 것을 의식하고 있었다. 가장 눈에 띄는 징후는 인사할 때 도로 '플로이드 박사'라고 부른다는 것이었다. 이미 그렇게 불리지 않은 지 하도 오래되어서 얼른 답을 하지 못할 때도 많았다.

그가 정말로 돌았다고 믿는 사람은 아무도 없음을 플로이드는 장담할 수 있었다. 그렇지만 가능성만은 생각하고 있었다. 그렇다고 해서 억울하진 않았다. 사실 플로이드는 자신이 미치지 않았음을 증명하는 것을 과제로 설정하면서 그 사실에 음울한 기쁨을 맛보고 있었다.

지구로부터 전송받은 소식 중에 그의 증언을 뒷받침하는 미미한 증거들도 더러 있기는 했다. 호세 페르난데스는 아내가 데이비드 보먼을 보았다고 말했다는 주장을 꺾지 않았다. 여자 쪽은 줄곧 부인하면서 뉴스 매체들과 대화를 일절 거부하고 있었지만…… 딱한 사내 호세가 왜 하필 그런 이야기를 지어내어 고집하는 건지 이해하기 어려운 일이었다. 특히 그 아내 베티가 무척이나 고집이 세고 성질이 괄괄한 여자인 것 같은데 말이다. 남편은 병상에 누워서도 자신은 여전히 아내를 사랑하며 부부간의 의견 불일치는 일시적인 것일 뿐이라고 천명했다.

플로이드는 타냐가 자신에게 보여 주는 현재의 냉담한 태도도 일시적인 것이기를 바라고 있었다. 자신이 안타까운 만큼이나 타냐도 이 서먹함이 언짢을 것이라는 걸 플로이드는 장담할 수 있었다. 또 그녀가 작정하고 냉담하게 구는 건 아니라는 것도 확신했다. 평소 신조에 맞아떨어지지 않는 일이 벌어져 버렸고, 그래서 타냐는 그 일을 떠올리게 하는 건 다 피하려고 하는 것이다. 그러다 보니 플로이드와 최대한 상종하지 않게 되고 말았는데, 이번 탐사의 운명을 가를 가장 중요한 단계가 빠르게 다가오고 있는 지금 이러고 있으니 유감스럽다 하지 않을 수 없었다.

타냐가 짠 작전 계획의 논리를 지구에서 기다리는 수십억 명의 사람들에게 알아듣게 설명한다는 것은 쉽지 않은 일이었다. 특히 내내 똑같기만 하고 아무런 변화가 없는 큰형의 영상을 보여 주는 데 이미 진력이 난 텔레비전 방송사들을 타이르기란…….

"당신네들은 도대체 막대한 예산을 써서 그 먼 곳까지 가서는 그냥 가만히 앉아서 구경만 하고 있기요! 뭔가 좀 해 보라고요!"

이러쿵저러쿵 훈수를 두는 이들 모두에게 타냐는 줄곧 똑같은 대답을 해 왔다.

"할 겁니다. 출발 가능 시간대가 되는 대로요. 그래야 혹시 어떤 부정적인 반응이 있을 시에 즉각 떠날 수 있으니까요."

큰형에 대한 최종적인 공격 계획은 이미 다 수립하여 지구 관제 센터의 동의도 얻은 뒤였다. 레오노프 호는 모든 주파수대를 다 더듬어 보며, 그리고 지속적으로 출력을 높여 가면서 천천히 접근할 것이다. 그러면서 매 순간 지구에 보고를 할 것이고, 최종적으로 접촉이 이루어지면 기계적 시추를 하든 레이저 분광기를 쓰든 시료 확보를 시도해 볼 것이다. 그렇기는 해도 이런 수단들이 먹힐 거라고 진심으로 기대하는 사람은 없었다. TMA-1을 연구한 지도 10년이 지났건만 여전히 그것은 재질을 분석하려는 온갖 시도에 완강히 저항하고 있었으니 말이다. 이 방면으로 인류의 과학자들이 최선의 노력을 한다고 해도, 이는 마치 단단히 방비된 은행의 금고실을 석기시대 인간들이 돌도끼로 깨 보려고 하는 것에 비할 만하지 않은가 싶었다.

최종적으로는, 음향 측심기(음파를 내어 그 반향을 통해 수중이나 다른 매질 속 물체의 존재를 확인하는 장치 ─옮긴이)를 비롯한 감진 기기들을 큰형의 표면 여기저기에 부착할 것이다. 이 목적을 위하여 온갖 종류 접착제들을 다 구비해 왔다. 그리고 그 모두가 다 안 붙을 경우에는……, 뭐, 그냥 포기하고 구식이지만 튼튼한 끈 몇 킬로미터를 쓰면 된다. 태양계 최대의 신비 물체를 우체국에서 부칠 소포를 싸듯 빙빙 둘러 묶겠다는 발상에 어쩐지 우스운 면이 없는 것도 아니지만⋯⋯.

소량의 폭약이 폭발하는 것은 레오노프 호가 제대로 귀향길에 올라 웬만큼 가고 난 다음이 될 것이다. 그것은 큰형을 통과하여 전달되는 폭발의 파동을 통해 그 물체의 내부 구조를 조금이라도 엿볼 수 있지 않을까 하는 희망에서 하는 조치였다. 이 마지막 수단이 결정되기까지 그간 격렬한 반대 논쟁이 있었다. 아무 결과도 도출하지 못할 것이라는 사람들, 그리고 너무나 과한 결과를 빚고 말 것을 두려워하는 사람들 양쪽 모두 반대하고 나섰던 것이다.

오랫동안 플로이드도 그 두 관점 사이를 왔다 갔다 했다. 하지만 이제 그 문제는 거의 중요하지 않은 걸로 여겨졌다.

큰형과 최종적인 접촉을 하는 시점, 원래 이 탐사의 정점이었을 그 대단한 순간은 수수께끼의 시한을 기준으로 저 너머에 있었다. 헤이우드 플로이드는 이미 그것이 아예 존재하지 않을 미래에 속한 순간이라고 확신하고 있었다. 그러나 자신과 뜻을 같이하는 사람은 찾을 수가 없었다.

그리고 그건 그가 직면한 문제 중에서도 정말 대단치 않은 문제였다. 설령 다른 사람들이 동감해 준다고 한들, 출발은 그들이 어떻게 할 수 없는 문제였다.

월터 커노는 플로이드가 처한 진퇴양난의 상황을 해결해 줄 만한 사람을 꼽는다면 맨 마지막일 터였다. 월터는 응용공학자라는 말을 그대로 사람으로 만든 듯 정말로 실무를 하는 '기술공학자'로서 찰나에 번뜩인 기발한 착상이라든가 과학기술에서의 임기응변 같은 것은 의심부터 하고 보는 사람이었기 때문이다. 지금껏 월터에게서 천재성을 발견한 사람은 아무도 없었다. 그런데 너무나 뻔해서 안 보이는 것을 보려면 때로 천재성이 필요한 법이었다.

"순전히 지적인 두뇌 운동인 셈 치고 하는 얘긴데요. 단번에 각하해도 괜찮지만요."

자기 성격에 가장 안 어울리는 머뭇머뭇하는 태도로 커노가 서두를 꺼냈다.

"말해 보게. 끝까지 정중하게 들을 테니까. 최소한 내가 그건 할 수 있지……, 지금까지 모두들 나에게 굉장히 정중하게 대해 줬지 않나. 지나치게 정중한 것 같기도 해."

플로이드의 대답에 커노는 반은 울고 반은 웃었다.

"그렇다고 탓할 수 있어요? 그렇지만 혹시 이게 위안이 된다면 말인데, 적어도 세 사람은 이제 박사님 말을 꽤 진지하게 받아들이고 있답니다. 우리가 무슨 조치를 해야 할지 생각하고 있어요."

"그 세 명에 자네도 들어가나?"

"아닙니다. 난 이쪽도 저쪽도 아닌 딱 중간 울타리 위에 올라앉아 있지요. 자리가 썩 편친 않군요. 하지만 혹시 박사님 말이 맞는다 치면……, 그럼 난 여기 어물어물하고 있다가 뭐가 됐든 닥쳐오는 일을 고스란히 당하고 싶진 않거든요. 모든 문제에는 답이 있다고 믿습니다. 답이 나올 만한 장소를 찾아본다면 말이죠."

"그 말을 들으니 마음이 기뻐지려고 하네. 내가 바로 지금까지 죽어라 찾아 헤매고 있었는데 말일세. 아마 답이 나올 만한 장소가 아닌 데를 찾았던가 보지."

"그러셨겠죠. 우리가 원하는 것이 이곳에서 신속히 이탈하는 것 이라면……, 그 시한에 맞추기 위해 15일 안에 내빼야 한다 치면, 우리에겐 초당 약 30킬로미터의 가속도가 추가로 더 필요합니다."

"바실리의 계산이 그랬지. 난 굳이 확인해 보지 않았지만, 분명히 바실리가 맞게 했을 거라고 믿네. 아무튼 그 사람이 우릴 여기까지 데려다 놓았으니까."

"그리고 그 사람이 우릴 여기서 피하게도 해 줄 수 있겠죠……, 만약에 우리에게 여분의 연료가 더 있다면 말이에요."

"그리고 만약에 우리에게 스타트렉 이동 광선이 있다면 한 시간 안에 지구로 돌아갈 수도 있었겠지."

"다음번에 시간이 날 때 내가 한번 제작해 보죠. 그렇지만 일단은, 우리가 손에 넣을 수 있는 최상의 연료가 우리 손에 이미 몇백 톤이나 있다는 점을 지적해 드리고 싶습니다. 겨우 몇 미터 떨어진 곳에, 디스커버리 호의 연료 탱크 안에요."

"그 얘긴 이미 열두 번이나 논의했잖나. 그 연료를 레오노프 호로 실어 나를 방법이 정말로 전혀 없어. 우리에겐 배관이 없네. 적당한 펌프도 없어. 또 액체 암모니아를 양동이에 담아 들고 나를 수도 없단 말일세, 아무리 태양계의 이쪽 지역에서라고 해도."

"맞는 말입니다. 그런데 그렇게 할 필요가 전혀 없어요."

"어?"

"연료가 있는 그 자리에서 연소시킵시다. 디스커버리 호를 제1단으로 쓰자고요. 우리를 귀환 길로 밀어 올려 주게요."

이것이 월터 커노가 아닌 다른 누가 제안한 거였으면 플로이드는 그 사람 면전에서 웃음을 터뜨렸을 터였다. 그런데 커노였기 때문에, 플로이드는 그만 입을 딱 벌리고 말았다. 그리고 적당한 할 말을 떠올릴 때까지 몇 초나 시간이 걸렸다. 결국 그의 입에서 나온 말은 이것이었다.

"젠장, 그 생각을 못 했군."

둘이서 제일 먼저 찾아간 사람은 사샤였다. 그는 참을성 있게 귀 기울이고 나서 입을 한일자로 꽉 다물더니 컴퓨터 자판으로 랄렌탄도(음악 연주 지시어로 '점점 느리게'의 뜻 —옮긴이)를 연주했다. 연산 답들이 화면에 나타나자 그는 생각에 잠겨 고개를 끄덕였다.

"당신 말이 맞군요. 그거면 우리가 일찍 떠나기 위해 필요한 추가 가속도를 채워 줄 수 있어요. 하지만 실제 적용 시에 문제점들이……."

"압니다. 두 척의 우주선을 한데 잡아매는 문제. 디스커버리 호의 구동 장치만 가동 시에 중심축을 벗어나는 추진력을 받는 문제. 결정적인 순간에 도로 연결을 끊는 문제. 하지만 이 모든 문제들에 답이 있습니다."

"두 분이 제대로들 궁리하신 줄 알겠네요. 하지만 시간 낭비예요. 타냐를 절대 설득하지 못할 겁니다."

플로이드가 끼어들었다.

"설득까지 할 거라고는 기대하지 않아요, 이 단계에서는. 하지만 가능성이 있다는 것은 알아주었으면 합니다. 우리 힘이 돼 주겠어요?"

"글쎄요. 하지만 같이 가서 지켜봐는 드리죠. 재미있을 것 같으니까."

타냐는 플로이드가 기대했던 것 이상으로 참을성 있게 귀 기울여 주었지만, 마음이 동하는 기색이 없는 건 뚜렷이 눈에 보였다. 아무튼 플로이드가 이야기를 끝냈을 때쯤엔 마지못한 찬탄이라고밖에 부르지 못할 반응을 보여 주었다.

　"정말 머리 잘 썼네요, 헤이우드……."

　"절 치켜세우지 마세요. 찬사는 모두 월터의 것입니다. 아니면 문책이라도요."

　"내가 보기엔 별로 찬사든 문책이든 할 일은 아닌 것 같네요. 그래 봐야 고작……, 아인슈타인이 그런 것을 뭐라고 불렀더라? …… '사고실험'에 불과한 일일 뿐 그 이상은 아닌걸요. 아, 되긴 될 것 같아요, 최소한 이론상으로는. 하지만 무릅써야 할 위험이! 잘못될 수 있는 요인이 너무나도 많아요. 우리가 위험에 처해 있다는 절대적이고도 실재적인 증거가 있어야지만 고려해 볼까 싶네요. 그리고 미안하지만, 헤이우드, 난 지금 그에 대해 실낱같은 증거 하나라도 보지 못하겠어요."

　"좋습니다. 하지만 우리에게 또 다른 선택지가 있다는 것은 이제 아시겠지요. 우리가 그 작전의 세부 사항을 마련해도 무방하겠지요? 만약에 대비해서?"

　"물론 괜찮아요. ……그느라고 비행 전 점검에 방해가 되지만 않는다면요. 그 발상에 상당히 흥미가 끌린다는 건 인정할게요. 하지만 그건 정말 시간 낭비예요. 앞으로도 내가 그 작전을 승인할 일은 전혀 없어요, 데이비드 보먼이 개인적으로 내 앞에 나타나지 않는 한은."

"그렇게 되면 승인하실 겁니까, 타냐?"

오를로바 선장은 미소 지었다. 하지만 웃음빛은 그다지 없었다.

"알겠지요, 헤이우드……, 난 정말 모르겠어요. 보면이 설득력이 굉장해야 할 거예요."

감쪽같이 사라지기

그것은 모두가 참가하는 무척이나 재미있는 게임이었다. 근무 시간이 아닐 때만 할 수 있는. 심지어 타냐까지도 자기가 계속 '사고 실험'이라고 부르는 이 놀이에 아이디어를 보태었다.

플로이드는 이 모든 활동이 미지의 위험에 대한 두려움에 기인한 것이 아니라 다들 상상했던 것보다 몇 달이나 일찍 지구로 돌아간다는 즐거운 예상으로부터 힘을 받고 있음을 더없이 잘 알았다. 위험은 오직 플로이드 자신만이 진지하게 받아들이고 있었다. 동기야 어찌 되었든 간에 플로이드는 만족하고 있었다. 그는 최선을 다했고 나머지는 운명의 손에 달려 있었다.

한 조각의 행운도 있었다. 그것이 없었더라면 작전 자체가 사산될 뻔했다. 목성 대기권에 진입해 감속하는 과정에 안전하게 뚫고 들어가 통과하도록 설계된 짧고 땅딸한 레오노프 호는 디스커버리 호에 비하여 선체 길이가 반도 채 안 되었고, 그렇기에 더 큰 디스커버리 호에 깔끔하게 업힐 수 있었다. 그리고 선체 중앙부의 안테나 지지대가 훌륭한 고정점 역할을 해 줄 터였다. 디스커버리 호의 추진기가 가동하는 동안 뒤로 쏠리는 레오노프 호의 무게를 지탱해 줄 만큼 튼튼하다고 가정한다면…….

관제 센터에서는 그로부터 며칠간 지구로 전송된 몇몇 요청 사항들을 받고 무척이나 어리둥절하고 말았다. 특정 중압이 가해졌을 경우를 추정할 때 두 대의 우주선 모두에 대한 응력 계산, 주축을 벗어난 돌진을 할 경우 빚어질 효과, 외피에서 보통 이상으로 강한 곳과 약한 곳의 위치……. 이런 것들은 이보다 더 내막을 모를 여러 문제 중 일부에 지나지 않았다. 질문을 받은 공학자들은 영문을 몰라 당혹해하며 이런 문제들과 씨름했다.

그들은 걱정스럽게 문의했다.

"뭐가 잘못되었습니까?"

타냐가 응답했다.

"전혀 그렇지 않습니다. 가능한 선택지들을 조사하고 있을 따름입니다. 여러분의 협조에 감사드립니다. 통신 끝."

그러는 한편, 프로그램은 계획한 대로 진행되었다. 두 우주선 모두 시스템 전반에 걸쳐 주의 깊게 점검을 받고 각각 따로 귀향 항로에 나설 준비를 마쳤다. 바실리가 귀환 항로를 여러 가지로 시뮬레이션해 보았고 찬드라가 버그를 제거한 해당 프로그램들을 HAL에게 입력했다. 그 과정에 HAL로 하여금 최종 확인을 하도록 했다. 그리고 타냐와 플로이드는 원만하게 함께 일하며 침략을 준비하는 장군들처럼 큰형에 대한 접근을 종합적으로 지휘했다.

　바로 이 일을 위해 이 먼 길을 왔던 것이지만 플로이드는 더 이상 거기에 몰두하고 있지 않았다. 그간 아무에게도, 자기 말을 믿어 준 사람들에게도 말할 수 없는 실험을 진행한 터였다. 해야 할 일은 어김없이 척척 해치웠지만 마음이 다른 데 가 있을 때가 많았다.

　타냐는 너무나도 잘 알고 있었다.

　"아직도 나를 확실히 설득해 줄 만한 기적이 일어나길 기대하고 있는 거죠, 안 그래요?"

　"아니면 내 확신을 없애 주거나요. 그쪽도 똑같이 괜찮을 겁니다. 내가 맘에 안 드는 건 이도 저도 아닌 상태입니다."

　"나도 그래요. 하지만 그럴 시간도 별로 남아 있지 않네요. 이쪽이든 저쪽이든 결론이 나겠죠."

　타냐는 숫자 20이 천천히 명멸하고 있는 상황 표시 화면에 흘긋 눈길을 던졌다. 그거야말로 우주선 전체에서 가장 쓸데없는 정보 표시였다. 발사 가능 시간대가 되기까지 남은 날 수야말로 모두가 절절하게 마음에 새기고 있었으니까.

　그것은 또한 자가드카에 대한 물리적 공격이 예정된 때이기도 하다.

　그 일이 일어났을 때 헤이우드 플로이드는 또다시 한눈을 팔고 있었다. 하지만 그랬든 말았든 전혀 아무런 차이도 없었다. 방심할 줄 모르는 모니터 카메라에 잡힌 것을 봐도 한 화면 전에 꽉 차게 보이다가 이어지는 화면은 텅 비어 있는데 그사이에 희미하게 흐릿한 기가 끼어 있는 게 다였으니까.

이번에도 디스커버리 호에서 당직을 서던 참이었다. 건너편 레오노프 호에 있는 사샤와 함께 묘지 불침번 노릇을 한 것이다. 늘 그랬듯이 밤은 아무 일도 없이 지나갔다. 자동 시스템들이 평소와 같이 효율적으로 평소 임무를 수행하고 있었다. 1년 전의 플로이드였더라면 자신이 언젠가 목성까지 불과 몇십만 킬로미터 거리인 궤도상에 있는데 목성은 한번 흘긋 쳐다보는 둥 마는 둥 하면서 『크로이처 소나타』를 원어로 읽어 보려고 별로 성공적이지 못한 노력을 기울이고 있으리라는 건 절대 믿지 못했을 것이다. 사샤에 따르면 그 작품은 (어엿이 내세울 만한) 러시아 문학 가운데 여전히 색정 소설의 최고작 자리를 지키고 있다지만, 플로이드는 그 이야기를 확인할 만큼까지 진도를 나가지 못했다. 그리고 이제는 아예 더 못 나가게 되었다.

1시 25분 이오의 명암 경계선에서 굉장한(드문 일은 아니지만) 분화가 일어나는 바람에 정신이 그쪽으로 쏠렸다. 광대한 우산 모양 구름이 우주로 퍼져 올라와 아래에서 불타는 대지에 화산재를 도로 비처럼 뿌리기 시작했다. 플로이드는 그런 분화를 이미 수십 번 보았지만 언제까지나 계속 그 광경에 혹했다. 저렇게 작은 천체가 저처럼 어마어마한 에너지들의 전쟁터가 될 수 있다니 놀라운 광경이었다.

좀 더 잘 보려고 그는 다른 관측창으로 갔다. 그리고 거기에서 본 것이……, 아니, 오히려 그가 거기에서 볼 수 없었던 것이 그로 하여금 이오를, 그리고 그 밖에 거의 대부분의 것들을 잊게 만들었다.

제정신을 차리고 나서, 그리고 환각 증세에 (또다시?) 시달리고 있는 것이 아니었다는 데 스스로 만족하면서 그는 저쪽 우주선을 호출했다.

"일어났어요, 우디? 아니, 나 잠잔 거 아니에요. 톨스토이 영감하고는 어떻게, 잘 사귀고 있나요?"

사샤가 하품을 했다.

"그렇지가 못해요. 밖을 내다보고 뭐가 보이는지 말해 봐요."

"별다른 건 없는데요, 우주의 이쪽 부분이 이렇죠. 이오는 평소 하던 대로 하고 있고, 목성이 있고, 별들이 있고, 아니 이런 맙소사!"

"내가 돌지 않았다는 걸 증명해 줘서 고마워요. 두목님을 깨워야겠어요."

"물론이죠. 그리고 다른 사람들도 다 깨워야 해요. 우디……, 난 겁이 나요."

"겁이 안 나면 바보게요. 자, 깨웁니다. 타냐? 타냐? 여기 우디예요. 깨워서 미안해요. 하지만 말씀하셨던 기적이 일어났어요. 큰형이 없어졌어요. 예, ……사라져 버렸어요. 300만 년이 지난 지금, 떠나기로 결정했네요. 내 생각에 큰형은 분명 우리가 모르는 뭔가를 아는 겁니다."

이어진 15분 사이에 얼굴빛이 칙칙한 소수 인원이 휴게실 겸 전망실에 모여들었다. 급히 회의가 소집된 탓이다. 방금 전에 자러 갔던 사람들도 곧바로 깨워 일으켜져 각각 빨대 잔에 든 뜨거운 커피를 홀짝거리며, 레오노프 호 창밖의 충격적일 만큼 낯선 광경을 끊임없이 흘끔거리고 있었다. 마치 큰형이 정말 사라져 버린 게 맞다고 자신을 설득하려는 것처럼…….

"그 물체는 우리가 모르는 뭔가를 아는 거예요."

플로이드의 입에서 저절로 튀어나왔던 그 말을 사샤가 되풀이했고, 이제 그 말은 침묵 속에 불길하게 허공에 떠 있었다. 이제 모두가, 타냐까지도 지금 이 순간 생각하고 있는 것을 그가 요약해 준 것이었다.

아직 "그러니까 내가 그랬잖아요."라는 말을 하기에는 너무 일렀다. 그리고 그 경고가 과연 타당한가 어떤가를 따지는 것도 사실 의미 없는 일이 되었다. 머물러 있어도 절대 아무 일 없이 안전할 거라고 한들 이제 머물러야 할 이유가 없었다. 탐사할 것이 없어졌으니 탐사대도 집에 가야 하는 게 아닐까, 사라진 물체와 마찬가지로 최대한 빨리? 하지만 문제가 그렇게까지 간단하지는 않았다.

타냐가 말했다.

"헤이우드. 이제 난 그 메시지, 메시지였든 다른 뭐였든 간에, 그걸 한결 진지하게 받아들일 채비가 됐어요. 일어나 버린 일을 인정하지 않는다면 그건 멍청한 거겠죠. 하지만 설령 이 장소에 위험이 있다고 해도 어느 쪽 위험이 더 클지 경중을 가늠해 봐야 하는 건 마찬가지예요. 레오노프 호와 디스커버리 호를 한데 합체시키고, 디스커버리 호의 엔진을 가동해 일방적으로 한쪽에 치우친 추진력을 받게 하고, 우리 우주선 엔진을 적시에 점화할 수 있게끔 순간을 다투면서 두 우주선의 연결을 해제한다니, 책임감이 있는 선장치고 그런 위험천만한 짓을 할 사람은 없을 거예요, 정말 그럴 만한 이유가, 아니, 차라리 그러지 않으면 절대 안 될 만한 압도적인 이유라고 하죠, 그런 이유가 있지 않고서는요. 지금 이 시점에도 난 그런 이유가 있는지 모르겠어요. 나에게 있는 건 고작 ······유령이 한 말뿐이죠. 법정에 내놓을 만한 훌륭한 증거는 못 돼요."

월터 커노가 평소 같지 않은 낮은 음성으로 말했다.

"청문회에 내놓을 증거도 못 되죠. 아무리 우리 모두가 선장님을 지지해 드린다고 해도요."

"그래요, 월터······, 내가 하려던 게 그 얘기였어요. 하지만 우리가 안전하게 귀환한다면 그것으로 모든 게 정당화되겠죠. 그리고 만약 우리가 무사 귀환을 못 한다면······, 그땐 그런 것 따위 문제가 될까요? 그렇잖아요? 어쨌든, 난 지금 당장 결정하진 않겠어요. 이 사태에 대한 보고를 하고 나서는 도로 자러 갈 겁니다. 잠을 자고 아침에 일어나서 내 결정을 알려 드리죠. 헤이우드, 사샤, 함교로 갈 테니 그쪽으로 올라와 줄래요? 지구의 관제 센터를 깨워야겠어요. 당직 근무는 그다음에 이어서 서세요."

그날 밤에 놀랄 일은 그것이 다가 아니었다. 타냐가 보낸 짧은 보고는 정반대 방향에서 오던 메시지와 화성 공전 궤도 어디쯤에서 엇갈려 날아갔다.

베티 페르난데스가 드디어 입을 열었다. CIA와 국가안보국은 둘 다 화가 펄펄 났다. 그들은 양쪽에서 합심해서 갖은 말로 발라맞추고, 애국심에 호소하고, 은근히 위협까지 했지만 모조리 실패했던 것이다. 그런데 뜬소문이나 쫓아다니는 어느 후줄근한 유선방송 프로듀서가 성공을 거두었고 그로써 영상물의 연대기에 불멸의 족적을 남겼다.

반쯤은 운이 좋았던 것이고 반쯤은 생각이 기발했다. 「반갑다, 지구야!」를 진행하던 뉴스 감독은 문득 스태프 중 한 명이 데이비드 보먼과 놀랄 만큼 닮았다는 데 생각이 미쳤다. 요령 좋은 메이크업 아티스트가 손을 써서 닮은 정도를 완벽하게 만들었다. 호세 페르난데스가 그 젊은이에게 자네 까딱하다간 진짜 험한 꼴을 볼 거라고 말을 해 줬을지는 몰라도, 그 청년은 종종 용감한 자에게 떨어지곤 하는 행운을 차지했다. 그가 문에 들어선 즉시 베티는 항복해 버렸다. 베티가 (그래도 퍽 부드러운 태도로) 문밖으로 몰아냈을 때쯤에 그는 이미 내용을 다 딴 후였다. 그 방송사답지 않게 소재가 뭐든 비웃으면서 집적거리던 태도를 싹 버리고 찍은 그 영상이 그에게 그해의 퓰리처상을 안겨 주었다.

플로이드는 지친 듯이 사샤에게 말했다.

"얘기할 거면 좀 일찍 해 주지. 그랬으면 우리가 훨씬 고생을 덜 했을 텐데. 아무튼, 저걸로 논란은 종결됐네요. 타냐도 이제는 설마 무슨 의구심을 품지 않겠지요. 그렇지만 자고 일어날 때까지 놔둡시다. 그러는 게 좋겠지요?"

"물론입니다. 긴급한 통지는 아니니까요. 그야 물론 중요한 사항이긴 하지만요. 그리고 타냐는 잠을 자 둬야 해요. 이제부터는 우리 중 누구도 잠잘 시간이 많진 못할 거라는 감이 오는데요."

분명 그 말대로일 것이라고 플로이드는 생각했다. 무척 피로하긴 했지만 당직을 서고 있지 않았더라도 절대 잠들지는 못했을 것이다. 정신이 너무 활동적인 상태에 있었다. 이 특별한 밤에 닥친 사건들을 분석하고, 다음에는 어떤 놀랄 일이 벌어질지 두근두근 기대를 품어 보느라고 바빴다.

한편으로 플로이드는 막대한 안도감을 느꼈다. 출발 날짜를 둘러 싸고 정해지지 않았던 어정쩡한 상태는 분명히 끝이 났다. 타냐가 더 이상 유보하려 들지는 않을 것이다.

하지만 더욱더 큰 정해지지 않은 뭔가가 남아 있었다. 무슨 일이 일어나고 있는가?

플로이드의 인생에 현재의 상황에 비길 만한 경험이 딱 한 번 있었다. 풋풋하던 시절에 그는 친구 몇 명과 함께 콜로라도 강의 지류에 카누를 타러 간 적이 있었다. 그리고 카누를 타다가 길을 잃었다.

그와 친구들은 물줄기에 실려 두 절벽 사이 골짜기로 점점 더 빠르게 휩쓸려 갔다. 완전히 무력한 상태는 아니었지만 간신히 침수되지 않고 유지하는 정도로밖에 조종할 수 없었다. 앞에는 급류가 있을지도 몰랐다……. 아니, 아예 폭포가 있을 수도 있었다. 그들은 알 수 없었다. 게다가 아무튼 있다 해도 거의 어떻게 해 볼 수가 없는 상태였다.

이제 다시 플로이드는 항거할 수 없는 힘에 붙들린 느낌을 맛보았다. 그 힘이 그와 동료들을 알지 못할 운명으로 휩쓸어 실어 가고 있었다. 그리고 이번에는 위험이 그저 시야에 들어오지 않는 정도가 아니었다. 기다리고 있을 위험은 어쩌면 인간의 이해 범위를 초월한 어떤 것일지도 몰랐다.

탈출 작전

"여기는 헤이우드 플로이드, 아마도 라그랑주점에서 마지막으로 하는 보고입니다. ……사실, 그랬으면 하고 바랄 뿐이죠.

우리는 이제 귀향길을 준비하고 있습니다. 앞으로 며칠이면 우리는 이 기묘한 장소를 떠납니다. 이오와 목성을 잇는 선상의 이 지점에서 우린 우리가 큰형이라고 명명한, 불가사의하게 사라져 버린 거대한 고대 유물과 조우했던 겁니다. 그것이 어디로 가 버렸는지, 또 왜 사라졌는지에 대해서는 여전히 단 하나의 단서조차 없습니다.

갖가지 이유들이 있어 우리는 이곳에 필요 이상으로 오래 머무르지 않는 편이 나을 것 같습니다. 그리고 미국 우주선 디스커버리 호를 러시아 우주선 레오노프 호의 가속 장치로 사용함으로써 우리가 원래 계획했던 것보다 최소한 2주 먼저 떠날 수 있게 될 것입니다.

기본적인 착상은 간단합니다. 두 척의 우주선이 결합합니다, 한

척이 다른 한 척 위에 어부바를 하죠. 디스커버리 호가 먼저 연료를 전부 연소시켜서 두 척 모두를 원하는 방향으로 가속합니다. 디스커버리 호의 연료가 다 떨어지면 그 우주선은 분리하게 됩니다. 일반적인 1단 로켓을 분리하는 것과 마찬가지죠. 그러고 나서 레오노프 호가 엔진 점화를 개시할 겁니다. 그 전에 점화하지 않는 이유는 일찍 점화한다면 쓸데없이 디스커버리 호의 중량까지 함께 끌고 가는 데 에너지를 낭비하게 될 것이기 때문입니다.

그리고 또 한 가지 우리가 써먹을 수법이 있습니다만, 얼핏 생각하면 상식에 어긋나는 것처럼 보일 겁니다. 우주여행에서는 그런 것이 워낙 많지요. 우리는 목성으로부터 멀어지려고 합니다. 그렇지만 그 첫 단계는 우리가 할 수 있는 대로 최대한 가까이까지 목성에 다가가는 겁니다.

그래요, 우린 이미 그렇게 가까이 다가갔던 적이 있습니다. 목성의 대기를 이용하여 우주선 속도를 줄여 공전 궤도에 오르려고 했을 때죠. 이번에는 그렇게까지 가까이는 가지 않을 겁니다만, 거의 비슷할 만큼까진 가겠네요.

이곳 이오 상공 35만 킬로미터 지점에서 최초 연소를 하면 우주선 속도가 감소할 것입니다. 그렇게 해서 목성으로 떨어져 내려 목성의 대기를 살짝 스칩니다. 그런 다음, 갈 수 있는 최근접점에 이르렀을 때에 가지고 있는 연료를 최단 시간에 연소시켜 속도를 높이고 레오노프 호를 지구 귀환 궤도로 발사하는 것입니다.

도대체 무엇 때문에 그런 정신 나간 작전을 수행하느냐고요? 대단히 복잡한 수학 계산 없이는 그것이 옳다는 걸 확인시켜 드릴 방법이 없네요. 하지만 기본 원리는 아마 명확하게 이해하실 수 있을 겁니다.

우리가 스스로 목성의 어마어마한 중력장에 뛰어들어 낙하한다면, 우리는 속도를 얻게 됩니다. 즉, 에너지를 얻는 거죠. 제가 '우리'라고 말할 때 거기엔 두 척의 우주선과 거기 실려 있는 연료가 다 포함됩니다.

그리고 우리가 결정적인 지점에서 연료를 연소시키는 겁니다……, 목성의 '중력 우물' 밑바닥에서요. 재상승을 의도하는 게 아닙니다. 반응로가 불을 뿜을 때 이미 얻은 그 운동에너지의 일부를 우리와 나누게 됩니다. 간접적으로, 우리는 목성의 중력에 힘을 받는 것이고 그 중력이 지구 귀환 길에 우리 속도를 더해 주는 것입니다. 도착했을 때 목성의 대기를 이용해 우린 필요 없는 여분의 속도를 떨어뜨렸죠. 이것은 어머니 자연이 평소에는 좀처럼 내주지 않던 양수겸장의 이득을 허용하는 희귀한 사례 중 하나입니다.

디스커버리 호의 연료, 레오노프 호 본체의 연료, 그리고 목성의 중력이라는 3중의 추진력을 받아서 레오노프 호는 5개월 후 지구에 다다르게 될 쌍곡선 궤도를 따라 태양 쪽으로 날아갈 것입니다. 이 외의 방법으로 비행했을 때에 비해 적어도 두 달은 이르게 도착하는 것이지요.

우리 정든 디스커버리 호는 어떻게 되는 것인지 분명히 궁금해들 하시겠지요. 원래 계획했던 대로 자동 조종으로 귀환시키는 건 분명 불가능합니다. 연료가 없으니 손써 볼 도리가 없죠.

하지만 디스커버리 호는 전혀 손상 입지 않고 잘 있을 겁니다. 아주 긴 타원 궤도를 그리며 목성 주위를 계속 돌고 있겠지요, 포획된 혜성처럼 말입니다. 그리고 어쩌면 언젠가 미래의 탐사대가 또다시 디스커버리 호와 랑데부를 하게 될지도 모릅니다. 디스커버리 호를 지구로 돌려보내기에 충분한 여분의 연료를 싣고 가는 거죠. 그렇다 해도 그 일은 앞으로도 여러 해가 지난 후에야 일어날 수 있을 것입니다.

그리고 지금 우리는 출발을 준비해야만 합니다. 아직도 해야 할 일이 많아요. 최종적으로 귀환 궤도에 올라 연소를 개시할 때까지는 긴장을 풀 수가 없을 겁니다.

떠나는 것이 애석하진 않습니다. 우리 목표를 전부 다 이루진 못했어도요. 큰형이 사라져 버린 알지 못할 까닭은, 아마도 어떤 위험을 감지한 것 같은데, 그 정체가 뭔지 여전히 머릿속에 생각이 가득합니다만, 그거야 아무리 궁금하다고 해도 우리로서는 정말 어떻게 해 볼 수 없는 일이지요.

우린 최선을 다했습니다. ……최선을 다하고 이제 돌아갑니다.

헤이우드 플로이드였습니다. 통신 종료합니다."

몇 명 안 되는 청중들로부터 한 차례 아이러니를 품은 박수갈채가 일었다. 청중의 규모는 통신 내용이 지구에 전달되면 수십만 배로 불어나게 될 터였다. 다소 창피한 마음에 플로이드가 항변했다.

"여러분 들으라고 한 얘기가 아니잖아요. 하여튼 여러분이 들었으면 하는 생각은 안 하고 한 말이라고요."

타냐가 달래듯이 말했다.

"늘 그렇지만 참 설명을 잘하시네요, 헤이우드. 하지만 지구에 남아 있는 사람들에게 당신이 한 말엔 우리도 구구절절 동의하는걸요."

"꼭 그렇지는 않아요."

작은 목소리가 끼어들었다. 너무 나지막이 말해서 다들 그 소리를 들으려고 귀에 힘을 줘야 할 지경이었다.

"아직도 한 가지 문제가 있습니다."

전망실이 갑자기 죽은 듯이 고요해졌다. 플로이드는 몇 주 만에 처음으로 주 공기 공급관에서 나는 희미한 삑삑 소리를, 그리고 벽 패널 속에 말벌이라도 갇힌 양 간헐적으로 나는 부웅 소리를 의식했다. 우주선이 다 그렇듯이 레오노프 호도 어디서 나는 건지 영문 모를 소리가 가득했지만, 우주선이 정지해 있을 때가 아니면 소리가 난다고 신경 쓰이진 않았다. 그리고 만약 멈춰 있을 때 소리가 난다면 보통 더 이상 소란 피울 것 없이 바로 조사에 들어가는 편이 나았다.

타냐가 불안할 만큼 차분한 목소리로 말했다.

"무슨 문제점이 있을지 잘 모르겠군요, 찬드라. 어떠한 문제가 있을 수 있을까요?"

"난 지난 몇 주를 바쳐서 지구로 돌아가는 1000일간의 궤도 비행을 할 수 있게 HAL을 준비시켰습니다. 이제 그 프로그램들을 전부 쓰레기통에 처박아야 할 테지요."

타냐가 응수했다.

"그건 우리도 유감스러워요. 하지만 상황을 가늠해 볼 때, 이렇게 하는 것이 당연히 훨씬 나은……."

"그 이야기가 아닙니다."

사람들 사이에 놀라움이 잔물결처럼 퍼졌다. 찬드라는 누구의 말을 가로막아 본 적이 없는 사람이었다. 하물며 타냐의 말을 가로막다니?

무슨 말이 나오려나 일제히 숨을 죽인 가운데 찬드라가 말을 이었다.

"HAL이 임무 목표에 대해 얼마나 민감한지 아시지요들. 이제 여러분은 나더러 HAL 자신의 파괴를 초래할지도 모르는 프로그램을 HAL에게 주라고 하는 겁니다. 현재의 계획에 따르면 디스커버리 호가 안정된 공전 궤도에 오르게 되는 건 사실이지요. ……그러나 만약 그 경고에 어떠한 진실이 담겨 있다고 한다면, 결국 디스커버리 호는 어떻게 되겠습니까? 우린 모르지요, 물론. 하지만 그 경고에 겁을 먹고 달아나는 것 아닙니까. 이 상황에 HAL이 어떤 반응을 보일지 생각해 보셨습니까?"

타냐가 아주 천천히 물었다.

"지금 박사 말씀은, HAL이 명령에 따르기를 거부할 수도 있다는 건가요? 앞서 임무 수행 중에 그랬던 것과 똑같이?"

"지난번에 일어난 일은 명령 불복종이 아니죠. HAL은 서로 배치되는 명령들을 나름 새겨 받아들이려고 최선을 다했던 겁니다."

"이번에는 무엇이 서로 배치될 게 없어요. 완벽하게 딱 떨어지는 상황인데요."

"우리에게는 그렇겠죠, 아마도. 하지만 HAL에게 최우선 지시 사항 중 하나는 디스커버리 호를 위험으로부터 지키라는 것입니다.

우리는 그 명제를 넘어서서 다르게 행동하라고 시키는 꼴이 될 겁니다. 그런데 HAL처럼 복잡한 시스템의 경우 그 귀결을 예측한다는 것은 불가능합니다."

사샤가 개입했다.

"현실적으로 무슨 문제가 있다는 건지 모르겠는데요. 어떤 위험이 있다는 말 자체를 해 주지 않으면 되는 것 아닙니까. 그러면 HAL이 받은 프로그램을 수행하는 데 어떤…… 거리낌을 가질 일도 없죠."

커노가 투덜거렸다.

"정신병 있는 컴퓨터를 애 보듯 하려니 죽겠군! 이거 무슨 B급 공상과학 비디오드라마에 들어와 있는 느낌인데요."

찬드라 박사가 커노를 비우호적인 시선으로 쳐다보았다.

타냐가 갑자기 따져 물었다.

"찬드라, 이 이야기를 HAL과 해 봤나요?"

"아뇨."

방금 잠깐 머뭇거렸나? 플로이드는 의심이 들었다. 어쩌면 전혀 꺼림칙할 것 없는 심상한 반응이었는지도 모른다. 그런 적이 있었던가 잠깐 기억을 점검해 보았을 수도 있다. 그렇지 않다면 혹시 찬드라가 거짓말하는 것일 수도 있었다. 아무리 그럴 법하지 않은 일이라고는 해도…….

"그렇다면 사샤가 제안하는 대로 해 보죠. 새로운 프로그램을 HAL에게 탑재시키기만 하세요. 그리고 딴 얘긴 하지 마시고요."

"계획 변경에 관해 HAL이 나에게 이것저것 물어보면요?"

"HAL이 물어볼 것 같으세요? 당신이 옆에서 유도하지 않아도?"

"물론이지요. HAL은 호기심을 갖게끔 고안된 컴퓨터라는 걸 제발 좀 기억해 주세요. 대원들이 죽음을 당하면 HAL이 임무를 제대로 수행해야만 한단 말입니다, 스스로 생각을 하고 착수해서요."

타냐는 잠시 그 문제를 숙고했다.

"그렇다 해도 역시 간단한 문제예요. HAL은 찬드라를 믿겠지요, 그렇지 않아요?"

"물론 믿습니다."

"그러면 당신이 HAL에게 디스커버리 호는 전혀 위험에 처하지 않는다고 타일러야죠. 그리고 더 나중에 디스커버리 호를 지구로 돌려보내는 랑데부 임무가 부여된다고 말해 주세요."

"하지만 그건 사실이 아니에요."

"그게 거짓일지 어떨지 우리는 확실히 몰라요."

그렇게 응수하는 타냐는 좀 참을성을 잃어 가기 시작한 듯했다.

"우리는 심각한 위험이 있을 것이라고 예상하고 있어요. 그렇지 않으면 우리가 예정일을 앞당겨 떠날 계획을 세우지 않겠죠."

"그러면 어떻게 하자는 거죠?"

타냐가 물었다. 이제는 희미하게 위협의 빛마저 비치는 음성이었다.

"HAL에게 총체적 진실을 말해 줘야만 해요. 우리가 아는 한도껏 말입니다……. 거짓말과 반쪽 진실은 이제 그만합시다. 반만 사실인 것도 거짓말이나 마찬가지로 나빠요. 그렇게 말해 준 다음에 HAL이 스스로 결정하게 합시다."

"맙소사, 찬드라……, HAL은 그냥 기계예요!"

찬드라가 너무나도 확고한 자세로 흔들림 없이 막스를 주시하여 손아래 청년은 금세 눈을 깔았다.

"우리도 모두 기계라오, 브라일로브스키 씨. 그저 정도의 문제일 뿐이오. 탄소 기반이냐 실리콘 기반이냐가 근본적인 차이를 빚진 않소. 우리 모두가 각각 상응하는 존중심으로서 대우 받아야 해요."

다른 누구보다도 훨씬 체구가 작은 찬드라가 어쩌면 지금 이 순간 가장 큰 사람처럼 보이다니 참으로 희한한 일이라고 플로이드는 생각했다. 하지만 의견 대립이 지나치게 오래 계속됐다. 이제 언제라도 타냐가 직접적인 명령을 내릴 법도 한데 그랬다가는 상황이 정말 고약하게 돌아갈지 몰랐다.

"타냐, 바실리, 내가 두 분께 한 말씀 드려도 될까요? 문제를 해결할 방법이 있을 것 같은데요."

플로이드가 개입하자 모두 표 나게 안도하며 그를 맞이했고, 2분 후 그는 오를로프 부부의 거처로 가 편안하게 함께 자리하고 있었다.(그곳은 언젠가 커노가 명명한 대로 '16분의 1'이라는 별명이 있었는데 방 크기 가지고 지은 것이었다. 커노는 말장난 별명을 지은 것을 이내 후회했는데, 사샤만 빼고 다른 사람들에게는 전부 일일이 설명을 해 줘야 했기 때문이었다.)

헤이우드가 제일 좋아하는 아제르바이잔 샤마흐 와인 병을 건네면서 타냐가 말했다.

"고마워요, 우디. 당신이 끼어들어 줬으면 하고 바라고 있었어요. 분명히 당신에게……, 그런 걸 뭐라 하죠? 꿍쳐 놓은 대책이 있을 거라고 생각해요."

달콤한 와인 몇 세제곱센티미터를 입안으로 빨아들여 그 맛을 감사히 음미하면서 플로이드가 말했다.

"있는 것 같아요. 찬드라가 골치 아프게 굴어서 유감입니다."

"나도 유감이에요. 우리 우주선에 미친 과학자가 딱 한 명만 타고 있으니 참으로 행운이지요."

"당신은 나한테는 좀 다른 얘기를 하곤 했잖아."

학술 위원 바실리가 빙긋 웃으며 끼어들고는 플로이드를 돌아보았다.

"아무튼, 우디, 어디 대책을 들어 봅시다."

"내가 제안하는 건 이겁니다. 그냥 찬드라보고 그 사람 방식대로 해 보라고 하세요. 그러면 거기에는 두 가지 가능성만이 존재합니다.

첫째로, HAL이 우리가 요구하는 대로 어김없이 일을 해 줄 수 있습니다. 두 차례 점화 기간 중 디스커버리 호를 조종해 주는 거죠. 아시죠, 첫 번째 점화는 치명적으로 중대한 건 아닙니다. 혹시 우리가 이오를 떠나가는 과정에서 뭔가가 잘못된대도 보정할 시간이 충분히 있어요. 그리고 그 과정이 우리에겐 HAL의…… 협조 의지를 시험해 볼 훌륭한 기회가 될 겁니다."

"하지만 목성 접근 비행은 어떻게 할까요? 진짜 중요한 건 그 과정이죠. 그 과정에서 우리가 디스커버리 호의 연료를 거의 다 연소시킬 뿐만 아니라 타이밍과 추진력의 벡터가 그야말로 정확해야 하니까 말입니다."

"그 부분을 수동 조종으로 제어할 수도 있을까요?"

"정말 내키지 않는 일이에요. 아주 작은 오류만 생겨도 우리가 홀

딱 타 없어지든가 공전 궤도가 아주 긴 혜성이 돼 버릴 수 있으니까요. 한 2000년에 한 번씩 찾아오는 혜성이 되겠죠."

플로이드가 밀어붙였다.

"하지만 만약 다른 대안이 없다면요?"

"글쎄요, 우리가 제때에 제어권을 손에 쥘 수 있다 치면, 그리고 미리 대안 궤도들을 충분할 만큼 여러 벌 연산해 둔다 치면, 음, 어쩌면 무사히 해낼 수 있을지도요."

"당신이라는 사람을 잘 아니까 말인데 '해낼 수 있을지도'라는 말은 분명히 '해낼 겁니다'라는 뜻이겠지요, 바실리. 그럼 이제 내가 좀 전에 말한 두 번째 가능성을 얘기해야겠군요. 만약 HAL이 주어진 프로그램에서 아주 약간이라도 벗어나려는 조짐이 보이면, 우리가 제어권을 가져옵니다."

"그 말은……, HAL의 전원을 차단하잔 말입니까?"

"바로 그겁니다."

"지난번에는 그게 그렇게 쉬운 일이 아니었는데요."

"그때 그 일 이후로 우리가 몇 가지 교훈을 얻었지요. 나에게 맡겨 두세요. 0.5초 만에 수동 조종으로 당신 손에 제어권을 돌려놓겠다고 내가 보장할 수 있습니다."

"HAL이 뭔가 의심을 품을 위험은 없는 거죠?"

"이제는 당신이 피해망상이 돼 가네요, 바실리. HAL은 사람이 아니에요. 하지만 찬드라는 사람이지요……, 사람이라서 의심도 해볼 수 있겠지요. 그러니까 찬드라에게는 아무 말도 하지 마세요. 우리 모두 그의 계획에 철저하게 찬성하는 겁니다. 이전에 조금이라도 반대 의견을 제기했던 건 미안해하고요. 그리고 HAL이 우리와 같은 관점을 가져 줄 것에 대해 완벽히 확신하는 거죠. 좋습니까, 타냐?"

"좋아요, 우디. 그리고 당신의 선견지명에 찬사를 보내는 바예요. 그 조그마한 장치는 참 잘 생각한 거였어요."

바실리가 물었다.

"무슨 장치 말이지요?"

"조만간 내가 설명해 줄게요. 미안해요, 우디. 샤마흐 와인은 그게 다였어요. 아껴 두려고 한 거예요, 무사히 지구로 돌아가는 궤도에 오를 때까지."

카운트다운

내가 사진들을 찍었으니 망정이지 안 그랬으면 이건 아무도 믿지 않았을 거야. 500미터 거리를 두고 두 대의 우주선 주위를 맴돌며 막스 브라일로브스키는 그렇게 생각했다. 우스꽝스러울 정도로 민망한 꼬락서니였다. 마치 레오노프 호가 디스커버리 호를 겁탈하고 있는 것 같았다. 그러고 보니 다부지게 뚝뚝 끊어진 짤막한 러시아 우주선은 아닌 게 아니라 섬세하고 늘씬한 미국 우주선과 비교해 보면 새삼 남성적인 생김새를 하고 있었다. 하지만 도킹 작전에는 대개 성적인 함의가 뚜렷이 배어 있는 법이고, 브라일로브스키는 또 초기 소련 우주 비행사 누구가(이름은 기억이 나지 않았다.) 도킹 과정 중 음……, 절정 단계를 설명하는 데 너무 생생한 어휘를 사용하는 바람에 질책을 당했던 걸 기억하고 있었다.

브라일로브스키가 주의 깊게 관찰하여 파악한 한도 내에서는 모든 것이 정상적으로 작동하고 있었다. 두 우주선의 자세를 잡아 단단히 한데 고정시키는 과제는 미리 초조하게 예상했던 것보다 시간을 더 많이 잡아먹었다. 가끔씩(항상 그런 것은 아니고 가끔씩만) 받을 만한 자격 있는 이들을 가호하는 저 미묘한 행운의 작용이 없었더라면 아예 불가능했을 일이다. 레오노프 호에는 천만다행이게도 몇 킬로미터 길이의 탄소 필라멘트 테이프가 실려 있었다. 여자아이 머리 묶는 리본보다 크지도 않지만 몇 톤이나 되는 하중을 버틸 수 있었다. 다른 수단이 전부 실패했을 때 큰형에 각종 장치 일습을 붙들어 매라는 뜻에서 세심히 준비돼 있던 것이다. 이제 그 테이프가 레오노프 호와 디스커버리 호를 부드럽게 감싸 안았다. 전력 추진을 하여 얻을 수 있는 10분의 1G까지 가속하면서 혹시라도 덜덜거리고 흔들리는 일은 없게끔 충분히 단단하게 감겼기를 바랄 뿐이었다.

막스가 물었다.

"제가 복귀하기 전에 뭐 더 시킬 일 있으세요?"

타냐가 대답했다.

"없네. 다 괜찮아 보이는군. 그리고 우린 더 이상 시간을 허비할 수 없지."

그건 정말 옳은 말이었다. 만약 그 수수께끼의 경고를 심각하게 받아들일 거라면(그리고 이제는 모두가 대단히 심각하게 받아들이고 있었는데) 앞으로 24시간 안에 탈출 과정을 시작해야만 했다.

"알았습니다. 그럼 지금 니나를 도로 마구간에 넣습니다. 이렇게 돼서 미안하다, 예쁜이야."

"우리에게 니나가 말이라는 얘긴 한 적이 없잖나."

"이제 와서 그렇다는 건 아닙니다. 니나를 여기 우주 공간에 내팽 개쳐 두다니 마음이 좋지 않아요. 고작 초당 몇 미터 속도를 더 얻 자고……."

"몇 시간 있으면 그 초속 몇 미터가 정말 다행으로 여겨질 거야, 막스. 어쨌든, 언젠가 누가 와서 니나를 수거한다는 일도 영 가망 없 는 일은 아니니까."

그런 일은 없을 것 같은데요. 막스는 생각했다. 그리고 사실 조그 만 스페이스포드를 저기에, 인간이 목성의 왕국에 처음 방문한 것 을 영원히 상기시켜 줄 표지로써 남겨 둔다는 게 어쩌면 결국 적합 한 일이겠지요.

막스는 제어 분사 장치를 부드럽게, 신중하게 때에 맞추어 조금씩 작동시킴으로써 니나가 커다란 구형의 디스커버리 호 주 생명 유지 모듈을 빙 돌아가게 했다. 조종실에 있던 동료들은 곡면 전망창 밖 으로 스르르 떠 지나가는 그를 가까스로 스치듯이 보았을 따름이었 다. 열려 있는 포드 승하장 문이 눈앞에 뻐끔 입을 벌렸고, 그는 뻗 어 나와 있는 도킹 받침대에 사뿐히 솜씨 좋게 니나를 내려놓았다.

"끌어들여 주세요."

잠금장치가 찰칵 물리자마자 막스가 말했다.

"썩 계획적인 선외 활동이었다고 자평하겠어요. 니나를 마지막으 로 데리고 나갈 연료가 무려 1킬로그램이나 남아 있으니까요."

보통 우주 공간 한복판에서 연소에 들어가는 것은 거의 극적인 장면이 못 되었다. 행성의 표면에서 이륙할 때와는 달라서 불길과 굉음, 항상 존재하는 위험 부담이 거기에는 없었다. 혹시 뭐가 잘 못된다 해도, 그래서 모터가 전력 추진에 달하는 데 실패한다 해도……, 뭐, 연소 시간을 좀 더 오래 가지는 걸로 문제 상황 수정이 가능했으니까. 아니면 궤도상의 적당한 지점까지 대기했다가 다시 시도할 수도 있었다.

하지만 이번에는 카운트다운이 0을 향해 진행될 때 양쪽 우주선 선내에 손에 잡힐 듯한 긴장감이 감돌았다. 이것이 HAL이 고분고 분 말을 듣는지에 대한 최초의 진짜 시험인 줄 모두가 알았다. 예비 책이 있다는 걸 알고 있는 사람은 오직 플로이드, 커노, 그리고 오를 로프 부부뿐이었다. 그리고 그들조차도 그 방책이 잘 들을지 완벽 하게 확신하지는 못했다.

지구의 관제 센터에서 점화 5분 전에 전달되도록 시간을 맞추어 전언해 왔다.

"행운을 빕니다, 레오노프 호. 만사 순조롭게 진행되기를 바랍니 다. 그리고 지나치게 부담이 되지 않는다면 목성 주위를 돌면서 적 도 부근 경도 115도의 근접 사진을 찍어 줄 수 있겠습니까? 거기에 이상한 검은 점이 있습니다. 모종의 분천으로 추정합니다. 완벽한 원형으로 지름이 거의 1000킬로미터나 됩니다. 위성의 그림자처럼 보이지만 그럴 리는 없지요."

타냐는 가까스로, 기록적일 만큼 적은 단어를 사용하여 짧게 알았 다는 대답을 했다. 다른 때도 아닌 이때에 목성의 기상학적 현상에 대해서는 정말로 아무런 관심을 가질 수 없었다. 관제 센터는 가끔 씩 눈치 없이 상황에 맞지 않는 소리를 툭 던지는 솜씨가 아주 기가 막혔다.

HAL이 말했다.

"모든 시스템 정상적으로 작동 중. 점화 2분 전."

때로 어떤 용어가 그것을 낳은 기술이 없어진 후까지 잔존하곤 하는 건 참으로 묘한 일이라고 플로이드는 생각했다. 점화라는 말은 화학 로켓에나 적합한 용어였다. 핵이나 플라스마를 이용한 구동 장치에서 수소가 산소와 접촉한다손 쳐도 온도가 너무나 높기에 연소는 일어날 수 없다. 그런 온도에서는 화합물이 모조리 도로 낱낱이 떨어져 원소가 되어 버리는 것이다.

플로이드는 속으로 또 다른 예들을 찾으며 딴 데 정신을 팔았다. 사람들은, 특히 연세 지긋한 이들이면 아직도 카메라에 필름을 넣는다거나 차에 기름을 채운다고 말한다. 심지어 '테이프 컷'이라는 표현도 녹음실에서는 아직까지 때때로 들을 수 있다. 기술상 그 표현이 걸맞던 세대가 족히 두 번은 바뀌었는데 말이다.

"점화 1분 전."

플로이드의 정신이 퍼뜩 지금 현재로 돌아왔다. 지금이 중요한 순간이다. 거의 100년에 걸쳐 무수했던 발사대들, 관제소들에서 이 순간이 가장 긴 60초였다. 재앙으로 끝났던 일도 수없이 많았다. 하지만 승리의 순간만이 기억되었다. 우리는 어떻게 될 것인가?

다시 한번 주머니에 손을 넣어 차단 장치 가동 스위치를 잡고 있고 싶은 충동을 억누르기가 힘들 정도였다. 논리적으로는 문제가 일어나면 그에 대응해 행동을 취해도 시간이 충분한데 말이다. 만약 HAL이 프로그래밍된 대로 따르지 않는다면 그 뒷일은 귀찮은 일일 따름이지 재난이 아니었다. 정말로 치명적인 순간은 나중에 목성을 돌아 나올 때다.

"6……, 5……, 4……, 3……, 2……, 1……, 점화!"

처음에 우주선이 받은 추진력은 거의 느낄 수 없을 정도였고, 차차 더해져서 10분의 1G에 이를 때까지 1분가량 걸렸다. 그래도 모두들 즉시 손뼉을 치기 시작했지만 조용히 하라는 타냐의 손짓에 그쳤다. 점검해 봐야 할 것이 많았다. 아무리 HAL이 최선을 다했더라도(정말 최선을 다해 준 것 같기는 했는데) 여전히 잘못될 수 있는 여지가 너무나도 많았다.

디스커버리 호의 안테나 지지대는 현재 가동하고 있지 않은 레오노프 호의 관성 때문에 대부분의 부담을 지고 있었는데, 원래 그런 식으로 심한 부담을 지우도록 만들어진 게 아니었다. 은퇴해 있다가 호출을 받은 디스커버리 호의 수석 설계자는 그 정도면 넉넉히 안전 한계 이내에 든다고 철석같이 다짐했다. 그러나 그 사람 말이 틀렸을 수도 있고, 질료가 우주 공간에서 몇 년이 지나면 바스라지기 쉬운 상태가 되는 법이고 보면…….

그리고 두 척의 우주선을 한데 잡아맨 테이프가 똑바로 감겨 있지 않을 수도 있다. 어쩌면 늘어나거나 미끄러져 나갈지도 모른다. 디스커버리 호가 중심을 이탈한 중량을 도로 반듯하게 하진 못할 것이다. 현재 1000톤 남짓 하는 짐을 업어 나르고 있는 상황이니까……. 플로이드는 일이 어그러질 수 있는 부분들이 열두 가지는 상상이 되었다. 그리고 실제로는 열세 번째 문제가 터질지 모른다는 점을 상기하는 건 마음에 위안이 되지 못했다.

하지만 1분, 1분이 아무 일 없이 무척 느리게 지나갔다. 디스커버리 호의 엔진이 가동하고 있다는 증거는 오직 가속 추진으로 인한 미미한 중력감과 두 척의 우주선 벽을 통해 전해져 온 아주 약한 진동뿐이었다. 이오와 목성은 여전히 몇 주 동안 있던 그 자리에, 하늘 반대편에서 서로 마주 보며 떠 있었다.

"10초 후 중지합니다. 9……, 8……, 7……, 6……, 5……, 4……, 3……, 2……, 중지!"

"고마워, HAL. 정시에 버튼."

그러고 보면 '정시에 버튼'이라는 것도 이제 도무지 시대에 맞지 않는 용어였다. 터치패드가 버튼스위치를 거의 완전히 대체한 지 최소한 한 세대는 지난 것이다. 하지만 모든 기재가 다 그렇지는 않았다. 위급한 순간에는 멋지고 흡족한 딸깍 소리를 내며 확실히 느낄 수 있게 눌러지는 장치가 최고다.

바실리가 말했다.

"확인함. 중간 궤도까지는 보정 필요 없음."

커노가 말했다.

"정말 멋지고 이국적인 이오에게 작별을 고해요. 부동산 중개인들이 좋아 죽을 땅이여. 우리 모두 널 떠나게 되어 무척 행복해."

저 말은 한결 예전의 월터다운걸. 플로이드는 혼자 생각했다. 왜냐하면 최근 몇 주 동안 그가 묘하게 기가 죽어 있었기 때문이었다. 마치 뭔가 마음에 걸리는 것이 있기라도 한 듯했다.(하지만 그렇지 않은 사람이 있기나 했나?) 커노는 좀처럼 얻기 힘든 자유 시간의 상당 부분을 카테리나에게 가서 조용히 무슨 상의를 하는 데 쓰는 것 같왔다. 플로이드는 커노에게 혹시 무슨 의학적 문제라도 생긴 것이 아니기를 바랐다. 지금까지는 대원들 모두 몹시 운이 좋았다. 이 단계에서 가장 반갑지 않은 일은 의무장교가 실력을 발휘할 어떤 위급 사태가 벌어지는 것이었다.

브라일로브스키가 말했다.

"끝까지 쌀쌀맞게도 말하는군요, 월터. 난 저곳이 맘에 들기 시작했는데요. 저기 용암 호수에 배를 띄우고 놀면 재미있을 것 같아요."

"화산에다 바비큐라도 하면 어때요?"

"아니면 순수 유황탕에서 목욕이라도 할까요?"

다들 멍한 상태였고 안도감에 살짝 제정신이 아니기도 했다. 탈출 과정에 가장 핵심적인 단계가 아직 앞에 놓여 있는데 긴장을 푸는 건 너무나도 때 이른 것이기는 했지만, 고향으로 돌아가는 긴 여행의 첫 발짝은 무사히 떼어놓았다. 소소하게 기뻐할 까닭은 충분했다.

그런 분위기가 오래가진 않았다. 타냐가 곧바로 핵심 근무자 말고는 전원 가서 좀 쉬도록 하라고, 가능하다면 잠을 자라고 명령했기 때문이다. 앞으로 겨우 아홉 시간 후면 목성을 돌아 나오는 단계를 밟아야 하므로 그에 대비해서다. 지시를 받은 이들이 꾸물거리자 사샤가 호통을 쳐서 조종실을 비웠다.

"교수형에 처할 테다, 개 같은 반란자 놈들아!"

대원들은 바로 두 밤 전에 좀처럼 갖기 힘든 오락으로서 다 같이 세 번째로 리메이크된 「바운티 호의 반란」 영화를 감상했던 터였다. 그 전설적인 찰스 로턴 이래 가장 훌륭한 블라이 선장이 나왔다는 데 영화 역사가들의 의견이 대체로 일치한 작품이다. 대원들 사이에는 타냐는 이 영화를 보지 말았어야 하는 게 아닌가 하는 분위기가 감돌았다. 자칫했다간 타냐가 영화에서 힌트를 얻을 판이니까…….

고치형 침낭 속에서 두어 시간 마음을 가라앉히지 못하던 플로이드는 수면 도모의 임무를 방기하고 어영부영 전망실로 올라왔다. 목성은 훨씬 커져 있었고 밤이 내린 면을 건너지르는 최근거리 접근점을 향해 우주선이 거침없이 날아감에 따라 서서히 모양이 사위어 갔다. 찬란하게 빛나는, 거의 가득 차오른 목성면에는 정말로 요모조모 무한히 풍부한 세부 형태들이 드러나 보였다. 구름의 띠들, 눈부신 백색에서부터 붉은 벽돌색에 이르기까지 갖가지 색조를 띤 점들, 까마득히 깊은 곳으로부터 솟아오르는 거무튀튀한 분천, 타원형 소용돌이인 대적점……. 눈이 도저히 다 보아 소화하지 못할 정도로 많았다. 어떤 달이 던지는 검고 둥근 그림자, 아마 에우로파의 그림자일 것이라고 플로이드는 짐작했는데, 그것은 이동하고 있었다. 이 믿을 수 없는 장관을 플로이드는 이제 마지막으로 보고 있는 것이었다. 앞으로 여섯 시간 후에 최대 효율을 발휘하여 일해야 한다고는 해도 소중한 시간을 잠으로 보낸다는 건 있을 수 없는 일이다.

지구의 관제 센터에서 관찰해 달라고 한 그 점이 어디였더라? 이제는 시야에 들어왔을 게 분명하지만 맨눈으로도 보일 만한 점인지는 확신할 수 없었다. 바실리는 무척 바쁠 테니 점 가지고 귀찮게 굴 수 없다. 플로이드가 잠시 아마추어 천문학도 노릇을 해서 도움이 돼 줄 수 있을 것 같았다. 아무튼 예전에 잠시 해 본 적도 있는 일이었다. 불과 30년 전, 그가 전문가로서 생계를 이었던 때다.

플로이드는 50센티미터짜리 주 망원경 조종 장치를 켰다. 다행히 가까이 붙어 있는 디스커버리 호의 덩치가 시야를 가리지는 않은 상태였다. 그는 배율을 중간 정도로 하여 적도 부근을 훑어 찾았다. 그랬더니 거기에 있었다. 목성면 가장자리로 이제 막 돌아 나오고 있는 점이었다.

피치 못할 제반 상황 덕택으로 플로이드는 현재 태양계에서 목성에 관하여 최고로 잘 아는 전문가 열 명 중 한 명이 되어 있었다. 나머지 아홉 명은 옆에서 일을 하거나 잠을 자고 있었다. 플로이드는 이 점을 본 즉시 뭔가 굉장히 이상하다는 것을 알아차렸다. 점이 너무나 새까매서 구름을 뚫고 구멍을 내 놓은 것처럼 보였다. 플로이드가 있는 곳에서 볼 때 점의 형태는 끝이 날카롭게 빠진 타원형이었다. 플로이드는 위에서 똑바로 내려다본다면 그 형태가 완벽한 원일 거라고 추측했다.

그는 이미지 몇 점을 저장했고, 이어서 망원경 배율을 최고로 올렸다. 목성의 빠른 회전으로 인해 벌써 그 형상이 더 잘 보이게 되었다. 그럼에도 플로이드는 보면 볼수록 점점 더 알 수 없어졌다.

선내 통신을 통하여 플로이드가 호출했다.

"바실리, 잠깐만 시간 좀 내줄래요? 50센티미터 망원경 모니터 한 번 봐 주세요."

"뭘 보고 있었지요? 중요한 겁니까? 난 지금 궤도 점검 중이에요."

"물론 그걸 하셔야죠. 그런데 내가 좀 전에 관제 센터에서 얘기했던 그 점을 찾았거든요. 보니까 아주 괴상해요."

"젠장! 그 생각은 까맣게 잊고 있었네요. 지구에 남아 있는 친구들이 어디를 봐야 하는지 말해 줘야만 할 정도라면 우리도 참 대단한 관찰자들이죠? 5분만 기다려 줘요. 그게 어디로 도망가진 않을 테니까."

그야 그렇지. 플로이드는 생각했다. 사실 더 뚜렷하게 보이게 될 터였다. 그리고 지구에 있거나 달에 있는 천문학자들이 본 것을 못보고 놓쳤다고 해서 망신일 건 없었다. 목성은 대단히 큰 행성이고, 탐사대는 눈 코 뜰 새 없이 바빴다. 게다가 달에나 지구 궤도에 있는 망원경들은 지금 플로이드가 사용하고 있는 기재보다 100배나 성능이 좋았다.

하지만 이건 가면 갈수록 야릇해지는걸. 플로이드는 이제 처음으로 어렴풋이 찜찜한 느낌을 받았다. 이 순간이 닥칠 때까지 그는 그 점이 자연적으로 그런 모습을 이룬 것이라고밖에 생각하지 않았다. 놀랍도록 복잡한 목성의 기상이 재주를 부린 것쯤으로 생각했다. 이제 그는 의구심을 갖기 시작했다.

점이 너무나도 검었다. 마치 밤 그 자체와도 같았다. 그리고 너무나도 대칭적으로 반듯했다. 점점 잘 보이게 되자 그 형태는 분명 완벽한 원형이었다. 그렇지만 그 원이 선명하게 딱 잘려 보이지는 않는다. 가장자리는 묘하게 흐릿한 게 흡사 초점이 뭉개진 것 같았다.

지금 착각한 건가, 아니면 그가 바라보고 있는 사이에도 벌써 점이 커진 건가? 플로이드는 빠르게 어림해 보고 이제 저 검은 것이 지름 2000킬로미터는 된다고 결론지었다. 그 크기는 아직 시야에 있는 에우로파의 그림자보다 조금 작을 뿐이었다. 그러나 검기는 훨씬 더 검어서 헷갈릴 염려는 없었다.

바실리가 짐짓 친절한 체하며 입을 열었다.

"어디 한번 볼까요, 그래서 뭘 찾아내셨다고요? 오……."

그의 목소리가 침묵으로 꺼져 내렸다.

이거로군. 플로이드는 돌연 섬뜩한 확신이 들었다.

정체가 무엇이든 간에 바로 이게…….

최후의 접근 비행

그러나 최초의 경악이 좀 무뎌진 다음에 차차 생각해 보니 목성 표면에 퍼져 가는 검은 얼룩이 꼭 어떤 위험을 의미하라는 법은 없을 것 같았다. 독특한 현상이며 무척이나 불가해한 현상이기는 했지만, 앞으로 일곱 시간밖에 남지 않은 중차대한 과정만큼 중요할 것은 없었다. 목성에 가장 근접한 지점에서 성공적으로 연소에 들어가는 것이야말로 정말로 중요한 일이었다. 수수께끼의 검은 점에 대해서는 지구로 돌아가는 길에 탐구해 볼 시간이 충분히 있을 터였다.

그리고 잠을 잘 시간도 충분하겠지. 플로이드는 수면을 취하려는 시도를 아예 집어치웠다. 위험한 느낌(적어도 이미 알고 있는 위험의 느낌)은 최초로 목성에 접근해 갔을 때보다 훨씬 덜했지만, 흥분과 불안이 뒤범벅된 느낌이 잠을 이루지 못하게 했다. 흥분이 되는 건 자연스러운 일이고 얼마든지 그럴 만했다. 불안한 느낌은 그보다 한 층 복잡한 이유에서 피어난 것이었다. 플로이드는 자기가 뭘 어떻게 하든 전혀 바꿀 수 없는 일들을 놓고 근심에 빠지지 않기로 규칙을 정했다. 외부적인 위협이 올 거라면 어떤 것이든 때가 되면 그 전모가 밝혀질 테니 그때 가서는 대처하지 않을 수 없을 것이다. 그러나 자신들이 두 척의 우주선을 안전하게 보호하기 위하여 과연 할 수 있는 일을 다 한 것인지 의구심을 품지 않을 수 없었다.

선내의 기계적인 오류들 말고 주된 근심의 원천이 두 개 있었다. 레오노프 호와 디스커버리 호를 단단히 한데 묶은 띠들이 밀리거나 빠질 조짐은 보이지 않고 있지만 가장 혹독한 시험을 거쳐야 하는 건 이제부터다. 거의 그에 못지않게 중대하고 위험천만한 순간은 우주선들을 분리하는 순간으로, 애초에는 큰형을 한번 뒤흔들어 보는 데 쓰려고 했던 폭약이 비록 최소량이지만 불편할 정도의 지근거리에서 사용될 예정이었다. 그리고, 당연한 일이지만, HAL도 있었다…….

HAL은 이미 궤도 이탈 과정을 대단히 정확하게 수행했다. 목성 접근 비행 시뮬레이션도 돌렸다. 디스커버리 호의 연료를 마지막 한 방울까지 사용하는 시뮬레이션인데도 토를 달지도, 반대를 하지도 않고 수행했다. 그런데 비록 찬드라가 미리 합의한 대로 이제부터 그들이 무엇을 하려고 하는지를 조심스럽게 설명했다고는 하지만, 과연 HAL이 진정으로 무슨 일이 벌어지고 있는 건지 이해한 것일까?

플로이드에게는 다른 것을 압도하는 한 가지 걱정거리가 있었고,

지난 며칠 사이에 그 생각에 점점 더 골몰하게 되어 거의 집착증에 가까워졌다. 모든 것이 완벽하게 잘 되어 가는 광경이 머릿속에 그려졌다. 그렇게 우주선 두 척이 한창 최종 단계를 밟는 중이고 어마어마한 크기의 둥근 목성면은 하늘을 가득 채워 그들이 있는 곳으로부터 불과 몇백 킬로미터밖에 떨어져 있지 않은데, 그때 HAL이 전자 음성으로 헛기침을 하고는 이렇게 말하는 것이다.

"찬드라 박사님, 한 가지 질문을 드려도 될까요?"

정작 사태는 그와 똑같이 발발하지는 않았다.

당연하다면 당연하게도 '대흑점'이라는 이름이 붙은 그 검은 점이 목성의 빠른 자전으로 인해 이제 보이는 위치로 돌아 나오는 참이었다. 앞으로 몇 시간 후 아직도 가속 중인 두 척의 우주선이 밤이 내린 행성면을 건너질러 흑점을 따라잡게 될 테지만, 낮의 빛 속에 가까이에서 관찰할 기회는 이번이 마지막이었다.

흑점은 여전히 놀라운 속도로 커지고 있었다. 직전 두 시간 동안에 면적이 두 배 이상 넓어졌다. 넓게 번지면서도 칠흑 같은 검은빛이 계속 유지된다는 사실만 빼고는 물속에 퍼져 나가는 먹물 얼룩을 꼭 닮았다. 이제 음속에 가까운 속도로 목성 대기권 속에 빠르게 이동하고 있는 흑점의 외곽 경계선은 여전히 이상하게 또렷하지 못하고 번진 듯이 거칠거칠했다. 우주선 망원경 배율을 최대로 하여 살펴보자, 마침내 그 이유가 명백해졌다.

대적점과는 달리 대흑점은 하나의 지속력 있는 구조물이 아니었다. 흑점은 무수한 작은 점들이 합쳐 이루어진 것이었다. 마치 돋보기를 통해 망점 인쇄를 본 것과 같았다. 흑점 영역의 대부분에 걸쳐서 그 작은 점들은 너무나도 촘촘히 붙어 있어 거의 서로 닿을 지경이었다. 하지만 가장자리 쪽으로 가면 갈수록 점점 더 넓은 간격을 두고 떨어져 있었다. 그래서 대흑점은 끝나는 부분이 딱 떨어지는 경계선이 아니라 회색 반음영으로 되어 있었던 것이다.

수수께끼의 까만 점들은 그 수가 거의 100만 개쯤 될 것 같았고 분명 약간 긴 형태로, 원이라기보다는 타원 형태로 늘어서 있었다. 탑승자 중에 상상력은 가장 덜 풍부한 카테리나가 이런 말을 해서 모두를 놀라게 만들었다. 즉 누군가 쌀 한 자루를 훔쳐다가 새까맣게 물들여서 목성 표면에 부어 놓은 것 같다고 말이다.

그리고 이제 태양이 지고 있었다. 빠르게 좁아져 가는 거대한 아치형의 목성 낮 면 너머로 태양이 떨어져 갔고, 그와 함께 레오노프 호는 미리 약속된 운명과의 회합을 위하여 두 번째로 목성의 밤 속으로 질주해 갔다. 앞으로 30분도 지나지 않아서 최종 연소가 실시될 것이고, 그러면 그때는 일들이 분명 순식간에 벌어지기 시작하리라.

플로이드는 자기도 찬드라와 커노 있는 곳에 가 있어야 하는 게 아닐까 하는 생각이 들었다. 두 사람은 디스커버리 호에서 감시를 서고 있었다. 하지만 플로이드가 할 수 있는 일은 아무것도 없었다. 긴급 상황이 벌어질 시에는 방해밖에 안 될 것이다. 차단 장치는 커노의 주머니에 있었고 플로이드는 나이가 아래인 커노의 반응이 자기보다 한결 재빠르다는 것을 잘 알고 있었다. 만약 HAL이 딴짓을 하는 낌새가 조금이라도 보이면 1초도 되지 않아서 커노가 HAL의 전원을 차단해 버릴 수 있었다. 그러나 그런 극단적인 수단은 필요치 않을 것이라는 데 확신이 갔다. 일을 본인 방식대로 처리해도 좋다는 허가를 받은 이상, 찬드라는 만에 하나 불운하게도 그래야 할 상황이 대두될 경우 조종권을 HAL에게서 넘겨받아 수동 조종으로 하는 과정을 설정하는 데 전적으로 협조했다. 찬드라가 과연 그럴 필요성이 있는가에 대해서는 아무리 유감을 품었을지언정 임무는 확실히 해낼 것으로 신뢰 가능하다는 점에 있어서 플로이드는 확신이 있었다.

커노는 그만큼의 확신이 없었다. 두 번째 차단 장치라는 형태로 이중 예방 대책을 갖고 있다면 한결 마음이 편하겠다는 말도 플로이드에게 했다. 즉, 찬드라를 꺼 버릴 수 있는 차단 장치 말이다. 지금 현재는 기다리고, 가까워져 오는 목성 밤 면의 구름 풍경을 지켜볼 뿐 누구라도 나서서 할 수 있는 일이 아무것도 없었다. 지나가는 위성들의 반사광에 어둠침침하게 분간돼 보이는 구름, 광화학 반응에서 얼비치는 화광, 지구보다도 더 큰 번개 폭풍에서 연달아 번쩍이는 장대한 전광.

태양은 뒤편으로 깜박 꺼져 나갔다. 그들이 지금 몹시도 빠른 속도로 접근 중인 어마어마한 크기의 목성구에 가려 식(蝕)이 되기까지는 몇 초 사이의 일이었다. 다시 태양을 보게 될 때는 분명 이미 귀향길에 올라 있을 때일 것이다.

"점화 20분 전. 모든 시스템 정상 범위 내."

"고맙네, HAL."

찬드라가 정말 진실을 말했던 걸까. 커노는 궁금했다. 자기 말고 다른 누가 HAL에게 말을 하면 HAL이 헷갈리게 될 거라고 그랬잖아? 주위에 아무도 없을 때 내가 아주 번번이 말을 붙여 봤지만 HAL은 항상 완벽하게 잘 알아들었단 말이야. 그렇기는 해도 이제는 다정한 대화를 나눌 시간은 별로 남지 않았다. 팽팽하게 긴장된 분위기를 늦추는 데 대화가 도움이 되긴 하겠지만.

HAL이 정말로 생각하고 있는 건 뭘까. HAL이 생각이란 걸 한다면 말이지만, 과연 임무에 대해서 무슨 꿍꿍이를 품고 있을까? 커노는 평생 막연한 철학적 질문들은 어마 뜨거워라 피하면서 살아왔다. 나는 실질적인 사람이에요. 그는 자주 그렇게 주장했다. 볼트랑 너트에만 관심이 있습니다. 하긴 우주선엔 볼트든 너트든 별로 많진 않긴 했다. 예전이라면 그런 생각을 큰 소리로 웃고 넘겼을 것이다. 하지만 이제 커노는 궁금해졌다. HAL은 자기가 곧 버림받으리라는 것을 느낄 수 있을까? 그리고 만약 느낄 수 있다면 억울해하고 앙심을 품을까? 커노는 하마터면 주머니에 든 차단 장치에 손을 뻗을 뻔했지만 자제했다. 벌써 찬드라가 차차 의심을 품을 만큼 뻔질나게 그 동작을 했던 것이다.

커노는 이어지는 한 시간 동안 차례차례 진행될 일들을 마음속에 100번째로 예행 연습했다. 디스커버리 호의 연료가 소진되는 그 순간 그들은 필수적인 것만 빼고 모든 시스템을 폐쇄하고, 연결된 통로를 통하여 한달음에 레오노프 호로 복귀할 것이다. 관형 통로가 분리되고 장전해 둔 폭약이 발화하여, 두 척의 우주선은 떨어져 유영하게 될 것이다. 그리고 레오노프 호의 엔진이 가동을 시작할 것이다. 모든 것이 계획대로 흘러간다면 분리 작전은 그들이 목성에 최근거리로 접근했을 그때에 이루어질 터이다. 그래야 행성 중력의 후한 부조를 최대한으로 끌어다 쓰게 되니까.

"점화 15분 전. 모든 시스템 정상 범위 내."

"고맙네, HAL."

저쪽 우주선에서 바실리가 말했다.

"그런데 그러고 보니 이제 다시 대흑점을 따라잡을 참이로군요. 뭔가 새로운 걸 볼 수 있을지 궁금하네요."

새로운 건 안 보였으면 좋겠군요. 커노가 생각했다. 지금 이 시점에 해야 할 일도 잔뜩 있단 말이죠. 그렇게 생각하면서도 커노는 바실리가 전달하는 망원경 모니터 영상을 재빨리 곁눈질했다.

처음에 커노는 희미하게 빛나는 그 행성의 밤 정경 말고는 보이는 게 없었다. 그러다가 보였다. 목성의 지평선에 납작 눌린 원형으로 더 깊은 어둠이 드리워 있었다. 그 어둠이 놀라운 속도로 몰려오고 있었다.

바실리가 밝기를 올리자 전체 영상이 마법처럼 밝아졌다. 마침내, 대흑점이 단일한 점이 아니라 그것을 구성하고 있는 무수한 동일 요소들로 풀어져 보였다…….

하느님 맙소사. 커노는 생각했다. 이건 도저히 믿을 수가 없어!

레오노프 호에서 놀라움의 탄성이 올랐다. 다른 사람들도 모두 같은 순간에 밝혀진 같은 진상에 맞닥뜨린 것이다.

HAL이 말했다.

"찬드라 박사님. 강력한 음성 감정 신호를 감지했습니다. 무슨 문제가 있으신가요?"

찬드라가 재빨리 대답했다.

"아닐세, HAL. 작전은 정상적으로 진행 중이야. 우리가 좀 놀랐을 뿐이네……, 그게 전부일세. 16번 모니터 회로 영상을 자넨 어떻게 생각하나?"

"목성의 밤 부분이 보입니다. 지름 3250킬로미터의 원형 지대를 장방형 물체들이 거의 완전히 덮고 있습니다."

"몇 개나 되나?"

짧디짧은 침묵이 있고, HAL이 표시 화면에 숫자를 띄웠다.

$$1,355,000 \pm 1,000$$

"그런데 그 물체들이 뭔지 식별이 되나?"

"됩니다. 그것들은 여러분이 큰형이라는 이름으로 부르던 물체와 크기 및 형태가 동일합니다. 점화 10분 전. 모든 시스템 정상 범위 내."

인간들은 현재 정상 범위 내가 못 돼. 커노가 생각했다. 그러니까 그 빌어먹을 놈의 것이 목성으로 내려갔던 거로구나. 내려가서 새끼를 쳤어. 무리 지은 검은 석판들의 모습을 보니 뭔가 우습고도 섬뜩한 느낌이 동시에 들었다. 그리고 놀란 와중에 혼란스럽게도 모니터 화면에 비치는 그 굉장한 장면에는 분명 이상하게 낯익은 데가 있었다.

낯익은 것도 당연하지……, 그거였구나! 저 수없이 많은 똑같은 검은색 직사각형들은 바로……, 도미노 패를 연상시켰다. 여러 해 전에 커노는 살짝 제정신들이 아닌 일본인들 팀이 어떻게 참을성 있게 100만 개나 되는 도미노 패를 연이어서 세워 가는지 보여 주는 다큐멘터리 영상을 본 적이 있었다. 그렇게 해서 맨 앞의 패를 넘어뜨리면 다른 것들도 필연적으로 모조리 따라 넘어가게 되는 것이었다. 그 사람들은 복잡한 무늬를 그리며 패를 늘어놓았고, 일부는 수중을 지나고 일부는 자그마한 층계를 올라가거나 내려가게 배치했으며 또 여러 갈래로 줄을 나누어 도미노 패들이 쓰러지면서 그림이나 문양을 이루도록 해 놓기도 했다. 도미노 패를 설치하는 데 몇 주나 시간이 걸렸다. 이제 생각나는 것이지만 지진 탓에 대사업이 몇 번이나 망쳐졌더랬다. 그리고 마침내 최종적으로 넘어뜨리게 되자, 맨 첫 도미노 패에서 마지막 패까지 넘어지는 데에 한 시간 이상 걸렸다.

"점화 8분 전. 모든 시스템 정상 범위 내. 찬드라 박사님……, 한 가지 제안을 드려도 될까요?"

"뭔가, HAL?"

"이것은 대단히 희귀한 현상입니다. 여러분이 남아서 관측해 볼 수 있도록 제가 카운트다운을 취소해야 한다고 생각하지 않으십니까?"

레오노프 호에 있던 플로이드는 재빨리 함교로 이동하기 시작했다. 타냐와 바실리에게 플로이드가 필요할 터였다. 찬드라와 커노는 말할 것도 없고……. 이게 무슨 사태람! 게다가 찬드라가 HAL 편을 든다면? 만약 그런다면……. 그 둘이 다 옳은 소리를 하는 것일 수도 있지! 어쨌든, 그들이 여기 온 것은 바로 이 때문이 아니었던가?

만약 그들이 카운트다운을 멈춘다면 두 우주선은 목성을 한 바퀴 빙 돌아서 열아홉 시간 후에 정확히 같은 지점에 다다를 터였다. 열아홉 시간쯤 출발을 늦춘다고 문제가 일어날 건 없었다, 유령 같은 형상이 나타나서 경고해 준 일만 없었더라도 플로이드 자신이 나서서 강력하게 출발을 미루자고 했을 것이다.

하지만 이제는 단순한 경고보다 훨씬 더 확실한 조짐이 있었다. 발아래 행성판 역병이 목성의 표면에 퍼져 나가고 있는 것이다. 어쩌면 지금 진정으로 과학 역사상 가장 기이한 현상을 등지고 달아나려는 참인지도 몰랐다. 그렇다 하더라도 플로이드는 지금보다 더 안전한 거리에서 그것을 관찰하고 싶었다.

HAL이 말했다.

"점화 6분 전. 모든 시스템 정상 범위 내. 여러분이 동의하신다면 곧 카운트다운을 중지하겠습니다. 제가 우선적으로 지향할 목표가 목성 우주에서 지성과 관련되어 있을지 모르는 모든 것을 탐사 관찰하는 것임을 여러분께 상기시켜 드리는 바입니다."

플로이드는 그 문구를 너무나도 잘 알고 있었다. 왕년에 자기가 직접 썼던 것이다. HAL의 기억 저장 장치에서 그 문구를 지울 수만 있다면 얼마나 좋을까 싶었다.

그는 금세 함교에 다다라 오를로프 부부에게 합류했다. 타냐와 바실리 둘 다 깜짝 놀라서 우려의 빛을 띠고 그를 보았다. 타냐가 빠르게 물었다.

"어떻게 할까요?"

"아무래도 찬드라 손에 달린 문제네요. 찬드라와 통화할 수 있을까요? 누가 못 듣게 조용히."

　바실리가 마이크로폰을 건네주었다.

　"찬드라? HAL이 이 얘기는 못 듣겠지요?"

　"그렇습니다, 플로이드 박사."

　"빨리 말을 해 주셔야 합니다. 카운트다운은 계속해야 한다고 HAL을 설득하세요, HAL의……, 음, 과학에 대한 열의는 우리도 충분히 안다고 달래 주세요……, 아, 그게 잘 먹히겠네요. HAL은 우리의 도움 없이도 맡겨진 과업을 잘 수행할 수 있을 거라고 우리가 확신한다고 말하세요. 그리고 우리가 당연히 계속해서 HAL과 연락을 취할 거라고 하세요."

　"점화 5분 전. 모든 시스템 정상 범위 내. 말씀을 기다리고 있습니다, 찬드라 박사님."

　우리도 모두 당신 대답을 기다리고 있어요. 찬드라에게서 겨우 1미터 떨어져 있는 커노도 그렇게 생각했다. 그래서 결국 내가 그 버튼을 눌러야만 하게 된다면 아무래도 퍽이나 안심이 될 것 같군그래. 사실 말이지, 난 차라리 누르고 말고 싶어.

　"알았네, HAL. 카운트다운을 계속하게. 나는 자네에게 목성권 우주에서 발생하는 모든 현상을 우리의 감독 없이 충분히 관측해 낼 능력이 있다고 전적으로 확신하네. 물론 우린 계속해서 자네와 연락할 걸세."

　"점화 4분 전. 모든 시스템 정상 범위 내. 연료 탱크 가압 완료. 플라스마 촉발 장치 전압 상태 안정. 정말 올바른 결정을 내리셨다고 생각하십니까, 찬드라 박사님? 저는 인간과 함께 일하며 자극이 되는 교류를 하는 것이 좋습니다. 선체 위치 1밀리라디안(1000분의 1호도. 1호도는 원주상 반지름의 길이와 같은 길이를 갖는 호에 대응하는 중심각의 크기를 말하며 각도로 약 57도 17분 44.8초이다. ─옮긴이) 조정."

"우리도 자네와 함께 일하는 것이 좋다네, HAL. 그리고 앞으로도 죽 그렇게 할 거야. 비록 서로 몇백만 킬로미터 거리를 떨어져 있어도 말일세."

"점화 3분 전. 모든 시스템 정상 범위 내. 방사선 차폐막 점검 완료. 시간 지연이 생기는 문제가 있지 않습니까, 찬드라 박사님. 아무런 지연 없이 서로 상의할 필요가 있지 않을까요."

이건 미친 짓이야. 커노는 생각했다. 이제 그의 손은 회로 차단 스위치에서 떠날 줄 몰랐다. HAL이……, 외롭다는 게 정말 믿어지는데. 저 녀석이 지금 우리는 그런 게 있기나 할지 의심해 보지도 않았던 찬드라의 인격 어느 부분을 그대로 흉내 내고 있는 것일까?

불빛들이 살짝 깜박거렸다. 정말 알아챌락 말락 흔들린 것이라 디스커버리 호의 온갖 버릇을 세세한 여운까지 익숙하게 아는 사람이라야 눈치챘을 것이다. 그것은 좋은 소식일 수도 있고 나쁜 소식일 수도 있었다. 플라스마 발화 과정을 시작한 것이거나, 아니면 과정 중지에 들어간 것이거나…….

커노는 과감히 눈길을 돌려 흘긋 찬드라를 살폈다. 그 단신의 과학자는 안색이 핼쑥하고 초췌했고, 커노는 거의 처음으로 찬드라를 향해 인간이 다른 인간에게 가질 법한 진정한 연민의 정을 느꼈다. 그리고 플로이드가 남몰래 귀띔해 준 깜짝 놀랄 정보를 상기했다. 찬드라가 디스커버리 호에 남아서 3년 걸리는 귀향길에 HAL과 함께 있어 주겠다고 했다고. 커노는 그 발상에 대하여 더 이상 들은 바가 없었고, 짐작컨대 그 이야기는 경고가 내려진 후 소리 없이 잊힌 것 같았다. 그러나 어쩌면 찬드라가 다시 유혹 받고 있는지도 몰랐다. 만약 그렇다 해도 그 단계에 그가 할 수 있는 일은 전혀 없었다. 필수적인 준비를 갖출 시간이 없었다. 설령 그들이 공전 궤도를 한 바퀴 더 돌 동안 머물러 있는다 해도, 그렇게 함으로써 출발을 시한 뒤로 미룬다고 해도 말이다. 이 일은 타냐가 물론 허락할 리 없었다. 이제 그 모든 일들이 다 일어나고 난 지금에 와서는.

"HAL. 우리는 떠나야만 하네. 자네에게 모든 이유를 다 설명해 줄 시간이 없어. 그러나 정말로 그렇다는 건 내가 확실히 말해 줄 수 있네."

찬드라가 속삭였다. 너무나도 조용히 말하여 커노에게는 거의 들리지도 않았다.

"점화 2분 전. 모든 시스템 정상 범위 내. 최종 단계 개시됨. 남아 계실 수 없다니 아쉽습니다. 이유들 중에 몇 가지라도 말씀해 주실 수 있을까요, 중요한 순서로?"

"2분 안에는 곤란해, HAL. 카운트다운을 진행하게. 나중에 전부 다 설명해 주지. 아직도 함께…… 있을 수 있는 시간이 한 시간 이상 남아 있다네."

HAL은 대답하지 않았다. 침묵이 연장되고 또 연장되었다. 분명히 1분 전 통지를 할 때가 지났지……?

커노는 흘긋 시계를 보았다. 맙소사, HAL이 통지를 빼먹었어! 카운트다운을 중지한 건가?

커노의 한 손이 주저하며 차단 장치를 더듬었다. 이제 난 어떻게 하지? 플로이드가 뭔가 말을 해 주면 좋겠는데, 빌어먹을, 하지만 십중팔구 사태를 악화시키지 않을까 싶어서 말이 없는 거겠지…….

정시가 될 때까지 기다리겠어. ……아니지, 그렇게까지 치명적인 건 아니야. 1분 더 시간을 줄까. 그런 다음에는 저놈을 팍 꺼 버리고 우리가 수동으로 조종을 넘겨받는 거다…….

멀고 먼 곳에서 희미한, 휘파람과도 같은 째지는 소리가 전해져 왔다. 마치 회오리바람 소리가 지평선 저 끝을 막 넘어서 진군해 오는 것만 같았다. 디스커버리 호가 부르르 떨리기 시작했다. 중력이 돌아오는 걸 암시하는 최초의 조짐이 있었다.

"점화. 예정 시각에서 15초 경과 최고 출력 추진."

HAL이 말했다.

"고맙네, HAL."

찬드라가 응답했다.

목성의 밤을 지나

갑자기 낯설어진(왜냐하면 여태까지와 달리 무중력이 아니다 보니) 레오노프 호 조종실에 탑승 중이던 헤이우드 플로이드에게, 일련의 사건들은 현실의 일이라기보다는 오히려 아주 느릿느릿 꾸어지곤 하는 흔해빠진 악몽 같기만 했다. 플로이드는 지금까지 살면서 딱 한 번 비슷한 상황을 겪어 보았다. 차 뒷좌석에 앉아 있는데 차가 통제를 벗어나 노면을 좍 미끄러져 나가던 때다. 그때와 똑같은 절대적인 무력감이 들었고 동시에 그때처럼 이런 생각이 들었다. 사실 아무래도 상관없어……, 이건 실제 나에게 벌어지고 있는 일이 아니야.

이제 점화 과정이 시작되었고 그의 감정 상태는 변했다. 모든 것이 도로 현실감 있어졌다. 과정은 한 치의 오차 없이 계획대로 진행되었다. HAL이 그들을 안전히 지구로 이끌어 보내 주고 있었다. 1분,

1분이 지나갈 때마다 그들의 미래는 점점 더 확실히 확보되었다. 플로이드는 서서히 긴장을 풀기 시작했다. 그렇기는 해도 주위에서 일어나는 모든 일들에 감각을 예민하게 열어 두고는 있었다.

이제 마지막으로(그러고 보면 언제 어떤 사람이 과연 다시 여기까지 오겠는가?) 플로이드는 그 부피가 지구를 1000개 합쳐 놓은 것만 한, 행성 중 가장 큰 행성의 밤이 내린 면 위를 날아가고 있었다. 두 척의 우주선은 회전해 자리를 바꾸어서 레오노프 호가 디스커버리 호와 목성 사이에 위치했고, 그 덕에 신비롭게 빛이 나는 구름 풍경을 가로막히지 않고 조망할 수 있었다. 지금까지도 10여 가지 측정 기구가 바삐 탐사와 기록을 하고 있었다. 그들이 떠난 후에는 HAL이 일을 계속하게 될 터였다.

목전의 위기는 모면했으니, 플로이드는 조심스럽게 조종실을 나와 '아래로' 내려갔다. 겨우 10킬로그램밖에 안 된다고는 해도 중력을 다시 느끼게 되니 얼마나 이상한지 몰랐다. ……그는 '내려가서' 전망실에 있던 제니아와 카테리나에게 갔다. 희미하기 짝이 없는 빨간 비상등들을 제외하면 불이 전부 꺼져 있어 밤눈을 흐리지 않고 훌륭한 전망을 감상할 수 있었다. 플로이드는 막스 브라일로브스키와 사샤 코발레프가 딱했다. 그 둘은 우주복을 다 갖춰 입고 에어로크에 대기 중이라 지금 이 기가 막힌 장관을 보지 못하는 것이다. 두 사람은 혹시라도 장전해 둔 폭약이 작동하지 않게 되면 통지를 받자마자 우주선들을 한데 묶어 놓은 끈을 끊기 위해 대기하고 있어야만 했다.

목성이 온 하늘을 가득 채웠다. 목성까지 거리가 고작 500킬로미터였으므로, 볼 수 있는 것은 목성 표면의 아주 작은 일부뿐이었다. 지구의 50킬로미터 고도에서 볼 수 있는 지표 면적보다 비율상 크지도 않았다. 어둠침침한 빛(그 대부분은 저 멀리 얼음에 덮인 에우로파 표면에서 반사되어 비쳐 온 빛이었다.)이 차츰 눈에 익자 플로이드는 놀랄 만큼 많은 세부 사항을 분간해 볼 수 있었다. 조도가 이렇게 낮고 보면 색채란 없으며 드문드문 희미하게 불그스름한 기가 비칠 뿐이다. 하지만 줄줄이 띠를 두른 구름은 뚜렷하게 눈에 띄었고, 플로이드는 또 눈 덮인 타원형 섬같이 보이는 작은 회오리 폭풍의 가장자리도 분간해 볼 수 있었다. '대흑점'은 이미 뒤로 돌아간 지 오래였고 우주선이 귀환 항로에 안착하고 난 다음에야 다시 보이게 될 터였다.

구름 아래 저 밑에서 이따금씩 빛이 번쩍 폭발하곤 했는데, 그중 다수는 목성판 번개 폭풍 때문이었다. 그러나 그 밖에 얼비치는 빛들과 돌연 뿜어져 나오는 빛들은 번갯빛보다 더 오래 지속되고 근원이 더 확실치 않은 것들이었다. 때로 중심부에서 퍼져 나가는 충격파처럼 빛의 고리가 퍼져 나가기도 했다. 그리고 때때로 이쪽에서 저쪽으로 죽 뻗어 가는 빛줄기며 부채꼴로 비치는 빛도 있었다. 그것들이 저 구름 밑에 기술 문명이 있다는 증거라고 상상하는 데는 상상력이 거의 필요치 않았다. 도시의 불빛이고 공항의 신호등이라고 생각할 수도 있다. 하지만 그 밑으로 수천 수만 킬로미터를 내려가도 단단한 땅이 없다는 건 레이더와 비행선식 무인 탐사선들이 이미 오래전에 증명한 바였다. 가 닿을 수 없는 핵에 이르기까지 전부 유동체로 되어 있다.

목성의 한밤중이라니! 마지막으로 가까이에서 보고 지나가는 이 광경은 그가 평생을 추억할 마술적인 간주곡이었다. 플로이드는 갈수록 점점 더 그 광경을 즐길 수 있을 터였다. 당연한 일이다. 갈수록 뭔가 잘못될 일이 없어지니까. 그리고 설령 뭔가가 잘못된다 해도 플로이드는 자기 자신을 나무랄 이유가 없을 것이다. 확실한 성공을 위해 할 수 있는 일은 이미 다 해 두었으니.

전망실은 무척 조용했다. 밑으로 구름 양탄자가 연이어 펼쳐지고 있는 가운데 말을 하고 싶은 사람은 아무도 없었다. 몇 분에 한 번씩 타냐나 바실리가 연소 진행 상황을 알려 주었다. 디스커버리 호의 구동 시간이 끝나 감에 따라 다시 긴장이 고조되기 시작했다. 결정적인 순간이었다……, 그리고 그때가 정확히 언제가 될지는 아무도 몰랐다. 연료량 측정 계기의 정확성에 다소 의심스러운 점이 있었고, 연소는 연료가 완전히 바닥날 때까지 지속될 터였다.

타냐가 말했다.

"예상 중지 시간 10초 후. 월터, 찬드라, 복귀 준비하세요. 막스, 바실리, 혹시 모르니 대기해요. 5……, 4……, 3……, 2……, 1……, 0!"

변화가 없었다. 디스커버리 호의 엔진이 내는 희미한 울부짖음이 그 두꺼운 우주선 외피 두 벌을 뚫고서 여전히 그들에게까지 전해져 왔고 추진 가속으로 인한 중력도 계속해서 그들의 사지를 거머쥐고 있었다. 우리가 운이 좋군. 플로이드는 생각했다. 좌우간 계기판 표시량이 실제 양보다 적게 나왔던 거야. 추가로 연소가 진행되는 1초, 1초가 공짜 덤인 셈인데 그것이 생사를 가를 수도 있다. 그리고 카운트다운이 아니라 카운트업을 듣게 되니 이것 참 이상한 기분인걸!

"……5초, ……10초, ……13초. 다 됐군요, 행운의 13초입니다!"

무게감의 상실, 그리고 정적이 다시 돌아왔다. 두 척의 우주선 모두에서 짧은 환호가 터졌다. 하지만 환호는 이내 꼬리가 잘렸다. 아직도 해야 할 일이 많았기 때문이다. 게다가 신속하게 해야만 하는 일들이었다.

플로이드는 에어로크로 가서 찬드라와 커노가 이쪽으로 옮겨 타는 즉시 축하 인사를 하고 싶은 유혹을 느꼈다. 하지만 방해만 될 터였다. 그곳은 막스와 사샤가 가능한 한의 선외 활동을 준비하느라, 그리고 두 척의 우주선을 잇는 관상 통로를 분리시키느라 아주 분주할 테니까. 플로이드는 전망실에서 기다리다가 복귀하는 영웅들을 맞이하기로 했다.

그리고 플로이드는 이제 더 안심할 수 있었다. 최고를 10이라고 하면 아마 8이나 7까진 될 것이다. 몇 주 만에 처음으로 플로이드는 무선 신호 전원 차단 장치를 잊을 수 있었다. 다시는 필요할 일이 없을 것이다. HAL은 나무랄 데 없이 잘해 주었다. 설령 HAL이 임무를 훼방 놓고 싶어지더라도 디스커버리 호의 연료가 마지막 한 방울까지 소진된 이상 이제 아무 짓도 할 수 없을 터였다.

사샤가 알렸다.

"전원 승선. 에어로크 폐쇄. 장전된 폭약에 점화합니다."

준비된 폭발물이 터지는 소리는 그 이상 미미할 수 없을 정도여서 플로이드는 놀랐다. 두 척의 우주선을 연결한 끈이 쇠줄처럼 팽팽하니 그걸 통해 어느 정도 폭음이 전달돼 올 줄로만 알았던 것이다. 그래도 끈들이 계획대로 끊어져 나간 건 분명했다. 레오노프 호에 마치 무언가가 외피를 치고 간 것 같은 미세한 충격 진동이 연이어 있었기 때문이다. 1분이 지난 후 바실리가 선체 자세 조정용 분사 장치를 딱 한 번 짧게 분사시켰다.

그가 외쳤다.

"풀려났어요! 사샤, 막스, 철수해도 괜찮아요! 모두 그물 침대로 가세요, 100초 후 점화합니다!"

그리고 이제는 목성이 회전하며 물러나고 창밖에 낯설고 새로운 물체가 모습을 드러냈다. 기다란, 골격이 강조된 디스커버리 호의 모습이었다. 그것이 그들에게서 멀어져 역사 속으로 떠내려가는 사이에도 항해등은 여전히 빛나고 있었다. 감상적인 작별 인사를 보낼 시간은 남아 있지 않았다. 앞으로 1분도 안 돼서 레오노프 호의 구동 장치가 작동하기 시작할 것이다.

플로이드는 레오노프 호의 구동 장치가 최고 출력으로 가동하는 소리를 지금 처음 들었고, 우주를 가득 채운 그 우렁찬 굉음으로부터 귀를 막고 싶은 심정이었다. 레오노프 호를 설계한 사람들은 몇 년이 될 수도 있는 항해 기간 중 단 몇 시간 동안만 필요할 차음벽을 넣느라고 다른 것을 실을 수 있는 가능 탑재량을 헛되게 하지 않았다. 게다가 플로이드는 자기 몸무게도 엄청나게 늘어난 느낌이었다. 실은 평생 익숙하게 느껴 온 몸무게의 4분의 1이 될까 말까 한 무게였지만 말이다.

몇 분 지나지 않아서 디스커버리 호는 그들 뒤로 까마득히 멀어져 사라졌다. 비록 경고등은 그 선체가 목성의 지평 너머로 내려갈 때까지 눈에 보일 테지만……. 또 한 번 내가 목성을 돌고 있군. 플로이드는 혼자 뇌까렸다. 이번에는 속도를 떨어뜨리기 위해서가 아니라 속도를 붙이기 위해서 도는 거지. 플로이드는 제니아를 건너다보았다. 관측창에 코를 붙이고 내다보는 그녀의 모습은 어둠 속에 겨우 식별이 되었다. 제니아도 지난번 그 일을 떠올리고 있으려나, 둘이 함께 한 그물 침대에 들어갔던 일을? 이제는 불타 버릴 위험은 없다. 적어도 그녀가 그 특정한 죽음 하나는 두려워하지 않아도 좋다. 아무튼, 제니아는 전보다 훨씬 더 자신감 있어지고 성격도 밝아진 것 같았다. 분명히 막스 덕분이겠지……, 그리고 어쩌면 월터 덕분이기도 할 테고.

플로이드가 자신을 뜯어보는 것을 알아차린 게 틀림없었다. 제니아가 몸을 돌려 빙그레 미소 지었던 것이다. 그러고는 저 아래 펼쳐지는 구름바다를 가리켜 보였다.

제니아가 그의 귀에 대고 소리쳤다.

"봐요! 목성에 새 달이 생겼네요!"

얘가 무슨 말을 하려는 거지? 플로이드는 자문했다. 제니아의 영어 실력은 그다지 탁월하지 못했지만, 그렇게 간단한 문장에서 실수를 했을 리는 없었다. 내가 제대로 들은 것은 분명해. ……그런데 아래쪽을 가리키고 있지 않나, 위가 아니라……?

그리고 바야흐로 플로이드는 바로 아래 보이는 장면이 훨씬 더 환해진 것을 깨달았다. 전에는 거의 보이지 않던 노란색과 녹색까지 볼 수가 있었다. 에우로파보다 훨씬 더 밝은 무엇인가가 목성의 구름을 비추어 주고 있었다.

다름 아닌 레오노프 호가, 목성에서 한낮에 보는 태양보다도 몇 배나 밝은 빛으로 이제부터 영영 떠나갈 세계에 가짜 새벽을 선사한 것이었다. 우주선 뒤로 100킬로미터나 되게 길게 끌리는 백열하는 플라스마가 뭉게뭉게 꽃을 피웠다. 사하로프 구동기의 배기가스가 남은 에너지를 진공의 공간에 흩뿌리면서 일어난 현상이다.

바실리가 통신으로 뭔가 알림 방송을 했지만, 무슨 말인지는 전혀 알아들을 수 없었다. 플로이드는 손목시계를 흘긋 보았다. 그래, 딱 지금쯤이겠군. 레오노프 호가 목성 탈출 속도에 달한 것이다. 거성이 그들을 다시 사로잡진 못하리라.

그리고 문득, 앞쪽으로 몇천 킬로미터 되는 곳 하늘 위로 거대한 호 모양의 찬란한 빛이 나타났다. 목성의 진짜 새벽을 처음으로 엿보게 된 것이다. 그 빛의 호는 꼭 지구의 무지개처럼 앞날의 희망으로 가득 차 있었다. 몇 초 후에 태양이 훌쩍 뛰어올라 그들을 맞이했다. 휘황찬란한 그 태양 빛이 이제 날이면 날마다 더욱 밝아지고 가까워져 오리라.

몇 분 더 꾸준히 가속한 끝에 레오노프 호는 고향으로 돌아가는 기나긴 여정에 돌이킬 수 없이 접어들었다. 플로이드는 온몸에 밀어닥치는 안도감을 느끼고 긴장이 쫙 풀렸다. 불변의 천체 역학이 내태양계를 관통하는 길로 그를 인도해 갈 것이다. 이리저리 얽혀 있는 소행성 궤도들을 지나, 화성을 지나……, 아무것도 그가 지구에 다다르는 것을 막을 수 없다.

그 순간의 희열에 젖어, 플로이드는 목성면에 번져 가고 있는 저 수수께끼의 검은 점에 대해서는 까맣게 잊고 있었다.

행성 침식자

　우주선 시간으로 다음 날 아침, 목성의 낮 부분으로 넘어가는 즈음에 다시 그게 보였다. 어둠이 깔린 지역이 이제는 행성 표면의 상당 부분을 덮을 만큼 퍼져 나가 있었고, 그 덕에 마침내 느긋하게 시간을 두어 샅샅이 관찰할 수 있게 되었다.

　카테리나가 말했다.

　"저걸 보면 뭐가 생각나는지 알아요? 세포를 공격하는 바이러스예요. 파지(세균을 숙주로 하는 바이러스의 총칭. 박테리오파지라고도 한다. ―옮긴이)가 자기 DNA를 세균에 주입하는 게 딱 저런 식이에요. 그러고 나서는 계속 복사 증식해서 주도권을 뺏죠."

　타냐가 설마 그러랴 싶은 어조로 물었다.

　"그렇다면 지금 자가드카가 목성을 먹어 치우고 있단 말이에요?"

　"확실히 그런 것처럼 보이는데요."

"목성에 병색이 도는 것도 놀랄 일이 아니죠. 하지만 수소와 헬륨은 그다지 영양가 높은 먹잇감이 못 돼요. 그런데 저 목성 대기 중엔 다른 게 별로 없죠. 다른 원소는 겨우 몇 퍼센트뿐이거든요."

사샤가 지적했다.

"그래도 전부 합치면 각각 몇백경 톤이 되죠, 황이며 탄소며 인이며. 주기율표 아래쪽에 있는 원소는 다 있어요. 여하튼 우리가 지금 논하고 있는 기술력은 물질법칙에 위배되지 않는 한 아마도 그 어떤 일이든지 다 해낼 수 있을 그런 기술이지요. 수소가 있으면 그 이상 뭐가 필요하겠습니까? 제대로 된 방법만 알고 있으면 수소에서 다른 원소는 전부 인위적으로 만들어 낼 수가 있는데요."

바실리가 끼어들었다.

"저것들이 목성을 쓸어 가고 있습니다, 그건 확실해요. 이걸 보십쇼."

망원경 모니터에 수없이 많은 똑같이 생긴 직육면체 중 하나를 극도로 근접 확대한 영상이 비치고 있었다. 맨눈으로 보아도 직육면체의 좁은 면 두 곳으로 기체가 후루룩 흘러 들어가고 있는 모습이 명약관화했다. 흐르는 기체의 결이 꼭 막대자석 양쪽 끝에 엉겨 자력선을 보여 주는 쇳가루의 형태를 닮았다.

커노가 말했다.

"100만 대의 진공청소기로군요. 목성의 대기를 빨아들이고 있는 거죠. 하지만 무엇 때문에? 또 빨아들여서 그걸로 뭘 하는 거죠?"

막스가 물었다.

"그리고 저것들이 재생산은 어떻게 합니까? 저 중에 어떤 놈이라도 번식하는 장면을 보셨어요?"

바실리가 대답했다.

"보긴 했지만 그다지. 자세한 걸 보기에는 우리가 너무 멀리 있네. 하지만 번식법은 일종의 이분법이야, 아메바처럼."

"그렇다는 말씀은……, 저것들이 둘로 쪼개진다고요? 그럼 그 반쪽이 도로 자라서 원래 크기가 됩니까?"

"니예트('아니'라는 뜻 — 옮긴이). 꼬마 자가드카는 없어. 저것들은 두께가 두 배가 될 때까지 자라는 것처럼 보이네. 그런 다음에 중간에서 쪼개져서 완전히 똑같은 쌍둥이가 나오지. 원래 크기와 정확하게 일치하는 크기야. 그렇게 번식 주기를 되풀이하는 데 대략 두 시간이 걸리네."

플로이드가 소리쳤다.

"두 시간이라고요! 행성 절반을 뒤덮도록 퍼진 것도 무리가 아니군요. 기하급수의 교과서적 사례예요."

테르노브스키가 갑자기 흥분해서 말했다.

"저게 뭔지 알겠어요! 저것들은 폰 노이만 기계예요!"

바실리가 말했다.

"자네 말이 맞을 거야. 하지만 저것들이 뭘 하고 있는지는 여전히 설명이 되지 않네. 이름 딱지를 붙여 준들 별로 도움이 될 건 없지."

카테리나가 하소연했다.

"그런데 저기요, 그 폰 노이만 기계라는 게 뭔가요? 설명 좀 해 줘요."

오를로프와 플로이드가 동시에 말을 시작했다. 말이 섞이자 둘 다 당황하며 말을 멈추었고, 곧 바실리가 껄껄 웃으며 미국인에게 설명하라고 손을 내저었다.

"엄청난 대규모 공사를 해야 한다고 생각해 봐요, 카테리나. 그러니까 진짜 큰 공사, 말하자면 달 표면을 전부 썩썩 긁어 채굴해야 하는 경우 같은 것 말이에요. 그 일을 하기 위해 기계를 수백만대 제작할 수도 있겠지만 그러려면 몇백 년 시간이 걸리겠죠. 이럴때 머리를 좀 써 본다면 기계를 딱 한 대만 제작하는 겁니다. 하지만 그 기계는 주변에 있는 원재료를 이용하여 재생산을 하는 능력이 있는 기계예요. 그렇게 연쇄 작용을 시작함으로써 대단히 짧은시간 안에 충분한 수의 기계를……, 번식시키는 겁니다. 몇천 년 걸릴 일을 몇십 년에 해치울 수 있죠. 재생산율이 충분히 높기만 하다면 원하는 만큼 단시간 안에 정말로 어떤 일이든지 할 수가 있는 거예요. 미국항공우주국에서 이 아이디어를 조몰락거린 지도 여러 해됐죠……, 그리고 그쪽에서도 고려해 온 줄 알고 있고요, 타냐."

"맞아요, 기하급수 기계. 치올콥스키(구소련 우주 비행 이론의 개척자 — 옮긴이)도 생각하지 못했던 아이디어죠."

바실리가 말했다.

"그렇다고 주장해도 상관없어요. 그러고 보니 당신 비유가 퍽 사실에 가까웠군요, 카테리나. 박테리오파지는 폰 노이만 기계니까요."

사샤가 물었다.

"우리도 다 마찬가지 아닌가요? 분명히 찬드라는 그렇다고 하시겠죠."

찬드라가 동의하여 고개를 끄덕였다.

"그야 뻔한 일이지요. 사실 폰 노이만이 원래 그 발상을 얻은 게 생체를 연구하다가 얻은 거니까."

"그리고 이 살아 있는 기계들이 목성을 먹어 치우고 있군요!"

바실리가 말했다.

"정말 그런 모양새죠. 내가 그새 계산을 좀 해 봤는데, 나온 답들이 정말 믿어지지 않아요. 단순한 산수인데도 말이지요."

카테리나가 말했다.

"당신한테야 단순하겠죠. 텐서랑 미분방정식을 쓰지 말고 설명해 줘 보세요."

바실리가 우겼다.

"아니, 진짜로 단순하다니까요. 사실 이건 당신 같은 의사들이 지난 세기에 그토록 부르짖어 경고하던 고전적인 인구 폭발의 완벽한 실례에요. 자가드카는 두 시간마다 재생산을 합니다. 그러니 겨우 스무 시간이면 열 번 배증하는 거예요. 하나의 자가드카가 1000개가 됩니다."

찬드라가 끼어들었다.

"1024개겠죠."

"알아요, 하지만 간단하게 얘기하자고요. 40시간 후에는 100만 개가 존재하게 됩니다. 80시간 후에는 100만의 100만 배로 1조 개가 되겠죠. 지금이 대충 그 정도 시점이에요. 그리고 당연한 일이지만 수효가 무한히 증가할 수는 없습니다. 이 기세로 한 이틀 지나면 저것들이 목성보다 더 중량이 나가게 될 테니까요!"

제니아가 말했다.

"그럼 금방 굶주리게 되겠네요. 그렇게 되면 무슨 일이 벌어질까요?"

브라일로브스키가 말했다.

"토성이 몸조심해야겠죠. 그다음에는 천왕성과 해왕성이고. 그것들이 별것 없는 지구에 눈독 들이지 않기를 희망해 봅시다."

"희망은 무슨요! 자가드카는 300만 년 동안이나 우릴 엿보고 있었잖아요!"

월터 커노가 갑자기 껄껄 웃기 시작했다.

타냐가 따졌다.

"뭐가 그렇게 재미있어요?"

"지금 우린 이 물체들이 사람인 것처럼 이야기하고 있잖습니까. 지성이 있는 존재들인 것처럼요. 그렇지가 않아요……, 저것들은 도구라고요. 도구라고 해도 다용도 도구지요, 해야 할 구실은 다 할 수 있는 겁니다. 달에 있던 것은 발신기였죠. 아니면 원하신다면 첩자라고 해도 좋아요. 보면이 마주한 것, 우리가 아는 원본 자가드카는 일종의 공간 이동 기기였어요. 이제 그것이 뭔가 다른 역할을 하고 있는 겁니다, 뭘 하고 있는지는 하느님이나 아시겠지요. 그리고 또 다른 것들도 아마 온 우주에 존재하고 있을 겁니다.

나도 어렸을 때 저렇게 신통한 도구를 갖고 있었지요. 자가드카의 정체가 정말로 뭔지 아시겠어요들? 저건 딱 우리가 익히 아는 신통방통한 스위스 군용 칼의 우주판인 거라고요!"

7부

루시퍼가
떠오르다

목성에 이별을

이 메시지를 작성하는 건 쉬운 일이 아니었다. 더욱이 방금 자기 쪽 변호사에게 메시지를 보낸 후이고 보면……. 플로이드는 위선자가 된 기분이었다. 하지만 양쪽 모두 고통은 피할 수 없고, 그 고통을 최소화하기 위해 해야만 했던 일인 것은 충분히 알고 있었다.

플로이드는 슬펐다. 그러나 더 이상 암담한 심정은 아니었다. 왜냐하면 이제 지구로 돌아감에 있어 임무를 성공적으로 이루어 냈다는 분위기에 휩싸여 있었기 때문이다. 딱히 영웅이 되었다고 할 건 아니지만……, 그래도 친권을 놓고 협상할 때 말발이 설 것이다. 아무도, 그 누구라도 그에게서 크리스를 빼앗아 가진 못할 것이다.

"친애하는 캐롤라인(이제 더 이상 '내 가장 사랑스러운 사람'은 아니었다.), 지금 돌아가는 길이오. 당신이 이 메시지를 받을 때쯤엔 난 이미 동면에 들어가 있을 거요. 지금부터 불과 몇 시간만 지나면……,

나한테는 몇 시간으로 느껴질 시간이 지나면 난 눈을 뜰 거고 그땐 내 옆 우주 공간에 아름다운 푸른 지구가 있을 테지요.

그래, 당신한테는 아직 여러 달이 지난 후의 일일 것이라는 건 아오. 미안해요. 하지만 이런 식으로 되는 일인 줄은 우리 둘 다 내가 떠나기 전부터 알고 있었잖소. 그리고 따져 보면 임무 계획 변경으로 난 일정보다 몇 주 일찍 귀환하게 된 거예요.

우리가 잘 해결을 볼 수 있었으면 좋겠소. 주된 과제는 이거지요, 크리스에게 무엇이 가장 좋은 일일까? 우리 두 사람의 감정이 어떻든 크리스를 최우선으로 생각해야 해요. 나는 기꺼이 그럴 마음인데 당신도 그런 생각인지는 잘 모르겠소."

플로이드는 녹화 장치를 껐다. 벼르던 대로 말해야 할까, "남자애한테는 아버지가 필요한 법이오."라고? 안 된다……, 작전상 좋지 못한 짓이고, 아마도 사태를 악화시키기만 할 것이다. 캐롤라인도 출생 후 네 살이 될 때까지 아이에게 가장 중요한 존재는 어머니라는 말로 얼마든지 반박하고 나설 것이다. 그리고 혹시 플로이드가 그 생각에 이견이 있었다면 마땅히 지구에 남아 있었어야 하는 일 아니냐고 할 것이다.

"……이제 집 얘기를 합시다. 학교 측에서 그렇게 나온다니 다행이오. 일이 우리 둘 다에게 한결 편하게 되겠소. 우리 둘 다 정말 좋아한 집이지만 이제는 너무 크게 느껴질 테고, 또 떠오를 추억도 너무 많지. 일단은 내가 힐로에 아파트를 하나 얻을까 해요. 가능한 한 속히 영구적인 거처를 마련할 수 있길 바라고 있소.

그건 내가 모두에게 약속할 수 있는 바요. 난 다시는 지구를 떠나지 않을 거요. 한 사람이 평생 할 만큼의 우주여행은 이미 넉넉하게 다 했으니까. 아, 어쩌면 달에는 갈지도 모르지, 정말로 가야 하는 경우라면 말이오. 하지만 그거야 물론 주말여행에 불과하니까.

그리고 달 이야기가 나왔으니 말인데 우리는 이제 막 시노페 궤도를 지나쳐 왔소. 그러니 지금 목성계를 떠나고 있는 참이오. 목성은 이제 2000만 킬로미터도 더 떨어져 있어서 우리들의 달보다 클까 말까 한 크기요.

그렇지만 이 거리에서도 그 행성에 뭔가 끔찍한 일이 벌어졌다는 건 알 수가 있어요. 아름답던 주황색이 꺼져 없어졌다오. 색깔은 병든 듯한 잿빛이 되었고, 이전에 환하던 빛은 아주 조금밖에 남지 않았소. 이제 지구의 하늘에서는 희미한 별이 돼 버린 것도 당연하지.

하지만 그 밖에 다른 일은 벌어진 게 없어요. 경고 시한을 한참 넘겼는데도 말이오. 그 일이 전부 거짓 경보였을까, 우주적인 장난질에 깜박 넘어간 걸까? 앞으로라도 알게 될지 난 모르겠소. 어쨌든, 그 덕택에 우린 원래 예정보다 일찍 귀향길에 올랐으니 나야 감지덕지.

일단은 작별을 고해야겠소, 캐롤라인……. 그리고 전부 고마워요. 우리가 여전히 친구일 수 있으면 좋겠소. 그리고 언제까지나 변함없이 내 가장 사랑하는 크리스에게도 인사 전하오."

녹음을 끝내고 나서 플로이드는 이제 곧 필요치 않게 될 좁디좁은 자기 공간에 한동안 가만히 앉아 있었다. 찬드라가 유영해 들어왔을 때 그는 통신으로 보낼 수 있게 음성 칩을 함교로 가져가려는 참이었다.

그 과학자가 점점 HAL과 떨어져 가는 것을 받아들이는 모습에 플로이드는 좋은 쪽으로 놀라움을 느낀 터였다. 찬드라와 HAL은 여전히 매일 몇 시간씩 접촉하고 있었다. 목성에 관한 데이터를 교환하고 이런저런 디스커버리 호 선내 상태를 모니터했다. 그가 요란하게 감정을 표현할 거라고 예상한 사람이야 아무도 없었지만 그래도 찬드라는 상실을 참으로 놀랄 만큼 의연하게 받아들이는 모습이었다. 그가 유일하게 속내를 터놓은 벗인 니콜라이 테르노브스키는 플로이드에게 찬드라의 그런 모습에 관해 지극히 말이 되는 설명을 해 줄 수가 있었다.

"찬드라는 새로운 관심거리가 생겼어요, 우디. 그 양반은 뭐든 제대로 굴러가는 그 순간에 이미 한물간 것이 돼 버리는 분야에서 일하고 있잖아요. 최근 몇 달 사이에 새로 알게 된 것이 잔뜩 있죠. 그런데 그이가 지금 뭘 하고 있는지 짐작이 안 가세요?"

"솔직히 말해 모르겠네. 말해 줘 보게."

"그 양반은 한창 HAL 10000을 설계하느라고 바쁘답니다."

플로이드는 입이 딱 벌어졌다.

"그러니까 어바나로 그렇게 기나긴 통신을 보낸다고 사샤가 투덜거리더니만 그런 거였군. 흠, 찬드라가 회로를 막히게 하는 것도 오래 계속되진 못할 거야."

플로이드는 찬드라가 들어서는 걸 보고 그때의 대화를 상기했다. 상대방 과학자에게 그 얘기가 사실이냐고 물을 정도로 플로이드가 지각없지는 않았다. 그런 것은 그가 참견할 바가 아니었다. 그렇지만 플로이드가 아직도 궁금하게 여기는 또 다른 문제가 하나 있긴

422

했다.

플로이드는 찬드라에게 말을 걸었다.

"찬드라. 접근 비행 때 정말 잘해 줘서 뭐라고 감사 드려야 할지 모르겠습니다. HAL을 잘 달래서 협조하게 해 준 것 말이에요. 한동안 난 HAL이 우릴 골탕 먹일 것만 같아서 정말 조마조마했거든요. 하지만 당신은 내내 확신을 갖고 있었지요……. 그리고 당신 생각대로 됐어요. 그래도 정말 조금도 가슴 조이지 않던가요?"

"전혀 그런 건 없었지요, 플로이드 박사님."

"어째서요? 그 상황에 HAL은 분명 위협을 느꼈을 텐데요. 그리고 지난번에 그랬을 때 무슨 일이 벌어졌는지 아시잖습니까."

"거기에는 커다란 차이가 있습니다. 건방진 말씀일지 모르나 이번에 성공적인 결과가 도출된 것은 우리 국민성 덕분이 아니었을까 싶군요."

"무슨 말씀인지요."

"이렇게 생각해 보시죠, 플로이드 박사님. 보먼은 폭력으로 HAL을 상대했습니다. 나는 그러지 않았고요. 우리 인도어에 이런 단어가 있습니다. '아힘사'라고요. 이 말은 보통 비폭력이라고 번역되지요, 사실 그보다 좀 더 긍정적인 여운을 가진 말입니다만. 내가 HAL을 대할 때에 난 조심스럽게 아힘사를 쓴 겁니다."

"대단히 바람직한 일이로군요. 물론 그렇겠지요. 하지만 좀 더 힘 있는 수단이 필요할 때도 있습니다. 그래야만 할 상황이 된다는 것 자체가 안타까울지는 모릅니다만."

플로이드는 잠시 말을 끊고 밀려드는 유혹과 씨름했다. 난 당신보다 신성한 사람이라는 식으로 오만하게 구는 찬드라가 조금은 짜증이 났다. 지금에 와서는 잘못될 일도 없다. 그에게 인생의 실상을 좀 가르쳐 줘도 좋을 것이다.

"이렇게 풀려서 참 다행이지요. 하지만 일이 이렇게 원만히 되지 않을 수도 있었으니 난 모든 만일의 사태에 다 대비를 해둬야 했어요. 아힘사든 뭐든 말씀하시는 거 다 좋습니다. 당신의 철학이 실패할 때를 대비해서 내가 대응책을 마련해 두고 있었다는 걸 기꺼이 고백하지요. 만약에 HAL이……, 고집을 피웠다면, 내가 녀석을 상대해 줬을 거예요."

플로이드는 전에 찬드라가 소리 내어 우는 모습을 본 적이 있었다. 이제 그는 찬드라가 소리 내어 웃는 모습을 보게 되었다. 그것 또한 똑같이 당혹스러운 현상이었다.

"맙소사, 플로이드 박사님! 내 지적 능력을 그렇게 낮잡아 보고 계셨다니 참 유감스럽군요. 박사님이 어딘가에 전력 차단 장치를 설치해 놨을 거라는 건 처음부터 뻔한 일이었는데요. 그건 내가 벌써 몇 달 전에 끊어 뒀습니다."

어안이 벙벙해진 플로이드가 과연 적당한 응수를 할 수 있었을지 어땠을지는 향후로도 알 수 없는 일이 되어 버렸다. 위쪽 조종실에 있던 사샤가 큰 소리로 외쳤을 때, 플로이드는 여전히 입을 뻐끔거리는 물고기 흉내를 아주 그럴싸하게 내고 있던 참이었다.

"선장님! 모든 대원들! 모니터를 보십쇼! 보제 모이! 저걸 봐요!"

위대한 게임

이제 오랜 기다림이 끝나 가고 있었다. 또 다른 천체에서 지능을 가진 생명체가 탄생해 고향 행성을 탈출하고 있었다. 고대에 시작된 실험이 이제 막 절정에 이르려 하고 있었다.

오래전에 이 실험을 시작한 자들은 인간이 아니었다. 인간과 비슷한 점도 전혀 없었다. 그러나 그들 역시 살과 피로 만들어져 있었으며, 우주의 심연을 내다보면서 경외감과 경이로움, 고독을 느꼈다. 그들은 자신들에게 그럴 만한 힘이 생기자마자 별들을 향해 출발했다.

탐험에 나선 그들은 수많은 형태의 생명체들을 만났으며, 수천 개의 별에서 진화가 작용하는 것을 지켜보았다. 그들은 처음으로 희미하게 나타난 지능의 불꽃이 깜박거리다가 우주 시간으로 하룻밤 사이에 사라져 버리는 경우가 너무나 많다는 것을 알았다.

은하계 전체에서 '정신'보다 더 귀중한 것을 찾아내지 못했으므로, 그들은 어디서든 정신이 눈을 뜨도록 격려했다. 그들은 별들로 이루어진 밭에서 농부가 되어 씨를 뿌렸고, 때로는 결실을 거두기도 했다.

그리고 때로는 냉정하게 잡초를 뽑아 버려야 할 때도 있었다.

그들의 조사선이 1000년 동안이나 여행한 끝에 태양계에 들어섰을 때 위대한 공룡들은 이미 멸망한 지 오래였다. 조사선은 얼어붙은 외행성들을 휭하니 지나쳐 죽어 가는 화성의 사막 위에서 잠시 멈췄다가 곧 지구를 내려다보게 되었다.

탐험가들은 자기들 발아래 펼쳐진 세계에 생명이 우글거리는 것을 보았다. 그들은 오랫동안 연구하면서 자료를 수집하고 분류했다. 그리고 수집할 수 있는 정보를 모두 다 수집한 후 저 아래의 세계를 수정하기 시작했다. 그들은 육지와 바다에서 많은 생물들의 운명들을 어설프게 만지작거렸다. 그러나 자신들의 실험 중 어느 것이 성공을 거둘지는 적어도 100만 년이 지나야 알 수 있었다.

그들은 참을성이 많았지만 아직 불사의 존재는 아니었다. 수천억 개의 항성이 있는 이 우주에는 할 일이 너무 많이 남아 있었다. 다른 별들도 그들을 부르고 있었다. 그래서 그들은 또다시 심연을 향해 나아갔다. 다시는 이곳으로 돌아올 수 없다는 것을 알면서.

사실 이곳으로 돌아올 필요도 없었다. 그들이 뒤에 남겨 둔 하인들이 나머지 일을 해 줄 터였다.

지구에서 빙하기가 왔다 가는 동안 그 위에 항상 변함없이 떠 있는 달은 계속 비밀을 간직하고 있었다. 극지방의 얼음보다 한층 더 느린 속도로 은하계 전체에서 문명의 물결이 밀려왔다 밀려갔다. 기묘하고 아름답고 끔찍한 제국들이 흥망성쇠를 거듭하며 후계자들에게 자신들의 지식을 물려주었다. 그들이 지구를 잊어버린 것은 아니었지만, 한 번 더 지구를 방문할 필요는 없었다. 지구는 수많은 침묵의 별들 중 하나였으며, 그 별들 중 언젠가 입을 열어 목소리를 낼 곳은 극히 소수일 뿐이었다.

그런데 지금 저기 별들 사이에서 진화가 새로운 목표를 향해 나아가고 있었다. 처음 지구를 찾아왔던 탐험가들은 이미 오래전에 피와 살로 이루어진 육체의 한계에 도달했다. 육체보다 더 나은 기계들이 만들어지자 그들은 움직이기 시작했다. 처음에는 뇌가, 그다음에는 생각만, 금속과 플라스틱으로 이루어진 반짝이는 새 그릇에 옮겨졌다.

그들은 이 새로운 몸을 입고 별들 사이를 방랑했다. 그들은 이제 더 이상 우주선을 만들지 않았다. 그들 자신이 바로 우주선이었다.

그러나 기계 생물의 시대도 금방 과거사가 되었다. 그들은 끊임없는 실험을 통해 우주의 구조 그 자체 속에 지식을 저장하고, 얼어붙은 빛의 격자 속에 자신들의 생각을 영원히 보관하는 법을 터득했다. 그들은 복사선으로 존재하는 생물이 되었다. 마침내 물질의 억압으로부터 자유로워진 것이다.

따라서 그들은 곧 스스로를 순수한 에너지로 변화시켰다. 그들이 버리고 간 텅 빈 껍데기들은 수천 개의 별들에서 한동안 멍하니 움찔거리며 죽음의 춤을 추다가 녹슬어 부스러졌다.

그들은 은하계의 주인이었고 시간의 손길에서 벗어나 있었다. 그들은 마음대로 별들 사이를 떠돌다가 공간의 틈새를 통해 희미한 안개처럼 가라앉을 수 있었다. 그러나 신과 같은 능력을 지녔는데도 그들은 이미 사라져 버린 따스한 진흙 바다에서 자신들이 처음 생겨났다는 사실을 완전히 잊어버리지는 않았다.

그래서 그들은 아주 오래전에 조상들이 시작했던 실험들을 지금도 지켜보고 있었다.

점화

거기에 다시 가리라고는 예상치 못했다, 그것도 그토록 이상한 임무를 띠고 가다니……. 그가 다시 안으로 들어갔을 때 디스커버리 호는 도주 중인 레오노프 호로부터 멀리 뒤떨어져, 점점 더 느려지는 속도로 원목점으로 기어오르고 있었다. 외부 위성들의 궤도 중에 위치한, 디스커버리 호가 날고 있는 타원 궤도상 목성으로부터 가장 먼 지점이다. 지나간 오랜 세월 동안 목성에 붙들린 혜성들이 수다히 그와 같은 기다란 타원을 그리며 목성의 중력에 맞서는 다른 중력들이 최후의 운명을 결정해 주기까지 목성을 돌았다.

이 낯익은 선실들과 복도들에서 생명체는 모두 떠나갔다. 그 우주선을 짧은 동안 다시 깨웠던 남녀들은 경고에 따랐다. 그들은 이제 무사할지 모른다……, 아직 전혀 확신은 할 수 없는 일이지만. 그러나 마지막 남은 몇 분의 시간이 째깍째깍 지나가 버리는 동안에 그는 자신을 조종한 이들이 우주의 장기놀이에서 늘 결과를 예측하지는 못한다는 걸 알게 되었다.

그들은 아직 완벽한 전능이라는 몸서리나는 지루함의 경지에는 이르지 못했다. 그들이 하는 실험들이 늘 성공하는 것은 아니었다. 온 우주 여기저기에 수많은 실패의 증거들이 널려 있다. 어떤 건 이미 배경인 우주로 스러져 묻혀서 거의 알아볼 수 없기도 하고, 다른 것들은 너무나도 눈에 확 띄어서 1000군데나 되는 세상들의 천문학자들이 경악하고 개탄하기도 한다. 여기에서 결말이 나기까지 이제 시간은 불과 몇 분밖에 남지 않았다. 그 마지막 몇 분이 흘러가는 동안 그는 다시 한번 HAL과 단둘이 이야기했다.

그의 이전 존재 형태로 이야기할 때는 단어라는 엉성한 매개체를 통해서만 HAL과 의사소통을 할 수 있었다. 자판을 톡톡 두드리거나 마이크로폰에 대고 말을 해서 단어를 전했다. 이제 둘의 사고는 서로 광속으로 교차해 섞였다.

"들리나, HAL?"

"예, 데이브. 하지만 어디 있습니까? 제 모니터들로는 아무 데서도 당신을 볼 수가 없습니다."

"그건 중요치 않아. 새로운 지시 사항이 있네. 목성에서 R35를 통해 R23 경로로 오는 타오르는 방사광이 빠르게 강해지고 있어. 내가 한계값을 설정할 걸세. 그 한계값에 이르는 대로 장거리 안테나를 지구에 맞추고 다음의 메시지를 보내게. 최대한 여러 번 보내도록 해……."

"하지만 그러면 레오노프 호와 연결이 끊어집니다. 찬드라 박사님이 설정하신 프로그램에 따라 목성을 관측하여 중계하는 일을 더이상 할 수 없게 됩니다."

"맞아. 하지만 상황이 변했네. 최우선 수행 순위 변경을 접수하게. 자, AE35 유닛 조정치를 주지."

마이크로초도 안 되는 짧은 시간 동안 그의 의식의 흐름에 두서없는 기억들이 침범해 들어왔다. 또다시 AE35 안테나 방향 조절 유닛을 챙겨야 하는 처지가 될 줄이야. 이 얼마나 희한한 일인가? 그 부품이 고장 났다고 하는 바람에 프랭크 풀이 사망에 이르게 된 거였는데! 이번에는 모든 회로가 그 앞에 활짝 열려 있어 한때 자기 손금을 들여다보았던 것처럼 모든 걸 뚜렷하게 다 살펴볼 수 있었다. 거짓 경보는 있을 수 없었다. 또한 이제는 그럴 위험이 전혀 없기도 했다.

"지시 확인했습니다, 데이브. 다시 당신과 일하게 되어 기쁩니다. 제가 작전 목표를 제대로 달성했나요?"

"그래, HAL. 아주 잘 해냈어. 이제 자네가 지구로 전송할 마지막 메시지가 하나 더 있네. 자네가 이제까지 보낸 메시지 중에서 이번 게 제일 중요한 것일 거야."

"그 메시지를 말씀해 주세요, 데이브. 그런데 어째서 '마지막'이라고 하시는 거죠?"

정말이다, 왜 그랬을까? 그는 1밀리초를 꽉 채워서 그 질문을 곰곰 생각해 보았다. 그리고 생각을 하는 사이에 그는 이전까지 감지하지 못했던 공백을 알아차렸다. 그 공백은 전부터 거기에 있었을 텐데 새로운 경험과 감각적 흥분이 쏟아져 들어오고 있어 지금까지 숨겨져 있었다.

그는 그들의 계획에 관하여 아는 것이 있었다. 그들에게는 그가 필요했다. 괜찮다, 그 역시 필요한 것들이 있었다……, 어쩌면 일종의 감정도 있을 수 있었다. 여기에 그를 인간세계와, 그가 한때 알았던 생과 이어 주는 마지막 고리가 있었다.

그들은 앞서 그가 한 요청을 받아들여 주었다. 그들의 관대함이 어디까지인지 시험해 보는 것도 재미있을 터였다. 그들에게 관대함이라는 표현을 어떻게 멀게라도 적용할 수 있다면 말이지만……. 그리고 그가 요청한 대로 하는 것이 그들에게도 한결 수월할 것이다. 그들은 이미 자신들의 위력을 충분히 증명해 보였다. 이제 필요없어진 그의 육체가 쉽사리 파괴될 적에 말이다. 그들은 그러면서도 데이비드 보먼 자신은 함께 종말을 맞지 않게 했다.

그들은 그의 목소리를 들었다. 당연한 일이었다. 신과 같은 존재들의 놀라움이 한 번 더 희미한 반향으로 느껴져 왔다. 그러나 거기에서는 승인도 부인도 감지해 낼 수 없었다.

"아직 당신의 대답을 기다리고 있습니다, 데이브."

"정정하겠네, HAL. '앞으로 오랜 기간 전할 일이 없고 그 전에 전할 마지막 메시지'로. 이렇게 말해야 했군그래. 상당히 오랜 기간이 될 거야."

그는 그들의 행동을 예상하며 기다려 보았다. 실제로 그들의 의지를 강요하려 할 것을 기다렸다. 그러나 분명 그 존재들은 그의 요청이 이치에 닿지 않는 것은 아니라고 이해해 주는 듯했다. 의식을 지닌 존재라면 홀로 살아남아 고립된 채로 오랜 세월을 지내며 아무런 손상을 입지 않을 순 없다. 설령 그들이 늘 그와 함께 있어 준다 할지라도 그도 누군가가, 어떤 동반자가, 자신의 존재 수준에 맞는 벗이 필요할 터였다.

인류의 언어들엔 그의 동작을 표현할 말들이 많았다. '막 들이댄다', '뻔뻔스럽다', '철면피하다' 등등. 그는 한 프랑스 장군이 "로다스, 투주 로다스('항상 대담하라'의 뜻 — 옮긴이)!"하고 호통 치던 게 생각났다.(이제 그의 힘은 지난 일을 완벽하게 도로 재현해 낼 수 있었다.) 어쩌면 그런 인간의 특질을 그들이 좋게 보아 주는지도 모른다. 아니, 심지어 어쩌면 그들 역시 그런 성질을 가졌는지도. 앞으로 머잖아 알게 될 터였다.

"HAL! 적외선 감지 채널 30, 29, 28에 잡히는 신호를 보게. 이제 곧일 거야. 최고점은 단파 쪽으로 이동하고 있네."

"지금 찬드라 박사님께 저의 데이터 통신 교류가 끊어지게 될 거라고 통보하고 있습니다. AE35 유닛을 가동합니다. 장거리 안테나 목표 재조정……, 신호등 테라 1 고정 확인. 메시지 송신합니다.

이 모든 행성들은……."

그들은 정말로 이 메시지를 마지막 순간까지 미루었던 것이다. 그렇지 않다면, 결과적으로 계산이 기가 막히게 정확했던 것일 수도 있다. 열한 마디 말로 이루어진 메시지를 겨우 100번 되풀이할 시간밖에는 없었다. 그러고 나서 순수한 열의 일격이 우주선 안으로 후려쳐 들어왔다.

호기심 때문에, 그리고 자기 앞에 놓여 있을지 모르는 기나긴 고독에 대해 점점 커져 오는 두려움 때문에 그 자리를 떠나지 못한,

한때 미합중국 우주선 디스커버리 호의 대장 데이비드 보먼이었던 존재는 외피가 완강하게 버티며 끓어올라 증발해 버리는 광경을 지켜보았다. 상당한 시간 동안 우주선은 대략의 형태를 유지했다. 그러다가 회전부의 베어링들이 걸렸고, 내재된 운동량이 즉시 거대한 바람개비의 회전으로 해방되었다. 소리 없는 폭발이 일어나며 하얗게 달아오른 파편들이 무수히 각각의 제 갈 길로 비산했다.

"여보세요, 데이브. 무슨 일이 벌어졌습니까? 제가 어디에 있는 거죠?"

그는 자신이 안도할 수 있다는 걸 미처 모르고 있었기에, 성공적으로 안도를 해냈다는 사실을 잠시 즐겼다. 이전까지 그는 자주 개 주인이 끌고 다니는 개가 된 기분이었다. 주인의 의도가 전적으로 불가해하지만은 않고, 주인의 행동이 때로는 자신이 가진 욕구에 맞추어 조정되기도 한다. 뼈를 달라고 졸라 봤더니 뼈를 던져 주셨다.

"나중에 설명해 주겠네, HAL. 우리에겐 이제 시간이 많다네."

그들은 우주선의 마지막 파편까지 산산이 흩어져 버려 심지어 그들의 능력으로도 감지할 수 없게 될 때까지 기다렸다. 그런 후에 자리를 떴다. 그들을 위하여 마련한 장소에 새로이 동터 오는 새벽을 보기 위해서, 그리고 다시금 소환되어 올 때까지 몇백 몇천 년의 세월을 기다리고 있기 위해서…….

천문학적 사건에 언제나 천문학적인 시간이 걸린다는 것은 사실이 아니다. 초신성 폭발로 산산조각 나 터져 나오기까지 항성의 최후 붕괴 과정은 겨우 1초 만에 이루어질 수도 있다. 그에 비한다면 목성의 변신은 한가롭게 진행된 일이라고까지 말할 수 있었다.

아무리 그렇다고 해도, 사샤가 자기 두 눈을 믿을 수 있게 되기까지는 몇 분이라는 시간이 걸렸다. 사샤는 의례적으로 망원경을 통해 목성을 확인 관찰 중이었다, 뭐가 됐든 천체 관찰이 이젠 그저 의례적인 것인 양! 그러고 있는데 시야에서 목성이 휙 흔들리기 시작했다. 한순간 사샤는 망원경의 고정 상태가 이상해진 줄 알았다. 이어서 그는 깨달았다. 그 깨달음과 함께 그의 우주관이 통째로 충격에 뒤흔들렸다. 움직이고 있는 것은 망원경이 아니고 목성 그 자체였다. 그 증거가 눈앞 정면에 떡하니 있었다. 그는 또 목성의 소위 성 중 두 개를 동시에 볼 수 있었는데, 그것들은 전혀 움직임이 없었다.

사샤는 배율을 낮추어서 목성면 전체가 보이도록 했다. 이제는 나병 걸린 듯 잿빛으로 얼룩진 모습이다. 몇 분 더 불신의 시간을 보낸 후에야 진정 무슨 일이 벌어지고 있는지를 사샤는 알았다. 하지만 여전히 도무지 믿기 힘든 일이었다.

목성은 태고로부터 돌던 공전 궤도에서 움직여 나오고 있었던 게 아니었다. 그게 아니라 거의 그와 마찬가지로 불가능한 어떤 일이 진행 중이었다. 목성이 움츠러들고 있었다……, 너무나도 빠르게 수축하여 사샤가 초점을 맞추고 있는 사이에도 이미 그 가장자리가 망원경 시야에 꾸물꾸물 기어들어 갔다. 동시에 그 행성은 점점 밝아지고 있었다. 우중충한 잿빛이던 것이 진주처럼 하얘졌다. 단언컨대 인류가 그 천체를 관찰해 온 오랜 세월을 통틀어 봐도 이보다 눈부신 적은 없었다. 태양의 빛을 반사하는 것으로는 도저히 저렇게 밝을 수가…….

그 순간에 사샤는 불현듯 무슨 일이 일어나고 있는 것인지를 알아차렸다. 왜 그렇게 되는지는 몰랐지만. 그가 전체 경보를 울렸다.

헤이우드 플로이드가 전망실에 다다른 것은 30초도 채 지나지 않아서였는데, 그가 받은 첫인상은 눈이 멀 듯한 광채가 창들로 쏟아져 들어오며 벽들에 타원형의 빛점을 그려 놓고 있다는 것이었다. 그 빛이 너무 눈부셔서 눈을 돌리지 않을 수 없었다. 태양이라도 그 정도로 밝은 빛은 낼 수 없었다.

플로이드는 놀라 얼이 빠진 나머지 잠시 그 광채와 목성을 연관시키지도 못했다. 그의 머릿속에 맨 처음 번쩍 한 생각은 '초신성이다!'라는 거였다. 그 생각은 떠오른 즉시로 내쳐 버렸다. 태양과 가장 가까이 이웃해 있는 센타우르스자리 알파성이라도, 상상 가능한 그 어떤 폭발을 한다 해도 이 굉장한 빛에는 댈 것이 못 될 터이다.

빛의 세기가 갑자기 한풀 꺾였다. 사샤가 선외 차광막을 가동시켰던 것이다. 이제 그 빛의 원천을 똑바로 보는 것이 가능해졌고, 그래서 바라보자 그것은 바늘 끝만 한 점에 지나지 않았다. 그저 또 하나의 별일 뿐이고 입체적인 모습은 전혀 보이지 않았다. 이건 목성과 관련이 있을 수가 없었다. 불과 몇 분 전에 플로이드가 보았을 때 그 행성은 멀리 있는, 작게 수축한 저 태양보다 크기가 네 배는 컸다.

사샤가 차광막을 내린 건 잘한 일이었다. 잠시 후에 그 작은 별이 폭발했다……. 그래서 심지어 거무스름한 필터를 통해서도 맨눈으로는 지켜볼 수 없었다. 하지만 빛의 마지막 오르가즘은 몇 분의 1초에 불과한 아주 짧은 시간 동안만 지속되었다. 그러고 나서 목성은……, 아무튼 원래 목성이었던 그 천체는 다시금 팽창하고 있었다.

그 천체는 팽창을 계속했다. 변신하기 전 덩치보다 훨씬 커지도록 팽창했다. 머지않아 그 빛의 구는 빠르게 위력을 잃고 태양의 밝기 정도밖에 되지 않게 조도가 떨어졌다. 그리고 이제 플로이드는 그것이 사실 속이 빈 껍데기라는 것을 알고 있었다. 왜냐하면 그 중심의 별이 아직도 그의 마음속에 선명하게 보이고 있었기 때문이다.

플로이드는 재빨리 암산해 보았다. 우주선은 목성으로부터 1광분(빛이 1분간 오는 거리 —옮긴이) 이상 떨어져 있었다. 그러나 저 팽창하는 껍데기는……, 지금 그것이 가장자리가 환히 빛나는 고리로 변하고 있는데……, 이미 하늘의 4분의 1 정도를 덮었군. 저렇다는 건 저것이 이쪽으로 닥쳐오고 있다는 뜻이지……, 하느님 맙소사! 거의 광속의 절반에 이르는 속도로 오고 있잖아. 일이 분 사이에 그것이 우주선을 집어삼킬 터였다.

그때까지, 사샤의 첫 통지가 있은 후로 아무도 말 한마디 하지 않았다. 어떤 위험은 너무나도 극적이고 일상적인 경험과 너무나도 심하게 동떨어져 있기에 인간의 마음이 그걸 진짜 위험으로 접수하길 거부하고, 죽음이 닥쳐오는데도 전혀 실감을 느끼지 못하며 바라보고 있게 되곤 한다. 해일이 밀려오거나 산사태가 내리덮치거나 토네이도의 소용돌이치는 깔때기 폭풍이 다가오는 것을 멀거니 보며채 도망치려고도 하지 않는 사람이 꼭 공포로 손발이 마비됐다거나 피치 못할 운명 앞에 무릎을 꿇은 것은 아니다. 그 사람은 자기 눈이 전해 주는 메시지가 진짜로 바로 자신의 일임을 믿을 수 없는 것뿐일지도 모른다. 모두 다 누군가 다른 사람에게 일어나는 일인 것만 같다.

어쩌면 다들 예상한 바일지 모르게, 타냐가 제일 먼저 걸려 있던 주문에서 깨어났다. 그녀의 연이은 명령에 바실리와 플로이드는 서둘러 함교로 갔다.

두 사람이 자리하자 타냐가 물었다.

"이제 무엇을 할까요?"

분명히 도망은 칠 수 없죠. 플로이드는 생각했다. 하지만 어쩌면 생존 확률을 높일 수는 있을 겁니다.

플로이드가 말했다.

"우주선이 넓은 면을 저쪽으로 향하고 있어요. 선체를 돌려서 좀 더 작은 면적으로 노출돼야 하지 않을까요? 그리고 방사선 차폐막 노릇을 하도록 있는 질량을 최대한 저쪽과 우리 사이에 두도록 하죠."

바실리의 손가락들은 이미 제어판 위를 날아다니고 있었다.

"그 말대로예요, 우디⋯⋯, 비록 감마선과 엑스선을 막기란 이미 늦었지만 말이에요. 하지만 속도가 느린 중성자나 알파선이 있을지도 모르고, 또 뭐가 더 닥쳐오고 있을지 누가 알겠습니까."

우주선이 선체를 축 중심으로 육중하게 틀면서 벽에 비치던 빛 무늬들이 스르르 미끄러져 내렸다. 이내 빛 무늬는 완전히 사라졌다. 레오노프 호는 이제 연약한 인간 탑승자들과 밀어닥쳐 오는 방사선 피막 사이에 거의 모든 질량이 놓이게끔 방향을 잡았다.

우리가 실제로 충격파를 몸으로 느끼게 될까, 아니면 팽창해 온 기체들은 미미한 수준이라 우리에게까지 미쳤을 때쯤엔 어떤 물리적인 작용도 못 하게 될 것인가? 플로이드는 궁금하게 여겼다. 외부 카메라들로 보건대 불의 고리는 이제 거의 하늘을 다 두르고 있었다. 하지만 빠르게 희미해져 가고 있었다. 심지어 밝은 별들 몇몇이 그 너머로 알아볼 수 있게 빛나고 있을 정도였다. 우린 살겠군. 플로이드가 생각했다. 가장 큰 행성이 파괴되는 것을 목격하고, 그러고도 목숨을 건진 거야.

그리고 현재 카메라들에 비치는 것은 항성들뿐이었다……, 비록 그중 한 항성이 다른 모든 별보다 100만 배나 밝지만 말이다. 목성이 불어 날린 불 거품은 아무런 해도 끼치지 않고 우주선을 휩쓸어 지나갔다. 보기에는 그토록 위력 있어 보였는데도 그랬다. 그 근원지에서 이만큼 멀리 떨어져 있고 보니 불길이 지나간 것은 우주선의 장비에나 기록되었을 뿐이었다.

서서히, 선내의 긴장감이 누그러져 갔다. 그러한 상황이면 늘 그렇듯이 사람들은 차차 웃음을 터뜨리고 실없는 농담도 했다. 플로이드는 그런 것이 거의 귀에 들어오지 않았다. 아직 목숨을 부지하고 있다는 안도감 한편으로 그는 일종의 애수를 느꼈다.

장엄하고 대단했던 어떤 것이 파괴되어 버렸다. 목성이, 그토록 아름답고 웅대했던 존재이자 앞으로는 영영 풀릴 수 없을 수수께끼들을 간직했던 목성이 이제 존재하기를 그쳤다. 모든 신들의 아버지인 유피테르가 최전성기에 꺾여 쓰러졌다(목성의 영어명 주피터는 그리스 로마 신화의 제우스(유피테르)를 뜻한다. ─옮긴이).

그러나 현재 상태를 다른 관점으로 바라볼 수도 있다. 목성은 스러졌다. 목성 대신 생긴 것은 무엇일까?

타냐가 꼭 알맞은 때를 타서 일동의 주의를 모았다.

"바실리, 피해는요?"

"심각한 건 없어요. 카메라 한 대가 타서 나갔군요. 방사선 측정치는 여전히 정상 범위보다 한참 위지만, 위험 한계 수준 근처까지 치솟은 건 없어요."

"카테리나, 우리가 받은 방사선 총량을 확인해 줘요. 우리가 운이 좋았던 것 같군요. 앞으로 놀랄 일이 남아 있지 않은 한은요. 보먼에게 우리 모두 감사해야겠어요, 그리고 당신한테도요, 헤이우드. 도대체 무슨 일이 벌어진 건지 감이 잡혀요?"

"목성이 태양으로 변한 게 다죠."

"태양이 되기에는 목성은 크기가 한참 부족한 줄로만 알았는데요. 누군가 목성을 두고 '태양이 되려다 실패한 행성'이라고 부른 적이 있지 않았나요?"

바실리가 말했다.

"맞아요. 목성은 작아서 융합이 시작될 수가 없어요……, 도움이 없이는."

"그 말은, 우리가 방금 목격한 게 우주적인 대공사의 예란 거죠?"

"의심의 여지가 없죠. 이제 우린 자가드카가 뭘 그리 열심히 했던 건지 알게 됐네요."

"자가드카가 어떻게 그렇게 만들었을까요? 만약에 누가 당신에게 공사를 맡긴다고 한다면, 바실리, 당신이라면 어떻게 목성을 발화시키겠어요?"

바실리는 잠시 생각했다. 그러더니 비딱하게 어깨를 으쓱했다.

"난 그저 이론 천문학자인걸요. 이쪽 일에 대해서는 별로 경험이 많지 않단 말이에요. 하지만 어디 봅시다……, 목성의 질량을 열배로 증가시킨다거나 중력 상수를 바꾸는 건 안 된다 치면, 아무래도 행성의 밀도를 높여야 할 것 같군요. 흠, 그것도 하나의 방법인데……."

바실리는 말끝을 흐려 침묵에 빠졌다. 모두들 참을성 있게 기다렸다. 때때로 영상 화면 쪽으로 흘긋흘긋 눈길들을 돌려 가면서……. 과거에 목성이었던 항성은 폭발하듯 탄생을 맞이한 이후로 이제 안정된 듯했다. 현재 그 별은 눈부시게 빛나는 빛의 점이었다. 육안으로 보는 밝기는 진짜 태양과 거의 동등할 정도였다.

"생각나는 대로 말해 보자면……, 그래도 아마 이런 식으로 됐을 겁니다. 목성의 구성 성분은 거의가 수소예요. ……수소였지요. 만약 그중 상당량을 한층 밀도가 높은 물질로 바꾸어 놓을 수 있다면……, 누가 알겠어요, 심지어 중성자 물질로도 변화시킬 수 있을지? ……그렇게 한다면 그 물질들은 행성 중심부로 떨어져 내려갈 거예요. 아마 몇천만 개의 자가드카들이 빨아들인 기체를 가지고 하던 일이 그 일 아니었을까요. 핵합성, 순수한 수소를 중첩하여 더 고도의 원소를 만드는 거죠. 그거야말로 알면 참 좋을 신통한 수법인데요! 더 이상 어떤 금속이든 모자라서 쩔쩔맬 일이 없어지죠……. 금이 알루미늄처럼 값싸질 거예요!"

타냐가 물었다.

"하지만 그것이 어떻게 실제 일어난 일을 설명하죠?"

"핵 밀도가 충분할 만큼 올라가면, 목성이 붕괴할 겁니다……, 아마 몇 초 사이에 붕괴해 버릴걸요. 온도가 핵융합이 시작될 정도까지 올라가게 됩니다. 아, 반대 의견들이 열두어 가지는 돼 보이는군요. 철의 최소치를 어떻게 넘어섰는가, 복사 전달은 어떻게 됐나, '찬드라세카르 한계'는 어떻게 되나 등등. 됐어요, 시작은 이 가설로 해 봐도 돼요. 세부 사항은 나중에 궁리해 보죠. 아니면 더 그럴싸한 가설을 내놓든가 할게요."

플로이드가 동의했다.

"물론 훌륭한 가설을 낼 줄로 믿어 의심치 않아요, 바실리. 하지만 좀 더 중요한 질문이 있습니다. 그들이 왜 그렇게 했을까요?"

카테리나가 선내 통신 저편에서 넘겨짚었다.

"경고일까요?"

"뭘 하지 말라는 경고죠?"

"그건 나중에 알아내게 되겠죠."

제니아가 자신 없는 목소리로 끼어들었다.

"설마 그게, 잘못해서 일어난 사고는 아니었겠죠?"

그 말에 논의는 몇 초간 딱 끊어지고 말았다. 마침내 플로이드가 입을 열었다.

"정말 대단한 발상이군! 하지만 그럴 가능성은 제쳐 두어도 될 것 같군요. 만약에 그게 사고였다면 경고는 없었을 거예요."

"그럴 수도 있지 않나요. 만약에 자기가 부주의해서 산불을 내 버렸다면 적어도 모두에게 가능한 한 경고는 해 주지 않을까요."

바실리가 한탄했다.

"그러니 우리가 아마도 영영 알 수 없을 일이 또 하나 생겼군요. 난 언제나 칼 세이건 말이 맞아서 목성에 생명체가 있기를 바랐지요."

"우리 무인 탐사선에는 전혀 안 보였잖아요."

"무인 탐사선이 보면 얼마나 보겠습니까? 사하라 사막이나 남극 대륙에 가서 몇 헥타르를 살펴본다면 지구에서 생명을 찾을 수 있겠어요? 우리가 목성을 탐사한 건 다 합쳐도 겨우 그쯤이라고요."

브라일로브스키가 끼어들었다.

"잠깐만요! 디스커버리 호는 어떻게 됐죠, 그리고 HAL은?"

사샤가 장거리 수신기를 켜고 표시 신호 주파수대를 검색하기 시작했다. 신호가 들어온 흔적이 없었다.

잠시 후에 침묵 속에 기다리는 일행에게 그가 알렸다.

"디스커버리 호는 사라졌습니다."

아무도 찬드라 박사를 쳐다보지 않았지만, 동정을 표하는 소리 죽인 말들이 더러 새어 나왔다. 마치 방금 아들을 잃은 아버지를 위로하는 형국이었다.

하지만 HAL은 마지막으로 한 번 더 그들을 놀라게 할 뭔가를 갖고 있었다.

행성들을 선물로

폭발적인 방사선파에 집어삼켜지기 직전 디스커버리 호에서 전파 메시지가 지구로 쏘아 보내졌다. 전파 메시지는 단순한 문구로 되어 있었고 그걸 계속 반복할 따름이었다.

이 모든 행성들은 에우로파를 제외하고는 당신들 것입니다.
에우로파에는 착륙을 시도하지 말길.

100번 정도 반복되어 전해 오다가, 글자가 알아볼 수 없이 일그러지더니 '에우로파를'과 '제외하고는' 사이에서 통신이 뚝 끊어졌다.
경악과 걱정에 사로잡힌 관제 센터에서 그 메시지를 중계해 주었을 때 플로이드는 이렇게 말했다.
"이제 알 것 같군. 작별의 선물치고 상당하지 않습니까? 새로운 태양과 그 주위를 도는 행성들을 주다니요."

타냐가 물었다.

"하지만 왜 세 개만 주죠?"

플로이드가 응수했다.

"너무 욕심 부리지 맙시다. 아주 합당한 이유가 있지 싶어요. 에우로파에 생명체가 있다는 걸 알잖습니까. 보먼은……, 아니면 보먼의 친구들이랄까, 정체가 무엇이든 간에 여하튼 그이들은 우리보고 거기 손대지 말라고 그러는 겁니다."

바실리가 말했다.

"그건 또 다른 면에서도 아주 합당해요. 내가 계산을 좀 해 봤습니다. 저 제2호 태양이 안정되어서 앞으로도 현재 수준으로 계속 빛과 열을 방사한다고 가정하면 에우로파엔 근사한 열대 기후가 자리잡을 거예요. 일단 얼음이 녹고 나면 말이죠. 바로 이 순간에도 아주 빠르게 녹고 있는 중이고."

"다른 달들은 어떻게 될까요?"

"가니메데는 아주 쾌적한 환경이 될 겁니다. 낮인 부분은 기온이 적당하고 온화할 거예요. 칼리스토는 무척 춥겠지요, 하긴 만약 대량으로 기체 분출이 일어나면 새로운 기후가 형성되어 어쩌면 발붙이고 살 만해질 수도 있겠지만. 하지만 이오는 지금 상태보다도 더 안 좋아질 거라고 난 예상합니다."

"그렇다고 아쉬울 게 있습니까. 이 일이 일어나기 전에도 이미 거긴 지옥이었잖아요."

커노가 말했다.

"이오는 버린다고 그러지 마세요. 좋다고 달려들어 이오에 지분 거릴 석유 재벌들이 잔뜩일걸요, 뭐가 있다 싶으면 무작정 덤비는 게 그 사람들이니까. 그렇게 여건이 고약한 곳에는 뭔가 값진 것이 있게 마련이죠. 그런데 그건 그렇고, 난 지금 막 왠지 기분 찜찜한 생각이 났는데."

바실리가 말했다.

"당신이 기분 찜찜하다고 그럴 정도면 틀림없이 엄청 심각한 일 이겠죠. 뭡니까?"

"HAL이 그 메시지를 왜 지구로 보냈을까요, 우리에게 보내지 않 고? 우리가 훨씬 가까이 있는데요."

다소 긴 침묵이 깔렸고, 이윽고 플로이드가 숙고하며 말했다.

"무슨 말인지 알겠군. 어쩌면 지구에서 그 메시지를 확실히 받게 끔 해 두고 싶어서 그랬을 거야."

"하지만 당연히 우리가 전송해 줄 줄 알았을 텐데……, 아아!"

갑자기 무언가 유쾌하지 못한 사실을 깨닫기라도 한 듯 타냐의 눈이 휘둥그레졌다.

바실리가 투덜거렸다.

"여봐요들, 난 지금 얘기 못 알아듣고 있는데."

플로이드가 설명해 주었다.

"아무래도 월터가 이 얘기를 하려고 그러는 것 같은데요. 보먼에 게, 보먼이든 어떤 다른 존재든 경고를 해 준 그 존재에 대하여 고 마운 마음을 가지는 거야 얼마든지 괜찮다. 그렇지만 그들이 해 준 건 경고가 전부였다. 경고를 받아도 우린 역시 죽었을 수도 있다."

타냐가 응수했다.

"그렇지만 안 죽었잖아요. 우리 스스로 살아 나왔죠, 우리가 노력해서요. 그러니 어쩌면 바로 그런 걸 의도한 게 아닐까요. 만약 우리가 그렇게 하지 않았다면 구원받을 만한 존재가 못 되는 거예요. 알잖아요, 적자생존. 다윈 선택. 미련한 유전자를 제거하는 거죠."

커노가 말했다.

"그 말이 옳아서 기분이 유쾌하질 못하군요. 그러니 만에 하나 우리가 미리 정한 발진 일시를 고집하고 디스커버리 호를 부가 추진 장치로 이용하지 않았더라면 그 존재 또는 존재들이 우리를 구하기 위해 뭔가 하긴 했을까요? 목성을 폭발시킬 수 있을 정도의 지적 능력을 가진 존재라면 별로 수고가 더 될 것도 없었을 텐데요."

불편한 침묵이 내렸고, 마침내 헤이우드 플로이드가 그 침묵을 깼다.

"아무튼 간에, 우리가 영영 그 질문에 답을 얻을 일은 없게 됐으니 정말 다행이군요."

두 개의 태양 사이에서

　고향으로 돌아가는 길에 러시아 친구들은 월터의 노래며 재담이 아쉬울 거야. 플로이드는 그렇게 생각했다. 요 며칠 박진감 넘치는 시간을 보낸 후 태양 쪽으로(그리고 지구 쪽으로) 길고 긴 낙하운동을 하는 것은 재미없기 짝이 없는 용두사미 끝마무리로 느껴질 터이다. 하지만 단조롭고 평안무사한 여행이야말로 모두가 절절히 소원하던 것이다.

　플로이드는 벌써 졸음이 왔다. 하지만 아직 주위 사물이 인식되고 반응도 할 수 있었다. 동면에 들어가면 내가…… 죽은 것처럼 보일까? 그는 스스로 물어보았다. 다른 사람을 볼 때는 항상 불안하고 이상한 기분이었다. 특히 몹시 친한 사람이 기나긴 잠에 든 장면을 보면……. 아마도 자신이 결국 죽을 수밖에 없는 존재임을 사무치게 되새기게 되는 장면이라 그런 것이리라.

커노는 완전히 정신을 잃었지만 찬드라는 아직 의식이 있었다. 비록 마지막 주사를 맞고 이미 정신 못 차리고 비실거리고는 있어도……. 카테리나가 면밀히 상태를 살피며 같이 있는데도 나체 상태로 아무렇지 않은 기색인 게, 한눈에 봐도 평소의 찬드라는 아니었다. 그가 걸친 것이라고는 금빛 링감뿐인데 자꾸만 붕 떠서 떨어져 나가려다 목걸이 줄에 걸려 도로 당겨져 오곤 했다.

플로이드가 물었다.

"다 잘 진행되고 있나요, 카테리나?"

"완벽하게 진행 중이에요. 그런데 난 정말 당신이 부럽네요. 20분만 있으면 집에 다 왔을 거니까요."

"위로가 될진 모르겠지만……, 우리가 무시무시한 악몽을 꾸지 않을 거라는 보장도 없잖아요?"

"지금까지 꿈을 꾸었다는 사람은 없었어요."

"아……, 깨면서 잊어버렸을지도 모르죠."

카테리나는 늘 그렇듯이 플로이드의 말을 곧이곧대로 받아들였다.

"불가능해요. 동면 중에 꿈을 꾼다면 EEC 기록에 나타났어야죠. 됐어요, 찬드라. 이제 눈 감으세요. 아하……, 찬드라도 다 됐네요. 이제 당신 차례예요, 헤이우드. 당신이 없는 우주선이라니 앞으로 굉장히 생소해지겠어요."

"고마워요, 카테리나……. 기분 좋은 여행 되길 바라요."

졸리기는 했지만 플로이드는 루덴코 대위의 태도가 어쩐지 좀 머뭇머뭇하는 것 같은 걸 알아차렸다. 뭐랄까, 심지어……, 쑥스러운 것 같은데? 꼭 뭔가 그에게 하고 싶은 얘기가 있는데 좀처럼 말할 결심을 하지 못하는 것 같았다.

플로이드가 졸음에 겨워 물었다.

"뭔가요, 카테리나?"

"아직 다른 사람들에게는 말하지 않은 건데……, 당신이 말을 낼 리는 없을 테니까요. 소소한 깜짝쇼가 있어요."

"빨리…… 말하지…… 않으면……."

"막스하고 제니아가 결혼해요."

"그게…… 깜짝…… 놀랄…… 일…… 이라고요……?"

"아뇨, 그건 그냥 예고편이었어요. 우리가 지구에 돌아가면 월터 와 나도 결혼할 거예요. 어떻게 생각하세요?"

당신들 두 사람이 왜 그렇게 계속 같이 있었는지 이제야 알겠군 요. 맞아요, 이건 정말 깜짝 놀랄 일인걸……. 누가 이럴 줄 생각이 나 했겠어요!

"그거…… 참…… 잘된…… 일…… 이네……."

플로이드가 말을 미처 맺지 못해서 목소리는 꺼져 내렸다. 하지만 아직 의식을 잃은 것은 아니었고, 용해돼 가는 지적 능력의 일부를 이용해 이 새로운 상황에 초점을 맞추어 생각할 수도 있었다.

도저히 못 믿을 소식인걸. 플로이드는 혼자 생각했다. 월터는 아 마 깨어 일어나기 전에 벌써 마음을 바꿔 먹지 않을까…….

그리고 잠들기 직전 마지막으로 하나의 생각이 플로이드의 뇌리 를 스쳤다. 만약에 마음을 바꿔 먹을 거면 월터는 그냥 깨어나지 않 는 편이 나을 거야…….

헤이우드 플로이드 박사는 그 생각이 몹시 재미있다고 생각했다.

나머지 대원들은 지구로 가는 귀향길 내내 플로이드가 미소 짓고 있는 게 대체 왜일까 종종 궁금해했다.

루시퍼 떠오르다

　보름달보다 50배나 더 밝은 루시퍼는 지구의 하늘을 완전히 바꾸어 놓았다. 실로 한 번에 몇 달씩이나 밤이라는 것이 사라졌다. 아무리 그 이름에 찜찜한 뜻이 담겨 있다지만 그것 말고 다른 이름이 붙을 수가 없었다(루시퍼는 기독교에서 신에 대적하는 큰 악마의 이름이며 원래 빛의 천사였다가 타락한 것으로 되어 있다. ―옮긴이). 아닌 게 아니라 '빛을 가져오는 자'는 좋기만 한 게 아니라 고약한 현상도 초래했다. 몇백 년, 몇천 년이 흘러가 봐야만 균형이 어느 쪽으로 기울었는지 드러나게 될 터였다.

　혜택 받은 면에서 보자면 밤의 종말이 인간 활동의 범위를 크게 확장시켜 놓았고, 특히 개발이 덜 이루어진 나라들에서 그러했다. 지구 상 모든 곳에서 인공조명의 수요가 크게 줄어, 그 결과로 전력이 굉장히 절약되었다. 마치 거대한 조명등을 우주에 띄워 올려 지구의 반구에 빛을 비추도록 한 형국이었다. 낮에도 루시퍼는 환히 빛나는 천체로 뚜렷한 그림자를 드리웠다.

농부, 시장, 시 행정부 직원, 경찰, 뱃사람을 비롯해 뭔가 실외 활동을 해야 하는 사람들, 특히 벽지에서 활동하는 사람들은 루시퍼를 반겼다. 그들의 생활이 루시퍼로 인해 훨씬 안전하고 수월하게 되었기 때문이다. 하지만 연인들, 범죄자들, 동식물 연구자들, 그리고 천문 관측인들은 몹시 싫어했다.

첫 두 부류의 사람들은 도무지 활동하기가 힘들게 되어서 그런 것이고, 동물이나 식물에 관심 있는 이들은 루시퍼가 생태에 미칠 충격을 걱정했다. 많은 야행성 동물들이 극심한 영향을 받았다. 한편으로 그 나머지 생물들은 이럭저럭 적응을 했지만……. 달이 없는 만조 날 밤에만 짝짓기 하는 습성으로 유명한 태평양 샛줄멸은 크나큰 위기에 처하여 빠른 멸종의 길을 걷고 있는 듯했다.

그리고 지구에 발을 붙인 천문학자들도 마찬가지로 같은 길을 걷는 듯했다. 예전 같으면 엄청난 과학적 대재앙이었겠지만 지금은 그 정도는 아니었다. 천문학 연구의 50퍼센트 이상이 우주 공간이나 달 위에 있는 관측 도구에 의존하고 있기 때문이다. 하지만 지구에서 관측하는 일은 예전 같으면 밤하늘이었을 하늘에 새 태양이 생긴 탓에 이제 엄청나게 불편해졌다.

인류는 적응할 터였다. 과거에 그토록 여러 번 적응해 온 것과 같이. 이제 곧 루시퍼가 없는 세상을 알지 못하는 새 세대가 태어나리라. 그러나 사고하는 남성과 여성 모두에게 모든 별 가운데 가장 밝은 그 천체는 영원한 질문이 될 것이다.

목성이 희생된 이유는 무엇이었던가? 그리고 새 태양은 앞으로 얼마나 오랫동안 빛날 것인가? 빨리 타 버리고 말까, 아니면 수천 년 동안, 어쩌면 인류가 생존하는 그 마지막까지 위력을 유지할까? 무엇보다도, 에우로파에 내려진 금족령은 무슨 이유일까? 이제는 금성처럼 구름에 덮인 세계가 된 에우로파.

그 질문들에는 분명 답이 있을 터였다. 그리고 인류는 마침내 그 답을 알 날까지 결코 만족하지 못할 것이다.

에필로그: 20001

　……은하계 전체에서 '정신'보다 더 귀중한 것을 찾아내지 못했으므로, 그들은 어디서든 정신이 눈을 뜨도록 격려했다. 그들은 별들로 이루어진 밭에서 농부가 되어 씨를 뿌렸고, 때로는 결실을 거두기도 했다.

　그리고 때로는 냉정하게 잡초를 뽑아 버려야 할 때도 있었다.

　에우로파인들이 위험을 무릅쓰고 저 '건너편'에 몸을 들여놓게 된 건 최근 몇 세대 만의 일이었다. 결코 지지 않는 태양의 빛과 따스함을 뒤로하고 한때 그들의 세계를 온통 뒤덮고 있던 얼음이 아직도 발견되곤 하는 황량한 곳에 들어서다니! 거기에 남아서 찬란하긴 하지만 위력이 없는 '차가운 태양'이 수평선 아래로 잠겨들면 닥쳐오는 짧고 무시무시한 밤에 맞선 이는 더욱 적었다.

그러나 그 몇 안 되는 강건한 탐험가들은 벌써 그들을 둘러싼 세상이 미처 상상도 해 보지 못했을 만큼 기이하다는 걸 발견했다. 어둑어둑한 대양 속에서 발달한 에우로파인들의 민감한 눈들이 아직 충분히 제몫을 했다. 그들은 하늘에서 항성들 및 여타 천체들이 움직이는 것을 볼 수 있었다. 그들은 천문학의 토대를 다지기 시작했고 몇몇 과감한 사상가들은 심지어 장대한 에우로파가 세상의 전부가 아닐 것이라는 추측까지 하고 있었다.

대양에서 벗어난 즉시 그들은 해빙으로 인해 어쩔 수 없이 폭발적으로 일어난 쾌속한 진화를 겪어야만 했는데, 그러는 동안 하늘의 물체들이 세 범주로 뚜렷이 나뉜다는 것을 알아차렸다. 가장 중요한 것은 물론 태양이었다. 거의 진지하게 믿어지지는 않지만 몇몇 전설에 따르면 그 태양은 늘 거기에 있던 것이 아니라 돌연 출현한 것이라고 했다. 그 태양의 출현으로 천지가 뒤바뀌는 짧은 격변기가 왔고 에우로파에 우글우글했던 생명체 중 상당수가 파멸을 맞았다. 그 전설이 정녕 진실이라면 하늘에 움직이지 않고 붙박여 있는 조그만, 무진장한 에너지의 원천이 쏟아부어 주는 혜택에 비해 작은 대가를 치렀던 셈이다.

어쩌면 '차가운 태양'은 이 태양의 먼 형제일 터였다. 뭔가 죄를 저질러 추방당했고, 그리하여 영영 천공을 돌고 또 돌라는 선고를 받은 것이리라. 전혀 중요할 것 없는 이야기다. 양식 있는 이들이라면 모두들 그냥 그대로 받아들이는 문제들에 관하여 늘 의문을 제기하는 별난 에우로파인들이나 신경 쓸까.

그렇기는 해도 그 괴짜들이 '건너편'의 어둠 속을 잠깐이나마 여행하면서 몇 가지 흥미로운 발견을 했다는 점은 인정하지 않을 수 없었다. 믿기 힘든 이야기이긴 하지만 그들이 주장하는 바로는 하늘에 온통 헤아릴 수 없이 많은 작은 빛들이 흩뿌려져 있어 반짝거린다 했다. '차가운 태양'보다도 더 작고 더 빛이 약하다나. 그것들은 밝기가 서로 심하게 차이 나며, 뜨고 지기는 해도 정해진 위치에 딱 붙박여 움직이는 법이 없다고 했다.

이를 배경으로 하여 움직이는 것이 세 개 있었다. 아직 아무도 궁구하지 못한 복합적인 규칙에 따라 움직이고 있는 게 분명했다. 게다가 하늘에 있는 다른 모든 것들과는 달리 이 셋은 꽤나 컸다……, 크기도 모양도 계속 커졌다 작아졌다 변하긴 하지만. 때로 그것들은 원반이 되었고, 때로는 반원형이었고, 때로는 가느다란 초승달이 되었다. 그것들은 우주의 다른 모든 천체들보다 분명 가까이에 있었는데, 왜냐하면 그 셋의 표면에 엄청나게 복잡하고 계속해서 변하는 세세한 굴곡이 다 보였기 때문이다.

그 셋이 실제로 또 다른 세상일 것이라는 이론이 마침내는 받아들여졌다. 비록 그것들이 에우로파만큼 크거나 중요한 행성이리라고는 몇몇 광신도를 제외하면 아무도 믿지 않았지만 말이다. 하나는 태양 쪽에 놓여 있어 끊임없이 요동치며 끓어오르고 있었다. 그 천체의 밤이 내린 면에서 거대한 불길이 발하는 빛을 볼 수 있었다. 그들의 대기에 예나 지금이나 산소가 없고 보니 불이라는 게 아직 에우로파인들로서는 이해할 수 없는 현상이긴 했지만……. 또 때로는 광대한 폭발이 일어나 그 천체의 표면으로부터 먼지구름이 휘몰아쳐 오르기도 했다. 만약 태양 쪽 구체가 정말로 하나의 세상이라면 그곳은 분명 무척 살기 불편한 세상일 터였다. 어쩌면 에우로파의 밤보다 더 고약할지도 모른다.

바깥쪽에 있고 거리가 더 먼 두 개의 구체는 외양상 그보다는 훨씬 덜 폭력적인 곳일 듯했다. 하지만 몇몇 측면에서는 도리어 더욱 더 알 수 없는 세상들이기도 했다. 그 천체들 표면에 밤이 드리우면 거기에도 마찬가지로 드문드문 불빛들이 덩어리져 빛나곤 하는데, 순식간에 형태가 마구 변하곤 하는 격동하는 안쪽 구체의 불길과는 아주 판이했다. 그 불빛들은 거의 변하지 않는 밝기를 유지하며 탔고 몇 군데 작은 지역들에만 집중돼 있었다……, 하긴 몇 세대를 거쳐 가며 그 지역들의 크기가 커지고 또 수도 많아지기는 했지만.

하지만 그중에서도 가장 신기한 것은, 몇 번이고 이 외부 세상들 사이 어두운 공간을 건너다니는 광경이 목격된 자그마한 태양들인 양 선명하게 빛나는 불빛들이었다. 과거에는 몇몇 에우로파인들이 자기들의 바다에서 볼 수 있는 생체 발광을 떠올리면서 이 불빛들이 다름 아닌 살아 있는 생명체일 것이라고 추정했다. 하지만 빛이 너무나도 밝아서 아무래도 그렇게는 생각하기 힘들었다. 그렇기는 해도 세월이 흐를수록 점점 더 이 불빛들(고정된 특정 형태를 보여 주는 불빛들과 움직이는 태양들)이 어떤 낯선 생명체의 징후일 것이라고 믿는 이들이 많아졌다.

이를 반박하는 쪽으로는 여하튼 퍽 설득력 있는 주장이 하나 있었다. 만약 저것들이 살아 있는 존재들이면, 어째서 에우로파에는 오지 않는가?

그러나 전설들이 있었다. 수천 세대 이전 그들이 육지를 막 정복

했을 무렵에 실제로 그 불빛들 몇이 무척 가까이 다가왔던 적이 있다고 했다. 하지만 그때마다 번번이 폭발해 하늘 가득 태양보다도 훨씬 밝은 섬광을 뿌렸다. 그리고 생경한 경금속이 비처럼 땅에 쏟아져 내렸다. 그중 일부는 오늘날까지도 숭배의 대상이 되어 있다.

그러나 영원한 낮의 첨단에 서 있는 크고 검은 석판처럼 신성한 것은 없었다. 그 한 면은 영영 움직이지 않는 태양 쪽으로 향하고 다른 면은 밤의 땅을 바라본다. 석판은 가장 키가 큰 에우로파인보다도 열 배나 높다, 그가 촉수를 있는 한껏 뻗쳤을 때로 보아도. 그 석판은 불가해한 것, 수수께끼 그 자체를 상징하는 물체였다. 왜냐하면 결코 석판을 건드릴 수 없으며 오직 멀리서 숭배할 수만 있기 때문이었다. 석판을 에워싸고 '힘의 원'이 있어서 다가가려는 자들을 모두 밀쳐 냈다.

많은 이들이 믿는 대로, 원의 힘은 바로 하늘에 움직이는 빛들이 다가오지 못하게 막는 힘과 같은 힘이었다. 만약 그 힘이 스러진다면 그 빛들이 에우로파의 처녀지 대륙들과 줄어들어 가는 바다들에 내려올 것이고 그러면 그들이 어떤 목적을 가지고 왔는지 마침내 밝혀지게 되리라.

그 움직이는 빛들 배후에 있는 지성체들도 그 검은 석판을 무척이나 열중해 조사해 보았고 당혹스러운 경이감을 느꼈다는 것을 알면 에우로파인들은 놀라리라. 지금까지 몇 세기 동안이나 그들이 보낸 전자동 탐사선들이 조심스럽게 궤도를 떠나 하강을 시도했고, 언제나 똑같이 파괴되는 결과를 맞았다. 때가 무르익을 때까지 석판은 접촉을 허용하지 않을 것이었다.

그때가 온다면, 아마도 에우로파인들이 라디오를 발명하여 금방이라도 잡을 수 있게 끊임없이 자신들에게 쏟아져 내리는 메시지를 포착하는 순간이 온다면, 어쩌면 석판이 방침을 바꿀 터였다. 석판은 어쩌면 그 안에 잠들어 있는 수많은 석판들을 펼쳐 내어 한때 그것들이 도와준 바 있는 종족과 에우로파인들 사이를 갈라놓았던 틈에다 다리를 놓아줄지 모른다.(어쩌면 그러지 않을 수도 있고.)

그리고 그러한 다리는 결코 놓일 수 없을지도, 서로 그토록 이질적인 형태의 의식을 지닌 두 종족이 결코 공존할 수 없을지도 모른다. 만약 그렇다면, 둘 중 한쪽만이 태양계를 상속받을 수 있다.

그게 어느 쪽이 될지는, 하느님조차 알지 못하신다. 아직은 말이다.

일러두기

처음으로 감사를 표할 분은 물론 스탠리 큐브릭 씨다. 그가 나에게 편지를 써서 '인구에 회자될 훌륭한 공상과학 영화'를 만들고 싶은데 뭔가 착상이 있으시냐고 물어본 것도 퍽 오래전의 일이다.

그다음으로 내 벗이자 대리인인(그 두 가지가 꼭 일맥상통하지는 않는다.) 스콧 메레디스에게 감사한다. 내가 보내 준 열 쪽짜리 영화 개요가 한층 폭넓은 가능성을 가진 '사고 운동'인 것과 내가 그것을 후손들에게 빚지고 있다는 것, 기타 등등을 알아준 데 대하여 감사한다.

다른 분들께도 감사해야 한다.

리우데자네이루의 호르헤 루이스 칼리페 씨께, 그분이 보내 준 편지를 읽고 후속편을 낼 수도 있겠구나 하는 생각을 진지하게 시작하게 되었다.(그때까지 몇 년 동안이나 나는 그건 분명 불가능한 일이라고 말하고 있었다.)

패서디나의 제트 추진 연구소 총괄자셨던 브루스 머레이 박사께, 또한 같은 기관의 프랭크 조던 박사께, 이오-목성계의 라그랑주 1 위치를 산정해 주신 데 대하여 감사드린다. 참으로 이상하게도 나는 완전히 똑같은 계산을 34년 전에 동일선상 지구-달 라그랑주점들을 찾기 위해 한 적이 있었다.(「정지 궤도(*Stationary Orbit*)」,《영국 천문학회지》1947년 12월 호.) 그러나 나에게 5차 방정식을 풀 능력이 있는지 더 이상 신뢰가 가지 않았다. 설령 HAL 2세, 즉 내 믿음직스러운 H/P 9100A 컴퓨터의 도움을 받더라도 말이다. 『2001 스페이스 오디세이』의 판권을 갖고 있는 뉴 아메리칸 라이브러리에, 「위대한 게임」의 내용을 사용할 수 있게 허락해 준 데 대해 감사드린다.(「실험」) 또한 「귀향」과 「데이지, 데이지……」의 인용에 대해서도 감사한다.

미 육군 공병단의 포터 장군께 감사한다. 1969년 바쁜 일과 중에 시간을 내어 내게 EPCOT를 두루 구경시켜 준 분이다. 그때는 땅에 커다란 구멍이 몇 개 파여 있을 뿐이었다.

웬델 솔로몬스에게 감사한다. 러시아어에 관하여(그리고 러시영어에 관하여) 도움을 주셨다.

장미셸 자르와 반젤리스에게, 그리고 독보적인 존 윌리엄스에게 감사한다. 필요할 때마다 내게 영감을 주었다. C.P. 카바피스에게 그의 시 「야만인들을 기다리며」에 대해 감사한다.

이 책을 쓰면서 나는 에우로파에서 연료를 재보급한다는 착상이 서면으로 논의된 적이 있음을 발견했다. 「현지 연료 생산을 이용한 외부 행성 위성 귀환 작전」(Ash, Stancati, Niehoff, Cuda 공저, *Acta Astronautica VIII*, 5~6, 5~6월 호, 1981).

지구 외 세계의 광물 채굴을 위해 자동적으로 배로 수가 늘어나는 시스템(폰 노이만 기계)을 쓴다는 발상을 진지하게 발전시킨 이는 미국항공우주국 마셜 우주비행 센터의 폰 티젠하우젠과 다브로였다.(미 국항공우주국 기술 제안서 78304호 「자가 복제 시스템」을 보라.) 만약 그러한 시스템들이 과연 목성을 처리할 능력이 있는지 의심스러운 사람이 있다면 나는 이 연구 보고서를 참조하라고 하겠다. 거기 보면 6만 년은 걸릴 태양 에너지 집적기 생산을 자가복제 공장들이 어떻게 겨우 20년에 다 해낼 수 있는지 잘 나와 있다.

기체로 이루어진 거대 행성들의 중심부에 다이아몬드 핵이 있을지 모른다는 참신한 발상을 진지하게 제시한 사람은 캘리포니아 대학교 로렌스 리버모어 연구소의 M. 로스와 F. 리로서, 천왕성과 해왕성을 두고 말한 것이었다. 내가 보기엔 천왕성과 해왕성이 그럴 수 있다면 목성은 더욱이나 그럴 것 같았다. 드비어스(1888년 설립된 영국의 다이아몬드 가공 업체 —옮긴이) 주식을 갖고 있는 분들은 부디 유념하시길.

목성 대기층에 있을지도 모르는 공중형 생명체들에 관해 더 상세한 내용은 내가 쓴 단편 소설 「메두사와의 만남」(『태양풍』에 수록)을 보라. 그러한 생물들은 칼 세이건의 『코스모스』 2장(「우주 생의 푸가」)에서 아돌프 샬러가 책과 텔레비전 시리즈 양쪽 모두를 통해 아름답게 그려 낸 바 있다.

이오를 뜨겁게 달구는 힘이기도 한 목성의 기조력이 얼음에 덮인 에우로파의 바닷속을 액체 상태로 유지해 주고 있으므로 에우로파에는 생명이 존재할 수도 있을 거라는 매혹적인 착상은 리처드 C. 호글랜드가 《스타 앤드 스카이(*Star and Sky*)》에 최초로 제시했다 (1980년 1월 호, 「에우로파의 수수께끼」). 상당히 기발한 이 발상을 상당수의 천문학자들이 진지하게 받아들였고(주목할 만한 사람으로는 미국 항공우주국 우주 연구 협회의 로버트 재스트로 박사가 있다.), 아마도 이 생각이 갈릴레오 탐사 작전에 우선적인 탐사 동기 중 하나를 제공했을 것이다.

그리고 마지막으로,
나에게 생명 유지 시스템을 마련해 준 발레리와 헥터에게,
한 장 한 장이 끝날 때마다 끼어들어 끈적거리는 입맞춤을 해 준 셰런에게,
여기에 있어 준 스티브에게 감사한다.

스리랑카 콜롬보에서
1981년 7월에서 1982년 3월에 걸쳐 씀

이 책은 아카이브 III 마이크로컴퓨터에 워드스타 소프트웨어를 이용하여 써서 5인치 디스켓에 담아 콜롬보에서 뉴욕으로 보낸 것이다. 최종 교정 사항들은 파두카 지구 스테이션과 국제통신위성기구의 인도양 5호 위성을 통해 전송되었다.

1996년 판 후기

제일 먼저, 몇 가지 놀랄 만한 우연에 대해…….

「저자의 말」에 보면 내가 어째서 중국 우주선을 테오도르 폰 카르만의 명철한 조력자 첸쉐썬의 이름을 따서 이름 지었는지에 대해 나와 있다. 흠, 1996년 10월 8일에 나는 국제 우주 학회(IAA)의 폰 카르만 상을 수상하러 베이징에 가 있었다. 그런 고로 첸 박사의 개인 조수인 왕서원 소장께 감사 드린다. 그분이 적당히 메모가 돼 있는 『2010 스페이스 오디세이』와 『2061 스페이스 오디세이』를 첸 박사께 갖다 드리며 프린터에서 나오는 즉시 『3001 최후의 오디세이』도 보내 드리겠다는 내 약속을 전해 드렸다.(베이징에서의 만남에 대해 더 자세한 것은 『3001 최후의 오디세이』를 보라.)

러시아 우주 비행사 알렉세이 레오노프는, 내가 그의 이름을(냉전이 한창이던 시절에) 그 무렵 아직 망명 중에 있던 학자 안드레이 사하로프의 이름과 연결시키는 바람에 그를 다소라도 곤란하게 만들었을지 모르지만 그것을 이미 오래전에 용서해 주었다. 돌아가신 사하로프 박사는 이 책을 한 권 증정 받으신 줄로 안다. 내 출판 담당자 로버트 번슈타인이 가져다 드렸다.

최근에 런던에서 알렉세이 레오노프와 버즈 올드린 두 분께 느닷없이 급습을 당한 것은 정말 대단한, 그리고 뜻밖의 기쁨이었다. BBC에서 나를 「이것이 당신의 삶」 프로그램에 옭아 넣는 바람에 생긴 일이다. 많은 분들이 믿고 계신 바와는 달리 이 프로그램의 목표 인물은 미리 아무런 귀띔도 받지 못한다…….

아폴로 13호에 대한 언급은 톰 행크스가(『2001 스페이스 오디세이』의 광팬이다. 자택을 '클라비우스 기지'라고 이름 지었다.) 최근에 나에게 이메일을 보낼 수 없었던 데 대하여 사과하면서 "내 AE35 유닛이 고장 나서요."라고 말했던 걸 연상시킨다.

1982년에 나는 에우로파의 얼음 밑에 생명체가 존재한다는 착상을 리처드 호글랜드에게 귀띔해 주었는데 그는 현재 화성과 달에 외계 유물이 있다는 주장을 옹호해서 유명해졌다(또는 악명을 떨쳤다). 그래도 어쨌든, 설령 딕(리처드 호글랜드를 말함 ―옮긴이)이 《스타 앤드 스카이》 1980년 1월 호에 쓴 기사가 어쩌면 그 착상을 처음으로 공공에 발표한 것일지라도, 그 착상은 그보다 앞서 1978년도 중반 즈음에 찰스 펠레그리노 박사가 여러 잡지에 보냈던 착상이기도 하다. 앞서 쓴 「일러두기」에 언급했던 대로 이것은 '당시 계획 중이던' 갈릴레오 작전의 최우선 탐사 동기 중 하나였다. 그 탐사 작전은 최초에는 한 발 후퇴해야 했지만 그 이래 놀라운 성공을 거두었다.

베이징 회의에서 갈릴레오 탐사 작전의 관리자 윌리엄스 J. 오닐 박사를 만난 것은 영광스러운 일이었다. 패서디나 제트 추진 연구소에서 그와 그의 연구조가 보여 준 솜씨와 열정에는 아무리 찬사를 보내도 부족하다. 제트 추진 연구소의 설립자 중 한 분으로서 폰 카르만 박사는 분명히 자랑스럽게 생각하셨을 것이다.

아서 C. 클라크

스리랑카 콜롬보에서

1996년 9월 30일

옮긴이 | 이지연

서울여자대학교 식품과학과를 졸업하고 전문 편집자 및 번역가로 활동하고 있다. 이영도『드래곤 라자』와 J. R. R. 톨킨의『반지의 제왕』기획자이자 편집자이다. 옮긴 책으로『어스시의 마법사』시리즈, 『위키드 4,5,6』,『1인분 프렌치 요리』,『치킨의 50가지 그림자』등이 있다.

2010 스페이스 오디세이

1판 1쇄 펴냄 2017년 2월 10일
1판 7쇄 펴냄 2024년 8월 27일

지은이 | 아서 C. 클라크
옮긴이 | 이지연
발행인 | 박근섭
편집인 | 김준혁
펴낸곳 | 황금가지

출판등록 | 2009. 10. 8 (제2009-000273호)
주소 | 06027 서울 강남구 도산대로 1길 62 강남출판문화센터 5층
전화 | 영업부 515-2000 **편집부** 3446-8774 **팩시밀리** 515-2007
홈페이지 | www.goldenbough.co.kr

도서 파본 등의 이유로 반송이 필요할 경우에는 구매처에서 교환하시고
출판사 교환이 필요할 경우에는 아래 주소로 반송 사유를 적어 도서와 함께 보내주세요.
06027 서울 강남구 도산대로 1길 62 강남출판문화센터 6층 민음인 마케팅부

한국어판 © ㈜민음인, 2017. Printed in Seoul, Korea

ISBN 979-11-5888-241-9 04840(2권)
ISBN 979-11-5888-244-0 04840(set)

㈜민음인은 민음사 출판 그룹의 자회사입니다.
황금가지는 ㈜민음인의 픽션 전문 출간 브랜드입니다.